思果◎張錯◎渡也◎宋瑞◎尼洛◎鄧文來◎陳漢平
郭明福◎貢敏◎楊乃藩◎韓秀◎周伯乃◎朱秀娟
李瑞騰◎羅任玲◎寒爵◎朱白水◎姜穆◎黃文範
鄧綏甯◎小民◎丹扉◎畢璞◎鍾雷◎崔百城◎莊原
邱七七◎王志健◎唐潤鈿◎俞允平◎趙淑敏
匡若霞◎鮑曉暉◎王書川◎楊錦郁◎郭嗣汾
應未遲◎張行知◎鍾麗珠◎俞金鳳◎林鍾隆◎杜萱
曾寬◎丘秀芷◎周玉山◎保眞◎蕭蕭◎楊小雲
林佩芬◎吳晶晶◎白靈◎向明◎張默◎林韻梅

亮軒◎古蒙仁◎朱婉清◎王璞◎張漱菡◎張放
王家誠◎趙雲◎王令嫻◎樸月◎王玉佩◎吳淡如
楊明◎楊平◎張堂錡◎葉海煙◎龔鵬程◎葉蟬貞
魏子雲◎墨人◎江應龍◎重提◎姚宜瑛◎尹雪曼
段彩華◎葉日松◎大荒◎馮菊枝◎廖輝英◎康芸薇
林少雯◎周培瑛◎李冰◎戚宜君◎顏崑陽◎劉小梅
林仙龍◎徐薏藍◎王岫◎陶曉清◎徐瑜◎白慈飄
應平書◎李若男◎謝鵬雄◎陳艾妮

文訊叢刊㉕

# 假如沒有孫中山先生

## 一〇〇位作家的一百篇散文

文訊雜誌社　主編

# 序

◉簡漢生

清光緒二十年（一八九四），原本是溫和改良主義者的孫中山先生，在甲午戰爭滿清大敗於日本，割讓了台澎之後，轉變成一位革命主義者，在這一年的十一月二十四日，創立興中會於檀香山。使得原已處在列強威逼下而不斷衰弱的中國，出現了歷史性的新機運。

中山先生不畏艱難險阻，領導國民革命，歷經十次起義，終於創立了亞洲第一個民主共和國——中華民國。但是，國體初建，百廢待舉，真可以說是國事如麻，而軍閥割據，政客逞其私慾，更導致民不聊生。中山先生直至臨終，仍以天下國家為己任，勗勉全國同胞：和平、奮鬥、救中國。中山先生不幸早逝，但所遺留的革命典範以及中國國民黨的政策方針，在蔣中正先生繼起領導下，北伐成功，統一全國，對日抗戰八年終獲最後勝利，並且收復了台澎，一雪馬關之恥。然而，不幸的是，在俄共的卵翼下，中共又全面武裝叛亂，中介的國際力量又昧於混沌的政治情勢，致使政府勦共失利，中樞遷台。

在這裡，執政的中國國民黨在先總統蔣公及經國先生的領導下，和台灣同胞合力將戰後蕭條的台灣經營成一個強大的經濟體，獲得了世人的尊敬；同時，在政治上則向著理想的民主境地不斷的開展，尤其到了民國八十年代，在李主席登輝先生的領導下，由於累積了極豐厚的國家資源，社會穩定成熟，於是透過兩階段的憲法修訂，使政黨政治初步完成，過去因戒嚴而存在的諸多禁忌，也隨之解除，過程雖頗多曲折，但總在執政黨穩健掌舵下而和平轉變。有人說，過去五年在政治及社會上開放的幅度，比過去五十年的總和還要高，應該不是誇大的說法。

然而，就在自己所開創出來的環境中，執政黨面臨了很大的挑戰，一方面是來自反對黨的強力競爭，一方面是從社會各階層所集結的各種力量不斷湧現，對既有體制進行改革與挑戰。因此，如何調和善用各種社會力量與資源，一方面要使施政合乎選民的期待以便繼續保持執政的地位，一方面又不能放棄我們既有的理想與責任，來肆應各方變局，是執政黨現階段的主要挑戰。

值此建黨一百週年之際，文訊雜誌決定以文學感性來緬懷先烈，進入百年來中國的歷史深層裡進行反思，並且記錄這一路走來的歲月。我認為這是一個很好的構想，文學具有感人的力量，可以反映或批判社會，可以將人心人性往上提昇，甚至可以移風易俗。執政黨向來重視文學，尊重作家，為文學界做好服務，長期以來一直就是我們在文化工作上的重點。我想，台灣當代的文學應該能夠作為百年中國的歷史證言。

如今，一百位當代文學作家的一百篇散文，已經以厚實典雅的文集方式呈現在我們眼前了，展卷閱讀，可以了解近代中國的發展變化。我個人常被字裡行間的真情感動，前賢風範，歷史情景，如在眼前。願為之序，且敬邀讀者共同來思索我們國家的未來。

# 目錄

## 第三輯　憂患人生

## 第四輯 人間有愛

# 目次

# 第1輯

# 笑迎陽光

◉**思果**

本名蔡濯堂，又名蔡思果。江蘇鎮江人，民國七年生。
曾任「讀者文摘」中文版編輯，香港聖修學院中文教授。
著有散文集「河漢集」、「沙田隨想」、「想入非非」；論述「翻譯新究」等。

# 假使沒有孫中山先生

**如果沒有孫中山先生，**
**革命不知何時會成功，**
**中國不知要兜多少圈子才能站起來。**

我們可曾想過，假使沒有　孫中山先生，近代我們中國會怎麼樣？

滿清總會推翻的，遲早問題，不過推翻得越遲越糟糕。沒有　孫先生，可能會遲好久。他是先知先覺那一型的人，又有毅力推動他的理想。

推翻以後，可能有人野心勃勃，自己要做皇帝——袁世凱就是這種人。總有人格偉大的人不想做皇帝，他要民主。美國國父華盛頓把英國打敗，有人要他做皇帝，他不做，孫中山先生也不做，連臨時總統他都讓出給別人去做。

推翻滿清的前後，也有過人要維持清朝的皇室，實行英國的民主，孫先生不答應。英國的皇室他們有人喜歡，有人討厭；中國有個滿族的皇室又算得什麼？這種假花樣不玩更好，推翻了滿清，創立民國就成民主國家，一勞永逸。

孫中山先生眞是偉人，他手無寸鐵，把腐敗的滿淸推翻，奠定了民主的基礎。我們人人受益。沒有他，革命沒有這樣快成功，中國更糟，又不知要兜多少圈子才能站起來。我們受益還不大曉得，只知道歌誦他，沒有想要是沒有他又怎樣。

◉**張錯**

本名張振翱，祖籍廣東惠州。民國三十年生。國立政治大學西語系學士，西雅圖華盛頓大學比較文學博士。現任教南加州大學比較文學系與東亞系。著有詩集「錯誤十四行」、「漂泊者」；散文集「第三季」；論述「從莎士比亞到上田秋成」等。

# 惠州起義

**革命起義運動如烈火燎原之強勢。可謂前所未有，而志士仁人紛紛為國捐軀，有如潮湧大地，猛壯激烈。**

聚百人之力來寫民國百年，或是建黨百年，都是一項巨大挑戰，書寫負荷不在於如何重覆追述當年建國歷史種種，而在書寫過程向歷史瞄準角度。我們知道，歷史事件本身一成不變，所有曾經存在或發生過的人與事，都可視爲歷史，也就是在宇宙無窮時間中的一項逗留，一個逗點，讓人回顧追思。

可是當時間越馳越遠，離開這逗點的距離越來越長，中間兩距之間的時光事件越來越複雜與漫長，再把這逗點放在歷史本文裡便產生出微妙演繹變化——那幾乎是近乎於化學程式的——當幾種元素互相混合，過程作用使元素紛紛變化，保留舊體，但卻已成新貌，所以從新歷史主義觀看來，今之視昔，並非等於昔之視昔，民國百年前之昔，再也不等於民國百年後之今了！建黨亦然！不知是悲是喜。

可是百年前又是如何一個風起雲湧的年代！一八九四年， 孫中山先生創立「興中會」於檀香山，雖然在同一年，台灣被割讓給日本，但 國父日本友人越來越多，不止是精神物質，更有捨頭顱拋熱血，那是一個道義的時代，爲道，可以捨身於道；爲義，也可捨身於義，百年前是如此，百年後卻非如此了，令人擲筆而嘆，愴然淚下，春秋亦如此，春秋秦漢以後就再無「刺客列傳」了。

一九〇〇年，「興中會」創辦後的六年，義和團事變，在八國聯軍利鎗堅甲、所向披靡下，兵臨北京城，同年年初， 國父推算出北方滿清軍隊無暇南顧，正是南方義軍有利之時，有烈士名鄭士良，廣東惠陽人，在廣東惠州歸善縣，也就是今日的惠陽縣的三洲田村附近山間，糾集志士六百餘人，槍三百餘桿，直至同年十月，由黃福率領敢死隊八十人，擊清軍於沙灣，是爲廣州起義失敗後的第二次起義。

這次起義開始時銳不可當，據報載：「三洲田，是位於惠陽南鄉的大高原，群山環抱，形勢險要，東南海道，通往香港。鄭士良是惠陽人，他聯絡當地志士及邑內豪雄潛集山中，於十月八日舉義，經龍岡、淡水，轉戰至三多祝，在沙灣、鎭隆、永湖、崩岡墟四次大捷，佔領新安、大鵬至惠州、平海一帶沿海之地。四鄉志士紛紛投效，在十三天之間發展到二萬多人」。

令人扼腕的是，起義計畫的前部份成功，後部份自台灣接濟武器計畫卻無法實現，鄭氏諸人彈藥告罄，終於被迫解散，分頭流竄，而鄭氏翌年來往於香港日本之間，一夕應友人之邀在香港水坑口的宴瓊林酒樓，飯後突然身死，據傳乃是清吏派人下毒藥死。

惠州起義亦包括第一位爲中國革命而身殉的日本志士山田良政，鄭軍退走時，他因非本地人而迷途，爲清軍所虜獲而殉死。民國成立後他的弟弟山田純三到他殉難處，遍尋遺骸不獲，乃挖泥土一包帶回日本安葬。

民國二年，　國父訪日本爲山田良政建碑，在東京全生庵內，碑文是這樣寫的：「山田良政先生，弘前人也。庚子又八月，革命軍起州，先生挺身赴義，遂戰死。嗚呼！其人道之犧牲、興亞之先覺也。身雖隕滅，其志不朽矣！民國二年二月二十七日文撰並書。」

身雖隕滅，其志不朽，又豈止鄭士良與山田良政！這次惠州起義失敗是革命的一個轉捩點，也是一段黑暗期，本來　國父在惠州起義時，亦即民國前十二年九月二十八日已經抵達台灣，在台北的新起町（即現在的長沙街）設立指揮部，計畫鄭士良起義成功，挺入廈門，他便率領聘用的日本軍官渡海指揮作戰，可惜日本方面應允的彈藥援助不能兌現，鄭士良之義軍亦未如計畫一舉自廣東伸展入福建，先機一失，全盤落索。而廣東方面，本來也由 國父策動史堅如烈士同時在廣州響應，史堅如立即變賣田產，用作軍費，可惜全國因拳匪之亂波及動盪，無人願意購置田產，史堅如只好以個人行動，暗殺署理兩廣總督德壽，不幸被捕成仁。

惠州起義失敗，以及廣州史堅如的就義，使興中會組織進入前所未有的灰暗期，康有爲的保皇黨勢力更順而膨脹，伸入日本及檀香山的華僑組織， 國父也就於年底買棹回日，蟄居橫濱，徐圖後計。

從興中會到同盟會， 國父之飄泊生涯，自橫濱到檀香山、舊金山、美國東岸以至英國，可謂前仆後繼，毫不氣餒。民前五年，即一九〇七年，日本受清廷壓力禮送 國父出境，經香港、新加坡轉赴河內，並策動在潮州的黃岡起義，以及惠州七女湖之役。

上面的兩項革命行動，已經是惠州之後的第三次，及第四次起義了。潮州黃岡起義失敗，爲清廷水師所破，惠州七女湖發難之義亦爲其所累，勢孤力弱，只好將槍械埋藏之後宣佈解散，以圖再舉。

短短七年內，從一九〇〇年到一九〇七年， 國父策動了六次的革命起義行動，包括粵、桂、滇三省，這般烈火燎原之強勢，可謂前所未有，而志士仁人，紛紛爲國捐軀，有如潮湧大地，猛壯激烈，而浪退無痕，僅餘一丘青塚；繼而神州陸沉，他們的開國功業，僅在中華民國開國史內安享數百字或數行的香火。也有當年苟殘餘生，遁入空門，不知所終者，譬如畢永年寫給日本友人平山周的一封信，內裡有云：「弟惜吾中國乃成奴才世界，至愚至賤。蓋舉國之人，無不欲肥身贍身以自利者，弟實不願與斯世斯人共圖私利，故決然隱遁，歸命牟尼。今將雲遊，特來告別。仁兄一片熱腸，弟決不敢妄相阻撓，願仁兄慎以圖之，勿輕信人也。弟於日內往浙江普陀山，大約翌年華三月，由五台、終南而入峨嵋。從此萍蹤浪跡，隨遇而安，不復再預人間事矣。臨穎依依，不盡欲白，龍華會上或再有相見時乎？宮崎仁兄晤時乞爲道意，恨此番未得叙別也。」

不捨之情，一字一淚，溢於言表，又如何跳出三界，不在五行？無論從容就義，或心灰出家爲僧，江山得來不易，轉眼又屆百年，伏祈中華民國壽至千年，萬歲，萬萬歲。

◉渡也
本名陳啟佑，台灣嘉義人。民國四十二年生。文化大學中文所博士。現任國立彰化師範大學國文系教授。著有散文集「永遠的蝴蝶」；新詩集「落地生根」、「面具」；論述「新詩形式設計的美學」等。

# 家書

**方聲洞一生只向前看，永不回頭，因為他要站著，笑看滿清軟弱的夕陽西下，笑看中國燦爛的朝陽在東方轟然躍起。**

方聲洞，福建侯官人。三二九之役，慷慨為國捐軀。臨死，背負刃，胸中彈，血流遍體，而氣未嘗衰；彈盡援絕，猶力戰而亡，卒年二十六。在反共必勝的大業上，每個人都應有方氏的決心與果敢。在復國必成的大道上，人人都要向方烈士立正學習！則方氏雖死猶生，軀體消逝而精神、浩氣長存！

福建侯官有一條鐵錚錚的漢子。

福建侯官漢子方聲洞，十七歲時，心中已藏著一個巨大的夢，一座燈塔。跟隨二哥聲濤，帶著至大至剛的正氣，穿過嚴寒的海峽，到日本成城學校求學。在冰天雪地裡，鑽研深奧的陸軍戰術，培養堅毅不拔的節操，立志要開成一朵英猛的革命之花。

當兇暴如虎的俄國吞蝕我東北，拒俄義勇隊裡隨時都有方聲洞抗議的怒吼，學生軍中經常出現他高大不屈的身影，和鏗鏘的劍聲。

民國前七年七月，在東京，在　中山先生慷慨激昂聲中，中國同盟會誕生了。聲洞與長嫂、大姊、二哥、二嫂，一門忠烈，用溫熱的手，合力將同盟會高高舉起。方家革命的血正熾熱，方家芬芳的梅花正盛放。民國前五年，聲洞新婚妻子王穎的手也伸過來，也和同盟會緊緊握在一起，成為一顆宏大而硬朗的拳頭。

一九一一，辛亥年，春天，梅花仍舊盛放，熱血依然澎湃。黃興、趙聲等人一致高聲說，向所有不低頭的梅花說：「是時候了。」這一句，雖然隔了重重的海洋，留日同志的耳朵都聽到了，留日同志的心都聽到了。好！既然決心捲土重來，留日同志的血就要向長江黃河學習，洶湧澎湃，擁抱在一起；同志的手都必須牢牢握在一起，成為一顆剛硬的拳頭，成為至大至剛的正氣，去擊碎滿清政府空洞的頭顱，去擊破愛新覺羅糜爛的軀殼。

七女湖之役、防城之役、安慶起義、廣州新軍之役……，九次痛楚的戰役，不幸的同志多已壯烈成仁，多已化作無言而勇猛的黃花。方聲洞多年的努力、多年的等待，就只爲了一個光輝的日子來臨。如今時機業已來臨，若是畏懼不前，怎對得起古老的大中國？怎對得起九次起義陣亡的同志？怎對得起侯官呢？靜靜寫了幾封家書、幾封絕筆函，心中湧起一江狂奔的巨流，聲洞便頭也不回地去了。

親愛的穎，我此生最愉快的事便是用這條性命，用這血肉之軀，奮力換取四萬萬中國人的生，換取中華的復活。穎，忠和孝，我選擇前一個字；家與國，我只能妥善保全後一個字。明日，就是轟轟烈烈的三二九，我將撲倒於江湖，血濺韃子。

安南與日本的械彈姍姍來遲，英勇的溫生才不幸被捕，韃子開始到處搜索革命分子。廣州起義，看來只好提前。最後決定：流血、決鬥、三二九。午後決鬥，就選擇在廣州督署。此後老百姓該微笑或者流淚，全看這一場精彩的決戰了。

親愛的穎，午後決鬥，將在督署展開。剛才我還默默地擦槍，抬頭眺望中國的遠方。今後中國要懸掛不朽的青天白日？還是汙穢的滿旗呢？就全看這一場決戰了。妳聽，我胸中有一江血，正在咆哮。穎，明日看我。

黃興、林時塽、華金元、阮德三等一百七十多條好漢來了，飛奔而來。他們發誓要用汗用血照亮中國。瀟灑的方聲洞，驚天動地的方聲洞也從日本趕來了。同志們分成四路進攻，心，只有一條。每一位同志皆似一顆憤怒的子彈，狠狠射向總督衙門，射向兩廣總督張鳴岐的腦袋。林時塽、何克夫、劉梅卿等同志在前，吹響悲壯的螺角；其餘同志在後，高唱待從頭收拾舊山河。嘹亮的滿江紅，震裂賊耳！震破賊膽！

唯有軀體不全地爲國死去，爲中國碎裂，才是我完完整整的歸來。我雖離去，其實我恆在。我仍在中國每一個角落，仍活在妳身邊，仍站著，永遠剛強地站著如中國的松，像漢人的竹。站著看妳撫育我們的子女，並且爲我盡孝，我將感到說不出的痛快！穎，我將會成爲英猛的黃花，永遠不死的黃花。這就是我方聲洞早年的一個夢。

一九一一年，三二九，下午五點半，中國史上最亮的時間，中國近代史上最動人心弦的一刻。聲洞和黃興，和勇猛的槍枝、子彈、大刀，和浩然正氣，聯袂踐踏清兵的屍體而過。有沉鬱的東風前來助陣。地在顫動，天在雷鳴。張鳴岐、李華！你們在哪裡？有種，就快快滾出來決鬥吧！八國聯軍、辛丑和約的奇恥，割地賠款喪權的大辱，這兩百年來的一筆爛帳，今天非找你們清算不可。然而，張鳴岐悄悄消失如老鼠，清兵迅速湧來似洪水，層層圍住方聲洞。這時有陰涼的晚風奔過中國。

如果，妳是永不低頭的中華兒女，不要撫我的屍體慟哭，不要唱哀悼的歌。英雄本無淚，今天我含笑寫這通力透紙背的絕筆書，風蕭蕭兮，我早已懷抱兩千年前易水邊荊軻的心情。穎，花發多風雨，人生是別離……

有陰涼的晚風奔過中國。方聲洞奮勇保護黃克強，讓他安然突圍而出，即使滿朝的刀刃插在聲洞背上。韃子的子彈如最痛的雨點，打在聲洞的胸膛上，落在中國挺進的路上。即使這樣，聲洞仍繼續踐踏韃子，射殺滿人。這就是我們的方聲洞，大漢的方聲洞。督練公所、雙門底，處處灑滿了聲洞的血，炙熱如怒火的血、反清的血。這時有雷聲怒喊、閃電灼爍。聲洞槍彈全部耗盡，抗暴的鮮血皆已流乾，即使這樣，聲洞仍堅持向前，怒目照射不斷湧來的清軍。福建侯官方聲洞一生只向前看，永不回頭！因爲他要站著，笑看滿清軟弱的夕陽西下，笑看中國燦爛的朝陽在東方，轟然躍起來。

我這一去，就絕不回頭，如向遠方湧過去的大江，如向燈塔奔過去的水。妳聽，我胸中有一江血，正在咆哮。倘若此次革命失敗，倘若，我頭顱不幸落地，相信以後還有千萬個方聲洞，跟著滾滾撲來，直到滿清的汙旗一一破碎，滿清的辮子一一剪掉。請妳教兒女，將來也要踏我的血跡高歌而來，痛快地爲國流血，直到中國茁壯起來，站起來。讓我們方家的浩氣英名，長存在每一個中國人心中，千秋萬世。

全中國都知道，殺死聲洞肉體的巡防營韃子，奪取聲洞性命的刀刃槍彈，永遠也殺不了聲洞不屈的靈魂。最後，三二九，入夜時分，夜暗中有一朵最壯麗的花，最壯麗的聲洞，像一座巍巍的泰山，轟然崩潰於雙門底，於祖國每一寸土地上。聲洞終於達成他十七歲時的夢想，盛開成一朵光芒四射的黃花，爲了一座燈塔……

自妳與二十三歲的聲洞結髮爲恩愛的夫妻，就將生命加盟，就將一生交給未來的中國。家事，妳沒有忘；國事，更沒有忘，不能忘。我知道，我永遠感激，永難忘懷。妳腹中懷著我的骨肉，遠在東京待產。我知道，我永遠感激。穎，妳知道嗎？這個國家也懷孕，也待產。不久，妳將看到，看到一個新生的中國宛如嬰兒，呱呱墜地。

◉宋瑞
本名吳詠九。廣東番禺人，民國八年生。
曾任職空軍總部、經濟部，勵志出版社發行人。
著有散文集「成功的人生」、「燈塔」、「智慧存摺」，論述「現代文學的播種者」等。

# 一百年了

**一百年了，這一百年是中國歷史上變動最大的一個世代，而中國人所承受的苦難、衝擊和痛苦，亦為翻遍歷史所未見。**

一百年前，亦即歲次甲午的清光緒二十年，西元一八九四年，　國父孫先生在這年的十一月二十四日，於美國檀香山創立了從此開啓中華民族千年萬世光明前途、影響國脈民命無比巨大的第一個革命組織的興中會，至今恰恰整整一百年了。

一百年，在整個人類歷史巨流中，只是很短暫的一個段落；若以號稱有五千年歷史的中國而論，幾十個百年過去了，綿延不變、原貌不改的封建專制體制，依然故我；儘管改朝換代，並不稀奇；平民起義，亦屬平常；然而去了一個皇帝，來的又是一個君王，皇威顯赫，王權無邊，率土之濱，莫非王土，整個天下皆爲一姓所有，萬世遞延；視生民百姓如同草芥，生死予奪悉可出乎一人旨意；竟然數十個世紀以來，一直視爲恆常，理所當然；若非當年有興中會的誕生，則中華民族的命運，必定不同於今日，殆可斷言。

這一百年來，中華民族的面貌變動至巨。從一八九四年到一九一二年中華民國誕生，國民革命經過了十次失敗方始成功。而我們的革命組織，由興中會、同盟會、國民黨、中華革命黨，以至中國國民黨，名稱亦時有更易，但實質上卻是革命組織日益壯大健碩、脫胎換骨過程中的一些里程碑。

回顧興中會創立時，眞是篳路藍褸，基本會員不過二十幾人，但就正是從此種下了革命種籽，才有中華民國，也才有中華民族遠大的未來。我們殆可想像興中會成立的那天，這二十幾位革命先烈，在　國父領導下朗誦誓詞「……驅逐韃虜，恢復中華……」時的那種壯懷激烈、浩氣沖霄的情景，我們的胸懷之間，就會鼓盪著一種無比的景仰欽佩和感奮激昂之感，眞是難以言表的。從此以後，革命先烈們前仆後繼所付出的光榮的奮鬥犧牲代價，終於換來了有史以來中國人從未夢想過的璀璨偉大果實，使四千餘年一成不變的君主政體歸於消失，二百餘年滿清專制統治終於推翻，而 國父倡導國民革命，畢生爲復興中華，建立民國，實行三民主義，使中華民族的炎黃胄裔共享民有、民治、民享的富強安樂福祉的宏願，乃克從此奠定。

一百年了，這一百年是中國歷史上變動最大空前未有的一個世代；變動得驚天撼地，排山倒海；這個世代的中國人所承受的苦難、衝擊和痛苦，亦爲翻遍歷史所未見；然而也在此復興基地出現空前的繁榮，使人民享受到世人艷羨的福祉；同時使人擁有無比的信心，懷抱著無限的希望，自覺到人的尊嚴，與作爲中國人的驕傲。……若是細細道來，勢非數百萬言不可。

概括言之，溯自中華民國建國以來的八十三個年頭中，內憂外患此起彼伏，彼伏此起；在在阻撓了建設現代一流國家的大業；然而也一再在頻仍的挑戰與頓挫中，獲致無比寶貴的經驗；從而有毅力持續投注在偉大的三民主義之貫徹實踐上，經過北伐的成功，抗戰的勝利，卒使中華民國一躍而爲二次世界大戰後的五強之一，一舉廢除了所有滿清時代與列強簽訂的喪權辱國的不平等條約；原本正可從此休養生息，實行三民主義於全國，不料卻因內外諸多不利因素，勵精圖治不成，反令滾滾紅潮氾濫至於整個大陸，不數年間，一千一百餘萬平方公里的錦繡河山，完全變色；是在劫難逃也好，是禍兮福所倚也好，都等著瞧吧。

然而，自從國民政府播遷來台，努力實行三民主義，經過幾近半世紀的辛勤耕耘，堅苦奮鬥，已使台灣地區成爲三民主義的模範省，空前的經濟繁榮與國家實力，正是如日中天，光照寰宇，外匯基數經常保持在八九百億美元，爲舉世各國之冠，人民富庶幸福，乃有史以來中國人所從未想像得到的；而排場用度的極盡其奢侈浮靡之能事，也是匪夷所思，毋待細述。回顧曩昔，體察今日，從瓦舍木屋到高樓大廈；從斗笠木屐到金裝玉裹；從粗茶淡飯到山珍海味；從捉襟見肘到一擲千金；從跋前躓後到浪費無度……眞正一個一百八十度的大翻轉；卒使人人忘其所以，個個只知名利之追逐，享樂之競爭；個人主義功利思想的意識高漲，從而渾然噩然，竟日陶醉在物質至上、情慾第一的荒淫放縱生活中，什麼人生理想與崇高志懷都拋在九霄雲外去了。

實在說來，我們今天這個時代的人，的確是在享受現代文明與科技進步帶來的果實；但也不容諱言，現代文明發展到了今天，顯然已經走進了一個死胡同。由於資本主義掛帥而使功利思想大行其道；社會人心見利忘義，重財輕人；其對自己本身的無價值感也就日益增長，既不重視一己生命的眞正價值，更漠視他人的生命尊嚴；一切生活行事，只問利害而罔顧其他，把倫理道德當成敝屣，什麼違背良心喪天害理的事情都做得出來，這種末世紀的病象，是不是業已病入膏肓，我們很難斷定，但顯然是值得注視而使有心人憂心忡忡的。

所謂：不困在豫愼，見禍在未形。諱疾忌醫，才是最堪痛惜的愚昧。我們現在的病根是把中國傳統文化看得一無是處，其實它眞是好處多著呢！首先我們傳統文化一個注重的義、利之辨，就是西方文化所漠視的；四方文化只講競爭，只顧成功；好勝固然不錯，重要的一點是，一個人不能爲了好勝，而不擇其手段，而不問其良心。好勝不光是只牽涉到個人的事。競爭若不循乎正道，便連帶會貽患於社會，影響及風俗。今天社會現象是上下交征利，所以亂象百出；那裡像我們古賢所說的：「君子尚讓，故涉萬里而途清；小人好事，足未動而途塞。」這才是何等的智慧！得道多助，才是個人事業致勝的要素，也才是社會安定繁榮的最大原因啊！

中國國民黨建黨迄今，已屆百年；已有幾代人走了過來，眼見目睹了一切慘澹經營得來的豐碩成果；須知這正是由傳統文化孕育衍化成的三民主義得以在此特殊的階段世代實踐的原因。今天，我們無疑又面臨一個興衰泰否的交叉點；在這可以說是最燦爛光明、機會無限的大好時會，也可說是最晦澀混沌、危機四伏的難堪時刻，我們所要的明智抉擇與方向，究竟何趨何從，實在攸關我們中華民族千年萬世的前途至深且鉅。然而，相信只要我們本著正確的方向朝前邁進，行見未來一個強大的、統一的三民主義新中國，必然是新世紀的世界各國馬首是瞻的模範典型，殆無疑義！

◉**尼洛**

本名李明，江蘇東海人。民國十五年生。曾任中央廣播電台副主任。著有小說「近鄉情怯」、「山茶與露」等。

# 囚禁與出格

**中國人於這一百年中，不停地「出了格」、「離了譜」，能不是中國人一切紛爭、災禍、苦難的源頭。**

國父　孫中山先生所創的興中會，於一百年前在夏威夷成立。興中會的成立，使中國有著歷史性的轉折，因而是一件大事。興中會後改組為同盟會，改組為中華革命黨，改組為國民黨，改組為中國國民黨，脈傳至今。因此，中國國民黨建黨，今年是一百週年。

中華民國，由中國國民黨所倡導的國民革命，推翻滿清帝制而締造的，是亞洲第一個共和國。但是，中華民國自誕生以來，一直爲內憂、外患所困，支離破碎，目前仍處於分裂之中。何以至於如此？綜觀來說，應是個文化問題。當中國文化被摧毀迨盡了，弄得中國人不像中國人了，甚至不像是人了，其問題叢生，也就是必然的了。

從歷史的發生、發展看，人類以智慧開創文明，另以經驗發展文化，文明每每爲客觀的存在，而文化不僅由主觀意願出發，並因時空不同而變異。此兩者確定了「人爲萬物之靈」，同時人類亦因此兩者而活得奢侈。

可是，人類卻活得並不快樂，因爲時時刻刻都感覺到被一些事物所「囚禁」，而這一個事物就是文化。我們說：文化由經驗發展而來，當衆多的經驗結晶成爲一種需要適應、需要遵從的理念、以至形而上時，就是文化了：如習俗、道德、神……種種。也是由於經驗的不同，我們自然的會感覺出東方文化、西方文化之所指，也自然的會作出精緻文化、次文化、惡文化等種種類分。

人類爲文化所「囚禁」是可見的：如爲習俗所「囚禁」，爲道德所「囚禁」，爲神所「囚禁」……種種。這一些「囚禁」人的文化理念，累積而成爲「經」，傳承而有了「道」，於是「經」與「道」就成爲有形的「框框」，與各種形式上的「框框」，適應與遵從這種「框框」的，才算得是人，有違於它的，被貶抑爲「離經叛道」，或被指斥爲「不是人」。這樣，人就被一種「位格」所縛，並接受其嚴苛的約束與考驗，而俗說的「出了格了」、「離了譜了」，更將這一「位格」形容得深刻與嚴肅。

在西方，人爲絕對的神的文化所「囚禁」，長達千年，史稱「黑暗時代」。文藝復興掙脫了神的「框框」，以後，法國大革命又掙脫了統治者的「框框」，是人類歷史的輝煌。西方人從神權、君權中解放出來，由神性而理性，使人類智慧有了發揮，而有「產業革命」的興起，而有代議政體的建立，開展了自由、民主時代。

但是，人類仍不快樂，因爲從「不自由、毋寧死」中所掙得的自由，不能瞬間、異化而成爲資本主義者、殖民主義者剝削與掠奪的藉口或工具，而使人類再有生活資源公平分配的要求。由於這一要求，產生了社會主義，後來，各種各樣的社會福利政策，都是從這一種理念中所發展出來的。不過，與其同時，社會主義又異化出共產主義，而有「無產階級革命」的發生。

興中會創立之時，正面臨著自由異化的殖民主義，與公平異化的共產主義，所產生的時代的紛爭，兩者同時對中入侵，兩者各以其入侵的工具：自由、公平，否定中國原有的「框框」─道德，而當中國此一「框框」被否定掉了，中國文化也就蕩然了。當中國人於迷幻中喊出了「吃人的禮教」時，中國的「文化大革命」，就已經開始了的，後來毛澤東的「吐故納新」、「破舊立新」，只不過是另一個角度的殺伐而已。

因此，中國人於這一百年中，不停的「出了格了」，「離了譜了」，能不是中國人一切紛爭、災禍、苦難的源頭？反觀西方，神權被奪，而神的絕對卻在人們三餐的禱告中可見；君權被奪，而公權力的絕對也在法治中可見。至於我們呢？卻將入侵的工具的東西，再異化成「只要我喜歡，有什麼不可以」，能不可悲！

當年，中山先生倡「恢復固有道德」，從百年的經驗看，從紛爭、災禍、苦難，所對它的洗滌看，這一「框框」所體現的文化是十分值得珍惜的，如果中國人要免於紛爭、災禍、苦難，也必須從方寸之中思考、反省、出發。茲以此爲中國國民黨一百週年慶，並以此希望於中華民國和中國人。

◉**鄧文來**

筆名孟湘、沙雁、礁隱。

湖南醴陵人。民國二十年生。

曾任「中華文藝」主編，華欣文化出版部經理等。

著有散文集「山河戀」、「斜陽外」；小說「輕烟」、「春潮」、「牧歌」等。

# 以歷史為鏡

**中國的革命事業自一八九四年從檀香山出發，百年的歲月，就是在戰爭、血路、苦難中走過的。**

一九四五年的秋天，父親攜我們一家人，從鄉下返回城居。別後一年餘的屋子，已非當日莊嚴面貌，房屋四周外牆，彈痕累累，屋瓦零碎破敗，屋內塵灰、蛛絲滿佈，椅桌傢俱雜亂橫陳。慶幸的是未像前街、後巷的屋宇，均被日機炸毀燒成廢墟。經過一家人的清掃、整理，屋內大部份恢復舊觀。父親稍事休息後，要我陪他到後院。我知道父親的心意，後院有株海棠是他親手栽植的。去年夏天日軍佔領縣城，那一把火燒了三天三夜，縣城半壁成墟，父親在鄉下就憂鬱悶悶。父親一生愛花樹，猶愛海棠。

秋晚的夕照艷麗，涼風微起，我陪著父親走進後院，雖然蔓草、殘磚、瓦礫滿地，那些花樹仍綠葉濃濃，海棠含苞待放。父親展顏而笑，撫著我的頭說：「但願中國的苦難已結束，你會在昇平的歲月中成長。」他復昂首暮色的天庭，上弦月自東天升起，繁星如水晶般閃爍。他悠悠地說：「我的一生是從中國的戰爭、血路、苦難中走過來的，但盼能安靜的度過餘年，看到中國的新生命！」

望著霜白的鬢髮，歷經風霜蒼老的容顏，一陣心酸湧上心靈。父親老了，勞苦奔波半個世紀，也該享受寧靜、太平的生活了。父親緩緩的走著，我跟著身後，望著他瘦長的身影，晚風吹起他的衣角，我內心喃喃地說：「爸，我不會遠離家門，會陪伴您走過未來的人生之路！」

父親的生命誕生於一八八五年秋天，那年是光緒十一年，清廷明令頒布台灣建行省，但九年之後，中日「甲午」之戰，因清廷的昏庸、腐敗，海軍全軍覆沒，訂立馬關條約，把台灣割讓給日本。從這一年開始，中國的國勢積弱不振，列強群起入侵，清廷不知圖強奮發，仍沉溺於淫樂，把國土視爲私產，每一次戰敗，就割地賠款、通商，對內則暴政橫行，強征剝掠，不顧億萬黎民之飢苦、凍寒，引發各地盜匪紛起，兵亂如麻，民不能安田園，千里赤地；商不能安於市，百業凋蔽。熱血的知識分子，鑑國家之危亡、民族將滅，乃四方奔走革命，乃有　中山先生領導的革命首義廣州之役，喚起全國民衆；黃克強先生奮起三湘，海內外呼應，歷經九次起義，血流大地，千萬烈士捐軀，橫屍溝壑，始於辛亥一役推翻滿清，肇造民國。斯時萬民鼓舞，咸認中國之新生在望，建國圖強以振民族聲威。而南北議和，袁氏陰凶，猶戀帝夢，破壞國體，雖旋踵滅亡。但殘毒未盡，軍閥割據，兵戈四起，荼毒生靈，飢民流徙四方，烽烟漫於大江南北。革命義師再舉羊城，東征、北伐以寡擊衆，完成統一，奠都金陵。然而喘息未定，日本軍閥乘國勢未穩，發動東亞戰爭，侵我關外，蹂躪華北，直逼江淮。我的生命就是在這個時代來到人間的，從嬰啼而到少年，無一日不在日本飛機轟炸、戰火中過日子。我的小學生活，在承平之世，應是人生最美好的時光。然而我們過的是流離、苦難、恐怖的日子。每天清晨，只要是艷陽高照，城裡的居民就會愁眉苦臉，準備食物、飲水，一聞警報聲響，全家扶老攜幼到郊外的山野或荒涼鄉村避難。我們這群上學的孩子們，由老師領隊，疏散到山野、鄉間的廟宇、祠堂席地而坐，聽老師口授；中學生全都在山林野地上課。一聽到日軍機群，轟轟列隊掠過殘空，每個人的心情都是哀傷、沉痛。倘使這天沒聞到炸彈聲，城裡沒有硝烟沖天，男女老幼都會歡呼、額首稱賀。但多數的日子都是劫火難逃；城裡的市街，總有幾處被轟炸，或被機槍掃射，硝烟燭天，滿城是殘垣斷瓦，未出城的居民傷亡累累，屍橫街巷！

我的生命就是在這恐怖、苦難的年代成長。勝利那年秋天隨父返回城居，雖然只是個上中學的少年，並非太平盛世的「少年不識愁滋味」，在我的心靈上，已飽受戰火、流離、苦難，對父親這一番話，已深深體悟出他的心境。

然而勝利的果實，並未帶給我們這一代美好的人生，而是四十餘年的背井離鄉，悲苦、傷痛的流離。內亂的烽火，迫使我們流亡，骨肉分離，四十年來不知生死存亡。茫茫天涯，蒼蒼雲山，望斷關山，歸鄉夢遠，這是人間何等沉痛的悲劇！

中國的革命事業，自一八九四年從檀香山出發，百年的歲月，就是在戰爭、血路、苦難中走過的。但它沒有倒下去，仍然昂首踏著沉實的腳步向前走。四十年來，立足台灣，默默的經營、建設，懷抱「三民主義」以建中國的精神，使台灣從落後、貧困中站了起來；度過風雨、驚濤、駭浪，創造了經濟繁榮、社會富足。回顧四十多年前初履台灣，貧苦、荒萋、落後的情況，國府孤絕無援，人人自危，幾有孤舟怒海沉沒之懼。想一想那段歲月，台灣的命運是何等的悲淒，有誰能預料今天的繁榮、富足，傲視環球，舉世欽敬。作爲一個中國人，這是一份尊榮和驕傲。中國不會倒下去，三千年的文化薪火承傳，炎黃子孫的血脈相連，我們應攜手相連，秉持胸懷中國，以經濟創造一個繁榮的中國，完成　中山先生遺志，以「三民主義」建設中國。

歷史是一面鏡子，辛亥之役後的中國，倘使國人皆能奉「三民主義」以建國，黨內沒有派系紛爭，日本軍閥不敢發動侵華之戰，中共無隙坐大發動內戰，製造四十餘年的國土分裂悲劇。古人云：「以銅爲鏡，可振衣冠。以史爲鏡，可知興亡」！我們身居台灣，四十餘年的經營得來不易，是從荆叢、苦難、血路中走出來的。誰能忍見再臨一次劫難，陷後代子孫於戰火、血路、流徙的浩劫！

百年來的戰火、烽烟、流離、苦難行程，這一幅歷史的鏡影是悲涼的，每一個中國人都應嚴肅的面照，沉痛的回顧和省思！

◉陳漢平

福建金門人，民國三十八年生。
國立交通大學電子工程系畢業，美國加州大學電腦博士。
曾任教南加大電腦系兼任教授，目前從事電腦設計。
著有散文集「愛與幽默」、「誰怕電腦」、「生活方程式」等。

# 和平的心願・實業的疆場

**一百年來的清廷、列強、書生、勇士和平民，**
**各自經歷各種不同的心路歷程，**
**最後終於找到一個和平共處的共同基點。**

劍外忽聞收薊北，初聞涕淚滿衣裳。
卻看妻子愁何在？漫卷詩書喜欲狂。
白日放歌須縱酒，青春作伴好還鄉。
即從巴峽穿巫峽，便下襄陽向洛陽。

杜甫這首詩，寫的是一種山河重光的喜悅。

對於近代中國人，此刻所體認到的快樂，並非收復失土，而是收復了一種企望已久的平安、純眞、自由、圓滿的心境。

幾經風雨的故國，現在塵埃雖然尚未落定，卻已出現了雨過天青的一線曙光。

在此之前百餘年，對於關懷中國的人，種種的熱愛，總像是帶著一種無望的執著，無助的迷戀。

中國詩人最喜歡歌詠自然美景，和花木魚鳥。最嚮往的是有良田美池，能夠登山尋幽，一種悠閑的居家樂趣。

然而每懷故國、美景經常勾起了更多的回憶，更深的哀怨。

歷史上的亂世，往往成爲激發靈感的泉源。思想的衝擊，危機的警惕，到了極致，就會轉化成爲感情的啓發，士氣的鼓舞，和眞理的探索。例如春秋戰國時代，和三國時代，會產生諸子百家的智慧，會出現詩人如屈原，志士如句踐。因爲危機的巔峰就是轉機的開始。而秩序的崩潰，更令人申誡謹愼，重新建立起人生價値的地點。

在此時此刻追懷起　中山先生在一百年前所創立的興中會，更印證了中國歷史上所隱藏著的這一項否極泰來的玄機。

而尤其難能可貴的是，早在一百年前，關懷中國的有志之士，已經看到了建立一個現代國家所迫切需要的兩大要素：民主與科學。

最近國際人士對當代中國人有一個定型化的印象，認爲中國家庭過於注重子女的教育，並且中國學童過於偏重於數理的訓練。

如果瞭解近代中國歷史，就會發現這樣的現象，其實隱涵著一項辛酸裡的醒悟，痛苦中的勇氣。也更令人懷念起一百年前，身處於內憂外患，槍林彈雨中的先賢。

當時在民權未彰、身家難保的環境下，他們想要「發展科學、振興實業」的心願自然也成爲曠野中無望的奢想。

往後歷史更證明了任何人在任何艱難的困境裡，都有著心存樂觀的理由。我想一百年前憂國憂民的先民們可能會快樂一點，如果他們能夠預告台灣香港等地的海角遺民、孤臣孽子，在幾度的顚簸之後，終究有一天會絕處逢生，成爲北上中原振興實業、開放視聽的勁旅。

然而時光已不能逆轉。以往的掛慮，不能夠化爲快樂。以往的熱淚，也不能換爲歡笑。以往的狂熱和犧牲，更無法去推究它到底是否划算？是否合理？

由此更加相信人會變成熟，世界也會變成熟。

一百年來的清廷、列強、書生、勇士和平民，各自經過了種種不同的心路歷程，最後也終於找到了一個和平相處的共同基點。

以往的戰爭，如今也已逐漸轉化成爲一場和平競爭的遊戲。

而如一百年前的興中會一樣，競賽之中，依然會有自然結合而成的團隊，而民主和科學兩項要素，將來依然會是許多團隊所共同擁有的基本精神。

在歷史的功課裡，我們學會了容忍，也學會了等待。

近代的危機與變遷，其實並非中國所獨有。而民主與科學兩項，也非中國所獨無。在二十世紀末葉的世界，人類終於等待到一種和諧、關懷、互信、互諒的契機。

而心繫家國的有心人，在一百年後的今日，也終於如釋重負，生平第一次寬心、安心，能夠寄望於和平自由，寄託於實業建設，寄情於藝術文化和鄉國美景。

◉郭明福

台灣屏東人。民國四十二年生。
東吳中文系畢業。
現任西松國小教師。
著有散文集「溪鄉鴻影」、「年華無聲」;論述「琳琅書滿目」等。

# 只因有理想的緣故

**人要一無所有才會膽大，一無牽掛方不珍惜自己，革命先烈毅力捨棄親人、家庭，是覺得構築新的沒有欺壓的社會比個人性命還重要。**

儘管那遠在三十年前，但我仍記得小學國語課文中有一課「憑弔趙伯先烈士」。級任衛老師最喜歡叫我們全班朗讀這一課，而我們果眞也將這篇弔英靈傷早逝的文字，讀得沉鬱蒼涼，尤其念到趙伯先在獲知黃花崗起義失敗，同志數十人死難，其痛哭高吟「出師未捷身先死，長使英雄淚滿襟」時，更是激動難抑！

於我而言，這非僅是一篇在激勵學生愛國情操的課文而已，趙聲也不只是個三十歲就悲憤以終的革命黨人；我是由此對大時代的人與事，產生了高度的興趣，所以後來我熟讀徐錫麟、秋瑾、黃克強等人的故事，即連中山先生輓劉道一的詩句「劉郎死去霸圖空，但恨不見九州同；塞上秋風悲戰馬，神州落日泣哀鴻……」皆曾抄下吟咏……。

當然，在富批判精神的人的眼中，凡敎忠敎孝的文字，多多少少皆具有「痲醉」和「愚民」的成份，不可盡信；而就我來論，以今視昔，對於那些編寫敎科書的人，我並不想探究他們是否別有居心，我只是會一再思考到人的「理想性」的問題。

徐錫麟被剖腹取心，秋瑾被斬首，陸皓東血濺刑場，陳天華跳海，鄒容魂斷獄中……他們都因反對淸廷而喪命，亦即在寶愛自己生命與追尋公道之間，他們選擇了後者，若非意志堅決，這種抉擇絕非容易。

人要一無所有的時候膽子才會大，要一無牽掛，或是完全不珍惜自己的時候才不會畏懼死亡，陸皓東他們有家庭，有親友，最後毅然捨棄，是覺得建立一個新的國家，構築一個新的沒有欺壓的社會比個人性命重要，這就是理想，是以有限的肉身生命換得精神生命的無限延長——其實他們坦然面對死亡，大概也不會去計較有無身後名。

典型在夙昔。革命家當然是值得我們欽佩的，因爲讓我們這一代不必再去拋頭顱、灑熱血，不必再寫「與妻訣別書」，不用再披髮跪地寫「秋風秋雨愁煞人」，可是那些能大破大立的仁人志士，也是令我們汗顏的，他們地下有知，會質問我們：爲何這一代的人只知汲汲營營於眼前功利，所謂「理想」、「未來」，被視爲迂闊可笑的東西！

就因不具崇高理想，個人利益凌駕社會利益、國家利益，於是此間政客多政治家少，商人多企業家少，舞文弄墨者多藝術家少，腰纏萬貫之暴發戶多熱心公益之富翁少，台灣整體給人印象，就是小鼻子小眼睛，十足小格局的島國德性。

因有　中山先生、陸皓東、趙伯先、林覺民……等先賢先烈的理想與堅持，才有中華民國的誕生，因有超越共黨治下大陸的理想，才有台灣經濟的起飛。

因有理想，使台灣人的生活由勉強溫飽進入舒適，但也因失去理想，使台灣人競尙奢華，顯得品味低俗沒格調。

理想無價，無法購買，不能外求，只存於人的方寸之間；百年前，　中山先生創黨革命，我們不恨未逢其時，怕只怕今人一切理想盡失，縱於逸樂，怠惰因循，愧對先賢耳！

◉貢敏
筆名弓之的、金聖不嘆。南京市人。民國十九年生。
曾任中國製片廠電影導演、華視及中視公司製作人及編導等職。
著有劇本「一夜鄉心五處同」、「星星·月亮·太陽」、「春風又綠江南岸」等。

# 國旗歌的聯想

**一個世紀以前，這面旗幟還沒有誕生，若干世紀以後，希望這個旗幟依然健在，她璀璨光輝蔭庇一代代中國人，永離苦難、永享福祉。**

生爲體育迷，愛看一切比賽，適逢世界一流女子排球勁旅來台競技，自無不捧場之理；「八·二九」那日傍晚，我自英雄館開完會後出來，越過被幾百輛計程車包圍的博愛區，直奔體專體育館。匆匆進場時，蘇俄隊與日本隊的廝殺，已然在滿座球迷的喝采聲中展開第二回合，場內場外，端的是戰雲密佈、氣氛熱烈。此役，東洋魔女先下兩城，使得性如烈火的蘇俄老教練在場邊暴哮如雷，果然，在他聲聞全場的叱責之下，蘇俄娘子軍奮發還擊，在三、四兩局連連獲勝後，又在決勝局上大幅領先，形成「大逆轉」之優勢。不料，正當「霹靂火」教頭面色和緩，略顯笑意時，場上突起變化，日本隊因一次神來之擊的好球帶動士氣，竟然急起直追，由落後、扳平，而超前至終場，使蘇俄隊功敗垂成，「兇」教練徒呼負負……。

這場球勢均力敵，起伏變化扣人心弦，頗具戲劇性。球迷們心滿意足之餘，對下一場強弱懸殊的賽事乃更不在意了，因爲前場的高水準演出，已然值回票價。

第二場是我們中華女將鬥強悍的古巴隊。這幾乎是不同等級的比賽，態勢一目了然。從賽前練球的動作中，即可判知勝負誰屬，球迷們想欣賞的，毋甯是我隊的鬥志和客隊的風采。

兩陣對圓，待燃戰火前，按照國際比賽慣例，是先行演奏兩國國歌。正當大家肅立屏息以俟時，聽到的卻是我們的國旗歌而非國歌；尤其當樂聲演奏到「青天白滿地紅」高潮旋律時，我環視會場，竟然沒有發現一面在歌詞中被讚頌的國旗！在中華民國首都所在地所舉辦的國際比賽，竟然不能懸掛中華民國自己的國旗，這是不可思議的事；面對其他與賽三國的國旗，我倍增屈辱感：這算甚麼「國」際比賽？我們現在算是甚麼樣的國家？

由於偌大的體專體育館內，看不到一面國旗，因而剎那間思緒奔騰，卻湧起許多與這面旗幟有關的聯想；儘管此刻球場上諸聲雜作、賽事已在進行，我則早已神遊物外，爲記憶中青天白滿地紅的旗影歌聲曳引了。

最早的強烈印象，是產生在抗日期間的童年。那時故鄉南京淪陷，日本人把他們的紅膏藥旗，和中國國旗並掛，看起來十分刺眼。（總覺得那太陽旗上的一團紅，是染自中國人的血。）後來，不知自何時起，日僞政權又在中國國旗上，加了一條印有「和平反共救國」六個字的黃色帶子，也令人不舒服。直到抗戰勝利，青天白滿地紅的國旗，纔恢復了壯麗的未來面目。

抗日勝利，國府還都，國旗成了每個中國人心中的最愛。記得那時剛學會騎自行車，就在車把上也裝飾了兩面國旗，奔馳過市，高興不已，覺得不作亡國奴的日子眞好！

後來大局逆轉，我隨著流亡學生，一齊跟著軍隊轉進各地，雖然歷盡艱辛，但仍然是在這面旗幟的啓引下，山一重、水一重地相隨相依。民國卅八年的秋天，我們那支與政府終於失去連繫的孤軍、困守在福建外海的東山島。就是靠著一面升起來的大國旗，纔使得海軍嘉陵號軍艦發現，而重新歸隊的。

在台灣多年，和所有人一樣，仍是在這面旗幟下呼吸、生活、工作。每天的升旗降旗，一如日出日落那樣自然。幾乎都不曾爲她激動過——除了有幾年的元旦升旗之外。倒是在本島以外，有兩次見到國旗的經驗，令我深刻難忘。這是在香港和小金門所發生的事。

退出聯合國那年，我正在香港從事電影工作。當時港九各界義憤塡膺，就在慶祝雙十節那天，用旗海來表達對政府的向心力。印象最深的一面國旗，是插在新界面對大陸的海邊田壟上，直徑超過一丈，風鼓起來的時候像一堵牆，四週空曠，卻顯出「雖千萬人吾往矣」的強者氣概，令人豪氣陡生。

另一次是在小金門到大膽島的途中，我和幾位中製廠的同仁，在橡皮舟中所見到的壯麗畫面。原來在這段航程的海域中，有一列由國軍戍守的較小島嶼。雖島小如拳，但在每個脊背上都插著一面顏色特別亮麗的青天白滿地紅國旗。這一面面國旗閃耀在藍天碧海與金色陽光之間，既莊嚴、又生動，形象鮮明已極，是我平生所見到最難忘的景色之一。

不知道是從何時開始的，有些人對國旗減低了敬意，竟然把中正機場前的國旗降下來換成別的！這在我們受國際間打壓之同時，不啻雪上加霜；內憂加上外患，使得我們在應該看到國旗的時候卻看不到。當「風速女神」王惠珍，含著淚水在亞運受獎台上說：「願拿金牌換國旗」時，不知打動了多少有良知者的心弦，相信在那一剎間，定有千百萬面國旗在黃帝子孫們的心間升起，國旗與國人同在，人人與國旗同在！

一個世紀以前，這面旗幟還沒有誕生，若干世紀以後，希望這面旗幟依然健在，她璀璨的光輝，將蔭庇著一代一代的中國人，使他們遠離苦難、永享福祉，在高唱國旗歌的時候，青天白日滿地紅的旗幟正在冉冉上升……。

**◉楊乃藩**

上海市人，民國四年生。大夏大學教育系畢業。
曾任中國時報社長兼總主筆。
著有散文集「環遊見聞」、「古道照顏色」等。

# 簞食壺漿迎黨軍

**在人們的夾道歡呼中，革命軍緩緩通過，他們不時展露笑容，向沿街的男女老少招手，大家永遠想不到，「丘八」是如此的可親可愛。**

我生長在江南的一個小鎮。江南素稱魚米之鄉，平疇沃壤，河渠縱橫。人們都過著農業社會的寧靜生活；豐衣足食與世無爭。卻也因此在民國成立以後，成爲軍閥覬覦的焦點。齊燮元、盧永祥、周蔭人、孫傳芳等所屬的部隊，有時候過境徵集糧餉；有時候在鎮上互相火拚。由於紀律廢弛，四出擾民。因此在我幼年的記憶裡，每看到街上有群衆倉皇奔跑，嘴裡嚷著：「丘八來了」，「丘八來了」（丘八合起來是一個兵字，指的是軍閥的部隊）。母親就帶著一些細軟，拉著我們幾個小孩，跟著群衆，跑出鎮外，到鄉間的親戚家去暫避鋒頭。待到鄰人傳來消息，丘八已經遠颺，才又惴惴然回家。至於應付丘八，是鎮上商會的事情，要多少擔白米，多少頭豬，多少現洋，乃至多少名「伙子」（拉去從軍），都得照辦。滿足了要求，才揚長而去。不然，頭目一聲令下，縱容士兵搶劫滋擾，那就難以消受了。

當時，我還在小學唸書。我們這個小鎮，離開我國第一大都市的上海，只有四十多公里。上海華洋雜處，社會開放，消息靈通，教育發達。我們鎮上，就有好多位到上海去讀師範，回來後在小學任教，並在暗中加入了中國國民黨，父親便是其中之一。他們一方面教書，一方面鼓吹革命思想，傳播時事訊息。上課的時候，我們最愛聽的，也就是那些課本外的閒話。國父中山先生的三民主義，使我們聽得津津有味。他的遺囑，每個學生都背得滾瓜爛熟。直到七十年後的今天，我仍然琅琅上口。

民國十五年夏天，我讀小學五年級。老師滿懷興奮的告訴我們一個天大喜訊，國民革命軍誓師北伐。他口沫橫飛的描述國民革命軍（因爲他們是國民黨員，所以稱之爲「黨軍」。）是仁義之師，如何的親民愛民；使飽受軍閥蹂躪的我們，感動不已，憧憬不已。隨後，老師幾乎每天報告革命軍勝利的消息，如秋風掃落葉般把軍閥的部隊摧毀，並且一步步的向江南迫近。使我們興奮得雀躍不已。期盼著王師早日到來。

消息傳來，革命軍推進迅速順利，杭州、松江等幾個大城都已攻克，離開我們這個小鎮愈來愈近。父親和他的同事們，個個喜形於色，而且一天比一天忙碌起來。晚飯後，他們都匆匆外出聚會，大概是商量如何迎接革命軍的事。某一天晚上，父親忽然要我跟他去。我們到達鎮上文昌閣的樓上，那裡陸陸續續來了二三十個人，長桌上堆了一大批紙張、白布、竹條、墨水等材料。人們一進來，便分別做事。有的在五顏六色的紙條上寫標語，寫的是「歡迎國民革命軍」、「剷除軍閥」、「打倒帝國主義」、「三民主義萬歲」等等。這些標語有些餬在竹條上，準備給人們拿著歡迎黨軍；有的則將用來貼在大街小巷的牆壁上。另外一批人七手八腳扯著的，是把一條條裁剪好的白粉布，鋪在地上。然後把硬紙板剪成黨徽，外圍十二個角，中間一個圓圈，壓上白布條中間。再用毛刷醮了藍墨水，用手指撥動毛刷，像噴霧一般灑在布條上，灑完以後，把硬紙板的黨徽拿起，白布條上就顯出一幅青天白日的圖案。父親告訴我，這些白布條，是作爲臂章，在歡迎革命軍時佩用的。還有一個角落裡，一位音樂老師正在教大家唱歌，唱的是「打倒列強，打倒列強，除軍閥，除軍閥，國民革命成功，國民革命成功，齊歡唱，齊歡唱」。儘管歌詞是這麼簡單，人們在振奮的情緒下，唱起來卻分外動聽。

高潮終於來了。那一天早上，遠遠傳來幾陣隆隆的砲聲。不久，街上零零落落的跑過一批狼狽不堪的軍閥部下的敗兵。他們再也無法逞威，有些失魂落魄的勉強前進，不知歸宿何處。有些索性丟掉了槍枝，脫下了軍服，裝成平民，但是家家戶戶大門緊閉，誰也不敢去收留他們。敗兵過後不久，街上忽然有人邊走邊叫：「革命軍到了，大家開門迎接」。果然如響斯應，商店移走了「排門」；住戶打開了門窗，人們都走出戶外，期盼著這歷史性的一刻的到來。

父親和他的同事們，鎮上的士紳們，早已戴著臂章，搖著旗幟；在市梢的大道旁列隊。革命軍出現了，他們一個個年輕力壯，精神飽滿。剃著光頭，足穿草鞋。背上一個斗笠，寫著國民革命軍字樣。在人們的夾道歡呼中，緩緩通過。不時展露笑容，向沿街的男女老少招手。鎮民們如醉如癡，手掌都鼓腫了，喉嚨都喊啞了。看到革命軍汗流浹背，大家忙不迭的送上毛巾、茶水。大家永遠想不到，「丘八」是如此的可愛可親。使我印象深刻的，是殿後的一位將軍雄姿英發，騎了一匹白馬，馬蹄踏在青磚鋪的街道上，發出滴答滴答的聲音。事後父親告訴我，他是國民革命軍的師長薛岳（伯陵）將軍。

父親還向我透露，鎮上本來商量妥當，預備提供若干米糧、魚肉之類，慰勞黨軍的，但都被婉拒了。原來準備幾個小學的教室，作為憩息之所，也因為恐怕影響課業，而借住在幾個廟宇裡。革命軍，真正做到了秋毫無擾。

晚上，為了慶祝革命軍的勝利，鎮上舉行難得一見的提燈會。像魔術一般，許多燈籠，突然之間冒了出來。小學生們全都參加了。我當然躋身其間，用亢奮的聲音，高唱「打倒列強……」，高呼「慶祝北伐」。如今，雖然事隔將近七十年，但這歡欣鼓舞的一幕，仍然歷歷在目，永遠不會忘懷。

◉韓秀
一九四六年生於美國紐約市。
曾任教於美國國務院外交學院、約翰·霍普金斯國際關係研究院。
著有散文集「重疊的足跡」、「早安！台灣」，小說集「生命之歌」、「折射」等。



# 笑迎碧海藍天之上那一面旗

**我的外祖母從來沒有把她的信念强加於我，她只是不斷地告訴我事實，告訴我在教科書裡絕對見不到的東西。**

我是在二次大戰結束後才出生的，對於中國的認知又是從大陸開始的，但我對中華民國的感情卻深沉且滿懷信心，這要感謝一位眞正的中國人，我的外祖母。

外祖母的娘家姓謝，婆家姓趙。這兩家都是太湖之濱的大家庭。外祖母和外祖父是循古禮結爲夫婦的，在外祖父母拜天地的時候，他們還是兩位從未見過面的年輕人，然而，這一拜下去，外祖父就成了外祖母長達八十九年的人生旅途中唯一的男人。

外祖父走得早，我沒有見過，只是外祖母身邊那發黃了的照片上，那穿長衫，戴眼鏡，看起來溫文儒雅的男人就是我外祖母口中一天要提多少次的「你外公」。

而且，「你外公」是最有福氣的人，怎麼說呢？因爲他年輕輕的，未滿四十歲就生肺病去世了，他沒看見日本鬼子禍害中國，他也沒看見共產黨在家鄉施行「土地改革」、「鎮壓反革命」，而奪走趙家、謝家一百一十四條人命。他更沒看見他寫了卅多年的中國字被偷天換日成了滿紙「白字」的所謂簡體字。

「所以，你外公沒看見那些長毛、亂黨禍國殃民，他心裡只有一面青天白日的旗子，他只知道他一生都是堂堂正正的中國人。他自然是最有福氣的。」我外祖母這樣說。

於是，我知道了，在很多人心裡，青天白日才是國家象徵，而將錦繡河山變成紅彤彤一片的，不過是長毛、亂黨而已。

五〇年代，一直到六〇年代初期，我外祖母並不孤單，她不是靠回憶來過日子的，而是一部中國近代史就在她的生活中，在她和她周圍的那一批老朋友的談話中。

我只要悄悄地坐著，就可以聽到「國府」所作過的許多事，我才知道學校書本中咒罵的「人民公敵蔣介石」是他們心中的委員長，而且，委員長是八年抗戰歲月中全中國老百姓的領袖，那時候，重慶才是青年嚮往的聖地。

實在忍不住，我只好問：「那麼，現在我們教科書裡那些『抗日名將』，當時都在幹什麼呢？」

他們都笑了，告訴我：那時候，他們在延安的窯洞裡忙著發展自己，也忙著「消除異己」。總之一句話，他們乘著日本入侵的機會，「坐大」了。

對於一個未滿十歲的孩子而言，實在是太可怕了。每天要學、要記、要背的歷史教科書裡滿是謊言！

我的外祖母從來沒有把她的信念強加於我，她只是不斷地告訴我事實，告訴我在教科書裡絕對見不到的東西。

在那個時候，孫中山先生是「舊民主主義革命的先驅者」，因爲他領導了辛亥革命，推翻了滿清。然而，書本告訴我們，這個革命並沒有什麼了不起，一九一一年之後，中國陷入軍閥混戰，民不聊生，眞正是水深火熱，直到一九四九年「中國人民」才眞正「站起來了」。

外祖母卻心平氣和地告訴我，國父　孫中山先生不僅是革命家，也是思想家，他提倡的三民主義不僅適用於中國社會，而且對於整個人類社會而言都有積極的、正面的、建設的意義。爲什麼呢？因爲民族主義的基礎是倫理，而民權主義的本質是民主，而民生主義的實行靠的是科學。

天哪！原來說了那麼久而見不到面的「德先生」，早就在　孫先生的思想體系中生根了。而賽先生似乎只和造原子彈的夢想有關，和老百姓的生活毫無關係。可不是嗎？紅旗飄飄十多年了，老百姓卻過起「糧油不足，瓜菜代」的日子。六〇年代初的大饑餓不正是實例嗎？

外祖母沒有說三民主義的好，但熟讀馬列主義的我卻厭惡階級鬥爭的血腥，感覺到了孫先生主義中的溫暖和親近。外祖母笑說，那就是「博愛」，而博愛的偉大是可以用心去體會的。

我問外祖母，那麼好的主義在那裡實行呢？外祖母笑吟吟的說，在台灣、澎湖、金門和馬祖。將來，會在有中國人的地方。

那時候，我懂得了外祖母和她的朋友們對中國的信念由何而來。

之後，經過一次次政治運動，我親眼看著當局者將一本中國古代史和一本中國近代史翻來覆去地改，以適應他們政治鬥爭的需要，我對這個當局的「長壽」產生了根本的懷疑。

文革爆發，我自己亡命新疆，我的外祖母，已經七十高齡的老人，在紅衛兵的銅頭皮帶下被打斷了手臂，打斷了肋骨。然而她的信仰還在。她的老朋友一個一個離去了，多半都死得很慘，但她仍矚目南方，依然相信重慶精神會在台灣發揚光大。在古今中外的典籍葬身火海的時候，枯瘦如柴的外祖母告訴我，中國人的希望在台灣。

終於熬過去了，外祖母熬到了我從美國返回北平工作的日子，一九八三到一九八六，我陪外祖母度過她生命中最後的三年。老人最感欣慰的，是我回到她身邊之前，曾在中華民國的台北市住過一年，她手撫著中華書局出版的「古文觀止」，頻頻向我打聽寶島上的一切。

一直到她離開這個世界，她都欣喜地注視著台灣每一項成就，她看著光華雜誌上，碧空中飛揚著的國旗，由衷地、開懷的笑了。我永遠記得她的笑，那在苦難中，在黑暗裡，迎向南方，迎向光明的笑。

◉周伯乃
廣東五華人。民國二十三年生。
曾任中央月刊執編、文建會秘書。現任「世界論壇報」副社長、「實踐」雜誌總編輯。
著有論述「情愛與文學」；散文集「晴窗小語」；詩「濁流溪畔」；小說「幾度寒林孤路」等。

# 忝列一筆

**在漫長的百年歷史中，個人的生命不過是微不足道的一個點，但對自己將近三十年的編輯旅程，却是個重要的人生歷程。**

民國五十七年中央半月刊進行改版，由一本純政令宣導的刊物（黨內刊物，對外保密），要改變成大衆化、可讀性的刊物（公開發售）。由當時任中央委員會首席副秘書長秦孝儀先生主導，詩人兼劇作家翟君石（鍾雷）先生執行。屬下有董樹藩、陶崇義、陳桃芳、王祿松、吳健民及我，分別負責古詩詞文選、大衆生活、彩色插頁、地方誌趣……等等，而我因喜愛文學，由我負責文藝策劃、編校等工作。

由半月刊改為月刊，以彩色印刷、線裝、膠裝同時進行，在當時印刷條件並不太好的情況下，中央月刊能夠以彩色印刷，也算是開風氣之先。並且以高稿酬約請專家、學者、文藝作家為中央月刊撰稿。而最難得的是，在一次向中央研究院院士陳槃先生邀稿，請他撰寫有關董作賓先生的一篇稿，他告訴我，對董作賓先生的了解他沒有屈萬里先生深刻，他說：「我替你求屈先生寫一篇好了。」陳先生是先父的同學，又是小同鄉，他用「求」字向屈先生邀稿來提醒我這個晚輩，使將近二十五年來都以「求稿」代替邀稿、約稿、要稿的心態，這種謙虛也使我在往後二十多年的編務上減少了許多阻力。

由於中央月刊不斷地向名家、學者和文藝作家「求」稿，內容亦一期比一期充實、精彩。尤其在秦孝儀先生嚴格督導和翟君石（鍾雷）先生的睿智領導下，全體編輯的努力奮鬥，都抱有編好中央月刊為榮的心態，兢兢業業執行著各自的工作，使中央月刊的市場銷路大增，大有洛陽紙貴的蓬勃氣象。有一年市場上缺紙，董樹藩先生特別要我專程去拜訪中興紙業公司總經理張宗民先生，希望能多買一些模造紙，因為中央月刊的成長速度特別，由二萬多份，節節上升到八萬五千份。當時製紙業不夠蓬勃，市場供需失調，常常有缺紙現象，尤其是文化用紙，更形不足。

編好一份刊物，固然不容易，要想編好一本具有政策宣導的政治性刊物，更非易事。而

「中央月刊」能有這段輝煌歷史，最主要的是主導人秦孝儀先生的開明作風，他常常告誡我們編輯同志，每一個字，每一句話，甚至每一張圖片，都要讓人「悅」讀。他特別強調「悅」讀，而不用「閱」字，是有其意蘊。秦先生在一次編務會議上說：「一本雜誌不但要讓人閱讀，而且要讓人喜歡去讀它，這樣的雜誌才會讓人人喜愛，人人去購買。雜誌才會有前途。」

鍾雷先生說：「孝公是心細如髮。」他對中央月刊的編輯同志工作態度非常認眞，不但嚴格要求編好每一篇文章，他自己亦親自審閱每一篇文章，每一張圖片，甚至小至小說、散文的刊頭、插圖他都親自過目。在編輯之前，要有完善的編輯計畫，雜誌出版以後，他親自主持編務檢討會，使下一期不再有重覆的錯失，慢慢走向無缺點的完美的「中央月刊」。

這一段艱辛的歷程，並沒有白費，至少我個人認爲有三點成效：

其一，促使一份公告式的刊物，變爲大衆化的可讀性的刊物，使黨的文宣方式有了突破性的改革，不再墨守陳規，流於八股。

其二，提昇裕台中華印刷廠的印刷技術，不再以印印公報、海報爲滿足，敢於向先進國家的印刷界挑戰。

其三，開我國雜誌界用彩色印刷之先河。在「中央月刊」改版之前，全國的雜誌，除了封面有部份用彩色印刷之外，內頁最多用套色，尙無彩色印刷。當「中央月刊」推出彩色封面和彩色內頁以後，不久，即有些綜合性的刊物亦用彩色印刷，而且受廣大讀者所歡迎。

在漫長的百年歷史中，這些祇不過是微不足道的一個點，但對我個人將近三十年的編輯各種刊物的旅程中，仍是一個重要的人生歷練。所以，特別在這具有紀念性的書中忝列一筆。

◉**朱秀娟**

江蘇鹽城人。私立銘傳商專畢業。現為多家貿易公司負責人。著有散文集「紐約見聞」、「走上豔紅的地毯」；小說集「女強人」、「那段時候曾經有你」、「大時代」等。

# 一個小黨員的心聲

**我就這樣加入了國民黨，直到現在只要看到國旗、只要聽到國歌，總忍不住要想到七十二烈士。**

一個唸初中二年級的學生要加入國民黨，把級任老師嚇了一跳，瞪眼看著穿著制服的我：

「妳要加入國民黨？」

「是的。」我心情仍然激動澎湃！

「理由呢？」

「就是因爲你講的　孫文第二次革命宣言那篇文章。」看！我由少小時就能被文章感動：「　國父多可憐哪，七十二烈士死得多慘！我要繼承　國父遺志，實行民主，實施三民主義。」

「妳家長知道嗎？」老師拿下眼鏡問。

「必須家長同意的話，我就回家問。」

我就這樣加入了國民黨，直到現在只要看到國旗，只要聽到國歌，總忍不住要想到七十二烈士。林覺民先烈，廿多歲的菁英，有恩愛的妻子，兩個稚子，毅然爲「　國父思想」送了命，還留遺書給妻子：「意映卿卿如晤……願天下有情人終成眷屬……」如此心胸，如此大愛，我總要流上一陣眼淚才能平息心中的激情。記得有一次，也只是高中大專時代吧，我和三妹兩人在餐廳吃消夜，談著唱著，突然三妹問我：

「妳最喜歡那首歌？」

「我們國父，首創革命，革命血如花，四萬萬同胞，五千年中華——」

三妹早已和我同聲齊唱，唱著唱著，眼淚就溢眶下流，後來變成了哽咽不能成聲，痛哭了起來，媽媽來一問，倒怔住了。從此母女家常對話以　國父爲話題，已是自然現象。

「想我五歲的時候，」母親說：「要裹小腳，那時只要有三、五歲小女孩的人家，夜裡哭得叫得眞淒慘，要把個正常的腳包成三寸，骨頭都折斷了。我運氣好碰上　國父反對裹小腳，要女孩子也上學堂，我才是身受其惠！」

「一夫一妻制。」我提醒媽媽！

爲了一夫一妻制，我做生意得和外國客戶談到　國父，那位客戶玩笑的問我：

「你們國父是位女性吧！」

「什麼！」我勃然大怒，老外豈可語帶輕率！

「妳想呀，」人家一點也不以爲忤，「你們　國父，在革命的時候——」

「革命了十次，才推翻了帝制！」老外那裡懂。

「革命的時候是男人幫他打仗送命吧！」

「也有女性吧！如秋瑾……」

「百分之九十是男性吧。」

「那當然，現在打仗的也是男人！」

「在清朝時候，男人三妻四妾，」老外並不笨！「你們　國父竟在男性那麼優勢，又那麼需要男性幫他革命時，竟剝奪了男性的三妻四妾制度，而創導一夫一妻，我眞不知有那些男性會聽他的什麼——思想。」

老外說中了國父無私偉大處，我們當然成了志同道合的生意夥伴！於是我告訴他我對國民黨的忠勇事蹟：

「民國六十年嚴副總統抵美訪問，在零下廿度的紐約，我全家大小到聯合國去遊行，向美國政府表達我華僑推戴的情勢！紐約全城停電時，第二天碰到一二三自由日，夏功權先生在自由神像前辦酒會並請人演說，我剛好在紐約談生意，也到場助勢！」

「妳大概是什麼——瑾轉世！」老外相當中國。

「秋瑾！她死得很慘，秋風秋雨愁煞人！」我說著秋瑾烈士的故事，老外也感動了，似乎害怕了，連連說：

「妳不是她轉世的！」

我是個不太虔誠的佛教徒，對輪迴說似懂非懂，是也好，不是也好！只是在我家供奉的佛供上，眞洋洋大觀，排列有序：阿彌陀佛、觀世音菩薩、土地公此爲一組，再就是　國父，後面兩位先總統蔣公和經國總統。然後才是我家祖先！日日上香，除不在家中出國或南下在外，當然也日日禱告。尤其到了　國父和兩位蔣總統面前更是喃喃有詞！報上的，電視新聞的，都再重述一遍：

「你們還有靈沒有？」

「保佑吧！」

「××億同胞，五千年中華——」

在建黨一百年的今天，在大事慶祝之際，我們每位國民黨員應該靜坐，捫心自問：

「我爲國民黨做了些什麼？」

「我對　國父思想知道體會了多少？」

「三民主義實施了多少？」

是爲國民黨之幸！我等黨員之幸！才不愧對　國父在天之靈，七十二烈士的熱血犧牲！

◉李瑞騰
台灣南投人。民國四十一年生。文化大學中文研究所碩士、博士。
現任中央大學中文系副教授、文訊雜誌社編輯總監。
著有散文集「深情」；詩集「牧子詩抄」；評論「台灣文學風貌」、「文學的出路」等。

# 人間愛晚晴

**「晚晴園」不僅是辛亥革命史上許多要事的策畫地，甚至於標幟近代中國人命運的黨章也是在這裡制定的。**

我們抵達的時候，「晚晴園」正沐浴在新加坡雨後乍現的亮麗的陽光裡。憑著一點點史的知識，以及權充導遊的潤華兄一路的解說，站立在馬里士他路（Balestier Road）旁的大人路（Tai Chin Road），面向這座凸字形的二層樓別墅，遙想　孫中山先生爲革命而奔走之際，曾三次住進這中西混合的「古典殖民地別墅」（Colonial Bungalow），和胡漢民、黃興等血性漢子，在這裡策畫辛亥革命史上許多要事，著名的黃岡、鎮南關、河口諸役；甚至於，標幟著近代中國人命運的黨章，竟也是在這裡制定的。

入口處，「晚晴園」三個鮮紅的大字，昂然挺立，彷彿是滿地紅的革命色澤，看那筆墨，合該是 孫先生的字跡吧。招牌上標示這是「孫中山先生故居」，也告訴遊客，現時是新加坡「中華總商會」在管理的。

據說，辛亥革命成功之後，人去樓空，「晚晴園」便沉寂了，幾度易主，也沒妥善管理。一九四二年，瘋狂的日帝發動太平洋戰爭，日軍在這裡設置通訊營，卡卡馬靴聲，響在孫先生的故居， 孫先生地下有知，會爲苦難的南洋華僑而哭泣。

遊客不多，簽名簿上顯示日本觀光客不少人來過。設備可以說是簡單呢，那素樸的感覺，毋寧說是好的；陳列的圖書，泰半是複製的，原件應該都在臺北吧。二樓，是缺乏些照顧，有點陳舊，感覺有些暗淡，下樓時，回望中不免難過了起來。

屋內，一尊青年 孫先生站立的銅像，雄姿英發；庭院，一尊坐著的銅像，面容肅穆，兩眼凝視遠方。無限的含意啊，這外在的世界，李光耀治下的新加坡，竟會是 孫先生的理想國度嗎？一種中西混融的管理哲學，會是中國的需要嗎？

踏在庭園青青草坪上，朋友說：這底下是地下鐵呢！據說，興建時也曾有過拆除「晚晴園」之議，但終於完整保存下來了，突然想起 孫先生在臺北的行館，不也因鐵路工程而有遷館之爭嗎？「新加坡能，我們爲什麼不能？」我們不是常說這句話嗎？

走出「晚晴園」，想起李商隱的詩句：「夕陽憐芳草，人間愛晚晴。」回首時，樹葉上的雨滴在陽光的照耀下，閃閃發亮。

**附記：**

「晚晴園」俗稱「明珍廬」（Bin Chan House），位於現在新加坡馬里士他路（Balestier Road）旁的「大人路」（Tai Chin Road）十二號，爲一座二層樓房，面積一萬八千多方尺，原係粵籍梅姓殷商所構築，以爲其愛妾所住的金屋。屋外園地寬廣，樹木扶疏，地僻人靜，空氣清新；屋內地面鋪大面石，陳設雅麗。後爲革命黨人張永福所購得，以爲老母頤養天年之所。

孫中山先生奔走革命之際，曾八次抵達新加坡，其中有三次住進「晚晴園」。一九〇六年四月六日「中國同盟會新加坡分會」在「晚晴園」成立，此後這裡就成了革命基地。

現在的「晚晴園」是一九六六年　孫中山先生百年誕辰紀念，由新加坡「中華總商會」倡議重修的。

**◉羅任玲**　廣東大埔人，民國五十二年生。師大國文系畢業。曾任中央日報「文心藝坊」版主編，現為中央日報編輯。著有詩集「密碼」、散文集「光之留顏」等。

# 那一方靜默的陽光

**那些年代，包括來不及綻放的青春，**
**如今都安安靜靜地被收攏在一方玻璃中，**
**永遠凝視庭前的綠意與婆娑。**

那時候，我們穿過早晨安靜的長廊，初夏的陽光篩過天井。我恍惚以為，一同在陽光中走著的，還有那百年來不曾離去的魂魄。

走著的，悲歡交集……

**麗日**

去陽明書房之前，一名路人好心警告我：那兒的蟲子很多，尤其是夏天，最好穿長袖的衣衫，否則會被叮咬得很慘。我低頭看看自己的短袖洋裝，心想：來不及了。

想像中的書房，該是嚴謹地陳列著各類史籍資料，像教科書一般乏味，並企圖讓所有觀者臣服在逝去的時代裡，好對先烈們再次燃起崇敬之情。

一直是這樣的，那些遙遠又熟悉的名字，曾經不斷出現在我成長的歲月裡，像一道道結實的木樁，釘打在腦海深處，無法磨滅，卻毫無感情。我甚至以爲，那只是歷史家們一手編演，加油添醋的成果。

我確實是抱著懷疑的心態去的。

直到我站在那清淨無塵的玻璃屋前，面對一張英氣軒昂的臉容。一幀遺照，和他的手書。

二十五歲。

麗日高遠的青春，如何與晦暗的死亡並行？在慷慨的留言背後，難道沒有一絲猶豫不捨？對於生命，對於來日方長的歲月……

玻璃屋前，靜默的我。

是很遙遠了吧。那些年代，包括來不及綻放的青春，如今都安安靜靜地被收攏在一方玻璃中，永遠凝視庭前的綠意與婆娑。

然而，眞是如此嗎？一直聽說有所憾恨的魂魄，將永生永世漂流人間，只因宿願未了，難以往生極樂。果眞如是，那雙軒揚卻孤絕的眼神該已在世間漂泊得很久很久了。引爆血腥的一刻多麼短暫，肉體消亡之後的綿長等待，卻教徘徊永夜的魂靈如何承受？

我默默向前走去，才發現長廊上盡是一座座光透明淨的玻璃屋。同樣磊落的臉容，不一樣的手跡。有些遺物上的血漬早已轉成黯淡的褐色，暈染著，像湮化不開的淚痕。令屋外的我怵然心驚。

生命的終極意義究竟是什麼？年少的我曾經一再發問。如今一步一風雨的走來，猛然回首，才發現疑惑未滅，只是從歲月的磨蝕中逐漸消融淡忘了。

而現在，我面對一座座用光打造的屋宇，生命的晦暗與明麗共存，天地各在高遠的一方，無風無浪。

陽光，已靜靜越過了長廊……

## 雲霧

轉進會客廳時，人聲漸漸嘈雜起來。

有人議論著老先生曾經用過的文具，戴過的帽子，穿過的戎裝。

「啊！原來他並不高。」有人說。

好奇的人群在大廳裡游走，我踱到一張桌前，一段用毛筆塗劃的文字吸引了我。顯然毛筆的主人在寫這段文字的心情並不平靜：

**仰望淡水河的夜空，只覺寂寞，人生在世，不也像天上的一片雲霧，出現不久就消逝了……**

主人已離開人世好多年了。我想起當年移靈時奏起的送葬進行曲，沉重的節拍敲擊沉默的大地，那時候，闔著眼的他曾經想起這段文字嗎？

而更早的那時候，仰望淡水河夜空的一刻，天地蒼茫的龐大陰影，是否也落在他其實單薄的肩上？

我想像他寫完這段文字後擱筆長嘆的神情，無時無刻不在的紛擾，長夜疾馳的光陰。平凡如我，在尋常歲月中泅泳時，不免也時時興起生命如寄的感慨。日日背負沉重包袱的他，仰視蒼穹，又何止是落淚而已？

我想起那些年他的視力已模糊了，在輪椅上的他卻依然撐持著慣有的微笑。而有沒有那麼一天，他在當時尚未開放的陽明書屋中，也行經父親遺留的戎裝前，沉思默想。

「啊！原來他並不高。」

沒有什麼是穿不透風雨的，我靜靜地想……

抬頭，才發覺正和他迎面相對，那是一張放大的全身彩照，幾乎與真人等高，依然是微笑著，環視整個空寂的大廳。

人群不知何時已走了，嘈雜的餘音彷彿仍在空中迴盪。我緩緩向廳口走去，再回顧凝視一眼，雲霧繚繞的大廳，眞的，一個人也沒有。

下山時，車子在不斷的彎路中險險行進。我仍在想著方才的場景，那些長駐山間的魂魄。窗外的霧卻愈聚愈濃，好幾次司機緊張得說：霧實在太大，看不見前面了。我們焦急地在後面探首，卻是什麼忙也幫不上。

不知誰說：來唱歌吧！

柔婉嘹亮的女聲輕輕響起，一字一句飄散窗外：

**花非花，霧非霧，夜半來，天明去，來似春夢不多時，去似朝雲無覓處……**

# 第2輯

# 烽火歲月

◉寒爵

本名韓道誠。河北鹽山人，民國六年生。東三省特別區立法學院經濟系畢業。曾任國立編譯館編纂、中國時報主筆，並曾任教於文化大學、東吳大學。著有散文集「望天集」、「知白守黑集」；小說「儒林新傳」等。

# 豐臣秀吉的幽靈在竊笑

**一般人很少注意到日本企圖侵華的始作俑者是豐臣秀吉，也很少人知道，我國於近代「八年抗戰」之前，曾有過「七年抗戰」。**

日本侵略中國的陰謀，始於幕府時代的豐臣秀吉。按照他的詭計，是先併呑朝鮮，然後進軍北京，「囊括中國四百州」。時當十六世紀末頁。明萬曆十五年（一五八七），豐臣秀吉平定九州之後，野心勃勃，即準備進攻朝鮮。於是藉著朝鮮南北黨爭的機會，部署「征明軍」。並於萬曆二十年（一五九二）五月，寇朝鮮，陷京城，向朝鮮的宗主國——明廷挑戰。朝鮮王請援，明軍三千渡鴨綠江馳援不利，遂以兵部侍郎宋應昌爲經略、李如松爲征東提督，率師投入戰場，展開了第一次的「對日長期抗戰」。宋應昌曾就戰略觀點指出：日本對馬島偏在東南，與朝鮮釜山相望，倭船欲南略，因爲朝鮮「全羅地界直吐正南」，受到箝制。所以他說中國之能「東保薊遼，與日本隔絕不通海道者，以有朝鮮也。關白（按：指豐臣秀吉）之圖朝鮮，意實在中國。我救朝鮮，非止爲屬國也；朝鮮固，則東保薊遼，京師鞏於泰山矣。」覆按後世中日關係的發展，可謂眞知灼見。當時山海關以及遼東半島、山東半島，都進入了緊急戒備。這場戰爭打了七年，由於豐臣秀吉病死，日軍亦苦於長期消耗而撤兵，終於萬曆二十七年（一五九九）以「征倭告捷」收場。結果明廷喪師十餘萬，糜金數千鎰。雖然在戰爭期間，廟堂之上和戰爭議，前線將領冒功罔上；而且所派出的使臣，先有略通倭語的沈惟敬，以一市井無賴而銜皇命，後有不學無知的紈絝子李宗城，因貪溺酒色而受詐，……深受史家的抨擊。但平心而論，如果沒有那場抗戰，也許中國的大好河山早已被倭寇的鐵蹄所蹂躪了。（以上參考「日本外史」及「明史紀事本末」）

歷史好像循著圓軌在轉動，到了一個定點會重蹈舊轍。豐臣秀吉的陰魂不散，三百年後，指使他的子孫們實踐了他的侵華陰謀。同樣的是趁著朝鮮內部黨爭，煽風點火。於兵劫朝鮮之先，脅迫立約，名義上是尊之爲「自主」，實際上是企圖排除與中國的藩屬關係，以達成其併吞的目的。朝鮮新舊兩黨，自相角鬥，日本明助新黨，派兵夜襲王宮，王族求救，中國出兵，新黨失敗。時在清光緒十年（一八八四）。日本乃遣使來議善後，機詐的伊藤博文，遇上了一個不懂國際法理的李鴻章，簽下不利於我的「天津條約」，言明兩國如派兵至朝鮮，須先互相照會。此約既定，中國在朝鮮的宗主權，已一半拱手讓予日本。甲午之戰，乃隱伏於此。

日本並不以獲得朝鮮的一半宗主權為滿足，終極目的是「先併吞朝鮮，然後進兵北京，囊括中國四百州。」此時已比三百年前更為有利。因為自從「鴉片戰爭」之後，列強覬覦瓜分中國，日本挾「明治維新」國勢增強的機會，以地利之便，企圖搶先攫取在中國的權益，然後蠶蝕鯨吞，以遂其願。適值朝鮮「東學堂」之亂，日本遂背棄「天津條約」的諾言，一意向中國挑戰。於光緒二十年（一八九四），以匡救朝鮮秕政為由，出兵朝鮮。迨亂事既平，中國約日本撤兵，日本不但不肯，反而轉迫朝鮮趣中國撤兵；更且威逼朝鮮「自主」，脫離中國，以遂行其兼併的野心。

「關白之圖朝鮮，實意在中國。」先賢已慨乎言之。清廷也並非不知道日本的野心，但國勢積弱，勢逼至此，雖不欲戰亦不可得。因為日本先進襲朝鮮王宮，並開砲擊沉中國運兵船，遂啓甲午戰端。正同於此後的「九一八事件」及「七七事變」，都是日本先開第一槍，然後誣賴中國軍隊挑釁。祖傳老譜，如出一轍。滿清政府腐敗，和戰議論未決，日本已海陸動員，大舉進犯。清廷一無準備，倉卒宣戰。兩軍一接觸，陸軍潰於平壤，水師潰於大東溝；旅順、威海衛諸要隘，皆為日軍所占領。由於艦隊「海葬」，海提督丁汝昌自殺。戰敗之後，迫訂了屈辱條約，承認日本併吞朝鮮，並割讓台灣於日本，且許其勢力深入中國腹地。於是日本可以南北挾控中國，為「囊括中國四百州」，建立了橋頭堡。

一般人很少注意到日本企圖侵華的始作俑者，是豐臣秀吉；也很少人知道，我國於近代「八年抗戰」之前，曾有過「七年抗戰」。雖然兩次戰役的規模不同，但為了抵抗「囊括中國四百州」的侵略野心，並無二致。「甲午戰爭」對日本的侵華策略而言，是承先啓後的行為；日本之戰勝中國，乃由於明治維新的發奮圖強。日本於廢滿之後，能以傳承的中國文化為基礎，進而吸收西方文化，建立現代化的文明，是其稱雄於世的原因。中國雖然也經歷了「維新」、「革命」等過程，雖然近數十年來，也已有了現代化的物質生活，但中國人仍然缺乏現代化的精神文明，卻不能不令人浩嘆！十九世紀時中國之所以被列強環伺，幾遭瓜分，即由於政治腐敗，導致科學不如人，知識不如人。非科學的知識，不能倫比於科學的知識，正是優勝劣敗的關鍵之所在。即以對日本之瞭解而言，清廷之無知，所派使臣之顢頇無能，與明廷之矇矇然重用沈惟敬與李宗城，應在伯仲之間。蔣廷黻先生於其所著「中國近代史大綱」中，慨嘆於中國的積弱，乃導源於私心重於公誼，民族一片散沙。他說：「西洋人於文藝復興之後，養成了熱烈的愛國心，深刻的民族觀念。我們則死守著家族觀念和家鄉觀念。所以，在十九世紀初年，西洋的國家雖小，然團結有如鐵石之固；我們的國家雖大，然如一盤散沙，毫無力量。」今天我們重讀這一句話，雖然時空不同，但仔細想一想，從民國以來的軍閥割據，分什麼「直系」「魯系」「皖系」「江浙系」等等，到目前大家侷促在這蕞爾小島的台灣，仍然以「家族」「家鄉」「省籍」等狹隘觀念，互相排斥。尤其是地痞流氓縱橫議壇，土豪劣紳把持政權；予取予求，無往而不利。講「公意」，講「主權在民」，卻各爲私利而武鬥於國會，貽羞全球；群毆於街頭，血流五步。使豐臣秀吉的幽靈在竊笑。——這也是面對著「甲午戰爭」的歷史創傷，所應深思猛省的！

◉朱白水　廣東臺山人。民國五年生。廣州大學、廣東省立戲劇研究所畢業。曾任教於世界新專、文化大學、中央大學，並曾任台視導播等職。著有小說集「月光山莊」、「未完成的雕像」等。

# 天空有浮雲在輕柔地飄動

**我兀立甲板上，默默地垂首凝視暗藍的波濤在澎湃汹湧，登陸艇像翻閱歷史地鼓浪前進。**

浪花在澎湃的海濤中沖擊過來，登陸艇昂首邁前，激起令人目眩的巨浪，迅速地瀉向艦艇的兩旁，來不及喘息，另一個強烈的浪花又已湧來。

艦艇晝夜不息地前進，浪花更是永無休止地沖擊……

我站在甲板上，緊緊抓著船欄，舉目遠眺，瑰麗的晚霞在茫茫無際的海平線炫耀著。

遙遠的前面，迷濛中，另一艘登陸艇鼓浪而前，艦艇的後方，另一艘登陸艇也在迷濛中尾隨而來，這三艘艨艟巨艦，在無邊無際的海上航行。

我們是從香港出發，經南海、黃海、渤海，目的地是不結凍的秦皇島。

海風吹的緊，涼爽中微帶寒意，我卻蠻不在乎；眺望著遼闊無際的海洋，我驀然想起，六十年前，清廷的海軍提督丁汝昌，不正指揮著他的北洋艦隊，在黃海上與日本軍艦發生激烈的海戰嗎？

歷史是殘酷的。我靜靜地在心裡翻閱著一頁一頁的往事：

遠在光緒二十年六月間（一八九四年七月）日軍在朝鮮半島開始了軍事行動。在仁川港外的豐島附近，向中國軍艦進行偷襲，「高陞」艦被擊沉，「廣乙」艦觸礁焚毀，「操江」艦被俘，成爲了歷史上被稱爲甲午戰爭的序幕——「豐島之役」。

一個月後，中日兩國同時宣戰，到八月十五日，正是月光皎潔的中秋節，日軍猛攻我方，襲大連，佔旅順，陷營口，大肆屠殺中國平民。據當時英國泰晤士報的報導，日軍在旅順，不問男女老幼，大肆殺戮，城內的中國人死傷不計其數。

到八月十八日，日本海軍艦隊，再在黃海上，向中國海軍進行突襲，中國艦隊慘敗，損失了五六艘軍艦，其餘的也受重創。李鴻章十多年來所經營的北洋艦隊，至此全軍覆沒。黃海之役，也就成爲中國歷史上奇恥大的甲午戰爭。

我自南方隨新一軍乘登陸艇北上，是民國三十五年初春。時雖年輕，但對中國近代史尚頗稔熟，對甲午之役認識尤深。

記憶中，丁汝昌時任北洋艦隊的統帥，當「豐島之役」在朝鮮仁川附近發生時，他正坐鎮在「定遠」號旗艦上。他曾數度上書朝廷，並面見北洋大臣李鴻章，要求增購快炮和魚雷艇，以增作戰能力；只可惜朝廷爲了慈禧太后六十祝嘏，需款比北洋艦隊添購裝備更重要，也就是說，把增強海防的軍費，給老佛爺祝壽去了，使丁汝昌悵然搖頭嘆息。

到戰事發生後，丁汝昌的艦隊正從鴨綠江回到旅順，沒想到，途中以艦形佈置錯誤，想改變陣勢，而日艦早已包圍過來，轟然炮聲響起，他竟受震，自高空跌下，傷勢十分嚴重。炮聲中，身爲統帥的丁汝昌卧在血泊中，左右都倉皇失措，好不容易才把他抬進官艙裡去救治。

這時，北洋艦隊可以說已潰不成軍。

日本要徹底消滅中國殘餘艦隊的決定，仍不死心，在歲末殘冬中，大舉進攻山東半島的威海衛基地，丁汝昌下令突圍，可是時不利兮，丁汝昌瞠目環視，大小艦艇被擊沉的，靦顏投降的，顢頇不前的……他深知大勢已去，自己卻不甘降伏，長嗟一聲，拿著短槍，轟然一聲，以身殉職。

這是何等壯烈而令人長懷不已的悲劇！

在一連串夢魘般的挫敗後，只有遣使求和，李鴻章以「頭等全權大臣」的榮銜遠去馬關，簽訂和約，賠款割地，造成中國近代歷史上最可恥最可悲的「馬關條約」。澎湖、台灣也就在這奇恥大辱中割讓給日本，長達五十一年之久。

令我深爲感慨的，我們所乘坐這幾艘登陸艇，這時不正在黃海行駛嗎？我們會從黃海、渤海，繞經山東半島的威海衛而駛向秦皇島。

六十年前，丁汝昌的艦隊正在黃海的波濤洶湧中，說不定他老人家威武凜然，戰志昂揚地兀立甲板上，沈思如何迎敵，如何跟日本倭寇作一殊死戰……

誰料大勢已去，在不甘屈伏下，轟然舉槍身殉！

想到這裡，我立刻下意識地憑欄俯視，波濤洶湧中，是否還能隱約可見這位壯志殉職的統帥殷紅色的血斑呢？

——當然，這是可笑的想法，半個世紀已過去，浩瀚的波濤，又焉能留有點點滴滴的血斑！

想到丁汝昌的殉職，想到北洋艦隊的瓦解，一股強烈的仇恨湧塞胸膛。

日本謀我之心，遠在百年以前，即表現無遺。除甲午戰爭外，侵略東北，更是日本明治以來的一貫政策，從萬寶山事件，中村事件，乃至震動全國的瀋陽九一八事變，進而上海一二八事變，再進而發動全面侵華的七七事變，都是血跡斑斑的醜行！

八年抗戰，我軍民壯烈犧牲，何祇千萬！要不是經過這場浩劫，政府和人民又何需歷盡艱苦的從事復員與從事接收工作！

更可恨的是歷經八年抗戰，馬上又面臨共黨的阻撓、破壞與叛變！

爲了維護國家主權與領土，政府不能不派遣精銳部隊遠赴東北。東北因而成爲烽火遍地的戰場，東北同胞經過日本軍閥長達十四年的壓迫，再度陷於俄軍侵擾和共軍叛亂的戰火中，這又是多麼令人悲憤而永難忘懷的慘痛！

眞像翻閱歷史似的，我兀立甲板上，默默垂首凝視，暗藍的波濤仍在澎湃洶湧，登陸艇毫無疲態地鼓浪前駛，它們會跟當年北洋艦隊那樣駛過黃海，駛過渤海；而我們則終於在薄薄的春冰中，抵達秦皇島。

當時，整個東北，幾乎已陷入共軍手中，很快，我們遭遇抵達東北後的第一場硬戰。與我們交手的是號稱紅軍之虎的林彪。他獲得俄軍精良的配備，再加上作戰彪悍，與我軍在四平街展開一場前所未有的激戰，幸我方將士戰志高昂，幾晝夜慘烈的廝殺，林彪終告狼狽地抱頭鼠竄。

收復四平街，成爲我軍出關後，第一場漂亮的勝仗。

此後，收復長春，吉林，總算奠定了東北戰局。

踏進吉林城，使我最愜意的莫過坐著馬車在松花江畔，蹄聲達達地馳騁著。

潔白的雪花，在寒冽的天空飛飄，它輕柔地飄到地上，飄到枝頭，也飄到松花江上。我雖穿著厚重的皮大氅，戴著護耳帽，溫度降到零下二十多度，來自南方的我，仍在嚴寒中微微顫抖。

我引目遠眺，煙霧迷濛，山巒依稀可見，薄薄的冰片，在江上緩緩而流，這輛羸瘦的馬車，似已不勝負荷的緩緩踏前，我悠閒地在車座上，在吉林城郊，在松花江邊徘徊……不可諱言，東北戰局開始走下坡，往後，幾回激戰，我們都吃盡苦頭，長春被圍，中長鐵路柔腸寸斷，大小縣城紛告棄失，終於東北全面潰退！

我僥倖抵達台灣，先是在南台灣待了一段時期，旋調職北部，展開了狂烈的工作：先是積極的全面的推行軍中文宣工作，再而投身於廣播電視熱潮中，繼而努力從事文藝創作，勉強算是薄有成就；一晃四十年過去，偶對鏡自攬、暗自惆悵，髮鬢斑白了！

誠然，回首百年，　國父孫中山先生創造了第一個革命性組織「興中會」，也在這一年，甲午戰爭爆發，隨後七七事變，展開全民抗戰，勝利後來不及喘一口氣，共軍叛亂，政府播遷台灣，在堅苦卓著中，我們走過一條坎坷路。

然而，我們兀立在這塊土地上，抬首遠瞻，蔚藍的天空，有浮雲在輕柔地飄動，那是多麼晴朗而瑰麗的天空啊！

我們仍將辛勤堅毅地活下去，爲了我們，更爲了下一代的子孫！

◉姜穆

筆名牧野，金蕾。貴州錦屏人。民國十八年生。

曾任雜誌社編輯、新聞局出版處專員。

著有散文集「人生探索」、「兩代」；小說「紅娃」、「血地」；論述「三十年代作家論」等。

# 另一塊恥辱碑文

**北京頤和園的歌聲、笙聲、鑼鼓喧天已掩住日本佔領大連、旅順的槍炮聲，一時間，鮮血和艷紅的蠟炬對流。**

甲午，光緒二十年，公元一八九四年，甲午黃海之戰寫下中國另一塊恥辱歷史的碑文。夜讀歷史，掩卷三嘆，黃海海面的浮屍血浪，似仍歷歷在目。

在此之前十幾或二十年，拿破崙眼中的這頭東方睡獅曾一度睜著惺忪睡眼看這個世界，但清醒的時間不長。甲午之前內亂外患不絕如縷，日本進攻台灣，法國海軍轟擊馬尾，摧毀了萌芽中的海軍。古老的中國眼看不保。

甲午，這年春天，朝鮮「東學黨」政變，久已對這個半島覬覦的日本，已悄悄開著他們的艦隊在朝鮮海域示威。朝鮮既可作爲入侵中國的跳板，又可阻止野心勃勃，向東方進侵的俄國。日本認爲，俄國修建西伯利亞鐵路，必對日本構成威脅，以中國爲日本屏障，是日本最佳的防禦戰略。更重要的是日本明治維新的同時，李鴻章等也做圖強的建軍工作。一旦中國強大，把她肢解爲四大塊的計畫將永遠胎死腹中。

朝鮮的政變，正提供日本實現此一野心的機會。於是「東學黨」政變後，日本已悄悄地向仁川、漢城等地出兵。

形勢是嚴峻的。駐朝鮮總理中朝通商的袁世凱，向總理衙門上一道奏表：在「韓歸華（中國）保護，其內亂不能自了，求華代戡，自爲上國體面，未便固卻」之下，滿清終於伸出「代戡」之手。但登陸後，才發現日本已佔領仁川、漢城等要地，清軍只好扼守牙山。七月廿五日再準備增兵一萬四千人時，由陸路入韓已緩不濟急，乃進行海運。返航的「濟遠」、「廣乙」在豐島與蓄勢以待的日本突擊艦隊遭遇而開火。

很不幸，此役「廣乙」沉沒，「濟遠」重創。

甲午黃海中日海軍大戰，已拉開序幕。

這次不宣而戰，日本已決心在黃海與北洋艦隊一決雌雄，只是誰先宣戰罷了。

七月廿八日日本陸軍進攻牙山等地清軍。女眞昔日驍勇善戰的馬上英雄的下一代，已是提著鳥籠逛北海公園、吃俸銀的紈絝子弟，把祖先的榮耀爲自己桂冠的公子哥兒。玩物喪志的八旗子弟已是既怕死，又怕血的懦夫。

清軍倒提龍旗，由南韓鮮的漢城而平壤，而鴨綠江才煞住了逃奔的腳步來喘口大氣，沿途棄甲丟盔，旗服無不遍地，敗兵們一路姦淫擄掠。六十六年後，中國人再次以血肉作長城，「抗美援朝」是甲午歷史再次搬演。

勝敗本是兵家常事，可以捲土重來，但八旗子弟已無馬革裹屍，盤旋大戰的豪情壯志。此後，天朝上國的顏面盡失，但是滿人並沒有因而認眞的檢討。只是這顏面損失倒是頭等大事。

滿清向日本宣戰了。那是甲午年的八月一日。

九月十七日正午，中日海軍幾乎同時發現了對方。中國以十六艘大小艦艇，用半月形戰陣對抗日本十三艘雁行隊形。

雙方噸位不相上下。

那天雙方在黃海的大東溝展開一場血戰，日本艦隊以速度見長，中國海軍則已老舊不堪，但裝甲厚，火炮口徑大，各有所長與短處。

黃海烟硝漫天，炮聲震耳，射擊、衝撞，都以必勝的決心進行那場戰爭，經過五個多小時的激戰，黃昏已經來臨。是役，滿清沉艦五艘，日艦重創五艘，勝負已在五個小時內決定了。

大東溝全是浮屍與艦上裝潢的碎片。

海在嗚咽，浪在哭泣！

留英的大清海軍英勇無比，「致遠號」曾企圖以重創的艦身與日本旗艦一同葬身海裡，但被日艦魚雷擊沉，末了鄧世昌同歸於盡的壯烈情懷。

「致遠號」向海裡沉沒了，艦長鄧世昌拒絕隨從拋過來的救生圈。他們，重寫了壯烈戰史的新頁。

大炮沉寂下來了！戰爭結束了！

撤回朝鮮的日本海軍，焚燒數百具戰爭中死去的屍體。

五個小時，花上千百萬兩紋銀建立起的海軍損失過半，再也無力守住中國的大門，在船塢裡喘息著療傷止痛。北京從京城到地方大吏，全國上下都爲那拉氏的六十高壽忙著張燈結綵。

當人們正沉浸在歡樂忙碌之時，十月二十四日，那日出之國，已悄悄地在遼東半島登陸，威脅著故都奉天「瀋陽」，北京也置於日本的目標之下。

沒人敢把這種壞消息告訴那個迷信自己正深受全民擁戴的女人。

十一月七日北京頤和園充滿了歌聲、笑聲、鑼鼓喧天已掩住日本佔領大連、旅順的槍炮的爆裂，鮮血與艷紅的蠟炬對流。那是悲劇？還是喜劇？

日本軍人在旅順進行了一次大屠殺，把人集體驅入水池中當靶子射擊，武士刀齊揮、大蓋槍成排齊響。旅順十室九空，到處橫屍。四十三年後，旅順的悲劇於南京再版。眞是「台下臥薪台上舞，同是徹夜不眠人」。人民的哀號，慈禧是聽不到的。「馬關條約」割讓遼東半島、台灣、澎湖，賠款二萬萬兩之外，還開放五口通商。

喪權辱國這塊碑石，是那拉氏親自勒刻的。

大東溝之戰的失敗，與挪用海軍軍費有直接關係。建造頤和園的經費，有兩說：從數千萬兩到數百萬兩，無論那一個數字，中日兩國國勢消長也由此開始。

翁同龢時任戶部尚書，曾請暫停修建頤和園，慈禧怒不可遏地說：「今日令吾不歡者，吾亦將令彼終身不歡！」

翁同龢從此不敢再出聲，終於國勢亦從此日衰。

歷史是否重演，以今天局勢看，午夜讀史，令人憂心不已。

◉黃文範
筆名黃昏、逸人、憶人。湖南長沙人，民國十四年生。
曾任中央日報副刊組副組長、太平洋文化基金會主任秘書。
著有散文集「浮雲書簡」、「菩提樹」、「領養一株雲衫」等。

# 甲午戰爭與嚴復的翻譯

**嚴復先生由把總見習官升到海軍官校校長，却因目睹滿清的懦弱，決心致力譯書以報家國。**

歷來論譯，嚴復先生的「信達雅」已成譯界圭臬，奉爲定論。

又陵先生十五歲入海軍官校（馬江學堂），四年後以最優等畢業，派在「揚武號」兵艦巡弋海疆。同治十三年甲戌（一八七四年），由於日本爲台灣番社事件搆釁，他奉海軍部長（船政大臣）沈葆楨的命令，隨「揚武號」來台灣，勘察各地海岸與海港，作抗日的準備。

他在台灣逗留了一個多月，勘量了台灣東海岸台東、背旂萊（花蓮）和蘇澳各海口，寫了一份參謀研究（說帖）呈報。他當時來台灣，距今年已整整一百二十年了。今年七月我國翻譯界在台灣光復五十週年的前夕，舉行了一次「外國文學中譯國際研討會」在台北聚會討論譯學與他的學說，實具有重大的紀念意義。

又陵先生在水師中服役五年後，留英學習海軍，三年後回國，三十八歲時出任北洋海軍官校校長（北洋水師學堂總辦），於役海軍長達三十四年（一九〇〇年離職）。四十四歲以前，都沒有甚麼翻譯的成果。直到發生甲午（一八九四）戰爭，大東溝海戰一役，北洋海軍大敗，潰不成軍，而與日本媾和，在馬關簽約、賠款外還割讓台灣澎湖給日本，予又陵先生以莫大的刺激，而走上翻譯的途徑。

他以官校正科生服務海軍，由把總見習官（海軍少尉）而升到海軍官校校長，官銜當為副將（海軍少將）以上，他的長官、師長、同學、袍澤與盈庭桃李都在海軍。中日戰爭時，北洋海軍兵力雄厚，「定遠號」、「鎭遠號」都是七千三百噸的主力艦，而日軍旗艦「吉野號」巡洋艦，才四千二百噸，竟能大敗北洋水師。北洋海軍官兵戰死海上，人才一空，又陵先生身為海軍大員，刺激至深。其次，他在海官與留英兩度同期同學的方伯謙，當時是「濟遠號」巡洋艦艦長（副將管帶），卻因這次戰敗，成了李鴻章的代罪羔羊，未經審訊即「就地正法」；尤其他年輕時曾經親自登臨、審察、勘量過的美麗寶島——台灣，竟割讓給日本。這三項刺激的乘積，使得他「腐心切齒，欲致力於譯述以警世。」

因此，又陵先生以專業軍人之身，四十三歲以後，才致力譯書以報國。光緒二十二年丙申（一八九六）那年初夏，便譯赫胥黎（Thomas Henry Huxley）的天演論（Evolution and Ethics），以「物競天擇，適者生存」警國人。

當年重陽節書成，他寫了一篇序，長達一千八百五十五字，序中提及：「又為譯例曰，譯事三難：信、達、雅。」

鏗鏘三字，奠定了譯界至高無上的準則。

我國文字的翻譯，始於東漢末年，至隋唐而極盛，但提出翻譯主張的多為佛教界的高僧。如道安的「五失本」、「三不易」，隋彥琮的「八備」，唐玄奘的「五不翻」等，都是偏重經典迻譯的原則，但直到又陵先生的「信達雅」原則出，翻譯才算有了堅實的理論基礎，影響百年來的翻譯極鉅。

甲午戰爭，刺激了中國翻譯學術的進展，可謂由嚴復先生「揭竿而起」，今天，我們向他致敬，同時也可以告慰他：「我們已雪甲午之恥，您所親臨勘量過的寶島台灣，也已光復五十年了。」

◉鄧綏甯　原名士銘，筆名有隨凝、甯也愚。遼寧綏中人。民國三年生。齊魯大學中國文學系畢業。
曾任教政治大學、東海大學、文化大學。
著有論述「中國戲劇史」、「編劇方法論」；劇本「疾風勁草」、「黃金時代」等。

# 一步一箇腳印兒

**我咬緊牙關，忍淚忍痛，挺起胸膛，猛打我懷抱中的大鼓，希望能夠震聾發聵，激起同胞的愛國心。**

民國十七年五月三日，日軍進攻濟南所造成的血腥慘案，立即掀起全國各省普遍的反日運動，而久受日本之害的東北地區，更是怒潮澎湃，頗有滅此朝食的決心。

當年，我就讀於錦州育賢中學，雖然這是基督教會創辦的一所初中，但愛國絕不落人之後。爲了響應「五三慘案」的反日運動，學校決定在一個月之內，舉辦兩項活動：一爲校外的街頭遊行，一爲校內的話劇公演。在這兩項之中，遊行的鼓樂隊、話劇公演的演員，由同學們自願報名參加。我一時好勝，這兩項都沒有放棄。

由於先舉辦街頭遊行，我們就首開鼓樂的演習。沒想到都爭著打小鼓，不願意打大鼓，同時，都瞧著我，異口同聲地說：「你個子高，你打大鼓吧！」看情形，也沒法推脫，我只好認了。

爲了打大鼓，我向父親要錢買了一雙帆布膠底鞋。本來父親要親自帶我去買，可是我不想再勞動他老人家，只好說：「我回學校經過那家鞋舖，順便就買了，我自個兒會挑。」父親聽了我這句話，未加可否，顯然是默許了。過了一會兒，父親拿起水煙袋和紙捻兒，坐上八仙椅子咕嚕咕嚕地抽起水煙來。我心想，這表示父親不會帶我去買鞋了。

我走出父親的店舖，著鼓樓南街轉東街，就到了那家專賣帆布鞋的舖子。我進去一看，架子上的鞋沒有以前那樣堆得滿滿的，我問夥計是甚麼緣故，他說買的人多，供不應求，新進的一批還沒到。我接著問他什麼時候到，他說十天半個月，沒有一定時間。一時無可奈何，只好教他把架子上的鞋都拿下來，好歹從中挑一雙吧。十幾雙鞋的尺碼都不大合腳，不是鬆一點兒，就是緊一點兒。經我一再試穿，把大而鬆的都放棄了，只在小而緊的當中挑出一雙來。我心裡想，這雙鞋雖然稍微緊一點兒，穿過幾天可能就會鬆一點兒，我不再猶豫，立即付錢給夥計，夾著鞋匆匆趕回學校了。

校外街頭遊行的日期，安排在星期六。這天上午九點鐘，以鼓樂隊爲前導的整齊隊伍，浩浩蕩蕩的由學校出發。遊行的路線，從學校到火車站，由火車站折回，進東門經鼓樓至西關老爺廟，自老爺廟返回學校解散。

從學校到火車站，大約有三里路程，馬路既不平坦，塵土又多，加上來往奔馳的馬車一過，黑塵立刻漫天飛揚，路上的行人都變得灰頭土臉，實在令人難以忍受。這還不打緊，最要命的，就是我新穿上的這雙帆布鞋。原來我的左腳背兒比右腳稍微高了一點兒，所以把左腳擠的越走越疼。尤其是胸前還掛著一只大鼓，也可以說是越打越疼，幾乎使我不能支撐，眞想哭叫出來。然而，我把心一橫，咬牙切齒忍下來了。反日、打倒日本帝國主義，這是一條漫延而艱苦的長途里程，我不能在這起跑的時候倒下來。因此，我咬緊牙關，忍淚忍痛，挺起胸膛，猛打我懷抱中的大鼓，希望能夠震聾發聵，激起同胞的愛國心，大家團結起來，爲反日、打倒日本帝國主義而奮鬥到底。

當遊行隊伍到達西關老爺廟內的廣場時，總領隊一聲令下：「解散！」大家就一哄而亂散了。這一聲「解散」，可把我整垮了。原本一鼓作氣，熬過腳疼，此刻解下大鼓，頓時洩了氣，身子軟了，精神分散了，左腳也顯得格外疼痛。一時無可奈何，我忍痛挪蹭到戲台的旁邊，坐在地上，脫下兩隻鞋，看看左腳，索性把襪子也脫下來，把腳搬起一看，果然不出所感，大拇指下邊的腳掌磨出泡來。雖然有句歇後語說：「腳底下的泡—自己走的。」這回可大不相同，我是爲了「五三慘案」，宣傳反日，打倒日本帝國主義，打大鼓，把腳磨成泡了，所以這筆「泡」債，一定要向日本清算的。當然，現在只跨出第一步，來日方長，國步艱難，個人的腳步怎能平穩?不過，我自信無疑，一片愛國心勝過一切。爲了反日，即使兩腳泡泡相連，繭繭重疊，我也要堅持到底。

校內的話劇公演，在兩週後的週末舉行。演出的劇目，是侯曜寫的「山河淚」。其主要內容，是寫朝鮮愛國志士刺殺日人伊藤博文的案件。這齣戲由訓育主任魏老師指導排練，原本派我扮演一個出口罵人、出手打人的粗暴角色，因我的腳傷還不能參加排練，而排戲又不能因我而停頓，只好走馬換將。其結果，由我扮演一個愛國的青年學生，被安排一直坐在椅子上看報，既無對白，也沒有動作，成爲一名標準的道具演員。不過，這樣也好，不必擔心再把腳磨成泡了。唯一使我窩心的，就是愧對了我的父親。他老人家親自來到台下，一心爲兒子捧場，卻落得無場可捧，其心情的沉重是可想而知的。落幕之後，我急奔台下去見父親，喊了一聲「爹」，父親轉身對我說：「你很久沒到櫃上去了，明天是禮拜日，你到櫃上來！」我立即回答父親：「上午要參加作禮拜，下午一定來。」父親似乎並不在意我的演戲情形，我的心情也就輕鬆多了。

關於我的腳傷，一直瞞著父親，生怕他老人家又要教訓我：「不聽老人言，吃虧在眼前，要是我帶你去買，怎能買小鞋穿？」也就因此，雖然吃虧受傷，卻一直隱瞞到底，所以父親始終不知道，我是一個吃虧受傷的兒子。

◉小民
本名劉長民，北平市人。
著有散文集「媽媽鐘」、「紫色的書簡」等；丈夫喜樂配圖出版「春天的胡同」等；與喜樂、保真全家人同著「闔家歡」等。

# 鑽石記憶

**那時候，物質缺乏，吃苦耐勞是後方全民的特性，但糙米吃了有精神，初一十五打牙祭吃一次肉，沒聽過膽固醇的名詞。**

九一八事變那年，我未滿兩週歲。母親右手抱我，左手牽著大姐，由父親的朋友護送擠上開往北平的火車。

四歲在北平進了當地最好的幼稚園，學會許多兒歌，其中最喜歡唱的是一首「小兵歌」。歌詞至今記得清楚：

日本人呀不講理，殺我同胞奪我地
小朋友呀快快來，打倒日本出口氣

×××

我是小兵志向勇，敲著銅鼓向前衝
一衝衝到東三省，我倒不怕日本兇
冬冬、冬冬、冬冬冬冬冬！

×××

小女孩兒天生喜愛玩洋娃娃，百貨公司櫥窗內，要屬日本貨洋娃娃做得最可愛，也最昂貴。但在抵制日貨聲中，洋娃娃的售價猛跌到不如小布人兒了。站在東安市場玩具店前，母親考慮良久，寧可花數倍洋娃娃的價錢，給我買了一套泥塑的「一棹席」小玩意。因爲「日本人呀不講理，殺我同胞奪我地！」

我滿足的捧著「一棹席」，跟母親坐「洋車」回家。「洋車」就是「人力車」啦，又叫「黃包車」。因爲車子係日本製造，又有人叫「東洋車」。我們不買日貨，但無法避免坐日本產的車子。洋車夫辛苦賣力氣，賺來的錢，大部份送給了鴉片菸。鴉片，也是日本的哪！是毒物哪！母親說。

洋車夫爲啥要吸毒物？沒法子呀，不吸就沒力氣拉車賺錢養家呀！母親說。

我見過犯了菸癮的窮人，才可憐呢，縮在小胡同的大樹下發抖，滿臉眼淚鼻涕。北平人叫他們：「大菸鬼！」

我也見過有錢人吸鴉片的「大菸鬼」，骨瘦如柴，面色灰白如殭尸，一樣的可憐！

母親說，都是英國人和日本人害的，想教咱們中國滅種，我念小學一年級，美麗的音樂老師彈著風琴，教我們唱：「賣糖歌」。

菸盤兒富麗、菸味兒香

菸斗兒精緻、菸炮兒黃

斷送了多少好時光、改變了多少人模樣。

牙如漆、口成方，背如弓、肩向上，

眼淚鼻涕隨時淌——一個個放下你自殺的槍、一個個吹滅你迷魂的燈。

╳╳

換一換口味來買塊糖，誰甜誰苦你自己去嚐，

賣糖——賣糖——賣糖！

七七蘆溝橋事變，點燃抗日聖火，全家遷至四川。

大後方抗日的歌聲，響徹雲霄。每天清早到校，朝會前先到操場集合排隊，全校師生繞場三週行軍，邊走邊唱愛國救亡抗日歌。有一段時間，我被音樂老師選出做歌詞中答話。又

在小學生組隊下鄉宣傳抗日時，演街頭劇中的女主角，因爲我說的是北平話，是國語。

念中學時，更是讀書不忘救國，男生個個要練刺槍，女生則受救護傷兵訓練。每天朝會，校長都報告前方戰況，同時教學生保密防諜，注意四週有無漢奸爲敵宣傳。空襲警報響了，是漢奸活動的時機。有一首打殺漢奸的歌，街頭巷尾人人會唱：

打殺漢奸、打殺漢奸、漢奸是心腹的大患，
是出賣祖國的國賊，半個也不能夠放走！
打漢奸，賣國求榮，殺漢奸，認賊做父，
捉漢奸，妥協求和……

那時候，物質極爲缺乏，吃苦耐勞是後方全民的特性。但糙米吃了有精神，初一十五打牙祭吃一次肉，沒聽過膽固醇的名詞。豬油豬肝是貴物，病人和產婦才有資格多吃。穿一雙母親精心製作的「千層底兒布操鞋」，會引來同學們羨慕。粗布裡子軍服只有一套，星期假日才能換洗。若誰有一件陰丹士林藍布大褂兒，一定要過年或吃喜酒才捨得穿。陋服粗食，掩不住中華兒女愛國的光輝，艱苦的抗戰生活終於結束，邪不勝正，日本終於投降了。返回家鄉時聽見第一首歌：

八年血戰，日本投降，勝利終屬於我——
打敗了侵略的禍首，光復了錦繡山河！

四萬萬同胞狂歡慶賀，狂歡慶賀，齊唱著勝利之歌啊——。

是誰在前方拚命，是誰領導神聖戰爭？

別忘記堅苦卓絕，別忘記壯烈的犧牲——

是的，勝利得來不易，慘痛的教訓我們不能忘。但是，剛勝利不久，凱歌聲中，又出現了「不能打」的歌聲：

爲了人民、爲了國家、不能打，不能打！

打下去害了人民、害了國家危險大

老百姓，不願打、不願打，不願打——

歌聲來源自各大專院校，來自中共的職業學生，來自後方各中小學生口中。中共一面教唱「不能打」，一面暗中積極充備軍力，爲了打倒八年艱苦奮戰日本的國民黨，達到他們赤化中國的陰謀！

像做夢一樣啊，剛剛回到故鄉，又唱起另一首「流亡三部曲」。中國啊，爲甚麼總讓您的子民，在自己國土內流亡做客？爲甚麼內鬨總是多於外侮？百年中國所受的屈辱，不是只由於同胞的愚昧不團結嗎？當我們由心中歡唱台灣好：

「台灣好。台灣好，台灣眞是個復興島。」的同時相信也不會遺忘，我們的源頭，來自「海的那一邊」吧！

◉**丹扉**

本名鄭錦先，福建仙遊人。南京金陵女子大學中文系畢業。現任「仕女雜誌」發行人。著有散文集「反舌集」、「管窺集」、「幽默智慧語錄」等。

# 戰亂中的幸運

**就這樣任性地瞎走亂跑，居然跑出幸運的大半生，我不敢想像若留在大陸會有什麼樣的命運，却深深慶幸逃過了文革的大難。**

我這一生，歷經抗戰與戡亂，東奔西走，卻從來沒逃過難。

抗戰爆發的前一年，父親剛好由湖北宜昌調職到四川成都，我們闔家遂由福建漳州遷居入川，並不是因爲家鄉危急才倉皇撤離的。

我們先經陸路到上海，當時兄弟姊妹多屬小學年齡，對上海的電車和電梯最感興趣，有事沒事都故意去搭乘一下。記得那時的電梯自上降下時，會讓人的心臟有陡地一沉的暈眩，滋味不好，但小孩子偏就喜歡去體嚐這份刺激，好像今日的青少年特意愛去接受雲霄飛車的驚嚇一樣。

從上海再搭輪船經長江逆流而上至重慶，航程長達十天（順流而下爲七天，如今科技進步時間已縮短一半以上），全部長江的風光我只記得有個白帝城，其他什麼巫山神女等等根本都不曉得，更不懂得欣賞。

在成都經八年抗戰的時間，其間物價飛漲度日維艱的難題全由父母去操心。我們作兒女的照樣上學唸書，照樣伸手要錢，照樣大看其電影和話劇。儘管嘴巴上也夥著大喊其救國愛國的口號，其實沒半點眞正的功勞，甚至連苦勞都談不上。

抗戰勝利後沒幾年大陸再度淪陷變色的前幾個月，忽然有同學自台灣來信邀我來看看亞熱帶風光，正値我職業不穩定有點苦悶，又貪看新風景，便立刻隻身跑來台北。既不是跟隨什麼機關撤退，更不是分析大局避凶趨吉的結果。

就是這樣任性地瞎走亂跑，居然跑出了後面相當幸運的大半生。我不敢想像我若留在大陸會有甚麼樣的命運，卻深深慶幸至少逃過了文革的大難。我的親友們之中有少數被整慘死，倖存的也一個個長年灰頭土臉。大陸開放後我回去看他們，沒來由地在氣勢上就比他們強上一截。他們何辜？我有何德？

前幾天和幾位朋友一塊兒聊天，有人對目前某些暴發戶深表恨意，我說：台灣的經濟奇蹟中我沒有功勞，卻能夥著大家分享繁榮的成果，臨老還有得吃喝玩樂，我已經非常心滿意足，才懶得去恨什麼人哩。

當然，對時局和一些現象我也不是全然麻木不仁。有時想到當年先烈拋頭顱灑熱血，成果卻落到後世許多不相干者的頭上，有人不僅恣意享受特權猶意有未足。這些人只因晚生了若干年，便不必受苦受難還能囂張跋扈，當初送掉生命的人多冤哪！

出外旅遊，有幾次我看到美軍公墓，那一排排小小的白色墓石伸展得好遠，加上刻在紀念碑旁牆上密密麻麻的殉難者姓名，死者成千上萬。美國曾被世人公認爲黃金國度，他們的年輕人在戰爭中竟也要死傷無數，後輩的人卻在他們的墓地旁邊遊山玩水。我也是玩樂者之一，卻不禁感慨他們生不逢時。如果晚生若干年，這會兒不正是一群呼嘯著窮講權利時時可去唱卡拉OK的叛逆小子嗎？

遙憶抗戰期間有一陣我們天天跑警報，日本飛機到後方投了好多炸彈炸死了許多人，偏偏就是沒落在我們的頭上。我們又偏偏沒投生在當時的日本廣島或長崎，原子彈的威力再大，干我們何事？

今天，我們也幸好不在非洲或中東的戰亂區，我們的孩子不必因飢餓而骨瘦如柴奄奄一息，我們婦女也不必像新聞照片所顯示的那樣：頭頂大包袱，手提全部家當，扶老挈幼，在慌亂的夾縫中四處逃生，而子彈無眼睛，說碰上就碰上，死得連野狗都不如……

此刻，我坐在小小的斗室內，我家不是豪華人家，沒有好的享受，只有知足的心境。

我從不說「我以生爲中國人爲榮」或「中國人是全世界最聰明的民族」這類自傲的話（沒啥道理嘛），在內心深處，我以生活在此時此地爲幸，並不要去跟比我更幸運的人相比。

◉**畢璞**
本名周素珊，廣東中山人。嶺南大學中文系畢業。曾任大華晚報、公論報主編、婦友月刊總編輯。著有小說集「明日又天涯」；散文集「第一次真好」、「老樹春深更著花」等。

# 十二年的戰爭噩夢

**從民國二十六年到三十八年這十二個年頭中，我一直生活在戰爭的噩夢裡，它蹂躪了我的青春歲月，也消磨了我的年少豪情。**

我常常這樣想：假使歷史可以重寫，民國二十六年的蘆溝橋事變、民國三十年（一九四一）的日軍偷襲珍珠港、民國三十八年的共黨作亂都沒有發生過；那麼，今日我的命運將會如何不同，而我不是今日的我了。一個人命運的好壞絕大部分受到大環境的影響，個人的命運與國家的命運更是息息相關，密不可分。我大概也算生不逢時吧？成長於八年抗戰中，飽受失學與顚沛流離之苦，不得不提早進入社會，甚至提早成爲主婦。更不幸的是，抗戰勝利後好不容易安定下來，卻又因赤禍橫流而再度倉皇避難。那一段悽愴的歲月，眞是我此生最大的劫數與傷痛。當然，還有千千萬萬的中國人在當年遭受到比我淒慘百十倍的惡運。

在初中二年級以前，我是個生活在象牙塔中的天之驕女，父母疼愛、家庭幸福；除了上學外，我迷小說、迷電影，養尊處優，根本不知人間有疾苦。直至民國二十六年七月七日蘆溝橋炮聲一響，學校宣布暑期輔導停課了，日本的零式轟炸機開始日夜在頭上隆隆飛過，這才驚醒了我的美夢，也開始意識到戰爭的可怖。

瘋狂的日軍在軍國主義精神的催眠下，席捲華北華中，不久便威脅到華南。我們的家鄉廣州市不但天天挨炸，形勢也岌岌可危起來。因著地利之便，大多數的廣州居民都逃到香港或澳門去，父親也帶著全家大小九口逃往香港。事隔多年，我仍然記得上船前碼頭上互相推擠的人潮，還有晚上在燈火管制中，躺在黑暗的艙內等候開船，聽著城內炸彈爆炸聲嚇得心膽俱裂；此情此境，竟依稀尙在目前。

在居民中中國人佔了百分之九十幾的香港過了四年多安定的日子，想不到狂妄的日軍不自量力再度掀起了太平洋戰爭。一九四一年十二月七日，偷襲夏威夷的珍珠港；同日（我們的十二月八日），又攻擊香港。這次的空襲似乎比在廣州時更可怕，重型的日本轟炸機在市區亂扔炸彈，每個人都不知道什麼時候自己會被炸得粉身碎骨。香港地狹人稠，防禦工作做得不夠，而且也有點措手不及。空襲一來，根本不知往那裡躲。我記得父親領著一家大小，茫茫然如喪家之犬，到處躲警報，聽說那裡安全便往那裡跑。其實，炸彈不長眼睛，市區內那裡會安全？我們全家人在多次逃生之後都能夠毫髮無損，只是僥天之幸而已。現在想起來，竟然還有餘悸。

四年多以前的抗日戰爭雖然打破了我童年的種種美夢；但是逃到香港以後我仍然可以過著安定的歲月，而且在一度失學之後還可以復學，生活上的影響不大。而這次的香港陷落，我的日子可是一下子從天堂掉落到地獄，說有多悲慘就有多悲慘。就像廣州那樣，香港在挨了一陣子轟炸後，也被日軍佔領了。一時間，這顆閃亮的東方明珠竟變成了死城。老百姓既害怕日軍的姦淫擄掠，也害怕趁火打劫的宵小地痞；糧食買不到，到處搶劫，簡直就是一座人間煉獄。於是，父親再度帶領一家人逃到澳門，而我們也再嚐失學的滋味。這是我一生中第二次逃難；誰想得到，以後還有無數次，這才是劫難的開始而已。

在澳門住了不到一年，父親因工作關係，把全家帶到粵西的一個小城鎮都城去；幾個月後，又搬到桂林。這兩次搬家不算逃難，不過多少跟戰事有關；都城位於大後方，桂林更是大後方的重鎮，父親一定認爲在這裡工作比較安定與安全。

不幸，父親的估計失誤了。就像過去每逃到一個地方都是席不暇暖就要離開一樣；不到兩年，山水甲天下的桂林又告急。父親帶著母親和弟妹們南下返鄉；我則跟著因失學而暫時工作的機關向貴陽撤退。我們以步行、擠掛在火車貨卡的邊沿、搭黃魚車等方式，隨著一波又一波的難民潮，用牛步的速度(即使火車也如此)，從桂林經柳州、宜山、獨山等地，歷時幾個月才到達貴陽。一路上因爲擔心敵人在後追趕，爲了減輕負擔，大家都沿途丟行李。後來，就算能安全到達，多數人已是孑然一身。

在貴陽，我和一些新進的女職員被遣散了。於是，靠著一筆微薄的遣散費，我和一些友人懷著朝聖的心情，又不辭勞苦地跋涉前往戰時的陪都重慶，總算結束了幾年來逃難的生活。勝利後復員還鄉，和父母弟妹重聚，我自己也組織了小家庭，以爲從此可以安居樂業；不幸，喘息未定，百廢待興之際，又因爲共黨坐大，版圖變色，我們又一次被迫離開家園，渡海來台。這次雖然沒有直接的戰爭，絕大多的人可都是咬著牙度過了很長一段物質貧乏的日子，克勤克儉，努力耕耘，才有今天這個小康的局面的。

從民國二十六年到三十八年這十二個年頭中，我一直生活在戰爭的噩夢裡；它蹂躪了我的青春歲月，消磨了我的年少豪情，更留下了不少後遺症。來台的早期，驚魂未定，每次聽到飛機聲都會心驚膽戰，心頭也時時籠罩著戰爭的陰影。四十多年來的安定固然治癒了我這些戰爭後遺症，但那傷痛的往事以及一些永遠無法彌補的損失也使我永難釋懷。

可喜的是，正因自己曾經從戰爭中走過，我不會因多年的安定而變得痲木。我永遠忘不了當年的國仇家恨，而我的憂患意識也特別強。有生之年，我這匹伏櫪的老驥仍然志在千里；起碼，我可以作一個歷史的證人，因爲我親身經歷過我們中華民族現代史詩中最悲壯的一頁。

◉**鍾雷**

本名翟君石。河南孟縣人，民國九年生。
北平中國大學畢業。曾任中央月刊總編輯、文建會處長等。
著有小說集「江湖戀」；劇本「石破天驚」、「唐山過台灣」、「戰國風雲」等。

# 台兒莊大會戰戰場行

**此時此地只見大軍雲集，由各戰區調集而來的各部隊都在這兒待命，形成徐海大會戰前夕盛大、悲壯的偉大場面。**

十里春風菜花黃，垂楊夾岸草生香。
關山飛渡軍書急，驛站頻傳捷報忙。
鐵馬沖塵收嶺北，驍騎捲土過河陽。
東征好自加餐飯，直入台莊古戰場。

這一首詩是我在民國二十七年春天所寫的。當二十六年「七七事變」在北平附近蘆溝橋爆發之後，北平天津等地的青年學生，莫不熱血沸騰，義憤塡膺，紛紛響應最高領袖蔣委員長的號召，投筆從軍，參加了對日抗戰的陣營；我也揮別了黃金年代的大學生活，一夕之間變成了「執干戈以衛社稷」的二等學兵。之後就隨著大軍南行，由北平而冀南，而豫北，而晉南，經過了幾個月的艱苦跋涉，以至太行與中條山區的浴血轉戰，到了二十七年春天，部隊才又奉命出了山區，南渡黃河而到洛陽，準備開赴東戰場，投入保衛徐州的台兒莊會戰。

洛陽是我童年時代所曾居住過的名城，而我們在這裡只是作一個短時間的休息整補。在洛陽，遇到也已從軍入伍的十一弟，相逢欣然而又惘然；可憐那時他的人還沒有槍高，竟也爲了多難的祖國而輟學從戎了！而在動盪的大時代裡，兄弟們匆匆晤聚就又要勞燕分飛，眞個是「揮手從此別，何年再相逢」啊！

部隊從洛陽出發之前，我奉命調爲中尉連指導員；由於我曾經幹過機槍手，因而被派的這一連，正好也就是機槍營之中的主力連。主要裝備有「勃朗林」輕機槍十餘挺，而這正是我曾和它共過生死患難的拿手武器與老伙伴；其餘還有高射平射兩用的「蘇魯通」機槍多挺，列兵全是「柏格曼」衝鋒槍，班長以上則都配有二十發快慢機的「毛瑟」駁殼手槍，可以說都是在那個年代中性能最好的自動火器，作戰力相當堅強。

大部隊從洛陽出發東行，乘火車沿隴海鐵路經開封而至徐州；接著再東行經八義集和碾莊，到砲車站下車。此時此地已是大軍雲集，但見「車轔轔，馬蕭蕭」，由各戰區調集而來的各部隊，裝備不同，軍容各異；有戴德式鋼盔的，有戴英式「盆帽」鋼盔的，也有戴斗笠穿草鞋的……大家都在這裡待命來去，形成爲徐海大會戰前夕「山雨欲來風滿樓」的悲壯氣象，與難得一見的千軍萬馬的偉大場面。

我們部隊在砲車站下車之後，立即奉命開往東海縣的桃林鎮，任務是支援右翼作戰。當時正面的敵人，據說是日軍有名的「板垣師團」，板垣這老小子是侵略中國的「急先鋒」之一，兵力精銳，自不待言。而在右翼方面，又是鬼子兵中以驃悍著稱的「磯谷師團」，據說這支部隊都是由日本的下層社會人物所構成，因而他們的兇狠殘暴，也是不在話下。

而此時敵人在台兒莊正面，大概是受了我軍的迎頭痛擊，而有了一時的頓挫；所以我們部隊又由桃林而至山東的郯城境內，然後再南下新安，也只有趕上一些零星的戰鬥，但已經夠得上是相當激烈，而且頗有傷亡的了。

之後，我們部隊又奉命行動，由砲車開往西南方向的落馬湖一帶，新的任務是去攔擊日軍「磯谷師團」突圍南犯的先頭部隊。這時候，我們連裡有一位排長「外調」，而連長也因爲負傷「後送」徐州就醫，因而我還得先兼排長，後又代理連長；雖然任重道遠，但當時也只有仗著一股「沛然」而又「浩然」的勇氣，義無反顧的率部隨軍出發了。

說到了落馬湖，很容易使人想起了「黃天霸」和「猴兒李佩」那些俠義小說和平劇中的人物；而據當地人說，它的名字本是「駱馬湖」，並非「落馬湖」。這且不談，總之這裡是一個沼澤地區，初看則「平沙無垠，蓬斷草枯」，就像唐代李華筆下所寫的古戰場；再往裡去，則是一片澤國泥淖，最深的地方，可以高達我們這些北方大漢的胸部上下，那些身材短小的鬼子兵，要不淹到他們的脖子才怪！在這樣的地形條件之下，再加上天在下雨，如果我們在這裡跟敵人幹起來，也就可以預料到誰勝誰負了；何況他們的騎兵和坦克車，在這裡根本就是寸步難行，動彈不得！

我們遵照上級的命令，配合左右友軍，迅速部署完成，佔領了湖的四週的丘陵高地，構築工事掩體，各就射擊位置。當時以我個人看來，指揮官在這裡所佈置的，完全是一個「袋形陣地」，只怕鬼子不來，一來就要「請君入甕」了……

到了拂曉時分，我們所期待的一刻終於來到了。「磯谷師團」的所謂先頭部隊，在風雨泥濘之中，有如「曳尾泥塗」的烏龜群，狼狽不堪的進入了「袋形陣地」；不用多說，他們大都變成了我軍輕重機槍火網之下的活靶子了。這一次的台兒莊大戰，據後來有關史料的記載：先後激戰晝夜，國軍大捷，殲滅日寇板垣、磯谷兩師團主力三萬餘人。而我個人則寫有「古戰場行」古風一首，以誌身經此一大戰役於不忘。詩曰：

朝發砲車鎮，夕至落馬湖。落馬湖，落胡馬，一片澤國滿萑苻；那堪連日淒風挾苦雨，使人瑟縮舉步涉泥塗。相傳此是古戰場，前人詩云「一將功成萬骨枯」；我軍今來聲勢大，乘勝追擊破倭奴。披菖蒲，斬荻蘆，佈得「袋形陣地」如畫圖。入夜漫天匝地燐火舞，又聞陰天鬼哭聲嗚嗚；「秦歟、漢歟」渾不管，且更抱槍倚馬話鬼狐。拂曉一聲號令下，槍聲狂嘯砲狂呼！嗟爾東洋鬼子腿本短，可憐曳尾泥淖如龜徒；「磯谷師團」何驃悍，今亦全軍覆沒落馬湖！從此湖底多枯骨，扶桑鬼哭聲更麤……戰勝歸來疲憊甚，汲水脫衣滌血洗泥汙；烟一枝，酒一壺，醉臥湖邊待明日，明日又向何處赴征途？

◉**崔百城**

筆名白塵、山佳、萊夫、萊公。民國五年生。安徽盱眙人。上海法政學院畢業。曾任報社記者、編輯。著有散文集「春華秋月」、「風絮集」；小說「山城」、「石達開」；詩集「蟬吟集」、「春望吟」等。

# 沙河岸旁的烽火

**我躲在一棵大樹下，只覺天在震動、地在顫抖，日寇在我們國土上肆虐，而匪軍不去抵抗，反而躡踪在國軍背後，趁火打劫。**

「孩子們，衝呀！」滿臉短髭，像虬髯公似地，體格魁梧的阿洪，一馬當先狂吼著。

「衝呀，孩子們！」

這聲音有如洪鐘般地響亮。它代替了衝鋒號，它較衝鋒號更有效，更有力。

「的的的，打的，打的，打打打」。

敵人的衝鋒號慘厲地響著，匪軍像螞蟻般從四面八方奄忽而至，來包圍這衝入核心陣地的騎兵。這人海戰術使得騎士們無法馳突。他們從堆疊的屍體上艱難地馳躍，有的被絆倒。馬嘶，人叫，號角聲喧，槍彈呼嘯，織成了悲壯的樂曲。

我們走也無法走，躲也無法躲，索性坐下來觀戰。這時，生死已置之度外，恐怖心理也完全消失了，人處極危險的環境裡，反而不覺得危險了。這偉大短兵相接生死搏鬥的一幕，竟爲我親身目睹，眞是人生極難遭逢到的。

忽然，身後塵土飛揚，一隊隊國軍步兵跑步而來，飛快地經過我們身旁，開往前線增援。他們都是威風凜凜、殺氣騰騰，毛瑟槍、刺刀，發出了耀目的光亮；擲彈筒、輕機槍、卡賓槍，在他們肩頭顛晃著；重機槍、迫擊砲，四五個扛抬著；灰色軍服，灰色子彈袋斜掛在身上，皮帶繫在腰間。氣慨是那麼昂揚，聲勢是那麼浩蕩、雄壯，這支生力軍投入了戰場之後，前線立即起了一陣騷動。

「拍拍拍」

「轟轟轟」

「砰砰砰」

槍砲聲更爲激烈。槍口閃著紅光，硝煙佈滿了戰場。

「吱……」

「拍……」

槍彈不時從我們頭上馳過，也不時落到我們身旁，濺起了陣陣塵土。大地像一座火藥庫，處處冒起了硝煙。我們在硝煙包圍中，死神向我們張開懷抱。我們不敢挪動一下，只求上蒼保佑，期待國軍勝利。

「殺……」

「衝……」

聲音慘烈震耳，前方正展開白刃戰。回子兵個子大，膽子壯，勇猛像出山的虎豹，匪軍那裡是他的敵手。又加上騎兵橫衝直撞，突破陣地。相持約有三個多小時，匪軍終於被擊潰了。騎兵像輕煙般地直追了過去，匪軍亡魂喪膽，四處逃散。戰場遺下來的是縱橫的屍體，遍地的血泊。

天哭喪著臉，太陽躲在灰白的雲層裡，秋風蕭颯地掠過原野，帶來了一股濃烈的血腥夾著硝煙氣味，刺鼻難聞。還有無數的半死不活的傷殘者的狂號和呻吟。沙河的水嗚咽地奔流，在哀悼死去的人們，他們是爲何而戰？爲誰而死？恐怕那些無辜的犧牲者，直到死時還不明白哩！

「走吧！還在發什麼呆？」同伴拉起了我。

我有如看完了打鬥電影似地，心裡充滿了緊張和刺激。被槍砲聲震破了的耳膜，仍在嗡嗡作響。渾身顯得疲軟無力，拖著沉重的步子，回憶剛才的一幕，這時，心裡才覺得害怕。我們是槍林彈雨裡的幸運者，是劫後餘生啊！

我們不敢返回鬮疃，也不忍看那血肉模糊屍橫遍野的戰場，只是漫無目標的向南走去。

「轟隆，轟隆」，日寇的砲聲仍在遠方響著。

「嗡嗡嗡」，日機臨空了。在適才的戰場上空低飛盤旋。顯見是來偵察這裡戰事的。

我躲到一棵大樹下，伏在地上，只覺得天空在震動，大地在顫抖。日寇的飛機大砲，正在瘋狂地屠殺我們同胞，在我們國土上肆虐，而匪軍卻不去抵抗，反而躡踪在國軍的背後，趁火打劫，來消滅抗戰力量，以壯大自己。外侮方殷，內亂正熾，國亡無日，不禁愀然以悲！

日機走了，我爬起來，拂了拂身上的塵土和落葉，遙望著長空，戰雲瀰漫，烽火連天。我佇立在沙河岸傍，像一隻失巢的小鳥，徬徨著，凄迷著，不知何所歸宿！

◉莊原
本名朱慧夫，廣東台山人。民國十六年生。
曾任「暢流」半月刊主編、中國文藝協會副秘書長。
著有散文「愁鄉草」；小說「陽春之月」等。

# 娃娃兵的故事

**這個小鬼才十五歲，却謊報十七歲，他處處力求表現，企圖顯示他的堅强，但在許多個晚上，却躲在棉被裡哭泣。**

對日抗戰時期，部隊中出現了娃娃兵。這些娃娃兵，年齡自十四歲至十七歲不等，有的是因戰火摧毀了家園，親人失散，流落無依，被部隊收容的；有的卻是為了國仇家恨，志願投效軍隊的；梁漢標就是其中的一個。

他又瘦又小，踮起腳只比七九步槍高出半個頭。望著他，我揮揮手說：

「當兵是要打仗的，你太小了！」

「報告官長，我就是來打日本鬼的。」他的臉漲紅，口氣堅決，「我不小，十七歲了。」

我不會相信，搖著頭說：

「當兵是很苦，很危險的。你回去吧。」

他「哇」的一聲哭了出來。班長推他走他不走，一邊哭一邊說：

「我不走。我回不去了。」

就這樣，他成了我們部隊的娃娃兵。他很勤奮，不偷懶，還纏著班長教他射擊，有兩次偵察的任務，他居然志願去參加，我把帶他去的班長斥責了一頓，我說：

「有了狀況時，怎麼辦？你照顧他還是照顧自己？」

班長不服氣的回我一句：

「排長，他是部隊中的一份子，他也想證明自己已經長大。」

這個小鬼，才十五歲，卻謊報十七歲，他處處力求表現，企圖顯示他的堅強，但有許多個晚上，我發現他躲在被窩中偷偷哭泣。

部隊在蒙山和象縣，和日本鬼子打了遭遇戰，我們一營人損失了一半，梁漢標卻毫髮無損，還表功的說：

「那個鬼子藉著樹林掩護，覷空就放冷槍，我瞄準他，碰的一聲，他倒了。」

在戰場上，不是你生就是我死，是沒有什麼「慈悲」可講的，只是，那麼年青的孩子，就被驅入殺戮戰場，是值得詛咒和悲哀的事。

抗戰勝利，部隊復員，梁漢標退伍回家了。但在七年後，在鳳山一個茶館裡，我又遇著他，他佩著上尉的領章，以標準的軍人動作向我敬禮。我們談了一個多小時，知道他回家後就復學，但讀不到一年，大陸淪陷，他就隨著軍隊到了台灣，正好軍校招考，他被錄取了，現在是官拜副連長，最近打算成家。

此後，我們的通信就沒有中斷。他因公來台北，也會來我家小坐。但直到他以中校屆齡退役，他還是孤家寡人一個，我關心的問到此事時，他在信上說：

「我要愛的，別人不愛我；我不愛的，勉強的湊合，豈不委屈了自己？」

開放大陸探親，他迫不及待的回到他廣東老家去，父母在「文化大革命」這場動亂中過世了，大哥被遠放新疆，不知下落，小妹嫁給鄰村一家農戶，當兄妹兩人見面時，禁不住抱頭痛哭，過後，他發現他妹妹最少比他老了二十歲。

他替妹妹造了一所新屋，並準備為死去的父母建墳，妹妹提出反對：

「骨頭都找不到了，造什麼？」

「找兩件他們生前穿過的衣服做代表吧，人有根，水有源。」

妹妹還是反對，還說：

「追究起來，德旺堂哥是紅衛兵的頭頭，是他帶著人把爸媽逼死的。」

「墳要造，仇也要報。」他斬釘截鐵的說。

墳造好了，落成的那天，他準備了三牲香燭，邀請了全村和當地的幹部參加。在跪拜時，他向死去的父母許了誓：

「我要報仇，我不會放過德旺的。」

行完禮後他退在一旁，人叢中有個人步履蹣跚的走過來，噗的一聲在墳前跪下，哭喊著：

「大伯，我該死。我是被逼的。」

他是德旺。瘦削的臉上滿佈淚水。他艱難的站起來時，那張臉是失血的風乾的臉，佝僂的背撐著一付已挖空的軀體，這個人，已走進墳墓一大半了！

「他活著比死了還要難過。」梁漢標心裡想。

這不是一個故事。

梁漢標這個人，是中國的一頁歷史。

他生在一個受欺凌的時代、一個最困苦艱難的時代，他以年輕的生命，爲中國的前途奮鬥，要以血來洗清中國人所受的屈辱。

但苦難沒有到了盡頭。他經歷的不幸，也是中國的不幸。但是，儘管他生命中有如許的痛苦與磨折，他年老了卻有一顆年輕的心，他有強烈的愛，也有強烈的恨，爲了愛，他甘願奉獻所有；爲了恨，卻學習了寬恕，這個人，證明了中國文化這棵大樹，根植得深，長得高大。

我們的路，就這樣走過來的。

最近，梁漢標給我來信：「星期天來吧，到鄉下喝一杯我用山泉水泡的茶。」

◉邱七七
湖北興山人。民國十七年生。
曾任岡山空軍子弟學校校長，現任中國婦女寫作協會理事長。
著有散文「婚姻的故事」、「櫻花之旅」、「留住春天」等。

# 黃金歲月

**地不分南北東西，人不分男女老幼，**
**一心一德，誓死抵抗，爭取最後的勝利，**
**這就是走過抗戰的人口中唸唸不忘的「抗戰精神」。**

人的記憶很奇怪，有時刻意去記的事情記不住，一些沒有必要記的東西反而偏偏記得牢牢的。如從高小到中學畢業這一段時期裡隨著大家哼哼唱唱的一些抗戰歌曲，竟刻骨銘心的永不相忘，成爲我一生之中最大的精神財富。

有一首歌我八九歲時就朗朗上口：

「我有敵人兇似狼，強佔我地方。搶掠屠殺後，又燒燬我村莊。可憐我，同胞們，千萬命遭殃，打倒野心狼，印度作榜樣……」。

這個野心狼是從甲午戰爭（一八九四年）以後，一直處心積慮蠶食中國的日本，認爲中國人「無組織」、「不愛國」，經常製造不法和挑釁行爲，如炸死東北宿將張作霖，發動九一八、一二八事件，不僅在華北地方步步進逼，侵略的魔爪更指向華南華西，使許多人背井離鄉，無家可歸，聽這沉痛的歌聲：

「泣別了白山黑水，走遍了黃河長江，流浪逃亡、逃亡流浪。流浪到那年，逃亡到何方？我們的祖國已整個在動盪，我們已無處流浪，已無處逃亡……」。

一盤散沙似的中國，終於在敵人環伺之下覺醒了，對日本的欺壓打殺忍無可忍了，那時政府還在作「安內攘外」的宣傳，民衆的愛國情緒要宣洩，要找一個出口，於是一些城市發起抵制日貨運動——日後抵制日貨就成了中國國民用來對抗日本侵略的和平方法。

成年人有對日本的積憤，在愛國情緒普遍的激盪下，孩子們也加入了，聽他們唱：「日本鬼子眞可惡，殺我同胞奪我地，小朋友呀快快來，打倒日本出口氣，出氣出氣出了這口氣」，又參加抵制日貨的遊行隊伍。

我也是遊行隊伍裡的一份子，除了揚著旗子喊口號，並從此不再吃海參這樣菜，因爲老師說中國不產海參，海參是從日本運來的日本貨。

父親是典型的中國知識份子，憂時憂國，對我一番「老師說的」，非常讚許，摸著我的童化頭對母親說：「七七這孩子，已經知道愛國了。」

西安事變期間，舉國緊張，人人都爲蔣委員長的安危懸心，孩子們在遊戲中加入呼叫蔣委員長就立正敬禮，一喊張學良就跪下去的動作，我很愚蠢但非常認眞的問父親：

「爹，可不可以拿我去換回蔣委員長？」

日本害怕一個團結的中國，趕著在民國二十六年七月七日，在蘆溝橋畔挑起中日第二次戰爭。他們想「速戰速決」，我們持有的是「長期抗戰」、「以時間換取空間」及「最後的勝利是我們的」的心理準備和信念。

打仗時前方短兵相接、肉搏巷戰、一個砲彈來也許一連一營弟兄同時陣亡；不論前方戰況多麼激烈、戰區多麼遼廣，總有如母親懷抱般安全的後方，大家有秩序的各就各位，生產的生產，補給的補給，聽，有歌聲響起：

「你喲你打樁啊，我喲我拉繩啊，我們不靠天啦，我們不求神啦，只靠那大家一條心啦，只靠那大家一條心……」

「嘿嗬嘿，我們軍民要合作，你在前面打，我在後面跟，挖戰壕，送子彈，抬傷兵，送茶飯，我們有的是血和汗，大家同心合力幹……」。

軍民合作，士氣高昂，學生們也以「讀書不忘救國、救國不忘讀書」相勉。我因逃難搬家小學五年級換了四個學校，但不曾失學；中學以後更是讀書、唱歌、運動、演戲樣樣都來，後方所呈現的是一個安定、正常運作的社會。

但是日本不願意見到我們有一個安定的後方，他們派出飛機來盲目轟炸，作無情的掃射，有時敵機一次出動上百架，來了一批又一批，警報剛解除跟著又放警報，我們稱之為「疲勞轟炸」。陪都重慶有一個月裡被狂炸了十次，死傷無數，大火從白天焚燒到入夜。警報一解除，大火一熄滅，生活秩序立即恢復，茶館裡又有人去喝茶了，小吃攤也一個接一個擺出來了。沒有人被死亡或燬滅嚇著，人總要勇敢的向前走；也沒有人對政府或生活抱怨，有歌為證：

「來，你來，我來，我們大家來、大家來。有力的出力去當兵，有錢的趕快把軍火買，救國是我們大家的事，讓我們大家同心協力幹起來」。地不分南北東西，人不分男女老幼，一心一德，誓死抵抗，爭取最後的勝利，這就是走過抗戰的人口中唸唸不忘的「抗戰精神」。

高班同學在畢業典禮上唱「這是時候了，同學們，該我們走上前線，我們沒有什麼牽掛，縱或有點點留戀。學問總不易求得完全，要在工作中去鍛鍊。困難已經逼到了眉尖，誰有心意長期鑽研。我們要去打擊侵略者，怕什麼千難萬險。我們的血沸騰了，不除日寇不回來相見。」

歌聲裡充滿青年學生救國不落人後的情操，接著就是響應「十萬青年十萬軍」號召的從軍熱。這些投筆從戎的青年經過編練即開赴前線，有的擔任交通運輸，有的分配到印緬叢林戰中當換索兵，打通中印公路和超越喜馬拉雅山駝峰的，也是這些中國青年。「好鐵不打釘，好男不當兵」的觀念被揚棄，我們唱：「好鐵要打釘，好男要當兵，我們是英勇的游擊隊，我們是武裝的老百姓。拿起鋤頭斧，捏緊鐵鎚柄，認清敵人鬼面目，立誓要把鬼子拚。」結婚的婦人一面送丈夫去當兵一面唱：「丈夫去當兵，老婆叫一聲，毛兒的爹你快快走，爲妻的不再遠送行。盼你平安回家轉，盼你多殺東洋兵，你若不幸身先死，靈魂莫散，喊殺聲，」多麼悲壯的祝福，多麼勇敢的豪氣，全國上下、士農工商，都有不怕流血犧牲的精神，這個仗沒有不勝的道理，也難怪我的母親到九十歲時還在說：「抗戰是唱抗戰歌曲唱勝利的。」

那打仗唱歌、唱歌打仗的日子遠去了，但我永遠懷念那一段抗戰歌曲伴我成長的黃金歲月。

◉上官予
本名王志健，筆名舒林、舒靈。山西五寨人，民國十七年生。國立暨南大學、台灣大學畢業。曾任文建會專門委員、國家文藝基金管理委員會總幹事。著有詩集「旗手」、「春之海」；劇集「荒漠明珠」、「寒鐘歌」等。

# 抗戰「懷鄉曲」

**抗戰時期是一個偉大的時代，而許多抗戰歌曲不僅淋漓盡致的發洩人們深厚的情感，也挑起大家抵禦外侮的氣慨。**

前年八月六日水晶因爲流行歌曲之王黎錦光捎給他一卷「繁星薈萃」的錄影帶，在聯合報副刊寫了「誰能忘卻舊時夢」的一篇歌詞之美。其中說到一首「故鄉曲」，有幾句話引人注目，他說：「最奇怪的是一首喚名故鄉曲的歌，是張帆主演的電影『相思債』（一名『湖山雲烟』）的插曲。當然是由張帆本人演唱。這首『故鄉曲』的歌詞極美極生動，把北方冬天的冰河車輪鞭影風聲，以及樹林與青紗帳的光影聲色，都箝入到深至的鄉愁裡，卻又微妙的傳出了抗戰勝利的訊息。」這首歌的詞是這樣的：

江面上結一片銀冰，冰上滾著車輪，雪片兒飄上，飄上嘴唇，曠野風聲，曠野風聲，你想不想念你故鄉的風聲？你想不想念你故鄉的風聲？

樹林裡走著狼群，青紗帳移動著人影，沉沉黑夜，就快黎明，就快黎明，你想不想念你故鄉的黎明？你想不想念你故鄉的黎明？

張帆最有名的詞是「故鄉」，由陸華柏譜曲，前言「故鄉曲」（確實的曲名是「思鄉曲」）是張帆作詞，馬思聰譜曲。這兩首藝術歌曲，都是我在抗戰中，屢次演唱過的。「故鄉」的歌詞，詞意柔美親切，凄涼悲壯兼而有之，不僅引人遐思，使人共鳴，尤能激起國人同仇敵愾之心。

抗戰初起，最讓人聽了流淚的一首歌，自然是「九一八」以後，張寒暉作詞曲的「松花江上」了。「九一八」這一頁難忘的慘痛的歷史，是日本軍閥侵華的罪惡悲劇。東北錦繡山河，富甲天下，是日寇早已覬覦的沃土。而東北同胞在日軍進佔時，被蹂躪被摧殘被損害被虐殺，被壓迫以至家破人亡流離失所的苦恨，無不在此歌曲中傳播出來，叫人聽了鼻酸心熱，血淚交迸的。

初期的一首「故鄉月」的懷鄉曲，是當時在西安擔任中央軍校第七分校和戰幹四團，以及三民主義青年團西安分團的音樂教官韓悠韓譜的曲，丁尼寫的詞，作爲「新中國萬歲歌劇」中女高音的獨唱曲。（這齣歌劇另有李嘉作詞的：建設新中國和春天的陽光，以及凡夫作詞的壯士飲酒歌等）韓悠韓本名韓亨錫，是中國國民黨黨員，他的父親韓運成老先生曾參加過　國父領導的同盟會，曾追隨黃興將軍於民國元年進攻金陵的戰役，獲頒中國國民黨獎章。悠韓是韓國復國軍的中堅幹部，和韓國復國領袖金九，李範奭他們一起擔任戰時光復韓國的艱巨任務。「故鄉月」的詞意是充滿著惆悵的感情，曲子更是悠揚動聽，叩人心弦，令人低迴咏嘆，回味不盡的。

劉雪庵最出名的懷鄉曲是「長城謠」，這是大家熟知的。但他早期自作詞曲的一首「思故鄉」，卻是少唱的；但詞意曲調，短峭而有力，好像鋒利的匕首一般：

> 我不忘記我最可愛的故鄉，我不忘記故鄉三千萬的兄弟，我要唱雄壯的歌曲，我要寫悲忿的辭句，我不怕強權，不怕暴力，我要用武器，打倒敵人！我要回到那最可愛的故鄉，我要回去喚起那被壓迫的兄弟！故鄉，故鄉！我要回去我的故鄉。

在懷鄉曲當中，馬思聰的一首「思鄉曲」的旋律，最纏綿悅耳，迴環繚繞的是以：杜鵑水鄉，紅花水鳥相映相應，而做爲他的小提琴主調的歌；詞意與曲調配合的水乳相融，想來是他自有的詞。

夏之秋（今年春天曾來台灣）的「思鄉」，抒情與敘事兼長。是任天道作的詞。是流浪兒在深夜裡，徘徊月下，流浪異鄉，思念親人，不能成眠的歌。當年十分流行，是一首動人心魄的好歌。

「月光曲」是黃友棣抒寫懷鄉愁緒的一首名歌。是抗戰發展到中期的作品。月下的思鄉的衷情，是由想念孩子們的可愛歌唱到水田牧草而逐漸展開的，到他鄉流淚的淒涼，以及在戰場上在前方，與敵人在月光下作戰的悲壯激昂的情緒；經由獨唱，合唱；而表現出來一種令人感觸萬端，難以釋懷的悲涼與憤慨。

「流浪之歌」是吳祖光劇作「鳳凰城」中的主題曲。詞意哀傷悽涼，分做前後兩段歌唱，前段述離家背井的哀痛酸楚，後段述無家可歸的悲苦慘澹；是北方流浪兒逃亡四方，流離失所的寫照。當年，作者曾多次演唱，眼前彷彿看見舞台下的人群，掩面啼泣，黯然神傷的情景，怎的不讓人魂飛神傷呢？詞意的眞摯，尤其讓人回味咀嚼，難以忘懷的。這首歌，是對東北故鄉的懷戀。「江南之戀」則是對江南的思念。「流浪之歌」是一齣悲情鋪展的敘事曲，「江南之戀」則是一首哀婉多感的抒情詩。其間的詞句，只是幼小的回憶，溫馨的惦記，不帶一些硝煙烽火，而自有無端的憂愁，無奈的喟嘆在內，只是把江南的俏麗明媚，描寫的更加入木三分。

江南戀曲中，文友合唱團將楊友群和汪秋逸二人在抗戰中期合作的「江南三部曲」和聲演唱，甚爲出色。三部曲中仍以「夜夜夢江南」的：

昨夜，我夢江南，滿地花如雪；小樓上的人影，正遙望點點歸帆；樹林裡的歌聲，飄拂著傍晚的晴天。

最能引起聽者鼻酸眼熱，心魂悸動。友群和秋逸二人合作最出名的歌是：「先有綠葉後有花」二部曲。戰時，他二人在湖北省教育界服務，志趣相投，遂能合作無間。「夢江南」一曲，也是文友合唱團把戰時的歌又一次唱出名的；詞意洋溢著：「自在飛花輕似夢，無邊絲雨細如愁」的情緒。

抗戰末期的一首懷鄉曲，是由端木蕻良作詞，賀綠汀譜曲的「嘉陵江上」。這首歌，可說是「懷鄉曲」中的壓卷作。抗戰勝利前後，我曾聆聽名聲樂家斯義桂的演唱會，印象最深刻的是他唱的這首「嘉陵江上」，其次是伏爾加船夫曲，鳳陽花鼓，及農家某首歌曲。「嘉陵江上」的歌詞，極富於叙事抒情相溶融，而能集中表現內涵富足的意境。而曲式又是能夠淋漓盡致的發洩積蓄深厚的感情，予人以無限的感動。這首藝術歌曲，是不愧名家的手筆的。歌詞優美，尤是餘音不絕：

那一天，敵人打到了我的村莊，我便失去了我的田舍，家人和牛羊。
如今，我徘徊在嘉陵江上，我彷彿聞到故鄉泥土的芳香，一樣的流水，一樣的月亮，
我已經失去了一切歡樂和夢想。
江水每夜嗚咽的流過，都彷彿流在我的心上！

我必須回到我的故鄉，爲了那沒有收割的菜花，和那餓瘦了的羔羊，我必須回去！從敵人的槍彈底下回去！我必須回去！從敵人的刺刀裡回去！把我打勝仗的刀鎗，放在我生長的地方！

抗戰時期，是一個偉大的時代！作爲一個「少年歌手」的我，曾唱過抗戰歌曲，「懷鄉曲」更是難忘的好歌！樂界友人們多次催促我筆之於文，今將「懷鄉曲」順手寫出，做爲一個永恆的記錄。

◉唐潤鈿
上海市人。民國十八年生。
台大法律系畢業。曾任職國立中央圖書館。
著有散文集「瓜與豆」、「愛的祝福」；小說「石縫小樹」等。

# 夢回童年

**那童年時代所見血淋淋的恐怖事件仍然清晰地在我眼前顯現，同時那位令人懼怕卻又使人敬畏的台籍同胞的笑臉也顯現在我眼簾。**

我已年逾甲子，然而如今我還會在夢中回到童年。童年該是充滿亮麗歡笑，的確我也曾享受過童年的歡樂。可是在我夢中的童年，卻是充滿哀痛與恐怖。

那年我八歲，七七蘆溝橋事變引發了八年的中日戰爭。我們全家由上海市郊的家鄉逃難到上海法租界，因路途勞累與驚慌，懷孕的母親到達上海後不久難產，母子均遭殃。母親去世拋下了父親與我們姊妹四人。我們都在痛哭哀號聲中，但怎麼也喚不回母親。所以我時常會在夢中哭醒。

那時我們破碎的家，幸好有長我十一歲的大姊照顧，大姊也時時呵護著我們，眞是長姊如母。但是家中仍需要女主人，所以不久父親續絃，年輕繼母進門後，家庭氣氛很不融洽，但與外面恐怖情狀相比較，那家中充滿了安全感。有一天，我上學途中，突然發現馬路上多了站崗的日本兵，我嚇得很想回家，但是他們並不干涉我們，只是望著路上行人，因此我也照常走到學校。聽老師說昨天（民卅年十二月八日）日本偷襲珍珠港，上海英、法租界也都被日本佔領了。我們學生都很害怕，但平安地上了一天課回家。父親也說日本侵占上海租界的事，並要我們以後小心，不要多說話。

此後，常見父親忙進忙出，並把他印的名片給我們看，有唐烱明、唐少文與陶性初。但是我明明知道父親名唐天恩，字景明。因父親叫我們少講話，原本多話的我也不敢發問。

有一天深夜，一陣陣嚇人的門鈴與敲門聲把我們全家吵醒。父親叫我們不要起來，也不要多嘴。他一個人沉著地去開門，一大群人兇巴巴地蜂湧而入，用不純正的國語大聲地吼著：「叫你們全家人統統起來！」

然後他們嘰嘰咕咕講著日本話。大姊與我顫抖著走到客廳，那時正有一個人用比較純正的中國話問父親：姓什麼？

「我姓陶。」父親去拿印好了的名片，那張名片上面印著：「三井洋行，陶性初。」

那個說中國話的人大概是翻譯，他看了看名片就跟彪形大漢又嘰咕了一陣，而後又問：

「這裡住的，不是唐天恩嗎？」

父親搖搖頭，表示不是唐天恩。然而，他們卻從人叢中拉出一個雙手被銬，滿臉有傷痕而虛弱的人。那翻譯說：

「喂，你抬起頭來看看，他是不是就是我們要找的人？」那受傷的人無力地搖頭一語不發。那些面目可憎的人用日語交談著，而後他們分散開來，有的守電話，有的拆牀墊，拆沙發，到處亂翻。當我看清楚那個銬手銬血漬斑斑受傷的人，正是常來我們家的張叔叔，但是我看他那狼狽可怕的樣子，嚇得不敢叫他。雖然那翻譯用溫和的語氣問我：「小妹妹，你認得他嗎？」

可是我仍然害怕得直搖頭。後來日本兵強迫我們都坐在客廳，不許走動。一直到天亮，還不准我們出去。害得我不能上學，但是日本兵走了一批，大概吃早餐去了。有人敲門，進來的是常來我家的柴伯母，那時客廳裡只有那個大漢與翻譯，柴伯母沒有注意到氣氛不對，匆匆地自皮包取出一封信給父親，但她說：

「我媽病了，需用錢，麻煩您回鄉時幫我帶去。謝謝。」父親臉色凝重、沒有接受。他說：

「抱歉，我沒有時間，最近不回鄉下。」

柴伯母這才意識到有了問題，收回信件。那時我口渴要喝水，而開水已喝完，大姊去廚房燒開水，也順便弄早餐。柴伯母快步跟過去。大漢對翻譯嘰咕了幾句，翻譯也就緩緩地站立起來，並說：「那位太太請回來！」於是柴伯母回到客廳，他們要她交出那封信。

「不是信，是錢！」柴伯母回答。事實上柴伯母動作快已把信丟進爐子裡燒了。她拿不出信來，那大漢很生氣，重重地打她耳光，柴伯母招架不住跌倒在地。他們搜她的皮包及全身，還好沒有搜出不利的證據。但她也被扣留，不准出去。於是也加入我們獃坐的行列。

後來父親跟翻譯商量，總得讓我們吃午飯，經過那翻譯說項，經過搜身後允許繼母去買菜，但必須在時限內回來。繼母擔任了帶口訊的任務，她向巷口雜貨店老闆說，我家有了問題。所以此後沒有可疑人物再來上門。到傍晚，日本人都走了，我們恢復了自由。

次日我放學回家，不見父母。大姊說，父母離開上海回鄉下了。後來大姊告訴我，張叔叔被日本憲兵嚴刑拷打而死了。她更告訴我，父親、張叔叔、柴伯母與常來我們家的王伯伯、李伯伯等都是中央留駐在上海的工作人員，所以日本兵要抓他們，父親因早作準備，並化名為陶性初而逃過了這一劫難。

我認為日本兵眞傻，假如他們翻看我的書包，我的書本上都寫著名字「唐潤鈿」，不就證明父親也姓唐嗎？大姊認為那是吉人天相，也許就是那位翻譯從中幫忙。後來大姊更肯定地說：「是他，他故意緩緩地，給柴伯母有時間消毀那封信。那晚我明明看他翻你的書包，他又把簿本都塞了回去。聽說那翻譯是台灣人，他畢竟也是跟我們同種的中國人，發揮了同胞愛，假如不是他，爹爹也一定被逮捕了。是他故意放了爹爹一條生路。」

那時我們住在上海辣斐德路甘斯東路口的穎村，幾號我已記憶不淸，這畢竟已是五十年前的往事。但是那段痛苦恐怖的往事常會進入我的夢中。昨晚，我又從恐怖的童年夢中醒來，久久不能入睡。那童年時代所見血淋淋的恐怖事件仍然繼續在我眼前顯現，同時那位令人懼怕卻又使人敬畏的台籍同胞的笑臉也顯現在我眼簾，我默默地向他致謝，使我父親得以逃脫日本人的魔掌。後來抗戰勝利，父親當選爲國大代表，然未能及時來台，致使國民黨籍的父親在共黨主政下入獄勞改，在文化大革命那年的五月四日因病離世。不禁使我淚如泉湧。我們中國人何其命苦，受外國人的欺凌之外，還得遭受同胞的自相殘虐?!

旣然已由國父　孫中山先生領導革命，推翻號歷史上的帝制，就該效法西方民主國家走上民主多黨政治，不要只求個人利益一黨獨大拚個你死我活。也先該來個約法三章，共同爲國爲民謀福利，不爲私利一黨而理智地彼此尊重。我們中國才會眞正走上民主自由與和平統一的康莊大道，童年時期的流淚流血夢魘不再重現。東方已發白，我索性起床，在我例行的早禱中祈求家人平安之外，更增加了以下禱詞：

「願吾中國人都能省悟，佑吾中國眞正成爲現代民主法治國家，人民不再遭受戰亂暴力之苦。」

◉俞允平
筆名疾夫、愚庸笨。民國二十年生。浙江於潛人。
曾任「文藝月刊」主編。
著有散文集「勸醒警悟」。

# 甜言痛語

**苦難使人早熟懂事，戰爭則使人成長堅强，**
**在「有飯吃便是福」的烽火年代裡，**
**我對甜食已不奢望，但對糖的期盼却念念不忘。**

和大多數的孩童那樣，稚齡時的我，也偏愛甜食。但平時所吃的糕餅，都是做工粗糙、顏色紫烏又價廉的那些；白淨而精緻的茶食點心，只有在節慶或過年時，才能嚐到——眞是好吃啊！曾聽大人們說，粗糙糕餅是用土法榨熬的紅糖做的，所以比較便宜，精美的茶食則是選用「外來貨」（進口）台灣白糖做的，由於路途遙遠、運輸不易，價格自然昂貴。

這是我懂事以來，第一次聽到「台灣白糖」這個名詞，更因爲自己喜歡甜食，所以便對它有了較好而深刻的印象。

我是民國二十年出生的，上小學那年，恰逢日軍在蘆溝橋藉故挑釁，發動侵華戰爭。那時年幼懵懂，不知時局，聽老師告訴我們說：「我們國家既沒有力量，也沒有準備，但在受到亡國滅種威脅時，我們被迫奮起抵抗……」在面臨這樣的生死存亡關頭時，全國上下，便都萬衆一心、集中力量、敵愾同仇的，地不分東西南北，人不分男女老幼，全部動員起來，人人拿起鋤頭刀槍，參加壯烈的「抗戰到底」偉大行列。

戰爭一起，一切可用的物質也都統一調度，以便支援前線，原本勉可溫飽的生活，也變得更爲困苦艱辛。

苦難使人早熟懂事，戰爭則使人成長堅強，在那個「有飯吃便是福」的烽火燎原的年代裡，我對甜食已不存奢望，但對糖的期盼，卻仍念念不忘。

兩年之後，我在國文課本上讀到一篇與糖有關的課本——

台灣糖，甜津津，
吃在嘴裡記在心；

甲午年，起糾紛，

鴨綠江中浪滾滾；
中日一戰我軍敗，
從此台灣歸日本；

台灣糖，甜津津，
甜在嘴裡痛在心。

從老師對課文的講解中，我們不但認識了台灣，同時也瞭解了「甲午戰爭」與割讓台澎整個事件的經過；最重要的是我們都記得老師的期勉：「如今台灣與我們國家的關係，有如我們家庭中意外走失的一個兄弟姐妹，我們不但要記得他，更要想出各種可行的方法，把走失的家庭成員找回來！」

民謠風的課文，易讀好記，在口上朗朗出聲之時，我們也在心上深深記下那椿不堪的屈辱。自此，我摒棄甜食，因爲我珍惜糖，更不願自己有「甜在嘴裡痛在心」的煎熬，寧可不甜而痛。

在爲期八年一個月又七天的長期抗戰中，日軍以殺、燒、姦、掠等殘暴而野蠻的手段對付我們中國人，炎黃子孫雖然受盡了荼毒、羞辱和折磨，但就沒有投降；逢到危急關頭，不惜使用焦土政策，以空間換取時間，來牽制並消耗日軍的戰力和軍資，使他們深陷於戰事的泥淖而無法抽身退出。由於全國軍民咬緊牙根、不屈不撓的浴血奮戰，我們不但贏得了最後的勝利，更重要的是光復了割讓給日本已有五十年之久的台澎，重歸祖國版圖——走失的家人找回來了！

我不禁想起那課文中的句子：

**台灣糖，甜津津，**

**吃在嘴裡記在心。**

要記得割讓的屈辱和光復的艱辛。

玩火者必自焚！挑起戰爭的禍首，終於承受到投降的羞恥；若按罪行審決，日本理應受到分割亡國的嚴懲，可是，他們卻僥倖的被「以德報怨」的仁政所赦免，本該感恩圖報，豈知他們在稍作喘息之後，竟然「恩將仇報」，接連幹下種種勢利現實的勾當，最後還不顧一切、明目張膽的對我毀約斷交，充分暴露了只看近利、不講道義的市儈、政客本性，豈不印證課文的遠慮與睿智——

**台灣糖，甜津津，**

**甜在嘴裡痛在心。**

「痛」是「痛定思痛」：「以德報怨」的仁政，不但沒有感化心存侵略的冥頑，倒反助長了他們在「忘恩負義」中擇肥暴發，而成爲我們名符其實的惡鄰。

俗語說：「居有惡鄰，永難安寧。」有一個處心積慮、久存覬覦的鄰邦日本在，我們豈能不事事謹慎、處處戒備，而掉以輕心乎？

適逢「甲午戰爭」一百周年、「七七抗戰」五十七周年，特以此「甜言痛語」短文，憶往述感，以表內心的沉痛。

◉**趙淑敏**

筆名魯艾，興安臚濱人。台灣師範大學歷史系畢業。曾任教於輔仁大學、實踐家專，現為東吳大學教授。著有散文集「心海的迴航」、「乘著歌聲的翅膀」；小說「高處不勝寒」、「松花江的浪」等。

# 「壞人」老王

**為了不讓那些動物任憑「日寇」宰殺，老王決定一個人趕著大批的牲畜，千里迢迢地從南京放牧到重慶。**

老王還在嗎？當大姐與四妹從重慶回來，我曾想問問他們，話到嘴邊，又吞了回去。他們不會認識老王的，當我初次見到老王，淑莊應當剛在學步，而姐姐的童年完全跟「中大牛奶場」無關。且算算年齡，老王多半不在了。

「中大牛奶場」要仔細推敲一下，說出全名應當是「國立中央大學農學院畜牧獸醫系實驗農場」，太長了，誰記得?!於是沙坪壩的民衆，約定俗成的就給了個名號叫「中大牛奶場」。那豬、羊、雞之類的動物，跟大衆生活無干，而路過農場旁邊時，所能見到的便是白地黑花都長了個黑鼻頭的荷蘭種牛，一王數后好不威風，那些乳牛曾充當過許多嬰兒的「奶媽」，所以儘管是個多角面的農場，鎮民只會記得「牛奶」場。

老王是農場的管理員。

其實他本是技工，在我初次看見他「作威作福」到勝利還鄉也不過兩年多的光景。我對他沒有好印象，除了看他土土髒髒的，還有他太兇。每當我隨著小朋友在農場裡穿梭撒歡，他就虎視眈眈用他藏在皺紋裡的小眼睛掃射著我們。如果我們越界離母牛群太近了，特別離各自「獨處」一欄的大公牛和小公牛太近，他甚至會用那拄著刻不離手的棍子敲地大聲咆哮。倘若被他知道我們偷拔了他種的蘿蔔，或我們又鑽到牧草堆積的倉棚去翻滾，從草垛上往下跳，跳得草雨亂飛，他那張臉就更不好看了。而且他怕強欺弱，他不敢罵我的同學二他上司的女兒，卻敢對我們不客氣。包括他上司的女兒在內，我們把他歸類為「壞人」。

從知道他做的「好事」之後，他就更壞了。有一天放了學我們又到牛奶場去玩，瞧見他的身影老遠出現，同學立刻引著我們溜了，同學說她聽見她父母在談，早晨老王的老婆生了個女兒，老王立刻就給放到冷水桶裡，老王的老婆還向同學的爸爸討毒藥。同學的爸爸說浸到那麼冷的水裡還需要毒藥嗎?!我們都是女孩兒，老王的「燒鍋的」僅是個幾乎看不出男女，把丈夫當做天那型的苦女人，應當不負什麼責任，眞正的壞蛋，乃是老王！

這個印象一直保留下來，至少在我的心裡把這位老王開除了人類。直到差不多二十幾年前。

先是讀一些資料，我將信將疑；後來見到羅家倫先生，忍不住要向他求證，可能嗎？那樣的事可能嗎？尤其跟老王糾葛在一起，他不是最無情的「人」嗎？無情無義的人怎麼會做那樣的事。可是羅家倫先生卻以「配角」的身分做了見證。

跟日本正式的抗戰，是在公元一九三七，民國二十六年的七月七日。其實在一八九四年以後，中日之間從戰場到外交不斷地在交戰，只是中國挨打的時候佔絕對大多數，在客觀因素與主觀條件限制下，不忍讓也不成。民國成立以後，眞如國父紀念歌所形容的「國事如麻」，好容易到了北伐成功以後，中國有了名目上的統一，儘管地方勢力強大，派系標幟鮮明，日本人已忍不住了。尤其到了民國二十年之後，發動了「九一八」「一二八」「長城戰役」還想策動華北特殊化。中國實施的依然是退讓政策，不管中共怎樣嚷著槍口對外；青年學生熱血沸騰，遊行請願，還在一九三五年掀起「一二九」「一二一六」的天安門學生運動，政府還是咬緊牙關，不肯正面回應，不給日本人藉口。但是西安事變以後，似乎全國都有了共識——不忍了，打。

日本人也不傻，儘管只做不說，他們也看出中國因爲沒有足夠的力量打，委曲地忍讓，祇是爲的在準備。統一、名目上的；建設，枝節性的，日本已不容中國再爭取時間「備戰」。當此七七抗戰爆發，中國方面不再地方事件地方解決，決心全民抗戰。日本方面的計畫是速戰速決，從北到南一起動手，把中國政府逼到海邊，無可退處，便談判投降。公算上沒有足夠力量的中國人不得不毀家紓難，以空間爭取時間。有一點點識見的教育家企業家，早就悄悄的預備，遷廠到後方去。當七七抗戰爆發，羅家倫便已爲中央大學定出遷校的計畫。在暑假裡，大家都不閒著，在轟炸的威脅下，把圖書、儀器裝箱，員工眷屬編組，用船運到重慶市郊的沙坪壩去，那裡有打前站的負責人擇好校地，在四十九天內，建好克難校舍。羅家倫先生每提起這一段，都引爲是他最得意也是對國家重大的貢獻之一。

大家都忙著逃難，長江航輪一票難求，一位難求。中央大學人員也運得差不多了，但是也有運不走的，輪船公司拒絕載運農學院實習農場的牲口。人都運不過來，還運牲口！後經交涉，船公司方面答應，每樣實驗動物裝運一對做種，其餘的免談。眼看著局勢越來越緊張，中大當局就決定放棄，只有管農場的工友老王不肯。姑不論是否該留下「校產」資敵，從感情上也不願留下那些動物任憑「日寇」宰殺。

「算了吧！老王，沒法子啦！」羅校長勸老王。

「怎麼能算了呢？這些動物都是畜牧系做實驗用的，將來長期抗戰，不會再有錢買。再說人都怕挨殺，牛哩！羊哩！雞哩！也怕殺呀！」老王並不讓校長。

「那怎麼辦？除非放牧？」羅校長將軍了。

「就放牧吧！只要校長把我的家眷先送走，我就帶牠們走！」眞是晴想天開的主意。人乘著大輪船溯流向上已非常辛苦，帶著些牲口走路，那簡直是痴人說夢。但是，有那樣固執的工友，就也有那樣天眞的校長。二人的協議，學校把老王的家小先送走，給老王充足經費支持，老王負責把他的動物部隊帶到重慶。

知道此事的人都認爲這是二十世紀的天方夜譚。可能嗎？翻開中國地圖看看從南京到重慶，要經過多少的山山水水，不要說走，就是長了翅膀飛，也不知要飛多久。可是偏有那樣頑固的傢伙，堅決要靠兩條腿，率領一群兩腳或四腳動物「散步」入川，而且就在南京失陷的前幾日登程上路了。

中央大學的人關心他們，卻無從關心起，因爲他們經過的地方常是不通電訊的所在。偶然一封急電打到學校請求支援，款項匯到，卻應是斷糧若干日以後，不知他們究竟怎麼過的。久了不聞音信，不免猜測，老王和那一干牲畜，大概落入某個山澗；或者身溺於某處激流；也許在某個絕嶺中當了群狼惡虎的餐點。那裡去了？

就在民國二十七年的十一月裡，重慶已近入了初冬。羅家倫往重慶城裡去開會，道經小龍坎，怎麼老遠看見一個非常奇特的景象。一個人帶了大群的牛豬雞鴨在馬路上漫步，隊伍雖然雜亂，卻非常有秩序。再一瞧，啊呀！那不是老王嗎？風塵僕僕，形容狼狽，他迎上去叫著老王和老王打招呼，相見有如久別親人。有人捉狹地描繪說情感豐富的羅校長，抱著母牛就親了一下。依實情不會，但是在心情上是可能的。

倘若按故事的結局來分悲喜，應當算是喜劇收場。羅家倫一個電話打回學校，全校師生自教務長以下在校門外列隊遠迎，給予老王最高的榮譽與最熱烈的歡迎式。之後，老王晉升了職員，負責實驗農場的管理，那些不曾少一員的動物，倒多一（路上有隻母牛生了小牛）進駐了「牛奶場」安身，老王仍然與牠們朝夕相處，甚還如牠們的守護神一般地照顧。我所見過的那些荷蘭種牛，盤克夏豬，紅臉的鴨子，花衣服的雞，其中好多都是老王「趕」到重慶的，當然那些雞鴨幸運多了，可以坐在竹籃裡沐清風觀明月，馱在牛背上旅行，不曾走過一步。

印證過這往事之後，對老王的鄙夷似乎減少了一些。祇是仍然不能了解，一個對自己新生的女兒肯於溺斃，縱出無奈，也是太過狠心，怎麼能對那些「牲口」那樣有情。或者可以說不是有情，而是對責任感與敵愾同仇的一種最質樸的詮釋？

我還是沒完全原諒他。但是當有學生和外國朋友問起什麼是抗戰精神時，我就提出我童年時最討厭的這個小人物和他的故事來說明，我厭惡他如昔，可是喜歡他的故事。

◉匡若霞　筆名霞。湖南岳陽人。民國十六年生。
曾任報社記者、教師。
著有散文集「青葉集」、「歲月履痕」；小說「不是終站」、「暖陽」等。

# 四十枝槍

**是什麼力量促使舅父當時做出那樣痛苦果敢的抉擇？**
**中國近百年來，許多人為大愛犧牲小我，**
**而這就是亘古不移偉大的「中華魂」。**

「我們都是都是神槍手，每一顆子彈消滅一個仇敵，我們都是飛行軍，哪怕那山高水又深；在密密的樹林裡，到處都安排同志們的宿營地，在高高的山崗上，有我們無數好兄弟……。」

每當我唱這首歌時，心中便會湧起莫名的激盪，往事又在腦海裡浮動，眼前不禁映現抗戰期間活躍於故鄉的游擊隊，舅父騎在馬上的英姿，彷彿聽到馬蹄聲得得二。

抗日戰爭爆發後次年，烽火逼近故鄉湖南，我當時唸小學四年級，學校已結束課程提前放假，在縣城教書的父親和舅父也都各自回家應變。舅父堅邀父親帶我們一家遷離臨近粵漢鐵路的雲溪鎮，到他周家坳的山莊避難，周家坳離大雲山不遠，有崇山峻嶺天然屛障，比較安全，於是我們就住到了舅父家裡。

不久，湘北的臨湘岳陽兩縣相繼淪陷，舅父家所屬的桃林鎮也駐紮了日軍部隊，可是我們住在山坳裡，還是和平時一樣過日子，未曾見過日本兵。

大我半歲的表姊已唸五年級，表弟小我兩歲，和弟弟同年，我們都沒有上學，父親唯恐我們荒廢了學業，他在家裡教我們唸書，在縣中擔任歷史教學的父親，變成小學全能教師，從三年級到五年級，他什麼都教，還教我們唸古文。

舅父和父親不同，他在學校教體育，個性積極好動，騎術射擊堪稱高手，不甘蟄居，他常說：「我年輕不到四十，身強體壯，呆在家裡幹什麼呀?!」

恰好鄰近村子裡有人找舅父商量組織游擊隊的事，那人原本是國軍部隊裡的一位連長，只因武漢會戰時被衝散，便回到了家鄉，知道舅父平日在地方上的聲望，頗具號召力，邀請舅父出任游擊隊隊長，他自己則願擔任副隊長。舅父正靜極思動，而且深感保國衛民義不容辭，立即豪氣干雲的一口答應，還邀父親擔任參謀。

前線各地戰爭如火如荼，炮聲震醒了睡獅，有血性的中國人都怒吼起來了。遠近村莊裡未及逃往大後方的年輕小伙子們，誰甘願去替日軍當軍伕，做小工，都志願投效游擊隊，很快地便組成了一支將近百人的游擊隊伍。

民國二十八年，這支以大雲山爲基地的游擊隊，像滾雪球似的擴展到二百餘人，他們經過嚴格訓練，有著鋼鐵般的陣容，幾乎個個都是神槍手，在黑夜、在黎明，他們神出鬼沒地偷襲敵人，曾多次狙擊日軍運輸軍火的車輛，槍枝炮彈都來自敵人。日軍恨透了這支游擊隊，但又莫可奈何，因爲游擊隊來去無踪，大雲山叢林掩蔽，神祕莫測，游擊隊員們胼手胝足創建了特殊的生活環境；開鑿了許多山洞，他們有時化整爲零，必要時又化零爲整，日軍不敢來此侵犯，據說有次日軍一隊人馬欲探視情況，剛進山口，便被英勇的游擊健兒迎頭痛擊，打得抱頭鼠竄。所以日軍視這支游擊隊爲眼中釘，尤其隊長周耀忠，更是恨之入骨。

那是冬天的一個下午，突然傳來表弟被日軍抓走的消息，大家震驚得說不出話來。原來午後表弟去鄰村找同伴玩，他們不知不覺跑到了靠近桃林鎮的馬路旁，意外地被日軍巡邏隊發現，抓去問話，得知表弟正是游擊隊長周耀忠的兒子，於是將表弟留置，放回了其他孩童，並要當地維持會會長傳話過來：「三天內必須交出四十枝槍來換人，否則將孩子處死。」

這眞是青天霹靂，震得一家人六神無主，舅媽一逕痛哭著，父親和母親也陪著流淚，只有等待舅父回來解決問題。

第二天傍晚，雪花紛紛飄落，天色逐漸暗了下來。我站在山莊門前，朝向大雲山蒼茫的叢林遙望，「舅舅，你快回來啊！」

驀地，聽到了馬蹄得得聲，由遠而近，近了，我已看到那騎在馬背上的高大身影，大聲叫著：「舅舅回來了！」

屋子裡的人奔了出來。

舅父在門外栓住了馬，和大家走進屋內，他整個人像凍結了，凝成一塊冰，臉上看不出什麼表情，往日回家便談笑風生的舅父，像變了個人似的。

舅媽撲向舅父，哭喊著：「我求你，耀忠，你一定要救救我們的兒子呀！」

舅父痛苦地看了舅媽一眼，轉頭對著父親：「廼誠，你說我該怎麼辦？」他緊握拳頭，沉痛地，「我絕對不能交出四十根槍去換回兒子。槍是弟兄們的生命，賴以保鄉衛國；他們曾冒生命的危險從敵人那裡搶奪過來，如今怎能又送還敵人用來殺害我們同胞呢，我怎能為自己的私情而不顧黨國民族大義！」

舅父旋即站起身來。「我現在就要回大雲山去，弟兄們等著我的決定，我要告訴他們，我不是個自私的人。」他的聲音哽咽，眼裡閃著淚光。

舅媽哭倒在地：「你就不顧我們的兒子啦，你要我怎麼活下去？」

父親和母親含淚攙扶起舅媽勸慰著。

舅父急遽地快步走出門，牽過馬騎上去，然後往山路飛奔而去，馬蹄得得漸行漸遠……。

多年後每一思及，我心仍然顫慄。是什麼力量促使舅父當時作那樣痛苦果敢的抉擇？就是堅忍卓絕、不屈不撓的精神吧！正如父親所說，中國近百年來，遭受苦難頻頻，許多人爲大愛犧牲小我，這便表示亙古不移的偉大的「中華魂」。

◉鮑曉暉　本名張競英。遼寧鐵嶺人。
曾任職台灣省水利局、商校教職。
著有散文集「人間愛晚晴」、「童年往事」；小說「愛到深處無怨尤」、「寂寞沙洲冷」等。

# 小城弦歌

**由於我們搬來小城，使它充滿了生氣，也啟迪了民智，知道國家處於危急之秋，及保國衛民人人有責的道理。**

社區小公園後面是座新建的國民學校，經過小公園，透過綠樹掩映裡，那漂亮的校舍更美麗。有幾次經過，有琅琅的書聲傳來，我忍不住放慢腳步，傾聽那宛如歌聲的朗讀，眼前會浮現一排排小學生，跟著老師朗讀的情景，常常不由得跌進回憶，悠然沉入兒時讀小學時的情景。

讀小學時，中日戰爭正在中國的領土上激烈的進行。爲父親的工作，也爲逃避烽煙戰火，我家遷徙頻仍。有時在一個地方住不及半年，因此我的小學讀了好幾所。其中印象最深刻，最特殊的一個小學是「滇緬鐵路員工子弟小學」。

民國廿八年，父親調到雲南闢築「滇緬鐵路」，我家由廣西桂林經安南（今之越南）入滇。父親與大批工作人員遠赴雲南邊陲之地的畹町、滚弄、騰衝等地測量路線。這些地方都是偏遠的不毛之地，瘴氣又很重，家眷留在昆明。

當時日機正進行瘋狂轟炸我大後方的戰略，昆明日夜在被轟炸的危險中，鐵路局決定把眷屬遷往祥雲定居。

祥雲位於昆明大理之間，距昆明約三天的卡車路程，是個滇緬公路線上的小站。我們受了三天卡車的顚簸，和公路上滚滚塵土的風沙苦頭，在第三天下午進入祥雲縣城。

祥雲給我的第一個印象是屋矮街窄。卡車經過街道放眼望去都是長著青草的青瓦屋脊，兩邊屋簷幾乎伸手可以觸摸到，市容冷清，居民衣著簡陋，是個窮鄉僻壤的地方。

這個小城之小，站在城中十字街頭，可以看到東南西北四個城門洞。青石板舖的街道上，整日看不到交通工具。偶而有隻毛驢馱物經過，頸項下叮噹作響的銅鈴聲是僅有的「市聲」。沒有戲院，電影院，和市場，每逢十天趕一次集。「趕集」的那天四鄉的鄉下人都來做生意，是小城最熱鬧的日子。

小城教育文化落後，只有一座小學和一所縣立中學，上課的日子少，放假的日子多。鐵路局為員工子弟教育計，大的員工子弟送到昆明學校住讀，另外成立一所小學收容幼小的員工子弟，這個學校就是「滇緬鐵路員工子弟小學」，一切學雜費都是鐵路局供給。

但由於祥雲地方偏遠，交通不便，師資難求，只好就地取材，老師都由員工眷屬中聘請。員工的夫人中不乏龍鳳之材；校長由處長張海平夫人擔任，簡校長是蘇州師範畢業，任教職多年，人漂亮能幹，有蘇州美女之譽。張教務主任，是總工程司的夫人，美國威斯康辛大學畢業。音樂老師貌似電影明星，上海音專畢業，彈得一手好琴。我們的班導師魯老師是天津師範畢業，黑板字極漂亮，彈琴、歌舞、繪畫都精通。全校共六班。由於學生少，採雙軌教學制，兩班共用一個教室，由一個老師教，一班上課，另一班自習。

校址是租自當地一座祠堂，環境簡陋，但大家樂在其中，小班制學生少，老師與家長又多了層同事關係，教學認眞。也很重視生活教育，開運動會，懇親園遊會，畢業典禮，都辦得熱熱鬧鬧。尤以一年一度的師生同樂會，學生表演歌舞，老師們粉墨登台演話劇。舞衣和演話劇的道具都是「克難」成品，或借自同事家。我穿的舞衣是母親用圓頂蚊帳縫的千層裙，為了符合劇中人身份，有的老師把壓在箱底的華服拿出來亮相做戲裝。張教務主任的貂皮大衣還在戲中派上用場。她當年在上海的社交圈是時髦人物，抗戰軍興，跟丈夫遠來滇西窮鄉，不但洗盡鉛華，一身藍布旗袍，課餘親操井臼過克難的抗戰生活。其實，那時衆多員工的眷屬們都過著克勤克儉的日子。

由於我們搬來小城，使小城充滿了生氣，也啟迪了民智；過著渾然不知外界紛擾的世外桃源歲月的居民，知道國家處於危急之秋，及保國衛民人人有責的道理。這種覺醒，是這些員工眷屬老師們灑的啟智種子。而也由於這些老師們負起幼教的責任，讓我們這些生活在戰爭威脅中的孩子在窮鄉僻壤避難的生活裡弦歌不輟。但這些老師給我的深遠的影響，卻是信心，樂觀的信心。

中國是一個苦難的民族，面對一頁頁血腥的歷史篇章，親受被踐踏的折磨，站在烽火照眼，哀鴻遍野的國土上，從幼年我便看到父母身上忍受苦難堅毅的精神。只因我的童年是由這個城市到另個城市逃難中度過，座無虛席的擠在火車裡，忍受燠熱臭汗。顛簸的大卡車沒有車棚，坐在行李上讓車後揚起的黃沙封閉了雙眸，一程又一程的趕路。住雨天床上要放臉盆接雨水的茅草屋，點光圈朦朧的菜油燈，三月不知肉味，一年又一年。如此一路過來，他們無怨無尤，只有信心！中國不會亡！

那顆信心是風雨飄搖中的一盞燈，提著這盞燈，我和我的父母師長朋友，走過那段中國自救的風雨坎坷路。

◉王書川　山東淄川人。民國八年生。
曾任中國聯合通訊社總編輯、高雄市議員。
著有散文集「北雁南飛」、「落拓江湖」；小說「瑞典之花」、「紅樓春夢」等。



# 司令之死

**秦啟榮先生目睹家鄉淪落如此，遂以「山東人保衛山東」為口號，重整佈署，與敵偽共軍背水一戰。**

在歷史的長河裡，中國歷經變亂、更替，多少可歌可泣的的史蹟，在史家的筆下，可說鮮活的記載在不朽的冊頁上，讓後世傳頌不已！

其中最大的變動，就是近代國父　孫中山先生，集結志士，推翻五千年的帝制，而建立亞洲第一個民主國家——中華民國。然而不旋踵，民國廿六年爆發「七七事變」，日本軍閥挑起了震撼古今的侵華戰爭，使中國陷入撼天動地的大動亂。中國人在硝煙鋒火中，血肉橫飛中，奮勇抗戰，犧牲了數千萬軍民，終於在卅四年（一九四五）獲得最後的勝利。

誰知八年抗戰，竟造成了中共趁隙佔據廣大農村，發展其奪取政權的「革命武力」。在全國各地設立若干戰區，由小股游擊隊，一變而成攻城掠地的大軍團。在山東的魯南戰區，更是國共雙方必爭之地。

這時，在山東有一個黃埔軍校第六期的學生秦啓榮先生（字向村），於抗戰初期即奉命在沂蒙一帶，成立蘇魯邊區游擊第五縱隊，所轄各縣市十二個梯隊，兵員幾達十萬人，經中央軍事委員會會委爲總司令。

由於他洞燭中共「三分抗日，七分壯大」的策略，一面向中央反應，一面對民衆及部隊昭告其陰謀，於是引起中共中央極大的憎恨。當時，周恩來隨毛澤東到重慶時，即宣稱：「中國有兩大摩擦專家，一是山東的秦啓榮，一是河北的張蔭梧。」由此，可見奏先生對中共影響之大，也反應中共對其恨之之深！

當然，恨之深，隨著的是「去之而後快」了！

三十二年六月，魯蘇戰區之于學忠總司令，與當時山東省政府主席沈鴻烈先生，一軍一政將相失和，沈公赴重慶述戰不歸，于學忠率軍離魯遷安徽阜陽。山東省政府在牟中珩主席領導下，也隨之棄魯遷皖。於是山東魯南靡土戰區，立刻陷於惶亂空虛的狀態。接著一變而爲中共新四軍及投敵之吳化文僞軍，相互爭奪地盤之混亂戰局。

秦啓榮先生目睹家鄉淪落如此，自己親手扶植的游擊部隊又面臨雙重夾擊，遂以「山東人保衛山」爲口號，自己絕不自絕於斯土斯民，下定決心堅留山東，成立「山東省政府魯南辦事處」，以建設廳長兼任主任。重整部隊，加強佈署，與敵僞共軍繼續周旋。

民國卅二年七月，秦司令所部駐紮蒙陰雙龍峪一帶，受敵僞共三種惡勢力環伺、襲擊，軍隊傷亡甚多，在無援又無補的困境下，不得已突圍至莒縣王家溝，當夜即被共軍包圍，激戰至黎明，方纔安全撤退至安邱縣輝渠村。

此地爲其部屬第二縱隊胡振甲防地。北有昌樂縣張天佐部，再北有壽光縣張景月部，與昌邑縣王豫民都相鄰接。以防地兵力而論，此地大可另建爲根據地，集結兵力，作爲重振士氣民心之要律。

八月六日，司令召集張天佐及當地高級軍政幹部，會商防地之攻守佈署。會議至下午四時散會，此時已獲知共軍共集結四萬餘人，由陳毅指揮，有猛撲輝渠之勢。

司令聞訊，極爲鎭靜，一面指揮文職人員撤至昌樂福泉，一面調集部隊，加強佈防，擬與共軍決一死戰！

是夜二時，共軍如潮水撲來，雙方激戰至黎明；在外援斷絕，兵力損耗下，共軍已逼近司令部附近。內部守衛部隊奮抵抗，已逐漸死傷殆盡。在此危急萬分的情況下，司令率本身衛隊，親自衝鋒突圍。無奈共軍人海蜂湧而至，層層包圍，身後衛隊亦所剩無幾，且其腿部已受重傷。隊長孔慶臣體大有力，肩負奔突，忽聞耳際槍聲，回頭一看，司令已自戕殉國矣！檢視其槍，僅剩一彈耳！

壯哉！烈士成仁，噩耗上達軍事委員會，委員會蔣公聞訊後，爲之戚然終日，飾終之典入祀忠烈祠。

疾風勁草，在危難時期才能顯現出來。在省府撤皖時期，秦先生大可隨同遷至安徽阜陽，在大軍保衛中，安然等待勝利。可是他不願捨棄故鄉，置水深火熱的同胞於不顧，毅然留下，與胞澤共患難。

他明知兵少力薄，勢不可爲，但他仍然留下，乃至「鞠躬盡瘁，死而後已」！壯哉！斯人！

◉楊錦郁

台灣彰化人。文化大學中文系畢業。
現為聯合報系泰國「世界日報」副刊編輯。
著有散文集「深情」、「嚴肅的遊戲」等。



# 檳城香火

**我感覺自己似乎是銜命在追尋家族的另一脈香火，到了檳城，卻突然心却，害怕面對揭曉後的答案。**

**一九八〇年夏天**

從機翼旁的窗口往下望，青葱的島嶼鋪綴在迷濛的海面上，椰影婆娑，這就是檳城，在麻六甲海域，與家族命運一線牽的名字。

我在海關閘口瞥見一個熟悉卻又略為鬆垮的身影，目光交集的那一剎，我認出他是多年未見的文興表哥，曾幾何時，一個我所熟悉的挺拔青年，已流露出中年的體態。

他帶我前往極樂寺附近的住家，那是一棟不起眼的洋房，推門而入，率先映入眼前的是「楊氏列祖列宗牌位」，神龕前還供著幾杯薄酒。在離開臺灣將近三萬多公里的海外，他們卻同彰化的家族一般，對著列祖列宗晨昏行禮，未曾稍忘自己的血源。我心裡有股莫名的感動。

他邀我落座，告訴我舅舅不在家，到新加坡去了。對於舅舅，我是沒什麼印象，說得更清楚些，我根本不認識他。

民國三十二年，太平洋戰爭正打得如火如荼，十八歲的舅舅身為台籍青年，被徵召穿上日本軍服，隨即被派赴南洋參戰，戰爭結果，別家青年或生或死多少都有音訊，他卻一去杳然。外婆生性善感，日夜懸掛，經常暗泣不已，偶或有人來報，有了舅舅的消息，外婆旋即趕到，見了通報者，二話不說，噗通跪了下來，直叩頭說：「你眞是我們的大恩人。」幾次經驗後，方才曉得來人知道她念子心切，專爲騙錢而來的。而舅舅依然如斷了線的風箏，不知去向。

是能舞文弄墨的父親鍥而不舍的寫信到國防司令部，到海外登報，四處尋人，終於打探到舅舅的消息。原來，戰爭結束後，到處都在抓日本戰犯，舅舅心慌，直往深山躲，和部隊失散，後來輾轉在檳城落腳，寫信回家，卻得不到回音；那孑然飄泊的一身，無奈的被割斷了臍帶，他將名字「土根」改爲「伍（無）根」，隻身在異地求生存，也從此不再回首來時路。

取得聯繫後，十五歲左右的文興表哥率先被舅舅送回來接受中文教育，他住在我們家裡，由於有僑生身分，得以進入彰化第一流的中學就讀。然而有限的中文程度，使他跟不上本地的學習進度，終於由第一流的學校轉到最末流，人也變得自暴自棄，脾氣嚇人，我也不願與他打交道。

文興決定回去，那時他還未滿二十歲吧，我偕他和哥哥到相館合拍一組照片，留下我們年少時共同的記憶。而在異國文化的夾縫中，據說文興的中文教育背景，讓他在馬來西亞西化的社會中，一直找不到事做，最後只得靠體力吃飯。

我在檳城逗留不到一天的時間，就隨團離開，後來接到文興的來信，說他離了婚，到斯里蘭卡去開堆土機。那是多麼遙遠又陌生的地方，我和他斷斷續續通信，終於又失去了消息。

我從檳城返台以後，舅舅曾回故鄉一次，彼時他正春秋鼎盛，短小精幹的樣子，和其他幾位兄弟一樣。那也是我初次見到他，媽媽爲了完成他的心願，還帶著他到花蓮，遊橫貫公路，而我也陪著他們。或許是父母雙亡，兄弟疏離，儘管幾個妹妹們熱情款待，卻難掩舅舅失根般的落寞。

舅舅回去了，一晃又十幾年，家族也再度失去他的音訊，媽媽的幾個姊妹雖然經常念記著這個哥哥，可是，她們連舅舅的住址也不識，更不要說去尋找了。而我從少女到少婦，忙著打理自己的小家庭，早就失去寫信的熱情了。

**一九九四年秋天**

我終於有機會再度前往檳城。臨行時，媽媽殷殷叮嚀，無論如何，要設法去找舅舅。十幾年不見，世事滄桑，誰又能料到生與死？母親始終未曾觸及這個話題，我知道，非到最後關頭，她毋寧相信：她的哥哥還在人世。

我感覺自己似乎是銜命在追尋家族的另一脈香火，到了檳城，我突然情怯，害怕面對揭曉後的答案。然而母親的督促，還是給了我些許的力量。舅舅的電話號碼早已換了新主人，我只好央求當地光華日報的朋友帶著我去找。

朋友熱心地帶我來到艾伊淡舅舅那幢舊式的小洋房，我推門進去，一眼就望到那熟悉的神龕，還有電視機前躺椅上一個瘦癯的老人，他顛巍巍的站起來，我心一緊，剎時明白，他爲何再也不曾回鄉過。

他一一向我問道家族的每一個人，大姨和爸爸中年過世的消息，令他不知所措，一逕嘆氣。我也問道文興的現狀，他幽幽的說：「死了。」我簡直無法相信那個和我一起成長過的文興表哥，只有三十三年的壽命。失去了文興，不表示失去了和舅舅家唯一的聯繫？十年生死兩茫茫，不正是此情此景？我飛越千山萬水，在檳城和舅舅用鄉音交談家人的凋零，我泫然欲泣，不禁迫切的想要離去。我在臨時備好的紅包中，又塞進若干，舅舅堅持不收，猛扯住我的手，不讓我走，他一定要宴請我才安心。我卻狠下心離去，我簡直不知如何去面對殘燭般的舅舅，我需要獨自去平息內心洶湧的情緒。

離開檳城之前，我再度去探望舅舅，這次我們倆都能較平靜的談話。然而，三萬多公里的空間，五十多年的時間阻隔，又豈是三言兩語能消解的。在我道別時，舅舅要我等一下，說有東西要給我。他到房間翻找了約一刻鐘，拿出了一團縐巴巴的衛生紙，攤開來，裡面是三隻虎爪和兩個玉石戒面。我問他，虎爪要給誰？他說：「就給妹妹們」，再問：玉呢？他說：「給你。」

我接過那團衛生紙，再也忍不住地掉下眼淚。

在柔美陽光的照耀下，在蕉葉款擺中，我飛離了檳城，我恍惚看到文興向我揮別，看到楊家的香火在檳榔嶼上裊裊升起後的飄搖。

◉**郭嗣汾**

筆名易叔寒、郭晉俠。四川雲陽人。民國八年生。曾任錦繡、江山出版社發行人，中國文藝協會理事長。現任行政院文建會文藝諮詢委員。著有散文集「細說錦繡中華」、「生命的火花」；小說「寒夜曲」、「綠屋」、「旅程」等。

# 籐田士官

**我朝他走過去，清楚地看見他充滿風塵的一張臉和他眼中閃耀的淚光，使我吃驚的是，這竟是一張似曾相識的臉。**

一九七〇年，日本在大坂城市舉行「萬國博覽會」。這在日本的戰後，是一件大事，它代表了日本從二次大戰的戰敗陰影中重新站起來，向舉世展示快速以復興。由於規模盛大，而且中華民國也是參展國家之一，兩地又近在咫尺，所以在台灣也造成轟動。不少人設法前往參觀，一飽眼福。我對日本人沒有什麼好感，興趣不大，但由於當時職務的關係，也陪同一批新聞界的朋友前往參觀。

號稱「萬國博覽會」，當然世界上主要的、有名的國家都參加展出了；而我們注意的焦點，卻是中華民國館。館地相當大，代表我國參展的文物最能吸引觀衆的注意，每天觀衆如潮，對於台灣的進步與繁榮，也能給觀衆的深刻的印象。在巨幅青天白日滿地紅的國旗招展下，我也深深分享了國家的榮耀。站在國旗下攝影，不自禁地覺得自己站得很挺直。

同時，能引起我最大興趣的，是主持展出的工作人員告訴我，每天有不少日本人來參觀，有少數人向我們的國旗行禮致敬，其中有一位大約五十歲左右的日本人，幾乎每日上午到來向我國國旗行三鞠躬禮，然後含淚離去。他沒有向別人打招呼，但卻引起了大家對他的十分注意。

這當然引起我的好奇，我更想打聽出他是誰？爲什麼每天都來對我國國旗虔誠敬禮？

第二天，不到開館我就去等著了，果然大約在九點鐘左右，一位穿著整齊，兩鬢微霜、中等身材略顯肥胖的日本人筆直走過來，他不和別人打招呼，向國旗深深地行了三個九十度的鞠躬，然後轉身打算離去。

我向他走過去，清楚地看見他充滿風塵的一張臉和他眼中閃耀的淚光。使我吃驚的，這竟是一張似曾相識的臉，但是，我一時想不起在那裡見過這一張臉來。

當我走向他，一面注視著他在冥思時，他也注意到我，不過他似乎無意理會我，仍然打算從我身旁走過去。由於我一直看著他，使得他走過我身旁時，看了我一眼。

這一眼更讓我感到的確是在那裡見過他了，我不想放過這個訪問他的機會，向他微笑地點點頭，打算冒昧地向他請教。

想不到他竟滿臉驚異地在我面前站住了，還沒等到我開口，他突然用日文問：

「你是高大尉嗎？」

「你是？」我腦中突然閃過一個人的影子，是他，一定是他。我說：「先生，你是篠田士官？」

「我是，我是！」他驚喜急促地說：「高大尉，能見到你眞好！」

一瞬間，我感慨萬千！十六年前，我當上尉步兵連長，在上緬甸的蠻荒森林中的一段往事，倏忽間出現在眼前了。

一九四四年春天，二次世界正進行得如火如荼；歐洲方面，盟軍已在北非獲得決定性的勝利，正籌備在歐洲大陸登陸作戰計畫。遠東方面，中日戰爭已進行到第七年，中國在印度訓練的新軍，已組成遠征軍反攻緬甸，在上緬甸的胡康河谷中，艱苦地一步步向南推進。

這年的春夏之交，一支中美混合部隊，悄悄地從緬北出發，沿緬甸東北的野人山、庫芒山脈的無邊森林中，披荆斬棘，繞向緬甸東北的大城市密支那。

瘧疾、螞蝗，不斷侵襲這一支遠征聯軍，將近一個月不見人煙的跋涉，沿邁立開江、伊洛瓦底江西側一天天推進。唯一與雷多聯部聯絡的只有無線電與定期定點空投補給食物。

在初夏的一天早上，斥喉兵回報在江邊不遠的森林中，發現了一片「大林空」。指揮官用望遠鏡就近觀察，天啊！竟是一座飛機場，場中還停有兩架日本運輸機。根據判斷，這應該是密支那機場，距它不遠就是緬北重鎮密支那城了。

指揮官決心攻佔機場，立刻佈署進攻，出其不意地突擊機場，加以佔領。當然，駐密支那的日本軍隊，很快也發動反攻。在機場週邊展開了生死戰鬥。

支持了一天一夜，我們的增援軍隊在戰鬥機掩護下，乘坐運輸機在機場著陸，展開與日軍戰鬥。

由於日軍在太平洋末期戰爭中已居下風，而且空中優勢已失，兵力分散，只能作困獸之鬥。因此，密支那戰役在勉強支持了一個多月後，外無救兵，內無糧食，除了少數日軍被俘之外，一個聯隊都遭到了殲滅的命運。

有一天，我接到報告，野戰醫院中，有一個日本戰俘，名叫篠田一郎，他的階級是士官長。因爲瘧疾住院被俘，在醫院中不服醫護人員醫治，大吵大鬧。由於我懂得日文，所以找我去處理。

我去了之後，發現他被綁在床上。醫護人員說，他拒絕服藥，對護士動粗，整天罵人。我試著與他溝通，但他毫不領情，反而要我放開他與我單挑！他說他在戰場上殺過不少中國人，就算死也夠本了。我不與他計較，勸說了他一陣子，然後請醫生給他注射了鎮靜劑後才離開。

第二次去，我決定對他進行心理作戰。他仍然不改態度，不接受我的勸告。於是我吩咐解開他的束縛。他掙扎著坐起來，但顯得無力下床。我展示了帶去的兩樣東西：一是一幅日軍聯隊隊旗，一是聯隊長的印信。我指著兩樣東西對他說：

「你一定認得這些東西。我告訴你，你們聯隊已經全軍覆沒，聯隊長切腹自殺了，我佩服你是武士，願意接受你的挑戰，但是你得先醫好了病，有了體力才能決鬥。」

篠田聽完我的話後，注視了軍旗良久，他突然站起來，下床走了兩步對著軍旗跪下來，痛哭嚎啕，像一個嬰兒。

從此後，他沉默下來，但已不拒絕打針吃藥了。幾天後，我再去看他，已經能夠在房中走動和閱讀書報了。

我告訴他，我們部隊將向中緬甸推進，就要走了。希望他安心養病，戰爭很快就會結束，他會被遣送回日本。

這就是我認識篠田的經過，他何時被遣送回日本，以後情形，都不知道了。

我們只見過幾次面，但是一提起來，十幾年的印象又清晰地呈現在眼前了。另一時間、另一空間的相遇，兩個人都有不同的感慨與複雜的心情。

往後幾天中，他約我去他家，他是在一九四五年底被盟軍從緬甸仰光遣送回日本的。在十多年艱苦辛勤的奮鬥後，他有了小小的成就，他本來就是戰車機械士官，幾年前，自己創立一座小小的工廠，專製機車零件，供應國內外銷售，已經有上百位工人在廠內工作了。

他說：他永遠不會忘記中國人以德報怨的偉大精神。如果在緬甸不是遇見我，如果不是中國軍隊善待俘虜，他早已埋骨異域，世界上早已沒有他這個人存在了。

至於我，我只認爲我只是做了我應該做的事。當然，我也十分高興有這樣的結束，我仍然堅信他的確是一位可尊敬的日本武士。他懂得感激、感恩，而這一點，是這個社會中早已很難找到的美德了。

◉**應未遲** 本名袁睽九，湖南寧鄉人。民國十一年生。現任中華民國專欄作者協會秘書長。著有散文集「藝文人物」、「輕塵集」等。

# 流民三千里

**我們三名記者出入黔桂前線，一面採訪有關戰局發展的實況，一面協助搶救沿途義民。**

在對日抗戰末期，我雖然祇是投入抗戰洪流中的一粒小沙石，但也親身經歷了一段感人的時代故事。至今將及五十年，仍然留下深刻難忘的印象。

民國三十三年冬天，侵華日軍對我西南大後方發動了一次迴光返照的大規模攻勢，自湘北突入廣西腹地，前鋒直指黔邊，威脅貴陽，震撼重慶。原駐柳州的第四戰區司令長官張發奎將軍，正糾集各線殘兵，在金城江、懷遠之間，與實力遠勝於我的日軍苦撐惡戰。湘桂各地義民不下數百萬，紛紛隨同國軍逐步後撤，一時湘桂黔道上匯成巨大人流，絡繹千里不絕。可歌可泣，前所未有。事後有詩人在大後方報刊發表長詩，紀其經過，題目就是「流民三千里」。三千里的數字雖然稍嫌誇張，但親歷其境的人大都知道，縱然沒有三千里，也當在千里之間。中樞對此輩義民軫念至殷，特派時任社會部長的谷正綱先生率同一個包括數十人的救災團，從重慶出發，星夜馳赴黔桂前線，就地施賑。

我當時以中央通訊社記者身分，奉派隨團採訪此一珍貴消息，同行的尚有貴陽中央日報記者賈亦棣、貴州日報記者徐斌二人（他們二人現亦在台）。我們三個人出入黔桂前線的金城江、河池、南丹、獨山、都勻等地，一面探討有關戰局發展的實況，一面協助搶救沿途義民，以及來自湘桂各地的流亡文化人如同熊佛西，葉子、田漢、安娥、端木蕻良、孟超……等等，往往忙碌整天，既沒有茶飯進口，也找不到地方歇宿。有好些個晚上，都是和社會部的大小官員幾十個人，偪促在一輛十輪大卡車上過夜；而卡車停放的地方，又多半在毫無蔭蔽的郊野。時當深冬，夜半苦寒，坐臥其間，四肢毫無伸展餘地，第二天睡醒過來，大家都有骨折膚裂的感覺。然而如和沿線滿坑滿谷的義民相較，我們總算還是幸運的。他們白天肩挑手挽，奔波不息，到了晚上就在公路兩旁席地而卧，餐風宿露，啼饑號寒，此情此景，有非鄭俠「流民圖」所可狀其百一。

所幸夙以「天無三日晴」著稱的黔桂邊區，這一年卻有一個分外晴朗的冬天，終日陽光普照，給這批流亡的人群帶來了無限溫暖，使他們還能鼓起勇氣，繼續其顛連困苦的行程，投奔自由祖國的懷抱。事實上他們爲了避免做淪於日軍鐵蹄侵略下的「順民」，有的還來自遙遠的北方，奔波已經不下萬里了。設若黔桂邊區這年冬天仍像往常一樣風雨交加，甚或大雪遍地，相信路斃者當必不可數計，極有可能造成空前絕後的浩劫。正因爲這難得的太陽，無形之中拯救了不少生命，所以我在返抵後方後所寫的一篇報導此行經過的通訊，也以「太陽照在黔桂前線」做爲題目。

其間我們曾在軍情萬分緊急之際，隨同谷正綱部長去到已被我軍自行焚燬的金城江廢墟上，搶救最後一批老弱婦孺，當時日軍尙在懷遠。及至我們工作既畢，返回河池，日軍前哨部隊即已迫攻金城江。以後一段日子，日軍就一直以破竹之勢，追踪我們而來，我們退到南丹，日軍進迫河池；我們退到獨山，日軍進迫南丹；我們退到都勻，獨山又已告急，敵我之間相距始終不過百餘華里。雖則我們這一夥人保有一輛很少拋錨的十輪大卡車，不虞日軍追及，但那種狼狽情形，也就夠瞧的了。直到返抵距離貴陽不遠的馬場坪，遠自河南空運而來的湯恩伯兵團先頭部隊源源南下，在獨山、都勻之間的麥沖、黑石關一帶紮住陣腳，堵截了日軍銳不可當的攻勢，我們這才獲得了一個喘息的機會，重行佈署對後續義民展開救濟工作，歷時長達兩個多月。

黔桂之戰，卒因湯恩伯兵團及時趕到，英勇作戰，終於在卅四年春天獲得決定性的勝利，日軍被迫節節後退，回守桂（林）柳（州）地區。作為西南大後方門戶的貴陽，經過一度紛擾之後，又獲穩定如恆；由於貴陽幾瀕於危而引起的整個抗戰根據地的普遍不安，迅即歸於平息。追源溯本，中國之抗戰終能安度此一最後難關，得力於救濟難民的有效而徹底者特多，是以中外人士對於主持並完成此項艱鉅工作的谷正綱先生，無不交相讚譽。中樞為示酬庸有功，曾分別褒獎自谷部長以次各級工作人員，我和賈亦棣、徐斌以及在貴陽、重慶協助施賑出力較多的貴陽中央日報採訪主任儲裕生、大剛報記者黃邦和等五人，亦經社會部專案報准行政院，各頒一等金質獎章一座，以示激勵。頒獎之日，中央社特以專電發佈此訊，全國各報均予刊載，重慶大公報並以「新聞界五戰士，榮獲金質獎章」作為標題，甚為醒目。對日抗戰八年中，我們新聞從業人員胼手胝足，出生入死，無可否認的在本位工作上都各有其優異表現，然而不論有何功績，政府始終不聞不問，從無任何表示；這次居然首開紀錄，對五個無藉藉名的小記者明令頒給獎章，不能不算是我們的特殊機運。

這個金質獎章得來不易，但我卻僅保有它四年。三十八年十二月十日，我於大陸變色前夕從危城成都搭乘空運機撤退來台，不幸在海南島的海口慘遭墜機之禍，身受重創，所帶行李全部失落，金質獎章自亦不能倖免。我在抗日戰爭最艱危的階段冒險犯難獲得了它，又在大陸易手最艱危的階段九死一生中失去了它，一得一失之間，正好說明了這時代和個人的苦難。

◉張行知
筆名墨虹、墨龍。湖南新化人。民國十九年生。
現任「桃縣青溪雜誌」發行人。
著有小說「伯依山下」、「蘆溝橋的砲聲」等。

# 那個賣唱的年代

**為了募捐抗日基金，
每次星期假日，全校同學便組成小組
輪流到城裡或下鄉去「賣唱」。**

民國三十三年，我從湘西的窮鄉僻壤，走進了縣城裡的上梅中學，當時學生們流行兩句話：「不怕夏天的蚊蟲咬，最怕冬天的吸血鬼。」吸血鬼就是指一百零一套的棉衣服裡，躲藏著成群結隊的蝨子，整天以我們的血供給牠們的上等食料；晚上，床板縫裡上萬個的紅色臭蟲，傾巢而出，對準我們的嫩肉，競相爭食。由於我們每餐都以蘿蔔和大白菜佐食碗裡夾帶著砂石和穀粒的糙米飯，「吸血鬼」們把我們吸得骨瘦如柴，臉皮像塊閃閃發光的黃泥，每十個同學中，至少有三個患上夜盲症。

還有，最難忘記的是星期假日，全校同學編成男女各半的四人小組，輪流去城裡頭募捐抗日基金，或者是下鄉間去宣傳爲甚麼要全民抗戰？下鄉間去，只要選定鄉下人趕集的日子，在「集場」中放喉高唱「抗敵歌」：

中華錦繡河山誰是主人翁
我們四萬萬同胞
強虜入寇逞兇暴
快一致奮起抵抗將仇報
家可破，國須保
身可殺，志不可撓
一心一意團結牢
努力殺敵誓不撓
我們四萬萬同胞須奮起
大家合力將國保
血正沸、氣正豪

仇不報、恨不消
群策群力團結牢
拚將頭顱爲國拋

除了唱當時最流行的抗戰歌外，有時也唱我們自己製作的小調：

東洋的鬼子軍
裝模作樣發了瘋
中華的錦繡河山上
怎能容你逞兇
台兒莊一仗好開心
長沙會戰痛宰鬼子兵
像刀切蘿蔔斧砍葱
全國同胞好高興
好高興、好高興

我們也會因「高興」而手舞足蹈地「亂跳」。

去城裡頭募捐抗日基金，也同樣地要「賣唱」，當男女四人走進大小商店時，同時向「錢老闆」深長地鞠了一個躬後說：「我們來唱歌給您聽！」不管對方是否樂意聽，兩位女同學緊接著唱：「我的家，在東北松花江上……九一八、九一八，從那個悲慘的時候……」歌聲剛落，男同學緊接著問：「伯伯，你家有幾個兄弟呢？」如果對方說是五條好漢，便再問：「幾個從軍去？」只要對方說出只去了一人或兩人，我們便理直氣壯了，這是因爲按當時政府的規定是「五丁抽三」，他家應該有三兄弟去當兵，在「有錢出錢，有力出力」的全民抗戰號召下，他家出力不夠，就應該出錢，就說出我們賣唱的本意，相當於銀圓一元的國幣一元兩元、五毛或三毛，請隨意認捐。如果他搖頭拒絕，便說：「伯伯，再唱支歌，讓您聽後長命百歲！」於是女同學又唱：「萬里長城萬里長，長城外面是故鄉……」一直唱到路人停步到他的店前，讓他不好意思不得不賞賜。要是碰上只是個「免抽丁」的獨子，他家沒出力，就更應該出錢；如果這家的兄弟們按規定去當兵了，捐款慰問自己在前方苦戰的兄弟，又何樂而不爲呢？因此，只要「貴客來訪」和「歌星蒞唱」，「訪」到和「唱」到哪家，那家便捐定了，當然，我們賣唱的對象都是選定有錢人家。

最使我終生難忘的是，我們每個星期日去「賣唱」一次，沒有一個叔叔、伯伯是拉長著吝嗇臉的；青石街吉泰綢緞莊的胖伯伯，他兩眼笑成縫兒似的像彌勒佛，至今仍烙印在我的腦海深處。

回想起那個吃糙米飯，星期假日去賣唱的年代，常常揚著眉兒驕傲地笑了。

◉鍾麗珠
廣東蕉嶺人。
曾任中華日報記者、「家庭月刊」編輯。
著有散文集「廚房外的天地」、「人生有歌」；小說「不同軌道的列車」等。

# 赤足天使

**為了提倡節約救國，梅縣、蕉嶺等幾個縣市的中小學校發起一項「赤足運動」，一時展開得如火如荼，路上到處可見赤脚大仙。**

前不久爲了搬家總清鞋櫃，我扔掉一大袋半新不舊的鞋子。這包不合時、不合腳的各色各樣鞋子，少說也有十來雙。曾經赤著腳走過抗戰物力維艱日子的我，實在有點丟不下手。

我望著這袋鞋子，滿懷罪惡感。歲月一下子跳回半個世紀以前。

我已忘記打什麼時候起沒穿過鞋子了。

我只記得最後一雙皮鞋是紅色的，圓圓的鞋頭上還繫著一雙小蝴蝶結。那是我八歲生日快到時，母親提前買給我的禮物。她特地帶我到廣州市鞋店最多的「雙門底」去買。

母親說：「這裡買的鞋子較耐穿，回到鄉下，有錢都買不到皮鞋呢！」

那時正是抗戰開始，蘆溝橋的砲聲離我們雖遠，但廣州市的戰時氣氛，隨著防空演習警報的鳴叫，日趨緊張。父母親決定摒當一切，帶我們兄妹早日返回蕉嶺故鄉。

蕉嶺是山城，我們的老家靄嶺村更是靠著山的小村莊，唯一的市鎮新舖街只有一條直街。幾十家店舖，就沒有一家皮鞋店。

皮鞋在這個地方是奢侈品。

可想而知我腳上的紅皮鞋是如何的引人注目了。尤其穿著它上學，總會惹起同學們酸溜溜的言語，有點羨慕，又有點揶揄：「嘖嘖嘖，穿番鞋哪，莫踢到腳趾頭呵！」

當然，也有同學對我的番鞋躍躍欲試的，那是跟我要好的幾個。有時候，我和她們換鞋子穿，我穿她們污漬斑斑的布鞋，穿她們有股怪味的力士鞋；打光腳的同學，也怯生生的把沾有泥土的腳板，伸進我的紅鞋裡，嘗試一下穿番鞋的滋味。

可惜，番鞋沒讓我風光多久，腳長大了，鞋子穿不下，只好眼睜睜的送人。

母親從街上買回跟許多同學一樣的力士鞋給我。我聞到那股子嗆鼻的橡膠味，就先沒好感，再看它那男女不分的鞋樣，心裡更是排斥得緊。母親說：「抗戰期間，有鞋子穿已經不錯啦，等有一天連力士鞋都沒得穿時，才知道苦吶！」

母親的話不久之後果然應驗，我們眞的連力士鞋都穿不起了，力士鞋是從汕頭水路運來的。自從潮汕一帶戰局吃緊，鞋子的來路也斷了。街上洋貨店雖然還有點存貨，但價格暴漲，誰也買不出手。

赤腳上學的人越來越多。反正鄉下人平日光腳慣了，穿鞋子對他們來說，反而是一種負擔。

也有同學穿自己母親或祖母手做的布鞋。但布價漲之後，鞋面的花色便越來越雜，反正有什麼布就做什麼。男生也有穿花布鞋的。穿補鞋的人多了起來，常常是一雙黑布鞋子，鞋頭卻打了一塊花布補釘。

母親還是那句老話：「有鞋子穿就不錯啦！」

抗戰越久，物資也越匱乏。幸虧那時大家都有個共識：「一切爲前線，一切爲抗戰！」煤油燈換成完油燈、桐油燈，最後用松脂、竹把照明。粗鹽代替牙膏，茶枯當作肥皀，粗布權充毛巾……，連布鞋也視作珍品，大家咬緊牙關，只爲一個共同的信念：「打贏這場聖戰！」

爲了提倡節約救國，梅縣、蕉嶺等幾個縣市的中小學校發起一項「赤足運動」。一時展開得如火如荼。從鼓勵、勸導，到全面禁止，學生已沒人穿鞋子上學。路上到處可見赤腳大仙。

其實，我們學校早就在實行赤足運動了。平日穿鞋子上學的，只有數得出那幾個。我是其中之一。母親一向不許女孩子在人前光腳。可是，當赤足運動雷厲風行時，母親第一個響應——因爲她是村裡德重小學的校長，她必須領導著全校學生徹底實行。當然，我也沒有例外。從此，我把鞋子束之高閣，每天跟所有同學一樣，光著腳上學。

初中就升學到梅縣女師附中。梅縣離新舖街五十華里，是個教育相當發達的文化重鎮，市面比新舖街大，也繁榮。但是放眼街頭，上下學的學生，幾乎全是赤足。女師推行赤足運動最徹底，誰要不遵守，即使把鞋子藏在書包，給糾察隊發現，便得在朝會上罰站。誰也丟不起這個臉。因此，即使嚴寒酷暑，都沒有人敢穿鞋子。

民國卅四年，隨著曲江的失守，有些機關疏散到梅縣，街頭一下子湧現許多時髦的仕女，給這淳樸寧靜的文化城帶來小小的沖激，市面也驟然繁華起來，最明顯的是茶樓飯館的增多。

暑假快到時，梅縣各級學校發起一項大規模的義賣，學生利用周末及星期日到街頭，到各茶樓飯館賣花，所得支持前線。我們一夥廿多人被派到當時最新穎漂亮的茶樓「清耀園」。

開張不久的清耀園每逢假日座無虛席，都是外來客較多。我因爲會講白話（廣州話），跟他們可以溝通，要我打頭陣。生性膽怯的我，提著花籃，光著一雙腳丫子，踩在光潔的地板，穿過耀眼的燈光，不由自主的自慚形穢起來，本來就拙於言詞的我，這時更是吶吶不知所措。眼看歸隊的時間快到，賣出的花朵還不到四分之一。大家都快急哭了，我更是自責愧疚交加。

突然，靠裡桌一位穿藍布旗袍的大姊姊，輕盈的向我們走來。她自我介紹說是從坪石中山大學來的。她接過我的花籃，很自然地一面帶領著大家唱歌，一面向座中客義賣花朵。「先生，買一朵花吧，這是自由之花呀，這是勝利之花呀，買了花救了國家……」一時，歌聲此起彼落，座中客人也和著唱，把所有人的情緒帶到最高點。一籃花沒多久便銷售一空。

清耀園明亮的燈光輝映著我們興奮泛紅的臉龐，是那麼的年輕光鮮，一雙雙沾著塵土的腳丫子也變得高貴聖潔了。倏地，我覺得我們像一群戴著光環的赤足天使，在爲多難的祖國進行一項神聖的使命！我們，爲什麼要自慚形穢?!

◉俞金鳳　筆名梵竹，浙江奉化人。曾獲國軍文藝金像獎、中央日報文學獎。著有小說「花格子裙」、「變」；兒童文學「我是一隻博美狗」等。

# 天使雪柔

**那年輕母親就這麼抱著、吻著、愛著她的孩子時，嚥下了最後一口氣，她死時，眉宇間露著幾許憾恨，唇角却是笑著的。**

事情是這樣開始的，人們張惶失措的奔跑，天空中落下來許多會爆開的、炸得四分五裂的……。

聽著、聽著，年輕人總愛打岔，說那已是老掉牙的故事。

說的是啊！那悲慘的逃竄景象，從中日戰爭的黑白記錄片中都已經一看再看了。

然而，記錄片中所見不到的細微情節，那鏡頭所遺漏的哀嚎，又怎麼能在人們冷漠的感情裡刻印記號？再說，戰爭離我們實在是已遙遠。

現在我們且跳開自己所坐的位子，走進鏡頭未曾逮住的一幕……

雪柔與何青在驚嚇中醒轉，只記得跑著跑著，耳膜轟轟乍響，眼前飛沙與血肉一團迷糊，不知怎麼地便也跟著前面的人仆倒。

幾秒鐘以前，前面那對夫妻還攜手同奔，男人憂心大腹便便的妻子，頻頻回首照料著，只是轟然間，所有的夢都破碎，遍地是滲著血淚的黃沙，做丈夫的英勇護著妻子的身體，他再也不會知道他的小妻子在這同時左腿也已不見了。

雪柔害怕得直想哭，她揉著身上塵土爬起來，她渾身顫抖著，她還是去推開那已經氣絕的男人，救出孕婦。

何青滿臉焦慮，在這緊要關頭，還顧什麼仁義道德？他要雪柔快快跑，逃命要緊哪！

雪柔說，她是護士，救人是她的職責。

雪柔毫不考慮地撕開自己的裙襬為孕婦裹傷。何青滿臉驚懼，卻又不忍心獨自撒腿逃跑，他惴惴難安地仰望天空，他耽心日本飛機去了再回頭。

孕婦從漫漫幽冥中睜開眼，她抓緊雪柔，她哀求雪柔，她簡直不顧自己的死活，卻要雪柔先救她的丈夫。

雪柔不忍心告訴她實情，吱吱唔唔的應著。孕婦傷得很嚴重，血染衣衫，就在他們等待救援的時候，孕婦喊肚子疼。

天哪！雪柔心想，可別說是要生孩子呀！她只是一個實習護士，她還沒有多少經驗哪！

一個孩子要出世了，一個生命要來投胎了，誰能阻止呢？說來就來，也不管這人間亂世。

雪柔有些慌亂，何青也顧不了頭上飛機，忙著做雪柔的助理，幸好不是很困難的，他們接生到一個胖小子，初試啼聲，讓三個大人從苦難中笑了起來。

雪柔把孩子依在他娘親身邊，何青去找救護人員。

產婦蒼白著臉，她想用她一生中最後一點氣力來抱抱她的孩子，她用力撐起她倦怠無力的身體，她想坐起來，卻沒有成功，頹然倒下。

雪柔在一旁協助，她用她的腿頂住產婦的背脊，使她能支起上半身，母與子的臉頰方得以親蜜地接觸。

做母親的很滿足的吻著嬰兒紅通稚嫩的小臉，吻著、吻著……。

那年輕母親就這麼抱著、吻著、愛著她的孩子時，嚥下了最後一口氣，她死去時，眉宇間露著幾許憾恨，唇角卻是笑著的。戰爭中的中國人是沒有淚的，然而年輕生命的猝死眞是無辜，叫人無奈得仰天長嘯，哀痛得椎心刺骨。

雪柔收養了小嬰孩，她給他取名雪青。

可是雪柔還沒有結婚呢！她和何青早有婚約，爲著嬰孩的緣故吧！他們在戰亂中草草成婚。

雪柔還有一年才能畢業，家庭、學業、嬰兒成爲強力三角拉据戰。

何青常說雪柔，說她比一個眞正的媽媽更努力盡責做好了媽媽的媽媽。雪柔說這話聽起來很饒口，反正她把什麼都給兒子雪青，只盼他快快長大。

這天，雪柔跑出去把她身上僅有的錢買了奶粉。小傢伙正在何青懷裡啼哭，弄得何青人仰馬翻，何青說這小子的哭聲可以震碎瓦礫，還眞拿他沒辦法。

雪柔在沖奶粉，爲著一個生命的茁壯。

雪柔明白，今天若沒有她，也許就沒有這小傢伙的存活，可是雪柔又怎麼知道，有了這小傢伙，她的命運又將如何呢？

雪柔一心一意的在沖調奶粉，在孩子面前，她常常忘了這個混亂的世界，在這一百多天裡，她擁抱嬰兒，餵奶的時候，俯視嬰兒，她終於體驗到新生嬰兒的天眞是多麼令人愉快呀！原來每一個人都是從這般可愛的、無邪的純稚中走過來的，原來人類曾經善良過的。

雪柔剛調完奶粉，空襲警報聲大響，不一會兒，便是短促的緊急警報聲，平時她已打理好一個小提籃，隨時可提著籃子跑。

何青抱著孩子，他們已跑出家門，大約跑了三百多公尺吧！雪柔才記起沖好的奶瓶忘了拿，想到孩子已經很餓了，她堅持折回去拿奶瓶，她要何青在防空洞等她。

奔回屋子的雪柔，就在她拿到奶瓶的霎那間，那顆要命的炸彈，眞夠準、夠狠的，正落在她家屋頂。

此刻，讓我們走出戰爭、走出鏡頭，回到自己的位子坐下，看看這位從戰爭中存活下來的男孩子。

男孩跟著何青來台灣，父子倆相依爲命過著克勤克儉的日子，終於唸完大學，何青又供他到美國讀博士學位，如今成家立業不在話下。

何青退休後，獨居在公家宿舍，患風濕性關節炎多年的他，所幸只是行動稍有點不便而已。有椿事倒是令他特別高興，那就是宿舍要改建啦！一整年裡，似乎可以做的事就是歡歡喜喜的想著宿舍改建的事，在這等待的日子裡，孤寂的美夢一篇一篇的給編織出來。

◉林鍾隆　台灣桃園人。民國十九年生。師範學校畢業。曾任教職。
著有論述「兒童詩觀察」；散文「天晴好向山」；小說「太陽的悲劇」；兒童文學「明天的希望」。

# 癲牯

**阿船的消息帶給村人的歡喜，是非同小可的，而他的身分一下子就從「癲」人變成正常人，甚至成為英雄。**

生長在農村的人，不想從事農作，憧憬大海，是大家心目中的異數。很不幸，我們村子裡就出了這麼一個人。

更巧的是，他的名字居然叫阿船。

阿船要當船員的風聲傳出以後，不但他的家人，從曾祖父母到叔叔伯伯，叔公伯婆，兄弟姊妹全都反對，連鄰近識與不識的人都不表贊同，用「癲牯」這綽號在背後輕視他。

但是癲牯第一次出海，兩個月後回來，身價就完全改變過來了。

晚上，他到村中唯一的雜貨店買菸，看到他的人，對他的招呼是：

「癲牯，幾時回來啊？沒死掉啊？」

癲牯對長輩的這種輕蔑，並不搭理，只是站在一旁，點上菸，看著一群年輕人在賭「破甘蔗」，一堆中年人在喝酒，另一堆老年人在講古。

一會兒，他想通了似地，從口袋裡掏出大家不曾見過的香菸，怯怯地問大家說：

「要抽外國菸嗎？」

雖然大家都對癲牯很輕視，對外國菸卻垂涎欲滴，個個伸出手來，要了一支。

但是，這種「賄賂」還是提高不了他的身分。得了好處的人並沒有人感謝他。直到喝酒的中年人開口問他：

「阿船，去外面流連兩個月，有沒有我們不知道的消息？」

他的回答才引起了大家的注意。他說：

「我去火奴魯魯（檀香山），聽講有一個廣東客家人孫逸仙，組織興中會，要革命，推翻滿清。革命很多次，都失敗，不過，這次聽講在武昌起義，清朝已經下野了，剩下軍閥要平定。這樣的消息，你們聽了怎樣？」

阿船眞沒想到村人會對這事感興趣，賭破甘蔗的，收起了刀子；喝酒的，放下了酒杯；

講古的也圍過來。阿船一下子成了重要人物。

「這樣，有希望了！」一個老人說。

「一定會成功！」一個中年人臉上綻開了希望的微笑。

「推翻滿清，中國統一就會強起來；中國強起來，就會把台灣要回去。我們不必再做日本人的奴隸了！」

大家都曉得，台灣從北到南，從明治到大正，反抗日本的「革命」無數，都一個個被日本人的槍砲消滅了，義士都被捆綁、砍頭，到現在，還沒有人敢爲他們建廟來祭祀，雖然有偷偷祭拜他們的，也當做「有應公」，不敢列出名字。

人人都知道，要掙脫日本人的殘暴統治，只憑台灣人自己的力量是辦不到的。祖國如能強大起來，一定不會坐視台灣人的痛苦。

阿船的消息帶給村人的歡喜，是非同小可的。當然，阿船的身分，不但一下子從「癲」人，變成了正常人，更從正常人變成了英雄。大家對阿船開始懷抱無限的期待。希望他趕快再出海，兩個月後回來，再報告令人興奮的消息。

從此，老一輩的人見到阿船，就問：

「阿船啊，幾時要再出海啊？」

年輕一輩的人見到阿船，就問：

「阿船哥！你的船頭家還要船員嗎？」

再也沒有人會叫他「癲牯」了。

阿船報告的消息，也一傳十、十傳百，不到幾天，就傳遍村裡，甚至於還傳到外地去。

幾天之內，已有人向阿船的爸爸提親了，阿船也準備相親，訂了婚再出海。

不幸，回來的第九天，日本刑警來了，把阿船扣上手銬，帶走了。

起初，大家還以為阿船是到街上喝酒撒野，暴露了船員的魯莽，犯了「刑事」。後來知道是因為「謠言惑衆」，無不咬牙切齒。

「是那個死高毛（混蛋），這樣的事也敢去和日本仔講！」

「是那個夭壽子，講不得的話也同日本鬼講，要是查出來，剁綿綿（碎碎）給豬吃！」

村子裡，從此沒有阿船的消息，被殺了呢？被放逐了呢？一直到今天——台灣光復數十年了，老一輩的人偶爾還會提起阿船的名字和阿船的事，很多人想知道，就是沒有人知道阿船的消息。

◉**杜萱**

本名杜淑貞。福建晉江人。國立台灣師範大學國文研究所碩士。現任花蓮師院教授。曾獲國家文藝獎散文獎。著有詩集「如果河水醒來」；散文集「煙塵之外」等。

# 急鑼響鼓中的淚水

**就在這一天，不僅在陪都重慶，同時也在華盛頓、倫敦、台灣，所有熱愛自由、和平的人們，都頓然獲得解脫了。**

歷史，不是用來回憶，而是用來反省的。

中國——我苦難的母親。自從一八九四年，爆發中日甲午之戰，接著，一八九九年義和團之亂，所導致八國聯軍之役，從此她就無止無盡地承受戰爭的傷害與荼毒。她從此就積弱了，割地賠款，喪權辱國，民族的自信心，蕩然無存。

這一道歷史的傷口，劃下深深的重創，百年，千年，都難以撫平。迢遞的，每一截歲月，皆與我們有著割不斷的血緣。斑斑的，每一篇史頁，便在這條漫漫長路上燦爛。

我們一路行來，每一個中國人，每一座山嶽，每一條河川，每一個朝代，都在寫著歷史。

無論歷史朝那裡奔馳，不計時光往何處迤邐，這些往昔或慘痛或榮耀的日日月月年年，我們均曾深知牢記，我們也頻頻顧惜。

個人很願意將一整部中國近代史，直接切入中華民國三十四年（西元一九四五年，日本昭和二十年）八月十日這一天。

秋日清晨的天空，飄著幾朵微雲，大家正在擔心，這天不是晴空萬里，多少會影響盟軍的戰鬥機，向日本軍閥作摧毀性大轟炸的進行；畢竟盟軍的空中凌厲威勢，連日來已迭創佳績，太振奮人心了啊！

然而就是這天，不僅在陪都重慶，同時也在華盛頓、倫敦、台灣，所有熱愛自由、和平的人們，都頓然獲得解脫了。

我們在抗敵禦侮的聖戰中，走向沙場。而戰爭的無情炮火，燒毀了朱堤翠瓦，燒毀了城郭重重，燒毀了青春容顏，燒毀了手足親情，更燒毀了一切通訊設備與消息。

直到這一天下午七時五十分，由盟軍總部發出的英語吼聲，夾雜著「Good」的呼叫，日本天皇接受菠茨坦宣言，宣布投降的訊息傳開來了——「日本投降了！」從東京的英語國際廣播，最初傳送到重慶的這一瞬間，無數人用頭顱和鮮血寫成的第二次世界大戰，亦一併宣告結束。

衆人奔相走告，原本黯沉的浮雲，立時轉爲祥雲靉靆。鞭炮聲、歡呼聲、鑼鼓聲、掌聲，即刻響徹霄漢。

蒼穹爲之震撼，地維爲之動搖。此情此景，眞是人生幾回得見？

許多人相擁而泣，這是喜極而泣的淚水，這是民族情感大融合、大交集、大發洩的淚水。

八年來，爲躲避戰禍，扶老攜幼，遷徙於偏僻山坳、鄉村的百姓，都陸續露臉，再次碰面了；各街坊商店，也紛紛恢復了營業，百廢待興。

但是，物資十倍難求，米珠薪桂。大家彷彿像是死過了一次般，難掩眉間心上的痛楚與歡欣，兩種極端複雜之情緒，交織在一張張疲憊不堪的臉譜上。

我的父母，我的鄰人，都是從這條路上走過來的。當時，漫天戰亂流離的烽火，使他們青春的容顏上，沾染了揮拭不去的塵灰。

每一分，每一秒，都在恐懼著死亡。

今夜明朝，夜以繼日，每個老老少少，莫不引頸巴望著——這場戰爭，幾時才能夠打完？

糧食之匱乏，活口之不易，生存之艱辛，自晨至昏，蝕心齧骨。盼望戰爭結束，猶如大旱之望雲霓，那般的急迫與殷切。

中華民國三十四年八月十日，這一天傍晚的陪都重慶，在大街小巷急鑼響鼓中，中國人終於告別了苦難，結束了戰爭，停止了淚水，釋放了忍耐，也終結了這場歷史浩劫。

路，仍在足尖心上，無止盡地延伸。

我們永遠呼吸著同一時代。

我們永遠肩負著二十世紀苦難中國的歷史責任。

路，是一路行來的。

我們，都曾經這樣走過歷史的路。

◉曾寬
本名曾富男，台灣屏東人。民國三十年生。世界新專畢業。現任教於潮州國中。
著有散文集「走過檳榔平原」、「陽光札記」；小說「山在融化」、「富庶海岸」等。

# 光復的一刻

**那是瘋狂的一夜，不止村民瘋狂，就連膽小的父親及日本永遠第一的叔叔，也走上街頭，大聲高呼台灣出頭天。**

時代雖已久遠，可是，台灣光復前後的情景，卻歷歷在目，是不朽的版畫，永遠也忘不了。

那時，我才五、六歲，住在屏東的鄉下，母親種田，父親任職於鄉公所。

在美機轟炸期間，父親白天非常忙碌，不是案牘的忙碌，是指揮小學師生到田野香蕉園避難。那時，美機十分囂張，來去自如，既無零式機迎戰，也無高射砲對付，牠們像老鷹般低空搜索、掃射。

美機轟炸過後，鄉公所接到訊息，謂美軍可能登陸於枋寮，然後沿著縱貫公路北上。村人害怕戰火洗劫，於是，父親又忙於疏導村人遷徙避難，連夜徒步走向山坳裡的美濃避難。

雖然，美軍最後繞過台灣攻向沖繩，可是，美機仍然不時騷擾台灣，把機場、港口及公共設施，炸得面目全非，而日軍也躲藏得不見蹤影。

是光復前幾天吧，我終於瞧見日軍的影子。那天，剛好是下雨天，我穿著小蓑衣上街買東西，經過市場時，祇見一隊日軍躲在市場內避雨，約有一排的人數，全身濕透，個個臉色蒼黃、憔悴、沒精打采，跟往昔的雄赳赳氣昂昂的威勢，完全兩樣。

警察是人見人怕的閻羅王，過去常佩著長刀，滿臉殺氣地挨家挨戶搜索糧食、鐵器，可是，到戰爭尾聲時，也不見他們影子了。

一切都顯現大戰即將結束。

美機不再轟炸，平靜得幾讓人窒息。

父親生性膽小，害怕改朝換代後遭殃，辭掉了鄉公所的兵役課長職務。

他不知從那裡弄來一台收音機，專門偷聽日本東京無線電廣播。

那時不知是人民貧窮，還是日警不准人民擁有收音機，整個村莊僅有二台收音機，另一台是鄉長所擁有，不過，鄉長的收音機是官方所允許的，而父親則是偷偷買來的。

父親都是習慣於夜晚偷聽收音機、關掉電燈，也關緊了門窗，還把收音機放得最低聲。

他每次偷聽收音機，我們兄弟遂變成警衛，負責四周把風，防患日警前來搜查。

那夜，即是日本宣佈投降的那一夜，我疏於站崗，偷偷溜回房間想聽收音機放出來的是什麼聲音。

收音機就放在家裡唯一的桌上，父親、母親、叔叔及大姊都靜靜地圍在四周。

父親鐵定今晚會有重要消息播出，是投降的消息。

叔叔不信，他認爲日軍強大，不可能挨了兩顆原子彈便豎起白旗。

兄弟低聲爭吵一陣後，謎底終於揭曉了，是日語廣播：這裡是日本東京放送局，日本昭和天皇宣佈無條件投降……。

這是歷史的一刻，是日本第一次戰敗投降，也是台灣重新面對新局面的一刻。

幾年來，日本報紙不斷地報導日軍的強大，是攻無不克的強大。

拿下華北、上海、南京，沿海各省，拿下中南半島，再掃向南洋、太平洋。

不少的台灣人民，包括叔父在內，都堅信日本祇有勝利，而不會有投降這個名詞。

父親聽完了廣播，很奇怪，莫名的恐慌，耽心台灣未來的命運，也耽心家人的安危。

起先，他把收音機藏了起來，然後再三叮嚀家人不可外洩日本投降的消息。

可是，不到半小時，整個村子變了樣，村人都跑出房子，跑上街道，敲鑼擊鼓，喧天價響。

那個村幹事，平常都說日本好、日本萬歲，而今，一百八十度的轉變，逐街敲打銅鑼，向村民宣佈大好訊息：各位親愛的父老百姓，日本已宣佈投降了。台灣光復了。萬歲，萬萬歲。

是瘋狂的一夜，不止村民瘋狂，就連膽小的父親及日本永遠第一的叔叔，也拋頭露面，走上了街道，大聲高呼台灣出頭天了。

◉丘秀芷
台北市人，民國廿九年生。
世新編採科畢業，曾任教於豐原中學。現任行政院新聞局國內處顧問。
著有傳記文學「丘逢甲傳」；散文「悲歡歲月」、「蕃薯的故事」；小說「千古月」等。

# 豈容歷史抹成灰

**日本無條件投降至今已將半個世紀，**
**但是國人太健忘，誰知道什麼九一八、**
**南京大屠殺，也不知道玉井曾埋多少骨骸。**

甲午戰爭那一年，一八九四年到今年，正是一百年整。一八九四年，也就是光緒二十年甲午年，六月（舊曆），日軍大批登陸朝鮮，七月一日，中日正式宣戰，甲午戰爭於是開始。當時世人稱為「中東戰爭」，因為在戰場始終在中國東海的沿岸。

第二年乙未年，三月，李鴻章於日本馬關簽下割臺以及賠款條約，以為從此可以換來安定，卻更爲中國立下百年大禍。

就臺灣一地來說，日本登臺即展開殺戮、清莊，一次又一次，甚至到民國三年，苗栗事件，羅福星等二萬多人受牽連；第二年，噍吧哖事件，玉井一地了埋了多少臺人？老幼婦孺都不放過。

除了明刀屠殺，更暗中毒害，在日本據臺，第三年就頒布「鴉片專賣令」，日相伊藤博文曾在簽馬關條約時跟李鴻章誇下海口：「三個月內使臺人禁絕鴉片。」結果是不但不禁絕，還發給專賣與吸食「鑑扎」（執照）。但是臺人賣鴉片給日人則判死刑，日人賣給臺人則天經地義。臺人吸食鴉片更合法，反正收益是日本人的。

日本還把鴉片輸入中國大陸，把浪人送到大陸，更別說明目張膽的濟南五三慘案、萬寶山事件、九一八事件、蘆溝橋事件、南京大屠殺……。日軍惡行只能以四個字形容「罄竹難書」。

時空遞換太快了！日本無條件投降至今是第五十年，明年滿半個世紀，但是國人太健忘，誰知道什麼羅福星，知道什麼九一八，更不知道南京大屠殺，也不知道玉井原叫噍吧哖，那裡曾埋多少老少力壯的骨骸。

而日本則某方面健忘，某方面「永誌不忘」，像每年八月，就紀念廣島事件，向世人控訴美國在廣島、長崎投下原子彈的「罪行」。另方面，陸續地把二次世界大戰侵略中國審問戰犯的「英靈」，迎入靖國禪社，以烈士英雄膜拜之。

反觀我們，忠烈祠黯淡、抗日愛國者被一一抹黑，連 國父、蔣公、經國先生都被歪史汙衊，其他的先烈先賢更什麼都不是了。

我們的經濟，長期對日本逆差，去年爲一百四十二億美元。我們滿街都是日本車，家家戶戶都滿是日本貨，連長崎蛋糕都很有名——不知是否還有廣島餅乾呢？

不只在經濟上，日本人文上更長驅直入！日本的色情暴力漫畫充斥每一個中小學校園；日本歌曲於每個KTV大受歡迎，臺灣電視臺還有黃金時段專闢日本歌曲比賽單元及日本劇，並且日本衛視也進駐許多人家中。日本菜、日本服飾更大受歡迎。

每隔三幾年，日本就來個否認侵華或大屠殺的事實，說久了變成眞的一樣。以前日本文部省（教育部）在教科書中做手腳；今年法務大臣永野茂門又在那兒大放厥辭了。雖然永野茂門因此而下台，也充分說明日本屢次施放「空氣球」，實乃存心企圖將歷史抹成灰。

**◉周玉山**　河南茶陵人。民國三十九年生。輔大法律系畢業，國家文學博士。現任政大國際關係研究中心副研究員。曾獲國家文藝獎。著有散文集「文學邊緣」、「文學徘徊」，論述「大陸文藝新探」、「大陸文藝論衡」等。

# 馬關與廣島之間

**一九四五年的廣島，說明侵略者的失敗必以人民為代價，然而日本從慘敗中躍升，而中國都在慘勝裡不振。**

一八九四年七月二十五日，日本聯合艦隊在朝鮮牙山灣的豐島海面，突襲中國的運兵船，造成近千人傷亡，也揭開甲午戰爭的序幕。如今，整整一百年了。

甲午戰敗，中國被迫簽訂馬關條約，割讓台灣，引來四百萬人的同聲一哭。五十年後，擴大侵略的日本，既遭中國軍民的浴血抵抗，且受美國的原子彈轟炸於廣島與長崎，終於舉起雙手，交出台灣。這頁歷史，誰不知道呢？

我先不知道，自己會來到馬關，又來到廣島。

我只知道要去宇部，參加「浩然營」。臨行匆促，翻閱簡略的日本地圖，沒有這個名字。書上說，它屬於日本本州的山口縣。一九九一年七月二十六日，我在雨中抵達宇部，才曉得它位於下關與廣島之間，而下關就是馬關。於是，決定更添行程，分訪兩地。宇部的第一夜，爲了想像中的馬關與廣島，我不能寐，坐聽如泣的雨聲。

「浩然營」的男主人是殷之浩先生，女主人是張蘭熙女士，這一對可敬的長者，全程參加研習會，也帶領我們遊學各方。離開宇部的首站，即爲馬關。

馬關古有臨海館，近有春帆樓，同爲接待遠客之所。一八九五年三月十九日，一群痛苦的客人抵達馬關。次日，爲首的李鴻章進入紅石山下的春帆樓，與伊藤博文展開談判，結果呢？「宰相有權能割地」！春帆樓入口處，掛的牌子是「日清講和紀念館」，其實是「日勝清敗說明室」，一幅「媾和談判之圖」是足以證此說，伊藤博文和陸奧宗光高大挺立，李鴻章和伍廷芳則打躬作揖，對比強烈。館內通風不甚良好，我聞到歷史的霉味，令人有些微窒息之感。同行的祝偉中兄，平日談笑風生，此時已淚流滿面。我如何安慰這位香港同胞？馬關所割是台灣！

館內有幅書法，出自中田敬義，也引我凝神。此人時任日本外務大臣秘書官，以七言絕句表達了彼等的心情：「和平耀世國輝揚，恢廓宏圖自是張，樽俎當年折衝處，廼存舊蹟永斯彰。」分明是武力進犯，此處卻奢言和平，歷史的霉味越來越重了。我留意到，該館現歸下關市教育委員會管理，日本人接受這樣的教育，如何分辨戰爭與和平呢？

館外的講和紀念碑，爲伊東己代治所撰，此人時任日本內閣書記官長，簽約快慰之餘，所述倒是實情：「甲午之役，六師連勝，淸廷震駭，急遽請弭兵。翌年三月，遣李鴻章至馬關，伯爵伊藤博文奉命樽俎折衝，以此樓爲會見所。予亦從伯參機務，四月講和條約初成，而樓名喧傳於世。」是的，日本國威之隆，實濫觴於此役，中華國力之衰，也大白於此役。然而，此役百害，卻有始料未及的一利，它催生了興中會。

一八九四年六月下旬，二十八歲的孫中山先生，由廣東香山的同鄉陸皓東先生陪同，經上海抵天津，求晤李鴻章，欲面陳八千餘字的改革書，後者以軍務繁忙，拒絕延見。稍後，甲午戰爭爆發，敗訊頻傳國內，孫先生由此確認淸廷無救，乃盡棄改良思想，致全力於革命工作。

一八九四年十一月二十四日，孫先生在檀香山，組建了百年來的第一個革命團體興中會。從二十多位立黨同志的星火開始，歷經十八年的宣傳和起義，終於燎出一個亞洲最大民主國的場面。試想，若無日本當年的侵略，孫先生或許見用於李鴻章，則中華民國誕生何日？當然，李鴻章割地賠款之事如果發生在先，以孫先生的痛恨不平等條約，也就不可能上書了。歷史有時在陰錯陽差中寫成，民智未開的時代，往往又由少數人執筆，這該是一個不爭的事實。

我懷著複雜的心情離開馬關，來到廣島。

廣島是日天氣晴和，走出火車站，但見街景繁華，兩公里外的和平公園，成爲唯一的戰爭遺蹟。時值原子彈爆炸紀念日，兒童和平紀念碑前，悼念的紙鶴上萬，白淨肅穆，廣場上的鴿群也成千，一派祥和。幼稚園的學生結隊來此參觀，接受終生難忘的教育，他們將來會崇尚和平？還是覺得日本受害？許倬雲教授告訴我，日本侵華八年，中國人死了兩千萬，其中五百萬是孩子。啊，中國的亡靈誰在紀念？

眞的沒有人紀念。此時正逢日本首相海部俊樹訪問大陸，當局就勒令取消南京大屠殺受害者的悼念大會，以免刺激貴客。台灣呢？胡秋原先生在立法委員任內，不斷呼籲政府，明定七七爲紀念日，結果不斷受拒。大陸和台灣都是嚴重失憶的地區，兩岸的政府都不紀念抗戰，死者不得安息，生者也就不會効命了。不知敬重先烈的政府，自然無法贏得國民的敬重，子子孫孫失去追遠的能力，歷史或將吞噬我們的未來！

日本政府在廣島，不但教育自己的國民，也教育全世界，正視它的苦難與重生。和平公園內的紀念資料館，以十四種語文介紹昔日的浩劫，其中當然包括中文。聲光化電，圖片道具，重現人間地獄的景象。斷垣頹壁，血肉殘骸，爆風與放射線的破壞，黑雨和高熱火災的損害，一一還原在世人的眼前。我在黑暗中筆記，又有些微窒息的感覺，一如置身於馬關。這是一個凡事認眞的國度，尊重生命到無以復加，但是，爲什麼有人否認南京大屠殺呢？如此厚己而薄人，歷史的教訓能謂完整嗎？

一九四五年八月六日上午八時十五分，世界第一顆原子彈投入廣島，造成十七萬人死亡。次日，以受創較輕的陸軍船舶司令部所屬部隊爲中心，成立廣島警備司令部，擬訂援救計畫，展開軍官民三位一體的行動。廣島復興，一如舉國的復興，事上磨鍊，迅速確實，成爲達爾文主義的最佳實驗室。當中國人還在忙著「脫貧」時，日本人已經高倡「脫亞」了。偏偏，日本的勝利常常就是中國的失敗，中日同種之說，至少在日本是無人置信的。

中國的有志之士，何嘗不服膺達爾文學說？物競天擇，適者生存，胡適先生因此改名。秋瑾女士字競雄，欲與男兒爭短長。謝東閔先生字求生，飄洋過海打天下。孫中山先生後來鼓吹互助論，早年則雅癖達爾文之道。一度投身革命陣營的陳炯明，其字也正是競存。上述種種，不能改變中國積弱的事實，人民教育的不足，總是一個原因吧。

馬關的春帆樓，廣島的資料館，皆見父母爲子女解說，愛國思想自然傳承。日本人的愛國主義，尤其表現在中日關係史上。不稱庚子賠款，而稱義和團賠款；不稱九一八事件，而稱滿洲事件；不稱七七事件，而稱支那事件，字字句句毫不相讓。相形之下，鄭學稼先生以中國人觀點寫的「日本史」，又有多少讀者呢？日本人的嗜書如命，中國人的廢書不觀，也是兩國興衰的一個原因吧！

一八九五年的馬關，李鴻章苦苦相求，伊藤博文步步相逼，從此中國更弱，日本更強。一九四五年的廣島，說明侵略者的失敗，必以人民爲代價。然而日本從慘敗中躍升，中國在慘勝裡不振，遂讓「和魂洋材」的表現，超過了「中體西用」。凡我國人，嚥不下這口氣的，宜一吐爲快，積健爲雄，認眞做事，努力研修。唯有如此，才能無懼爲日本的鄰居，也才能無愧地迎接二十一世紀。

馬關與廣島之間，一部近代中日關係史的縮影，我在半個月內得窺其要，堪稱此生獲益最多的一段時光。飲水思源，實深感懷最近辭世的殷之浩先生。先生創辦「浩然營」，納兩岸青壯年於一堂，爲明日的中國找出路，其精神留在馬關與廣島之間，其影響將擴及台灣與大陸之上，證明教育的恆久價值。

◉保眞

本名姜保眞，原籍北平市人，民國四十四年生。

美國加州大學柏克萊分校碩士、瑞典農業科學大學博士學位。目前任教於中興大學森林系。

著有散文集「鄉夢已遠」、「生命的旅途中」；小說「失去的原始林」、「森林三部曲」等。

# 中日恩怨未了債

**當個人的記憶逐漸退化，民族的記憶就必須加强。**

**「中華全民對日索賠」運動的超越性**

**政治意義，是值得全世人的重視。**

西元一八九五年甲午戰爭之後，日本一直持續侵略中國。直到一九四五年（民國三十四年）日本向盟軍無條件投降迄今已近半世紀，但中國人對日本的怨恨與憎惡並未完全消除。事實上，整個太平洋水域地區的國家與人民，對日本都抱持戒心和懷恨。主要的原因是日本人做爲一個集體民族而言，二次世界大戰的侵略暴行，曾帶給上述區域太多的痛苦回憶；過去半個世紀以來，「這個日本」卻一再試圖爲它的侵略暴行翻案，如：日本學校教科書將侵略中國改爲「進出」中國、七七蘆溝橋事變是偶發事件、南京大屠殺是中國及西方揑造的謊言、未宣戰即「偷襲」夏威夷珍珠港改爲「奇襲」……等等。這些個案再三喚起世人注意：「這個賣汽車的日本」就是「那個侵略殺人的日本」；「這個日本」仍然保有「那個日本」一樣的本性。

與同爲二次世界大戰侵略者的德國相比，益發顯示今日日本作爲的荒謬，德國的法庭已經宣示，如有人辯稱殘殺猶太人的「奧森維茲集中營」是揑造的謊言就是犯法；德國總理曾親訪位於現在波蘭境內奧森維茲集中營紀念館，以示懺悔與追悼；過去五十年來，西德一直支持以色列不遺餘力。因此，雖然德國近年來境內納粹思想蠢蠢欲動，並且迭有排外暴行，但德意志做爲一個集體民族而言已經充分顯示它的誠意。相反的，日本天皇於今年六月訪問美國，行程中刻意避開訪問夏威夷，因爲日本人從未承認當年突襲珍珠港是不宣而戰。

不可否認的，五十年過去了，不用說許多史實已經有所爭議，個人的回憶也已褪色、模糊。當年站在重慶大轟炸過後街頭廢墟上，合唱「中華錦繡江山誰是主人翁？我們四萬萬同胞」的小孩已是老人。衡陽會戰、長沙大捷、霧社事件、蘆溝橋、台兒莊、四行倉庫都成爲模糊曖昧隱澀的詞彙，取而代之的是日本汽車、日本料理、日本女星寫眞集、日本連續劇。日本電視 NHK 也悄悄的成爲我們日常生活的一部分，談話中引用、討論，並且奉爲經典主臬。

已故的作家趙滋蕃先生在世時曾說，當個人的記憶逐漸退化，民族的記憶就必須增強。從這方面看，我們在保存民族記憶方面的成績太差了。猶記得幾年前日本在篡改教科書中關於侵略中國的史實時，亞洲各國紛紛抗議日本，唯獨台北的反應最溫和。我國政府在各方指責之下，方窘困的宣佈將以補充教材的方式，教導學生日本侵略我國的史實。然而這些年又過了，這樣的補充教材何在？我常常想起自己曾參觀位於挪威北海岸「那威克」市的一座和平紀念館，該市是一個海港，戰略意義上是兵家必爭之地，二次世界大戰時德軍在此與英、法、挪威的軍隊激戰，最後終於攻陷。這座紀念館以模型、實物、照片、圖表等等，展示當年戰役的每一天細節，所有說明文字都有德文！挪威何其善於保存民族的記憶。

日本天皇今年六月訪美，旅美的華僑舉行示威抗議，要求日皇公開道歉，並且要向日本索取侵華戰爭的賠償。在台灣，前台籍日本兵的積欠薪餉、戰時強迫台灣民衆購買納粹德國馬克公債，慰安婦問題等等，都是未解決的懸案，是百年未了債。

今天在大陸、台灣及海外，都有民間自動組成的委員會推動對日索賠。這個觀念不但完全與現在當局宣導的「主權在民」意義百分之百吻合，也充分顯示中國人民正主動的爲後代子孫保存歷史眞相，因爲「當個人的記憶逐漸退化，民族的記憶就必須增強」。「中華全民對日索賠」運動的超越性政治意義，値得世人重視，應當向聯合國申訴，阻止日本企圖成爲安理會常任理事國的狼子野心。

最後，僅在此呼籲台灣地區的合唱團、樂團、各級學校音樂科系師生：將我國抗戰時期的愛國歌曲錄成唱片、卡帶，這不但是爲後世子孫留下美好動聽的樂章，也是保存民族正氣與尊嚴，更重要的是使後人知道我們這個時代，在台灣的中國人除了豐田汽車與「阿信」連續劇，並沒有忘記八百壯士孤軍奮守東戰場。

◉蕭蕭

本名蕭水順。台灣彰化人。民國三十六年生。輔仁大學中文系畢業，國立台灣師範大學國文研究所碩士。現任教景美女中。著有散文集「感性蕭蕭」、「忘憂草」，論述「現代詩學」，詩集「悲涼」、「毫末天地」等。

# 一百年中國，六千年台灣

**在台灣，我們要努力的事情還很多，六千年來台灣的歷史如何去補寫，此後六千年的台灣歷史又如何去創造？**

為什麼唐以後是宋？

為什麼唐宋以後還有明清？

我在激昂的朗誦詩會場裡曾經聽到這樣的問句，沉痛的問句。問誰呢？問那冥漠的天地，還是問那蒼莽的歷史？

不同時代的屈原，都會有這種沉痛的疑問號在心中迴繞、撞擊。

一八九四年，中日之戰興起，滿清節節敗退，從這個時候開始，多少人在問：「日本能，爲什麼我們不能？」一百年後，「阿信」來了，還是有人在問：「日本能，爲什麼我們不能？」

一八九四年，孫中山先生在檀香山創立「興中會」，開始他的救國行動，一百年了，興中會（的精神）還在嗎？一百年了，還要做救中國的事嗎？一百年了，我們還在問這個問題？

一八九五年，甲午之役失利，訂立「馬關條約」，割讓遼東半島及台灣、澎湖給日本，後來，俄、法、德三國出面干涉，遼東半島改由滿清政府出款三千萬兩贖回，台灣宣布獨立。我們要問：爲什麼不再以三千萬兩贖回台灣？我們問誰呢？問滿清嗎？我們是不是也該問問當時的中國人誰爲台灣割讓給日本而流下了眼淚？誰爲當時的台灣人責問蒼天？

九十九年了，我們問誰呢？問那蒼莽的歷史，還是問那冥漠的天地？

熙來攘往的紅塵台北，能問出一個所以然來嗎？

還是叩問那冥冥漠漠的天地吧！

根據地質學家研究，三百萬年前到一萬年前，地球上發生了幾次大規模的冰河期，海水會蒸發爲雪的形態落在陸地上，海平面降低了，在今天的基準面以下一百四十公尺，而台灣海峽如今的平均深度只有八十公尺，顯然，台灣與歐亞大陸板塊、菲律賓，在那時候是相連的。冰河期一過，海水面又上升，海岸線一直在急速變化。尤其是台灣東部海岸，花東縱谷位於地殼構造上兩個大板塊的交接帶，板塊衝撞、隆起，形成海岸山脈，這樣的衝撞、隆起，仍在持續中，每年上昇大約兩公分，海水面則從六千三百多年前的最高點，不斷下降、緩退，因此，台灣東海岸就形成了一系列的海階地形。

循著這些海階地形、海蝕洞，考古學家發現：五萬年到五千年前，台灣就有人類生存，這是舊石器時代的「長濱文化」，重要的遺址在八仙洞和小馬洞穴遺址，他們已經知道以敲打的方法製成石器，以狩獵和採集維生。台北縣的大里鄉，海岸山脈和花東縱谷的山麓、河階、海階，也陸續挖掘來「新石器時代」的石刀、石斧、石槽、陶器，證明五千到三千五百年前的台灣人已經很有尊嚴地活躍在台灣島上了！

探向那蒼蒼莽莽的歷史吧！

六千年來，這些台灣最早的原住民（或移民？），他們如何與海搏鬥？如何與山妥協？如何以簡易的石器開拓山林家園，刻寫文字之前的台灣歷史？

或許我們都沒有想過，十七世紀初，我們的先祖來到台灣，我們以爲台灣的文化從這時候才開始，是這樣嗎？在這之前，眞正在這塊土地上生活了幾千年的人，他們爲台灣所付出的墾植之功，又該如何計數？他們珍惜台灣資源的心血，又有誰能了解？

在台灣，我們要努力的事情還很多吧！六千年來的台灣歷史如何去補寫，此後六千年的台灣歷史又如何去創造？不要讓後代的人又哀訴：

為什麼明清以後是民國？

為什麼民國以後還有台灣？

◉楊小雲
遼寧蓋平人。實踐家專畢業。
曾任「今日生活」主編。
著有散文集「圓內圓外」；小說「水手之妻」、「那兩個女人」；兒童文學「豆豆的世界」等。

# 歷史的沉思

**此刻我們正在製造未來中國的歷史，**
**今天我們所做的一切，**
**都將成為後代中國人的史實。**

做爲一個中國人，對中國歷史，有著極其複雜盤纏又糾結的情懷。從盲目崇拜、引以爲傲，到驟然破滅、悵然若失，再延伸爲沉痛、傷感，以至於最後的無奈嘆息。這其間的轉折、起伏，隨著年齡的遞嬗，歲月的增長而有所不同。是一種成長，也是一分失落。

成長的是敢於面對殘酷現實的勇氣，失落的是一重重的完美依憑，以及對母體的巨大強壯的失意。

如今，只賸下絲絲輕輕淡淡的無奈。在退讓妥協中，懷抱著這一本屬於中國人的滄桑史。

輕輕淡淡加無奈，是表面情緒吧，潛埋於靈魂深處的，是一捧永不熄滅的熱火，日以繼夜地燒灼著，竄升起無盡無休的摯情與一種難以割捨的牽繫。

不論走到那裡，也不論身在何方，永遠割捨不去的是：那一分對中國的熱愛。

讀歷史，太沉重、好心痛；不讀歷史則太空洞，好失望。

對中國歷史，尤其是近百年來的近代史，便是懷著這樣一種既愛又恨且痛的矛盾情結，每看一遍，便痛一回，想忘又忘不掉，不看又覺頓失依靠，儘管那是一頁頁血淚交織的史篇，儘管它是那樣地千瘡百孔，但它卻是那麼地眞實，那麼地令人難以否認，就如同陷入一個碩大無朋的夢魘之中。

一場甲午戰爭，揭開了夢魘的序幕，屬於中國人的自尊，便由此受到凌遲，巨獅原來是紙糊的假相，任何獵人都得以持起武器任意戳刺、切割，取走自己想要的部份，而巨獅竟然連基本的抗拒都沒有，只因爲牠早已由內部腐朽，從根部壞死了。

窘態畢露到喪權辱國，終於導致全盤瓦解，腐敗的滿淸被推翻後，陷於苦難的中國人，總算伸出頭，仰起脖子，好好地吸一口不帶騷味的空氣了。

中國的天空是乾淨了，自由了，屬於中國的苦難，卻並未終止；八年抗戰，打得人困馬乏，好容易人們由惡夢中驚醒，一下子又被捲入紅色狂潮中，才掙扎地喘半口氣，便再一次被沒入無比的恐懼浪潮裡。

而唯一的一小綹人，幸運地來到海的這一邊，抱著全力以赴的決心，同心協力地開創一片全新的耕地。

經過四十多年的努力，我們這一代中國人，替中國近代史寫出最光輝燦爛的一頁、最值得驕傲的一段。

也就在接近完成的當兒，在人們享有空前的安定、富裕之時，潛在的不安與紊亂，悄悄地滋生蔓延，許多亂相、失秩、脫軌，便逐一浮了上來。

這些脫序現象，或可視爲改變中的陣痛，但總令人有悚然而驚的恐慌，它意味著什麼，在這些混亂背後，隱藏著的是什麼樣的大危機？

我們正在寫歷史，此刻我們正在製造未來中國的歷史，鑑古知今，緬懷過去，能不謹愼？能不警惕？不是嗎，今天我們所做的一切，都將成爲後代中國人的史實，有一天，當他們在讀歷史時，將懷著怎樣一種心情？是驕傲，是恥辱，還是沉重？這一切都操之在你我手上，能掉以輕心嗎？

我們希望留給後代子孫什麼的歷史，就全力朝那個方向去努力吧。

**◉林佩芬**

浙江鄞縣人。曾任「書評書目」編輯。著有論述「紅樓小記」；小說「大江東去」、「帝女幽魂」、「遼宮春秋」、「努爾哈赤」等。

# 歷史的傷口

**這些事件至今仍深深的影響著中國的人民、中國的歷史，不只是過去和現在，連未來的歷史也都受到它的影響。**

一眼看到這幅字，我幾乎忍不住的落下淚來：

憶昔先皇日，要盟在馬關。
纔聞失旅順，已報割臺灣。
使節來何遠，王師戰不還。

殊方悲往事，空望舊雲山。

短短的幾句，疏落的筆墨之間充滿了悲憤、無奈和蒼涼的感覺……字幅已經發黃，代表著「它」不年輕了，從落款中也可以得知，這幅字大約是溥心畬在遷臺之初所寫的，而這幾句話更是他初旅臺灣時心中沉痛的感觸。

「宰相有權能割地，孤臣無力可迴天」——這句詩是丘逢甲的悲憤，也同樣的適用於溥心畬——這「孤臣」雖然是「王孫」，但是，面對著歷史的傷口，他同樣的在無力迴天的椎心刺骨中空望舊雲山。

詩中的「先皇」，指的當當然是淸光緒帝；光緒是中國歷史上最令人同情的一位帝王，他本非皇儲，卻在慈禧太后「不願意升級做太皇太后，而要繼續做垂簾聽政的皇太后」的狀況下，被選立爲皇帝；從童年開始就成爲傀儡，終其一生，都在不快樂的生活中度過。「百日維新」所帶給他的是改革失敗、有志難伸的挫折和災難，珍妃沉井更使他失去所愛，在經歷了庚子拳亂和八國聯軍之役後，他以帝王之尊而被囚瀛臺，三十幾歲的生命竟如油盡燈枯……

然而，這不幸的悲劇並不只限於他個人身上；由於是帝王，他的命運主宰著整個國家的命運……他處在舊傳統與新思潮的鬥爭中，他的國家、他的時代亦如是，而當他用悲劇的腳步走完一生的時候，他個人的苦難也隨之宣告終結，留給人間一個永遠的遺憾和嘆息；但是，他的國家卻沒有因爲他的得到解脫而同時脫離苦難，一頁中國近代史上，呈現的盡是斑斑的傷口……

溥心畬係皇室重勳恭親王奕訢之孫，當是光緒帝的近親侄；由於是這樣的「皇親國戚」，他所目睹的歷史的傷口要比一般人來得清楚，心中所承擔的痛苦也要比一般人來得深重；當然，那種回天乏力的無奈，那種悲憤、沈重的無力感也更較諸一般人來得椎心刺骨。

詩中所提到「失旅順」和「割臺灣」之事，那是兩道國土上、歷史上最最令人痛心的傷口——造成這傷口的當然就是光緒二十年所發生的中日甲午戰爭和二十一年的簽訂馬關條約。

甲午戰爭，起因於朝鮮的內亂；由於朝鮮本是清的藩屬，而日本又對朝鮮覬覦已久，因此而爆發了戰爭，日方戰勝，盡陷朝鮮；雙方又發生海戰，仍是日方大勝；於是，日本陸軍攻佔大連、旅順，海軍進攻威海衛，再長驅南下攻陷澎湖；整個遼東半島淪入日方，清的海防全部崩潰，於是，雙方議和的時候，戰的日方便提出了許多條件，簽訂「馬關條約」。

清廷所派遣的全權大臣是李鴻章，這位在國內權傾一時的「老相國」，到了國外卻變得膽小怕事，昏庸無能；在日方略施壓力之下便妥協的簽下了條約，其中的幾項條款徹底的改變了許多人的命運，也造成中國歷史上無可彌補、無法醫治的創傷。

第一、中國承認朝鮮爲獨立自主之國。第二、賠償日本軍費二萬萬兩。第三、割讓遼東半島、臺灣及澎湖列島與日本……每當我在史書上讀到這些條文的時候，心中總是油然的興起一股悲憤的激動，繼則是傷痛，而後化成片片無奈……乃至於發出一聲充滿無力感的嘆息聲，只有輕輕的闔上書本，無語問蒼天！

左右歷史的，究竟是那一隻手呢？

歷史上的每一個傷口都是永恆的，因爲，它對後世的影響是無法預估的；中日甲午戰爭、馬關條約，寫進青史之中，只有短短的幾行字，然而它的影響卻擴張了千萬倍，光是朝鮮獨立和臺灣割讓，就改變了兩地所有人民的命運；朝鮮獨立而爲韓國，臺灣的割讓卻淪爲殖民地，長遠五十年的日據黑暗時代，又是多少無辜的生命埋葬其中！

這一切的因果，所有的故事，歸結起來就只能說明一件事：歷史是無情的，歷史的傷口更是無法彌補的永恆的創痛……馬關條約、日據臺灣，這些事件至今仍在深深的影響著中國的人民、中國的歷史，而且，不止是過去和現在，連未來的歷史都將受到它的影響。

身爲中國人，我在這個歷史的傷口上感受到了沉重的悲痛；我讀史，我沉重的悲痛；我讀史，我沉思，我面對著蒼蒼茫茫的浩瀚的時空愴然而涕下。

因此，我在這張發黃的紙頁上看到溥心畬的筆跡和心情時，我不但體會到了他心中所存在的悲哀和蒼涼，更延續了這份悲愴交織著的沉重的無力感。

過去的歷史已經成了過往的遺跡，一年一度的慶祝臺灣光復節也已經沖淡了馬關條約的恥辱和傷痛。但是，日據時代所遺留下來的諸多問題，到今日仍然殘存著，日據所造成的種種影響也仍存在著一部分……即使不論過去的事因，我們所要面對的未來呢？

未來的前途、命運，那也將是歷史的一部分——可別再讓三百年後的中國人再感慨一聲：「殊方悲往事，空望舊雲山」吧！

◉吳晶晶
福建福州人。政大法律系畢業。
現任職中廣公司文化服務部出版組。
著有散文集「活出自己」、「人生絲路」等。

# 走過歷史歲月

**有許多歷史我們只有回顧，無法為逝去的歷史添加任何註脚，因為我們僅僅是後人，只能做到緬懷歷史的角色。**

人生旅程無法重新來過，正如無法一筆帶過，因爲它有值得令人投注心力之處。因此，我們珍惜走過的每一步伐、踏穩每一個踏出去的足跡。

歷史也無法重來，我們只可以在記憶中去搜羅歷史的腳步，恁它曾有什麼樣的風華、曾有什麼樣的傷痕，逝去的終究逝去，重要的是走過歷史之後，我們又存著什麼樣的襟抱去看待這一切。

很喜歡出國的我，總會期待出國去看點不同、去領悟風華歲月中的點點滴滴。我期待一足跡、一腳印，均有其值得駐足之處。

第一次出國，選擇臨近的東瀛，因爲它近似我國的文化背景讓人有近鄉情切之感。只是沒料到這趟東瀛之行，讓人留下抹不去的傷感。

初抵日本福岡，我們第二站便到下關，在這個中國史上占有相當分量的城市，一下子在眼前出現，令人百感交集。

當年少的我走在春帆樓內——這一處馬關條約締約場所，令人莫名興奮。存著走回歷史隧道的興奮，我盯著頭頂上那幀描述當年締約情形圖，我仔細尋索我清方代表李鴻章的座席、日方代表伊藤博文的座席。

循著導遊的指示，在眼前排列整齊的談判桌前我捕捉中日雙方談判的歷史場景，似乎當年情景又浮現眼前。

我恍若見到在國外發揚「痰盂」文化的李鴻章又在眼前活現，他俯著頭簽下這一紙牽緊我們多年的賣身契，他讓我們沉在歷史的陰影中，超脫不得。

短暫尋人的喜悅霎時化爲長久的噓嘆，我嘆的是我們無法參與那一場歷史戰爭，無法爲歷史留下丁點好名，但是我們卻得爲那一場戰爭背負沉重負擔直到今天。

歷史自是歷史，但這麼教人無法承受，倒也可窺出它的嚴肅性。這段經驗不只令人感傷，即使在數年後的今天再回首，絲毫沒有興奮之感，有的只是揮不掉的愁緒。

與其沉溺其中，倒不如將場景轉到遠在法國的巴黎。

到巴黎一遊，凡爾賽宮是必到的景點，殊不論它是歷代法國國王加冕處，也不問拿破崙到凡爾賽宮登基的心情，在凡爾賽宮內，處處可以感受到曾經有過的愉悅與勝利的氣氛，它代表的是一種與歷史生息相通，與歷史與時俱進的生命力、時代感。

在凡爾賽宮內有一處鏡廳，是所有旅者駐足不忍遽離的場所。鏡廳內窗明几淨，偌大的空間讓人不由自主的手足舞蹈，它就是這麼一處讓人心喜不已的廳堂，當年王公貴族便在這兒舉辦舞會。

這麼一處消遣味十足的廳堂，卻曾負有歷史重任，當年歐洲盟軍曾在這兒簽下一紙凡爾賽和約，德國宣佈共和，凡是法國人在這兒，睹物思人、思情，總會為那一段逾半世紀前的歷史雀躍不已，因為那段歷史帶給法國人是一種劫後勝利的喜悅，在血淚之餘，他們可以欣喜的緬懷前人。

二處不同場景，衍生不同心情。

有許多歷史我們只有回顧，我們並無法為逝去的歷史添加任何註腳，因為我們僅僅是後人，僅僅只能做到緬懷的角色。

如果有可能、有機會，我們也可以成爲一個寫歷史的現代人。

有位長者在公職退休後，他仍孜孜矻矻在個人專業工作上，他轉往國外工作，唯一的心願原來只想做個歷史的螺絲釘。

他曾生活在困頓的生活條件中，他也曾有過沒有明天的日子，但是在享有經濟發達後的生活，他慶幸能夠活在這樣的幸福日子。

個人力量微薄，不足以爲這麼宏大的格局寫下一筆，但是絕對有機會爲自己寫歷史。

各人有各人的緣法，各人因緣際會亦殊，如果能守著這份存心，仔細邁出個人的每一步伐，歷史風采盡在個人丘壑中。

歷史風華不需遠求，你也可寫下歷史！

◉白靈

本名莊祖煌，福建惠安人。民國四十年生。美國紐澤西史蒂文斯理工學院化工碩士，現任台北工專副教授。著有散文集「給夢一把梯子」；詩集「後裔」、「沒有一朵雲需要國界」；詩評論集「煙火與噴泉」等。

# 關於歷史的立體化

**在近代科學記錄技術的導引下，百年來的中國似乎比幾千年的歷史留下更豐富的記載，或也因此，它留下的仇恨也特別綿長。**

遭戰火蹂躪、踐踏的名城會是什麼模樣？經年累月精心的經營設計如何伸手擋住一管管褻瀆的砲鏜？顯然沒有人可以阻止的：幾個朝代的繁華轉瞬間竄升為一股股濃濃的黑煙，就在一張張怵目驚心的黑白照片中，但見瓦片上升雕樑上升屋宇上升文物上人頭上升愛恨上升，直到濃煙下方成為斷垣殘壁和雖冷猶燙的灰燼。

那時我正站在南京大屠殺紀念館的展覽室裡，面前是幾櫃文物和滿牆的照片。照片中有轉過身去的老婦展示她身上的數十處刀傷，有被刺刀舉得高高的嬰兒，有一群跪著等待被砍頭的農民，有正被活埋而掙扎著的人體，有坐在屍體邊嚎啕的嬰兒，有持槍抵人露齒而笑的日本兵，有比賽殺人回來手拄武士刀的「武士」，有哭喪垂頭鏈鎖成排的中國士兵……，多麼熟悉啊，半世紀以來反覆印刷出現的這些照片。不只這群「舊照」，也以類似模式的「新照」出現在各式各樣的戰爭或戰爭片裡，在亞洲在非洲在歐洲在美洲，或大規模，或小規模，總是反覆地，有些不那麼殘忍，有些則更加殘忍，反覆的殘忍。許多肉體消失了，骨骸則留下來，或者骨灰留下來，或者什麼都沒留下來。

然後我們走出展覽室，去參觀那些大屠殺的「遺骸」。本來以爲有多麼大規模，三十萬具屍體總可找到上萬個遺骸或頭顱吧。結果那間離地面很低，必須往下走的「遺骨室」，只不到半間教室大，不過裝了兩個大玻璃箱，比一張乒乓桌大不了多少的玻璃箱，裡頭盡是手骨腿骨肋骨，幾顆或完好或殘破的骷髏。那瞬間我是失望的，而竟感覺自己也成了「殘忍」之人，只覺得眼前展示的「實物」太小家子氣太不成話了，一點都不「怵目驚心」，又怎能顯示當年侵略者殘忍之眞相呢？試想想，要在這名城內外挖出慘遭屠殺的上萬顆骷髏是多麼輕而易舉，要將上萬顆骷髏排列起來是多麼「壯觀」多麼「氣勢」和具有歷史警惕意義的事啊。而他們說那些骷髏遺骨就躺在附近的土堆下，沒有名姓沒有碑文沒有人祭悼。他們不挖，是尊重死者，使他們早日回歸塵土。然而卻什麼都沒留下，只有少數的他們留下生前被殘殺時的照片，顯示他們還曾活過，只有那些生還者追述時偶爾碰觸或道及的少數人還留下名字，絕大多數的他們就這樣「含恨」地消失了。而我是多麼殘忍，竟在走出這紀念館時，爲他們的骷髏在化成灰前無法「面世」而耿耿於懷。那些被砍下被射穿被劈開被土活活塞住七竅的頭顱啊。在歐洲有骷髏堆起的教堂，在菲律賓有數萬個十字架排列的戰爭墳場，他們引起的肅穆之感和警世作用非筆墨非圖文印刷可以相擬。而這座古代名城——被戰爭的大蹄踐踏摧殘的現代破城，竟只用一座小小的紀念館爲近代最聳人耳目的慘史聊備一格而已。

然後我卻聽說幾乎沒有日本人「敢來」南京，之後我又聽說有數批人馬「搶拍」南京大屠殺的電影，「南京」又似乎比其他城市「重」得多。在近代科學記錄技術的導引下，百年來的中國似乎比起幾千年的歷史留下了更豐富的記載，不論照片、記錄片、影片，「烽火」「狼煙」逃不出鏡頭的捕捉。或也因此，它留下的仇恨也特別綿長。無數與日人有關（德人也一樣）的影片中，日人的侵略行爲一再被「羞辱」、「修理」，而迄今沒有日人敢起身抗議。這似乎成了弱者子孫的最大權利。然則照片影片所代表的意義就是整個戰爭或某段歷史嗎？這是筆者要提出的質疑。一張北京的古城牆照片能給我們什麼呢？如果已經沒有了古城牆。一場珍珠港事件的影片除了「場面浩大」、「慷慨激烈」因此後人可以「記取教訓」，那麼對外人而言，不過是從影片看看別人打架而已。那種感動之輕微與隔靴搔癢類似，與從影片照片看秦俑古坑沒多大不同。也因此我們才有必要去「觀光」，去「親臨現場」，去珍珠港看沉船上仍滴答的油，去西安看秦如何東倒西歪在古坑中，那種「睹物的臨場感」絕非圖文並茂即可取代，不錯，它是人的「劣根性」所致，卻也是人生中最不易取代的經驗。從螢幕上看一瓶螢火蟲，跟伸手去抓一隻螢火蟲的不同，絕對是難以言喻的。一支義和團的旗幟比半部晚清歷史更令人傷感數倍。因此，在近代印刷技術的普遍化下，大屠殺的照片影片何處不可見呢，又何必走一趟南京呢，如果南京不曾爲大屠殺留下大規模痕跡的話。

就可想見我對整座南京的失望了，除了兩個陵引發的歷史感嘆，除了殘破的城門衰敗的秦淮河，所謂幾朝古都，竟只能在想像或追述中去遇見了。然而南京不過是整個中國百年來的縮影而已——舊的在失去，新的又不是自己的風格；舊的守不住，新的紛至沓來，全然失了章法。以是，百年來的中國（包括台灣）的一切變動，點點滴滴都應站在「考古」的立場，加以整理。一片戰場、一條沉船、一輛破戰車，即使文革破壞的若干痕跡。更遠些，鴉片戰爭、八國聯軍、辛亥革命，近一些，漢人墾台、日本據台的種種遺跡，都應盡力保留、或收集、展示，中央黨部、土地銀行、老迪化街等等之類。歷史不容只是圖文而已，一切可能的「實物」、「遺跡」、「傷痕」都應使之「出土」、重見天日。

文明是從教訓中來的，當文明化過程中所容納的事物一旦都委之於一場場上升的濃煙後，後人能記取的教訓就少之又少，甚至對歷史產生懷疑。百年來的中國是被火燙過烤過紋身過的，傷痕纍纍。心裡的傷痕是要設法撫平，外表的傷痕則應力求不動、完整。不錯，它或許是讓人驚心的，只有「實見」才易驚心，「觸目」才能「驚心」，不曾去過大峽谷的人是很難驚心於大自然的鬼斧神工的，許多人類的慘史便是「歷史的深谷」、「人性的深谷」，唯有「睹物」才是圖文記載外最有力、最直接的證據。歷史不應只是平面的敘述或圖說，它應是「立體化」的，請不要讓歷史的「立體事物」多數逃亡於一陣陣上升的濃煙中，或一拳拳推土機撞擊的轟倒聲中。

# 第3輯
# 憂患人生

◉向明
本名董平，湖南長沙人。民國十七年生。
曾任中華日報副刊編輯，藍星詩社主編。
著有散文集「甜鹹酸梅」，詩集「雨的回想」，詩論集「客子光陰詩卷裏」等。

# 幸與不幸

**好在作家們都有很好的修養，沒有人接話把場面弄尷尬，大家仍是滿臉堆笑，互相推讓隨便說話。**

一大群人圍坐在一張超大型橢圓會議桌前，有的人翻閱資料，有的人細聲與鄰座交談，看起來氣氛還很融洽。

這是一個兩岸作家的聯誼座談，並沒有什麼主題，歡迎的意思，大過文學的本意。照例是先由主辦單位的負責人致歡迎詞。負責人也是一位名作家，他的帶現代管理心得的散文，常常給人一些新的體會，很受人注意。他在表達一番熱烈的歡迎之意，並且希望來客到各地參觀，實地了解這裡的情形之後，他說他這一生最幸運的是能夠在台灣生活這麼四十多年，過著有史以來中國人所沒有過的自由、幸福、富足、安定的日子。所以雖然離開大陸這麼幾十年，老家已經沒有了親人，可他一點也無悔。

主持人的話一說完，一陣熱烈的掌聲響起。尤其被邀的此地作家無不笑逐顏開，好像主持人這番話正講到他們的心裡，對幸運的際遇似乎都有同感。他們的臉上露出一片受到恩寵的驕矜。

緊接著是對岸來的客人致答詞。說話的是他們的團長，也是一位名小說家，據說他的小說也曾改拍過電影，反應十分不惡。他說兩岸同文同種，甚至好多都是父執前輩，甚至是舊友。所以兩岸在個人情感上實在沒有甚麼隔閡。甚至在分離這麼久之後，會藉相互的來往更加親密起來。他也覺得自己很幸運，幸運身在大陸沒有離開半步，雖然受過不少的苦，但那是建國過程中難免的遭遇。他很高興看到台灣的進步繁榮，但他一點也不後悔自己身在大陸。

客人的一番慷慨陳詞也引來一陣掌聲。跟來的彼岸作家臉上也露出笑容，顯然他們也在佩服他們團長說話反應的機智。不過此地的作家馬上感受到氣氛有點緊繃。客人的這番話分明是不干示弱的針鋒相對，這樣的交流如何能持續下去。

好在作家們都有很好的修養，沒有人接話把場面弄尷尬。大家仍是滿臉堆笑，互相推讓隨便說話。

發言的人一個跟著一個，好像大家都有話要說。不過都很客氣，更多的是言不及義的你捧我一句，我恭維你一聲，從現代文學館的興建，到兩岸女作家的作品受歡迎的比較，唏噓有之，歡笑有之，氣氛似乎越來越融洽和諧。

會議桌很大，輪到角落裡此岸一位蓬首白髮的詩人時，倦意已經開始寫在每個人臉上，興致的高潮已經退去，詩人卻還是起身發了言。他說：

「各位已經講了很多了，大家也很累，客套話講多了也沒啥意思。我祇想就會議開始時兩位主持人都說有幸住在各自的地方，也提出我的看法。我當然非常贊同我們主持人說的我們很幸運，在台灣過了四十多年自由、幸福、富足、安樂的日子，這是個不容否定的事實。不過我也覺得我很不幸，我沒有在大陸。」

說到這裡，他故意頓了一下，用眼瞄了瞄四周，看看大家的反應。

「想想看，如果我要是一直在大陸的話，我那老爸老媽怎麼會叩上有台灣的關係罪名，而被鬥得慘死？你們看這是幸還是不幸？」

會場剎時被雷轟過樣靜了下來。大家面面相覷，不知所措。主席趕快打圓場，說會議時間已到。大家轉到另一個廳吃飯去。

◉張默
本名張德中。安徽無為人，民國十九年生。
曾任「中華文藝」月刊主編，「創世紀」詩社創辦人。
著有散文集「回首故鄉情」；詩集「光陰・梯子」、「落葉滿階」；論述「無塵的鏡子」等。

# 啊，海棠葉何其瑟瑟

**那天我在屍骨成堆的實景中徘徊良久，**
**為何中國不是自己人踐踏自己人，**
**就是被外人一而再再而三的輪番淩遲。**

對著，怔忡地對著，一片渾圓而又修長的海棠葉，輕輕地覆蓋在古老中國的版圖上，同時也覆蓋在我毛毛起皺的眼瞼上，以及我殘碎而又剪不斷理還亂的迷夢中。

啊，我的母親，古老中國的母親，你淡淡的咳嗽一聲，你遲緩的翻一下秤鉈似的身軀，究竟那個世紀，那個年代，那個時辰，咱們才能燦然看到你眞正洋溢朝氣與光芒萬道的黎明。

我期待著，萬萬千千同我一樣熱愛你的黃皮膚的子民，莫不深深靜靜地期待著。

當我於一九三一年的隆冬，呱呱墜地時，接生婆一個不小心，讓我從娘肚裡光溜溜地跌落在牀前的木板上，那是我第一次微顫顫地來到中國，面對你龐大的身姿，我好喜歡日日夜夜不停地收集來自四面八方各種不同的聲音。

於是，一排排水車，嘩啦啦的飛濺著；

於是，一簇簇鳴蟬，嬌滴滴的對唱著；

於是，一頭頭魚鷹，撲刺刺的起落著；

於是，一間間鐵舖，熱哄哄的敲打著。

而後，上私塾、讀初中，從四平八穩的方塊字裡，從大字足本的三字經、百家姓，以及論語、幼學瓊林和左傳裡，我似乎呼吸到中國古典的深邃；而後上黃山、下江陵、過蘇杭、登長城，我又默察中國河山的壯麗。

而後，而後，我敞開思想的翅膀，孜孜不倦地翻閱歷史、地理以及各種典籍，我愈想擁抱你，愈想親近你，可是我的迷惑更深了，我的問號更多了。

我自幼是在安徽無爲一個水鄉的農村長大的，過著日出而作日入而息的田園生活，悠閑而自得。就在我六歲那年仲秋的某一深夜，突然來了五六個大漢，劈開我家的正門，不問青紅皀白以麻繩五花大綁綑住我的外祖父，且用一條長長的木櫈，把他老人家雙手平放在木櫈上，上面壓著一塊厚厚長長的木板，再用繩索綑緊，接著一個大漢舉起鎯頭重重地向木板錘擊，他老人家立時血脈賁張，喊聲鎮天，……之後外祖手雙手俱廢，他的工匠生涯從此告終，這一幕悲慘的景象在我幼小的心靈久久驅之不去，爲何爲何這般窮兇惡極的匪徒，何以殘酷至此。

民國廿六年十二月，日軍進逼南京，那年我七歲，住在一江之隔的八卦洲，倖免於難。但是日寇種種非人的暴行不時傳來，兩個小小的軍曹竟然揮起大刀比賽，以砍殺咱們同胞的頭顱多寡定勝負，何其慘然。四年前我到南京在「日軍侵華史實陳列館」裡再次看到那些魚肉我同胞觸目驚心的圖片，內心依然猶如刀割。那天我在屍骨成堆的實景中徘徊良久，爲何中國不是自己人踐踏自己人，就是被外人一而再再而三的輪番凌遲。……

來台四十年，昔日披星戴月，辛苦經營所得的結論卻是：「台灣金錢淹腳目，人品愈來愈低劣。」這究竟是誰的過錯，數月前兩名北一女的高材生相偕殉身，新聞版熱鬧好幾天，可是爲政者是否深思，劣質的社會，何時才能更迭，不安的人心，何時才能淨化。

假如你再放眼國會，幾乎天天棍棒齊飛，難道這不是反教育，說不定有一天這批民代們一時興起，男女同台共演一齣脫衣秀，豈不讓全世界的觀衆大開眼界。

而彼岸又如何，偷雞摸狗，金錢掛帥，唯我獨尊，封殺台灣，兩岸眞的能平起平坐談判嗎，別做你的白日夢吧。

對著，時常冷靜地對著，這一片燦爛奪目五千年的海棠葉，使我覺得汗顏抬不起頭來：

「嗨！中國，中國，你究竟怎樣迎接複雜多變千奇百怪的廿一世紀。」

◉林韻梅　福建林森人。民國四十二年生。師大國文系畢業。現任教台東高中。著有散文集「生音樹」。

# 烏貓仔姑

**生命像是趕集，而我的烏貓仔姑挑給人的可都是上好的貨色，一如她所賣過的鞋子一樣。**

烏貓，是我小姑姑的外號。不只小姑姑的同事、朋友，這樣叫她，連我阿媽、爸媽也跟著外人這麼叫；還好，我們全家都還記得她的本名。

小姑姑年輕時在台東市區最大的那家亞洲鞋店當唯一的店員。亞洲的老闆自己會做鞋，鞋款較多，客人自然也多些。三十八年前的台東，比較有能力消費的，大概屬各級公家機關的公務員以及在岩灣、太平等營區中的軍官了。我小姑丈就是太平的連長，買鞋時認識我小姑姑的。小姑姑偷偷和姑丈談戀愛，因爲，阿公明令禁止家中的女兒嫁外省人。有五個女兒的阿公防範森嚴，前四個姑姑都安全出嫁，輪到他最疼的小姑姑二十歲了，阿公督導得更嚴格了。大清早，他會推著腳踏車出門，遠遠的跟監騎車準備上班的小姑姑。阿媽曾抱著我，指著門外的阿公說道：「你看彼個老孤倔，連家己的查某兒攏毋相信。」那年，我三歲，這段話是媽媽後來引述給我聽的。

爲什麼不能嫁外省人呢？阿公有一籮筐的理由。且不提二二八；光是那些縣政府的公務員個個趾高氣昂的樣子，就夠讓人生氣了；更何況，他們佔住的都是比較好的日本官舍；如果說到他們到店裡抓藥，那就更麻煩了，嘀嘀嘟嘟，語言不通。阿公說，來台灣是安怎沒會學台灣話？氣得藥都不肯賣。阿媽呢？她的觀感可又不同。她說，租在我們中藥房樓上的陳先生，人有夠慷慨，水利局若有配給，攏送到咱們家來；獨身仔啦！又稱讚住在對面的李醫師夫婦，他們是河南人，大高個兒，和氣得很，我小時候如果染上中藥吃不好的毛病，就在他們那兒看免費的診；李師母還常送些包子、水餃什麼的來；阿媽說：「看人愛看底蒂。咱祖厝置在社頭，較早也是從長山搬來的。」兩老有得吵，只是我當時年幼無知，這一些都是後來聽媽媽說的；媽說，她早看出來，阿媽是因爲得知小姑姑戀愛的事，有意爲小姑姑護航才這麼說的。

阿公不讓小姑姑隨意嫁人，有一點心理因素，我有些明白；其實，如果懂得小姑姑叫

「烏貓」的原因，大概就懂一半了。「烏貓」是稱讚女孩子打扮得整齊，甚至有時髦的意思。小姑姑身量中等，皮膚白底透紅，台東的太陽再烈可都曬她不黑，一對會瞇瞇笑著的黑眼珠；媽媽說，那時候，小姑姑不知道從那裡買了一副貓眼似的墨鏡，穿著圓裙。騎上腳踏車到鞋店上班，眞是隻「貓」；可是，她說話，做事都細緻有禮，阿公從不曾當面說過她什麼重話，更不要說罵她了。

小姑姑和小姑丈是在我五歲那年的年底結婚的；那時，我已有些兒懂事了。還記得在那之前有大半年的時間，兩老常大聲辯論，然後，阿公摔盤子、阿媽摔鍋子，聲傳四鄰，我年紀雖小，但也覺得這是一件丟臉的事。一直到我那剃了光頭，從馬祖退役的小叔叔回到家，事情才有轉機；沒有人知道他向阿公說了什麼，反正，小姑丈開始可以在我們家走動了。小姑丈比烏貓仔姑大十歲，不過看上去並不顯老，軍人，比較英挺吧！總之，小姑丈頂疼我，我也看他順眼；哥向姑不知抱怨多少次，小姑丈知道了就說，誰叫阿惠長得像烏貓呢！

小叔退伍後，先在縣政府當工友，後來覺得沒什麼發展，就到高雄港，跑遠洋貨輪去了。爸媽帶著我們兄妹，買了一小間平房住。小姑姑不到鞋店上班了，每天從太平踩腳踏車回中藥房幫忙阿公賣藥，又下廚做菜。媽找到工作以後，上班前就把我寄放在阿媽家，常可以看到小姑姑微突著肚子，上上下下忙的模樣。

我上小學那年，阿公過世，家計陷入困境。媽說，我們的房子是借了些錢才買到的，每個月還利息都頗吃力，還好三餐回藥房打理，阿公也不要我們拿錢孝敬，勉強還可撐過。阿公一撒手，中藥房沒人可接手，藥材、陳設都讓渡給人了，但是，問題接踵而至，屋主要索回房子，阿媽必須搬來和我們同住，有阿媽陪，我覺得太好了；媽媽可很煩惱。

媽媽常對兩個哥哥說，長大了不要忘了小姑丈和烏貓仔姑對我們好；以後要事奉他們像奉待自己的父母一樣。逐漸的，從阿媽斷簡殘編的絮語中，我拼湊成一幅全貌——小姑丈拿出幾乎所有的積蓄，幫我們還了債。他們在太平住的是公家房子，他說，軍人不太在乎住什麼；烏貓仔姑也說，毋要緊，厝緩緩兮再買。小姑姑又回鞋店工作了，聽媽說，亞洲的老板娘高興得不得了。我結婚那年，小姑姑陪我買鞋，手輕輕一摸就知道皮質好壞，而且花了別人三分之二的價錢，幫我買回了一雙上好的手工鞋。

小姑姑今年五十八歲了，頭髮染得烏亮，經常穿著黑底白點的合腰洋裝，襯著她的白皮膚，看起來還不到四十五；她從來沒有一天讓自己邋遢過。我結婚十三年了，她依然常告誡我，查某人千萬著毋當襤襤褸褸，不管什麼時陣攏著愛穿乎整齊，這就親像拚厝內，掃門口，也著愛掃壁角。

小姑丈大前年回安徽探親，幫他的父母修了墳，給他的兄弟買了一間屋；他說，他是不會再回去了。去年，阿媽過世，小姑丈出錢出力，依照台灣禮俗，送老人家上山頭，我們大家心裡都明白極了，小姑丈早已是我們的家人了。

今年，烏貓仔姑他們終於有了自己的房子，用小姑丈的退伍金買的，讀專科的表弟在桃園電子工廠當業務經理，高商畢業的表妹也出嫁了。小姑姑開始扮演阿媽當年的角色，到桃園幫媳婦做月子，在台東幫女兒看孩子。生命是趕集，我的小姑姑挑給人的可都是上好的貨色，像她賣過的鞋子一樣。

# 始於憂患的人生

◉亮軒

本名馬國光。遼寧金縣人，民國三十一年生。
國立藝專畢業，美國紐約市立大學廣電研究所碩士。
現任世新傳播學院口語傳播系講師。
著有散文集「石頭人語」、「筆硯船」、「江湖人物」等。

**民國四十年左右，大人們在一起談話的時候，永遠圍繞著一個主題：時局。**

時代的腳步非常快，半個世紀以來，連我們這種談不上什麼經歷過大事的人，也都有點曾經滄桑的感覺。

大概在民國四十年左右，隨著大人渡海來台的人，沒有養成關心時局習慣的人很少。他們不一定眞的老老早早就弄得懂政治，但是他們一定知道自己的生命與國家的興衰息息相關。有一些人的名字我們都很熟悉，「蔣委員長」是不必說了，其他如孫立人、白崇禧、閻錫山、陳誠、孫科、李宗仁、湯恩伯、……，外國人則有杜魯門、邱吉爾、吉田茂、馬歇爾、麥克阿瑟、李承晚、史達林、莫洛托夫等等，整個世界的命運緊緊相連，我們小孩子都感覺得到。大人在一起談話的時候，永遠圍繞著一個題目：時局。非常認眞，跟現在的高談闊論太不一樣了，聲音都很輕，表情都很嚴肅，不論他們談的是自己身邊的小事還是國際上的大事，似乎件件生死交關。台灣的命運極不可測，因爲對日和約尚未簽訂，一度又有聯合託管之說，中共的威脅無時無刻不是具體的存在，因爲天天拉警報，作防空演習。戰鬥機最堪用的喚作「野馬式」，速度大概連現在的民航機都比不上，不過「野馬式」只要在天上翻一個跟斗，我們小孩子就覺得國家有希望了。

上學也不像上學，老師跟同學也都像走馬燈似的換來換去，一下子有人剛剛從大陸逃出來，一下子又有人要到香港、到美國、到英國、到歐洲，也有不少人不聲不響的就不見了。每個家庭的親友都有被有關單位帶走的，有的回來之後變成了另一個人似的，不是緊張兮兮就是沉默寡言，我就親眼看到過我的一位老師被人帶走，還上了手銬。那個時候，我還不滿九歲。

大人口中的「共產黨」，中央日報上所說的「共匪」，簡直就是每一個人的惡夢，連我們小孩子也不例外。現在跟年輕的朋友說不知道他們會怎麼想，有一陣子，幾乎每天晚上都有「匪機」來犯，誰都看得到，有的時候我們一面在院子裡乘涼，搖著用草編的扇子，一面欣賞「匪機」。好像有幾道探照燈的光束會牢牢的把那架飛機鎖在互相交叉的中心點裡，有幾個探照燈也就在台大的大操場上，白天我們也在那些探照燈四週爬上爬下的玩耍。不過不見得對於「匪機」都是這麼悠閒的欣賞，「防空」是所有的人的共識，萬事莫如防空急。家家戶戶都儲備了一大缸的水跟一大桶的沙，準備遇到轟炸的時候用來救火。連窗戶也都貼上了「米」字形的紙條，以防轟炸時玻璃碎片傷人。派出所挨家挨戶的分送紙燈罩，長長的，黑色牛皮紙做的，上面印了一些其他的有關如何防空的文字，晚上一拉起警報，我們就立刻把防空燈罩罩上，小孩子還有一點興奮哩！

每一所學校都挖了許多彎彎曲曲的防空壕，裡面一下雨就積水，養了無數的蚊子，腥腥臭臭的，眞不敢領教。可是只要警報一響，老師就帶著我們大家往防空壕裡跳，小朋友還得雙手抱住後腦勺，不能往上看，據說是防原子彈的幅射。不過老師都不太怕，老師很少也往坑裡跳的，他們說是爲我們看看有無敵機，其實是怕臭。記得有一次「眞的」警報來了，有的家長設法穿越封鎖線到學校來接孩子。那種故事我們也聽過，就是在戰亂中一個小小的疏忽，從此骨肉永隔天涯。

這兩天在讀「報人王惕吾」一書，提到民國三十九年六月二十七日，美國基於戰略利益的考慮，美國的總統杜魯門宣佈派第七艦隊協防台灣，以防止共黨勢力的擴張。這一段我記得，那時這個消息一出，親友立即奔走相告，彷彿吃下一顆定心丸。「第七艦隊」是那個憂患重重的時代的一個句點，從此我們方知安定的可貴。大概這個事件也可以作爲童年生活的一個分水嶺，我覺得一下子自己長大了許多。從此，一生一世，我都具備了百年來中國人共有的特徵：憂患意識。對於家、對於國、對於這個地球，莫不如是。

◉古蒙仁

本名林日揚，台灣雲林人。民國四十年生。
輔大中文系畢業，美國威斯康辛大學文學碩士。
曾任教中興大學、中央大學。現為中央日報副總編輯。
著有散文集「黑色的部落」、「小樓何日再東風」；小說「狩獵圖」、「第二章」等。

# 外省教師之死

**陳老師的死雖然令人哀痛，**
**也是學校和同學們的損失，**
**但家長們却因此改變了外省老師的印象。**

民國四十八年，我讀小學時，台灣的局勢猶在風雨飄搖之中。國民政府遷台未久，八二三砲戰雖然暫時澆息共產黨犯台的氣焰，但在台海隨時可能爆發戰爭的陰影下，社會普遍存在著惶恐、焦慮、不安的氣息。尤其是有屆齡役男的家庭，更是擔心家中的成員隨時會被徵召入伍，到金馬前線服役。

在學校，幾乎每半個月，就有一次防空演習。往往上課上到一半，學校的擴音器便會傳出空襲警報，全校師生得馬上疏散到學校後面的防空洞或防空壕中，一蹲就是一個下午。在糖廠工作的父親，也得參加救災訓練，上下忙成一團。只要警報一響，眞有風聲鶴唳、草木皆兵之感。

在這種緊張的情勢底下，還糾纏著嚴重的省籍情結，愈是南部的鄉鎮，這種情結愈是牢固、難解。本省人與外省人之間有一道鴻溝，彼此不相往來，婚嫁聯姻更是禁忌。大概是二二八事件的傷痕太深，本省人對外省人的誤解和仇恨，一時還無從化解吧！

但隨著局勢的發展，外省人大批遷移來台，隨著部隊、學校以及工作單位不斷南下、北上，散佈到台灣每個角落，和本省人的接觸日趨頻繁，原本對立的情勢也有所改觀。互動不良的，固然昇高了磨擦的機會，時有糾紛，但互動關係良好者，也因而逐漸消除了彼此的誤會和歧見。跨過了省籍的鴻溝，建立了感情。

我就讀的小學，是糖廠附屬的小學，校舍是當初日本人所建，日人撤離後，糖廠爲國民政府接收，小學的教職員也由廠方所聘，因此絕大多數是外省人，與彼時一般鄉鎮小學大多是本省籍老師相較，確實比較特殊。

當時學校的老師，不管是單身或有家眷的，都住在距學校不遠處的一座日式大宅院裡，名爲「望梅樓」，共有五、六十戶。他們聚居在那兒，儼然是一個獨立的社區，與外界衆多的本省家庭絕少往來，除了幾個幫傭的歐巴桑，本省人絕少踏入裡頭一步。

表面上，家長對老師們都相當尊敬，畢竟他們都是自己子女的教師。實際上基於省籍的因素，彼此都是相當生疏，且心懷芥蒂的。尤其在信仰習俗方面，更是格格不入。老師們在課堂上對本省家庭的信仰和拜拜等廟會活動，常斥之為迷信，並要求學生要破除迷信，使得雙方的關係始終無法進一步拉近。

我讀三年級時，新換了一個級任老師，叫陳必聰。他年近四十，猶是孤家寡人，由於鄉音十分重，聽他講國語十分費力。他教學嚴峻，學生都十分怕他，加上他的外型瘦長，兩頰深陷、臉色蒼白，遠看就像廟會裡的無常鬼，對他更是不敢接近，因此一傳出他要當我們的級任導師時，不僅學生個個惶恐不安，連家長也不甚放心。

陳老師是屬於面惡心善型的人，相處久了，才知道他嚴峻的外表底下，其實有顆溫暖而熱情的心。他教學認眞，批改作業和試卷一絲不苟。每天我們放學後，常看他抱著厚厚的作業簿，坐在教室裡批改。正因為單身的緣故，他才能傾全力放在學校的課業和學生的身上。因此我們班上的課業成績與他班相較，總是較為出色，秩序和清潔比賽，也經常拿冠軍。班上的同學都覺得自己的成績進步了，家長們對陳老師的印象也改善了不少。

第二個學期不久，大約是三、四月間的樣子吧！一天黃昏，我們正在打掃環境，準備降旗放學時，教室裡突然傳來「轟」的一聲巨響，好像是有人從講台上跌下來的樣子。同學們紛紛跑進去看，一看不由亂成一團，原來是陳老師跌倒了。他的身體匐倒在講台上，動也不動，臉色蒼白得像一張白紙。我們到隔壁班找老師，一位年輕的男老師立刻將陳老師揹起來，學校連忙請來三輪車，將陳老師送到鎮上的天主教醫院去急診。

這件事立刻傳遍全校，校長和老師們都趕到醫院去探視。家長知道後，也都趕到醫院去慰問。最難得的是，許多本省籍的家長，知道陳老師積勞成疾，在課堂上病倒之後，也不約而同地帶著水果和罐頭，到病房探視陳老師。我們班上也推派代表到醫院探望。據回來的同學表示，陳老師的病房裡堆滿了各界贈送的禮物，探望的人潮不斷，陳老師蒼白的臉龐，一直堆滿了笑容。

陳老師住院後，學校另外聘了一位老師來代課。校長告訴我們，陳老師的病相當嚴重，必須轉到台北的大醫院做進一步治療。自從老師住院後，我們上課的氣氛就變得有些凝重，原來調皮搗蛋的同學，好像突然之間都變得懂事，長大了。大家都能專心地上課，希望陳老師回來時，都能拿出好的成績讓他高興。

但同學們的希望最後都落空了。因爲此後陳老師就不曾回來過。二個多月之後，他的骨灰運回學校。在學校爲他舉辦的追悼會上，他的遺像掛在素菊和白燭之間，好像還在對著我們微笑。我們給他上香的時候，許多同學的眼眶中都含著淚水，女同學甚至當場哭出來。

我們的父母和家長們，也參加了追悼會，大家神情肅穆，隨著哀悽的音樂，一一上前爲陳老師拈香、鞠躬。陳老師的死，雖然令人哀痛，也是學校和同學們的損失，但家長們卻因此改變了外省老師的印象，一致肯定他教學認眞，對本省籍學生一視同仁。這樣一位充滿愛心的外省籍老師，才能令本省籍的學生和家長同聲一泣，永遠懷念。

◉朱婉清

江蘇宜興人。國立中興大學中文系畢業，美國紐約聖若望大學東亞政治系碩士，紐約大學歷史系博士班研究。

曾任職文建會、外交部、省政府。現任行政院第六組組長。

著有散文集「洋關西唱」；小說「洋紅十丈」、「人下人」等。

# 包袱裡的袁大頭

**母親不過是中國近代史裏的一個小角色，她那既平凡又不凡的一生，前半段寫滿了離亂、淒苦，東奔西走，後半段則一直活在希望裡，自强、圖存，無奈以終。**

母親有個神祕的粗布包袱，就是那種像麵粉口袋般樸素的一塊泛黃方巾，中央放妥物件後，提起相對兩頭繫上一個死結，再將另外兩端羈緊了，所打點出的最傳統式手提「袋」。包袱裡全是閃閃亮、噹噹響，一枚枚鑄有袁世凱大頭人像的錢幣。是母親畢生的積蓄。

這隻包袱在母親晚年精神狀態恍惚後，成為她心靈上最大的安慰和寄託，她每天早晨從枕下取出它來慢慢解開，計畫著如何運用這筆資金買船票、當盤纏，輾轉過千重山、萬重水，回到她日夜思慕的家鄉，一見相隔四十載的親兄弟、老鄉里……。

那是在十多年前，兩岸開放還是個夢想，「反攻大陸」又已經成為一再延宕的歷史名詞，而「通匪」仍為至罪的時代，母親的心病，就只有依靠著這隻包袱來療治了。

這真是個有欠公平的世界。母親那代，遍嚐中國所有的苦膽，從抗日到剿匪，然後是遷台來開山闢地，從養雞燒煤球的勤儉生活累積成「經濟奇蹟」後，卻又時不我予地衰老死亡了，來不及享受甜果，連小小一點回老家、訪故人的心願也來不及等待到，眞是冤枉而無辜的一生啊。

當母親手上握著那些袁大頭，吹著它、放在耳邊凝神細聽它所發出清脆的回音，這種驗證銀圓眞偽的方式竟成為一種至高無尙的快樂，尤其對一個遍歷畢生滄桑，而已隱隱絕望於返鄉的老婦人，我一直相信她是在刻意逃避掉新台幣的現實世界，建立起自我放逐式靈魂的返鄉，以袁大頭做為通航的心橋，打定了主意，要以「自己的方法」來拯救自己，不再做冗長而無謂的期待了。——因為，她也明白，來日苦短，除了自求多福之外，對一個苦守熬等了近四十年的八十白髮人而言，又有何計可施呢？

母親有不少和她處境相若的懷鄉老友，都是些佝僂著身子，耳已不聰，目也難明的「書香門第」，在大陸唸過大學或師範，抵台後從公教職務上退了休，手上一丁點兒退休金每月可以滋生出些微利息當生活費，就這麼從三、四十歲的英年來到寶島台灣，直到七、八十歲的暮年老死斯土，歲月凌遲了他們的夢想，終至含恨而歿。

每每當我看著一波波人潮湧向彼岸，白髮蒼蒼的老人們在兒孫攙扶下叨唸著「就是死在路上也要了結這份心願」，不禁切恨母親爲什麼不再多活個歲年？不也可以趕搭上這班返鄉列車嗎？能否適應睽違四十載的隔閡是另一樁問題，只要能給予她這次機會，還給她一個交代，就算她所信賴追隨的政府對得住她了吧。

但是歷史的悲劇誰又能來還給中國一個公平交代呢？

悲傷的中國啊！在分裂的這四十多年之前，常聽母親訴說，是一連串睡豬圈、啃冷饅頭的逃難日子，所有家當可在一夕之間盡失，而且還是自己心甘情願在倉皇逃命時毅然割捨去了的，無論古董、字畫、珠寶類動產，或房屋、土地、工廠類不動產，無論成就它時多麼不容易，說丟，也就馬上割捨丟棄了，在那人命薄如紙的亂世，再留戀身外之物就連身家性命也保不住的。

骨肉分離的悽慘故事爲電影、電視劇創造了多少賺人眼淚的情節，孤兒遍地，離亂兒女、悲歡離合，餓死的孩子和在腹中就地「解決」以免累贅的孩子無法計算，一家十多口，只有兩張或三張船票以供逃命的時候，命薄的被留在大陸，接受文化大革命的洗禮，福厚的來到台灣，成爲天之驕子。人生的命運決定於一瞬之間，是明是暗，是幸與不幸，全憑造化了。

母親的袁大頭有其來歷，是在兵荒馬亂時，全娘家湊合出來的唯一一份盤纏，提供給唯一有飛出鐵幕機會的么女兒，代表著家人的愛與關懷，也被珍藏在箱底一直不敢花用，因爲，在所有倉惶出奔的文武百官及百姓子民正直而懇切的想法裡，政府很快就會打回去的，那時，豈不又需要一大筆路費？袁大頭是永恆不變的可靠財富，像黃金一樣珍貴，卻又比黃金輕巧而容易收藏，只要捲成一個圓筒，在腰間一拴，一路上，就可免受飢寒之苦了。

飢餓是台灣長大的孩子一輩子也體會不出的奇特滋味，當我們捧著一碗碗雞鴨魚肉追趕著孩子「求」他們賞臉吃上一小口時，當滿街奔跑著捨棄了家中香噴噴的菜飯寧可到速食店啃漢堡薯條的過胖孩子時，母親會搖頭嘆息，告訴我們「餓」是什麼，就是在山野裏爬行一晝夜後投宿農家用一條金鍊子換一碗地瓜粥，或是拿小山堆一樣的紙鈔，只能換上一小口袋糙米，米裏有砂石、雜糧，煮出來的飯硬得讓不甚強壯的胃喊疼。

母親晚年有相當多毛病是在半生動盪中埋下的禍根，譬如她的關節經常酸痛，腫脹而扭曲變形，那是長期逃難窩在陰冷潮溼不良居住環境下的產物，母親的頭常長劇疼，整個人感到耳鳴、心跳，那是一天跑五、六趟防空洞躲警報的心理壓力後遺症；母親的腸胃也不能進油膩，動輒會引發急性腸胃炎，因爲她早已讓腸胃習慣了空腹灌水與山菜野食；她那三五天才上一次廁所的便祕習慣也是常年隱忍及缺乏新鮮蔬果養成的。

而母親痛恨日本人的性情也成了一種很難革除的惡習，幾乎是見到日商、日貨、日人就要狠狠數落上一頓，這和本省同胞見到日本人所表現出的親切友善完全相反，這也是基於國人在日軍刺刀下被屠殺的悲慘印象，以及曾在淪陷區的日人鐵蹄下討生活的經驗，所以雖然「小日本鬼子」已經蛻變成了親善的東瀛友人，母親那一輩人的心病卻至死無法改治。

母親的英雄事蹟太多了，包括如何以過人神力推著巨重箱籠步行萬里、翻山越嶺；包括如何在大後方把一件藍布大褂密縫萬針，裏面全藏滿家當寶貝；也包括她以爲父親死於空難時自抑悲痛一肩挑起撫養高堂的責任，而到頭來父親仍是爲著護送公文叫她一人料理家小來台的重擔……母親是個看來弱不禁風的老太太，瘦小、斯文，她的青春盛年時代何以如此多姿多采、饒富傳奇性與戲劇性，不得不歸功於大時代的因緣造化了。

我的母親並非生母，她是在到達台灣後才收養了我這呱呱墜地卻無人撫養的戰火餘孤，給了我另一番人生際遇的善心人，她自己終身不曾生育，在五十歲那年讓我開始做了她的女兒，而在她八十三歲天年告終後，有我爲她執拂守靈、墳前祭掃，母親到目前爲止雖然尚沒法完成拾骨還鄉的心願，卻也曾擁有過後半輩子四十載的安逸歲月，憑一己之力建造了另一個足傳後世的安樂家園，應可安心瞑目了。母親的包袱，以及包袱裏的袁大頭，都放在了她的棺木中陪伴她往西天極樂世界而去。

母親不過是中國近代史裏的一個小角色，甚至連角色也談不上，她只是善盡職守地扮演好歷史賦予她的任務，爲大中華子民、爲老婆母之媳、爲窮公務員之妻、爲我這孤兒之母，她那既平凡又不凡的一生，前半段寫滿了離亂、淒苦、東奔西走，後半段則一直活在希望裏，自強、圖存、無奈以終。她包袱裏袁大頭的故事，也就這樣畫上了句點。

◉張漱菡　安徽桐城人。
著有散文集「永遠的橄欖枝」，詩集「荷香集」，小說「意難忘」、「七孔笛」，傳記「胡秋原」傳等。



# 被惡魔詛咒過的人

**當人們逼著之芸回去揪出父母登台接受批鬥時，有人來說，她父母已因飢餓和疾病，雙雙死在床上兩三天了。**

我們苦難的祖國，在毛澤東的瘋狂治理下，災難頻仍，天地變色，八千多萬人死於非命，造成千古悲劇。連我的一個表妹之芸，也經歷了一場生死浩劫，令人驚心動魄，思之悚然。

在大陸變色後，自大躍進開始，原本溫柔美麗，天使般的之芸也受到感染，變成了一個魔鬼。前年，在香港與她會晤，才由她的口述，得知詳情。

之芸比我略小，當我在卅八年底隨母來台時，她還是上海一所著名的教會女校的高材生。在校中她不但品學兼優，更是美名四播，風頭十足。她家雖住在上海，卻是無錫有名的富戶。當我們準備遷台時，我母親曾勸她父母親一同來台，可惜她父母（也即我的大姨父母），堅持不肯來，原因是抗日之戰，和日本鬼子打了八年的仗，他家也沒受到什麼影響，何況共產黨也是中國人，還會迫害自己人不成，何必勞師動衆地跟著政府撤退呢？就這樣，她家就守著上海和無錫的不動產沒有離滬。

大陸變色的初期，還看不出什麼。可沒多久，之芸家就開始遭殃了。她家的祖產，上海法租界某處的一條大弄堂，全被充公了，建設在無錫的祖傳絲廠也被沒收，更糟的是在上海自己住的花園樓房連同考究的傢具陳設和汽車，一齊變爲公有，只留下兩個佣人房和一間空著的汽車間，叫大姨一家居住。從此，之芸就和自幼所習慣的一切告別。更難堪的是，平日過著享受的生活，舒服而自由的大姨父，一旦受此活罪，叫他如何忍受？但卻無法反抗。

奇怪的是，這一切，對於之芸卻有著不可思議的影響，她不但不怨恨共產黨，反而眞心實意地崇拜毛主席，認爲偉大的毛主席，是前無古人的救世主，中國的改造者，老百姓的救星。她立誓要服從毛主席，要爲毛主席奉獻一切。

有著這種信念，當她父母被驅離上海，回到故鄉無錫，被迫住到原是她家祖產，後被充公的絲廠的兩小間門房時，她也不覺屈辱。那時（一九五八年），毛澤東掀起了大躍進高潮，要全國人民奉行他的主張「大鍊鋼」。目的是要在十五年內，超過美國。所以，必須放下一切，家家獻出任何與鐵有關的東西，燒爐鍊鋼。於是，學校停課，各機關也停止上班，大家努力鍊鋼，日夜不息，人人想爭取好的成績。那時，之芸已轉學到無錫的某女中，她整天站在熊熊烈火旁工作，不眠不休，依然精神振奮，不料數月後，大家所鍊出來的竟是一堆廢鐵，根本不是鋼，這個運動才逐漸停止。

又不久，人民公社成立，吃大鍋飯的日子到了，家庭中不許私自做飯，全得到公共食堂中去共餐，那些大鍋菜，無油無味，十分難吃，人們心中叫苦，卻不敢表示出來。緊跟著，大飢荒開始，毛主席訓示，蘇聯的赫魯雪夫背叛了中國，彼此已反目成仇，所以，一定要還清所欠蘇聯的外債。為了還債，國內所生產的蔬菜、水果和糧食必須運往蘇聯抵債，因此國內的糧食就少了，大家必須勒緊褲帶，少吃一點，為了愛國而爭一口氣。

於是，日子過得一天比一天困難。人民公社不久便關門大吉，人們又回到家中，東拼西湊地自己燒飯吃，大姨一家，既沒有錢，也沒東西可買，漸漸地，人們餓得吃樹皮、野果和易碎的石頭磨成粉煮麵糊果腹，個個皮膚腫脹，消化不良，大批的老弱人口，活活餓死，之芸至此仍不覺悟，她一心一意想加入「共產主義青年團」，可惜她的出身是黑戶，沒有資格。經她到處鑽門路，終於有了希望，那就是與父母脫離關係，劃清界限。在她一再考慮之後，認為這是不得已的措施，終於毅然照辦。她的袖子口也套上了一塊紅布的臂章和眾多共青團員一齊成了毛主席的紅小兵，趾高氣揚地隨衆全國串聯，打倒知識階級，破四舊，摧毀廟宇古蹟，到人家去燒掠羞辱，痛快淋漓地走了半個中國，自以爲很了不起。當她回到無錫時，沒想到有個平日妒忌她的女同學，鼓動大家叫她批鬥自己的父母，立即有很多人呼嘯響應，逼著她回去揪出父母登台接受批鬥。之芸雖已迷失了本性，究竟天良仍在，不忍下手。正在爲難，有人來說，她父母已因飢餓和疾病，雙雙死在床上兩三天了。

將兩老的遺體火化後，之芸接到上級命令，要調她到鄉下去落戶，跟貧下中農再學習，不容反抗，她只好來到一處窮鄉僻壤的農村住下來，每日跟著一個終年不洗澡的老婦同眠，每天餵豬、種地、撿糞、耙土，吃的是難以入口的粗糧，喝的是黃泥湯樣的臭水，苦不堪言，而這是毛主席的命令，叫作「知青下鄉」，「向貧下中農再學習」。

所幸，之芸的美麗吸引了一個到鄉下視察的青年高幹，經由他的協助，之芸又回到了城市，不久，便和那個青年高幹結了婚，前年夫婦倆人幸運地調職到香港，恢復了較自由的生活，現在，她已徹底悔悟，痛心疾首地深恨自己過去的無知和不孝順。她說，當時像是吃了迷魂藥般瘋狂地崇拜毛澤東，做出那麼多不可原諒的壞事，如今想起心有餘悸，痛悔不已！

聽了她的自述，我也禁不住心驚肉跳，難道苦難的中國，該當遭此浩劫？出了一個毛澤東這樣的惡魔，怎麼到現在，他的餘毒還沒有消散呢？

◉王璞

本名王傳璞，山東鄒平縣人。民國二十一年生。
曾任「新文藝」月刊主編、新中國出版社總編輯、副社長。
著有散文集「木婚的旋律」、「最美的手」；小說「白色的愛」、「一串項鍊」等。



# 沉重的腳步

**我的兩眼突然一亮，十幾公尺以外不就是我四十年日夜思念、魂牽夢縈的父母？頓時我感到天旋地轉、混沌初開……**

那是民國七十五年（一九八六年），五月二十二日。

由於戰亂，少小離家，我與父母曾三十年不通信，已四十年沒見面了。當時還沒有開放大陸探親，連通信都不准；我因應邀去菲律賓講學，才得便與山東老家父母連絡好，請五弟陪侍他們兩位老人家到香港相會。

前一天他們到達深圳，住在深圳招待所；而我也按時由菲律賓到達香港，住進青年會。晚上我們打電話約好，第二天早晨他們出深圳海關，我在香港這邊的羅湖車站迎接。

掛斷電話，整整一夜我情緒激動、思潮澎湃。回想自從七七盧溝橋事變對日抗戰爆發，我在淪陷區受盡因日本侵華而製造出來的種種苦難，並差點送了一條小命。好不容易熬到民國三十年日本投降，抗戰勝利，想不到內戰卻又愈演愈烈。民國三十七年秋天我在濟南上學時，共軍攻城，戰況激烈，在兵荒馬亂中我逃離濟南，跑到南京，變成流亡學生，受盡千辛萬苦，最後來到台灣，其中與死神短兵相接搏鬥了好幾次！同時與家人失掉聯繫；一海之隔，竟成了兩個敵對的世界。一直到民國六十五年，我應邀去美國開會，才試探著給老家寫信，與父母取得連絡。十年前，冒著違法受罰的危險，託海外的朋友給我們轉遞信件。儘管父母每次來信都說「一切都好」，但我對他們的健康和處境，始終半言半疑，甚至懷疑兩位老人家究竟還在不在人間。（不是常聽說有些人在大陸上的父母早已死了，兄弟姊妹還假借父母的名義來信要錢嗎？）如今從電話中聽到了父母的聲音，眞恨不得插翅立刻去和他們相見！

整整一夜，我輾轉反側，不能入睡。好不容易挨到天亮，我急切的心弦已緊繃到極點！本來，香港的一位朋友約好，早晨七點半以前他來帶我去羅湖；不料他的兒子突然生病，七點十分才打電話來說他不能去了。頓時弄得我心慌意亂，手足無措。急切中又加上焦灼，我匆匆忙忙坐上一輛計程車，趕到九龍火車站——車站，我從來沒有去過，買票、進站、上車，在急切、慌張與焦灼中，又折騰了一番。

坐在去羅湖的火車上，我的心跳早已超過了一百次。更使我緊張的是，車上的乘客大都是去大陸的。在當時，你看到來去大陸的人，心中怎能不發毛？當我向他們打聽羅湖的情形時，有些對我這個「台灣來的」竟表現出藐視和恐嚇，使我有些毛骨悚然。

「你用的是台灣護照嗎？叫我看看……」有人說。我當然不會讓他看。

「到羅湖可不能出事；一出站就是出了香港，你就回不來啦，會被抓起來的。」有人這麼說。

他們七嘴八舌，使我感到好恐怖。對羅湖，我一無所知，在驚慌、恐怖之際，幸虧有位王沛棠先生對我表示善意，幫了我一個大忙。他是去羅湖工地的。他帶著我從邊門出了站，來到他們的工地裡。他不厭其詳地告訴我如何如何，我這才看清楚了羅湖與深圳之間的那座大橋。它像飛機的空橋般的，從外面看不到裡面的情形。橋那端是中國大陸，有「深圳圍牆」；橋這端是香港，橋的旁邊正在大興土木，就是王先生的工地。旅客從深圳過來下（應該說出）了橋，還有十幾二十公尺，才是羅湖車站。

我就在羅湖車站等父母。

約好一早他們就辦出關手續，九點鐘差不多就可能見面。誰會想到我眼巴巴地一直苦等到中午一時，還沒見到他們的影子。在焦急萬分之外，更使我擔心和掛慮！掛慮的是父母高齡已七十六和八十整了，幾天來，他們從山東鄉下趕到濟南，從濟南坐火車到北平，再從北平搭飛機到廣州，由廣州再轉火車到深圳，這麼長途跋涉，兩位老人家能經得起嗎？我更擔心的是：兩位老人家沒「出國」過，海關的檢查一關又一關，盤問了再盤問，搜查了再搜查，二老會不會擔驚受怕，緊張過度？萬一有什麼差錯出不來了如何是好？還有，從一大早起來到現在已超過半天，老人家的體力支撐得住嗎？尤其母親還是纏過小腳的，如果支持不了了……實在不堪設想。我兩眼瞪得大大的，緊盯著每位從橋上走出來的旅客，心臟快從口腔裡蹦出來啦！

等，等，等！渴望地等，焦急地等，擔憂地等，望眼欲穿地等……用什麼字眼都表達不出我的等待之苦。一秒鐘比一年還長啊！

啊，感謝老天爺！我的兩眼突然一亮，十幾公尺以外，不就是我四十年日夜思念、魂牽夢縈的父母嗎？母親的腰彎了，她拄著拐杖蹣跚地走在前面；父親也有點駝背了，默默地走在母親的旁邊；而背著行囊，手中大包小包的，緊跟著的那個大個子，不就是我離家時還不會走路的五弟嗎？我激動得想跑過去抱住他們，可是我不能「越雷池一步」，一越過腳下面的這條線，就有被港警抓起來的危險！

我好想對他們大聲喊叫，可是我叫不出來。頓時彷彿天旋地轉、混沌初開……當我神智恢復、稍微冷靜時，父母和五弟已來到我的身邊。奇怪的是我們四個人都沒有說話，也沒有我想像中的四個人抱在一起嚎啕痛哭。母親只是用手帕輕輕地擦了擦眼角，父親木然地沒有什麼表情，而五弟默默地跟在後邊。早已買好回九龍火車票的我，帶領著他們上了火車、下了火車，再坐計程車來到青年會的房間裡，我們才開始痛哭暢談——他們被共產黨統治了四十年，也許已深深體會到在眾人面前「不說話」會比較安全吧？

當天夜晚我們邊哭邊談到凌晨四點多。得知家鄉的種種情形，我的心如刀戳！某某人家掃地出門，某某人家被鬥爭慘死……只是民國四十八九年間，我們村裡就有六七十口人活活地餓死；連樹皮草根都吃光了，活著的人餓得往肚子裡猛灌涼水（從井裡打來的生水）……

五天相聚，喜悲交集，如夢似幻。我安慰父母：不管怎樣，畢竟活過來了，還見著面了；好好保重身體，我們還有機會再相見。

我在羅湖車站送他們回去，大家依然默默無語。父母的腳步那麼沉重，十幾二十公尺的那段距離，似乎要走一個世紀！而兩位老人家的傴僂的背影，將永遠在我的眼前搖晃。……

◉張放
山東濟南人。民國二十一年生。
曾任台灣新生報特派員、菲律賓中華中學校長。
著有散文集「煙雨山城」、「萬里采風」；小說「荒烟」、「驚濤」、「遠天的風沙」等。

# 那凄愴的火車鳴聲

**火車鳴叫聲中，列車徐緩開出徐州車站，**
**我把手伸出車窗向父親揮手道別，**
**誰知這一別後便兩岸音訊隔絕，天各一方。**

砲聲不時從濛茫幽邃的遠空傳來，徐州車站愈加混亂。走在陸橋或月台，垃圾滿地，旅客擁擠。從碾莊戰役開始，炮火把隴海、津浦兩線炸斷，成千上萬的難民像被切成數段的蚯蚓，在封凍的雪原蠕動與哭泣。雖然早在三天前便買好了去南京的普通車票，但苦候了三晝夜都擠不上列車。父親的眼圈泛紅，嘴角卻一直掛著微笑。「走不成，留下吧！我耽心你這一走，咱爺倆一輩子再也不能重逢了！」那年我十七歲，母親早年過世，使我思想早熟。雖然討厭父親的悲觀論調，但仍舊咧開一嘴小狗牙發笑。「您放心，爸！說不定半年以後我就回來。」

我喉頭像塞了一個酸棗子，難過至極。

父親的鼻孔凍得直流鼻涕，不時用手帕擦拭。他坐在木椅上看報，臉上現出黯淡而失望的神色。「等明年春天，也許我去一趟上海，我再去帶你回來。」我默不作聲。他的話等於白說。自母親在大別山過世，我全家人像屋簷下曬的茅草，一場颱風過去早已風流雲散，三個不懂事的弟弟，一個在上海依靠伯母，兩個在故鄉外婆家，只有我陪侍父親住在徐州，維持著一個殘破的家。

那時物價飛漲，生活艱難。一日，父親給我五塊銀圓，囑我去彭城路流動市場換金圓券。回家，才發現換來的外面是鈔票，裡面盡是白紙。父親氣得直掉眼淚。我嚇成一場病，總是覺得有一個鬼在掐我頸子，向我討債。我下定決心離家南行。

那長串藍鋼皮的津浦線列車進站，父親拖起我兩條猴兒腿，硬把我從車窗外塞進車廂。我朝父親揮手告別。老遠，我發現他那魁偉的肩膀在聳動，直到火車開到符離集站，我買了一隻燒雞在啃食，才悟出父親為我送別時原來是哭泣啊！

每逢聽到火車淒愴的鳴聲，我總會熱淚盈眶，甚至嚎啕大哭。蘭梓為了讓我忘記往事，故意轉頭逗弄星兒說：「你是朱自清迷，你說句公道話，你老爸這件往事，像不像朱自清的『背影』？」星兒的小眼珠轉悠半晌，終於肯定地連忙點頭。

這確是一件極其平凡的家庭瑣事，在大時代中，多少的骨肉分離、親人失散，父子永別的悲劇，滄海一粟而已，算不了啥。即使向別人傾訴，對方也只是哼而哈之，敷衍了事。火車鳴叫聲中，列車徐緩地開出徐州車站，我把手伸出車窗向父親揮手道別。在火車鳴叫聲裡，我走過津浦線、京滬線、浙贛線、粵漢線，然後從廣州港乘濟和號輪渡海到了澎湖，兩年後來台。從此，台灣海峽隔絕音訊，天各一方，我既不知父親的生活情況，父親更對我流落何處茫然不解。每逢聽到火車鳴叫聲，我總感覺心如刀鉸，悲痛難過，這聲音乃是生離死別的悲嗆哀嚎啊！

別離四十三年後，我才返回故鄉，看到了荒山上兩座墳墓，慶弟伴隨父親長眠於此。眼前是煙籠霧鎖的農村和田地，在水天一色的遠方便是黃河。我癡立父親墓前，低聲啜泣。小弟拽著我的胳臂，嘮叨地說：「爸活著的時候，老是提起你用銀圓換回白紙的那樁事，他後悔當年罵了你，所以你賭氣再也不回家。」三弟補充說：「那年夏季非常熱，黃河的水乾涸見底。父親做了一場夢，說你明天從南京搭津浦線火車回來。他患老人癡呆症，一個人去了濟南。唉，想不到出了車禍，等救護車把他帶回家，爸已經咽氣了……他活了八十一歲，應該是有福氣的人……」不等他講完這些話，我已嚎啕痛哭起來。

擦乾眼淚，辭別親屬鄉親，我回到台灣，依舊像過去四十多年生活，飲新店溪水、吃濁水溪米；宜蘭大葱雖不如故鄉大葱高大脆甜，熗鍋下麵還是香噴可口；至於伏夏的屏東西瓜，沙瓤解渴，比起乾隆皇帝讚揚過的故鄉德州西瓜強多了！我愛這座海島，雖然她不是我的母親，而是我的養母或義母，但是她對我的照顧無微弗至，比生母還深厚些，我無法擺脫甚至忘卻她的恩情。

西方人在彌留前作宗教儀式，承認自己罪過，寬恕別人也祈求別人對自己的寬恕。這和古人所說「鳥之將死，其鳴也哀；人之將亡，其言也善」是同樣道理。不久以前，患了一場小病。病中，我曾囑託伴隨我大半輩子的蘭梓，若是將來我長眠不起，請她將我的骨灰灑在澎湖海域；讓我的幽靈浮沉於南海、台灣海峽、東海、黃海和渤海之間，去親自向那些自甲午海戰百年來死難的先輩致敬，向那些爲保衛疆土戰死的、受政治迫害冤死的、在戰亂中流離失所客死異鄉的孤魂致以眞摯的祝福……我要告訴他們：苦難的歲月逝去，春天已經來臨，咱們也應該擦乾淚水，過起揚眉吐氣的日子了！

**◉王家誠**　遼寧遼陽人。民國二十一年生。國立台灣師範大學美術系畢業。現任教於台南師範學院。著有散文集「在那風沙的嶺上」；傳記「中國文人畫家傳」；兒童文學「喜歡繪畫的皇帝」等。

# 啟碇

**我們蓋著棉大衣，在刺骨寒風和童年的回憶中睡著，吵醒我們的，不是啟錨的汽笛，而是河對岸練平劇的聲音。**

從天津碼頭上船，天已經昏黑。七千噸的客貨輪海黔號，看起來很不顯眼。甲板上，疏疏落落地坐著些人，在冬月的寒風中瑟縮。他們用大包小包的行李，圍成一個個領域。

我們並無客艙票，不知由於有熟人或用了些錢的關係，經過狹窄的扶梯，母親和我們四兄妹，被安置在輪機房外的一個空艙裡。和先到的幾家一樣，鋪開被褥，圍起衣包，形成一個混亂中的小天地。

在東北故鄉，我們從小就似懂非懂地，聽長輩偷偷地談日俄戰爭，及後來的九一八和蘆溝橋事變。入學後，受嚴格的日本教育，每日在打罵聲中，背誦滿洲皇帝溥儀的「訪日回鑾訓民詔書」。日本投降，原以爲苦難行將結束，蘇聯軍卻又狂風驟雨般橫掃東北大地。緊接著，內戰的砲火，便從長春、四平街，一路蔓燒。母親和弟妹，就在這種風聲鶴唳中，逃到北平與我會合。

由北平赴臺灣準備就緒時，母親仍不放心，遂求助於卜者。寒夜中，我陪她冒著大雪彳亍在北平西直門裡的小巷中。那蓄著一綹鬍子，身著藍布長袍的老人，一看卦象便毫不猶疑地指出，愈往南遷愈吉利。

此前，東北大學也在兵荒馬亂中，遷校北平；出乎意外地，就讀礦冶系的大哥也趕來爲我們送行。他表示，我們可先去臺灣和前往經商的父親團聚；不久之後，再接我們回故鄉定居。

夜裡，他陪我一起在右舷輪機艙入口旁，看守著大件行李。已近兩年的分別，我們突然有種陌生的感覺。對於加入共黨地工，和父親思想上的糾葛，他也絕口不談。

兩年前剛上初中，局勢的混亂，光復後尚未進入軌道的教育，使我心中一片茫然。父親突然命我先去北平；據說一向孝順的大哥，竟奉命監視父親負責的事業，以便共黨入城後能順利地接收。父親說：

「你先出去，等於給家留條根。」

那時，我十五歲，對獨自遠行，有種莫名的興奮；但對「留條根」的意義，卻頗爲模糊。

當我在北平流浪兩年之後，家人在北平重聚，流亡的人潮顯示，內戰的波瀾，已逐漸衝激到這古老的都城。父親則已先行赴臺。

我們蓋著棉大衣，在刺骨寒風和童年的回憶中睡著了。吵醒我們的，不是啓錨的汽笛，是河對岸練平劇吊嗓子的聲音。那聲音極爲奇特，起音有點像聽慣了的空襲警報，又尖又長，十分刺耳。終了又頓了幾頓，彷彿是一唱三嘆。俯視海河，一片黃濁，汩汩而流。幾艘賣血蛤的舢板，一蒲包一蒲包的，由客人縋繩吊到船上。放眼甲板，一下子多了許多乘客，連輪機旁的空間，也多出幾戶人家，顯得相當擁擠，但卻始終沒有開船的跡象。

大哥下船，爲我們買回些食物，回來時舷邊通道，已經是舉步維艱。船橋上傳出無票者離船的廣播，但人和船彷彿同時膠著在黃泥漿中，一絲不動。而另一個寒夜，又已來臨。

望著灰暗的夜空，我們都擔心一旦大雪紛飛，甲板上的乘客，將無處躲避。擁擠的人潮，大部份是關外退下來的散兵。有的三五成群，有的又像有兵官帶領，像攀附浮木般地，留在船上，但又全數穿著便服，眞實身份也無從分辨。長夜漫漫，連那些怪異吊嗓子聲音的出現，似也遙遙無期。

比我大六歲的大哥，一如童年那樣，一會爲我找出些食物，一會又把羊毛巾圍在我的肩上。昏黃的燈光下，他把一幀手持鶴嘴鋤，頭戴照明安全帽的照片，遞到我手中。照片背景，是他在唐山礦場實習的礦坑。邊上寫「開闢我新的人生」。

天明後，碼頭雖然封閉，甲板上人群卻有增無減。賭博、鬥毆也不時發生，所幸規模不大，隨即淹沒在吵雜聲中。原屬定期開航的客貨輪，一下子變成啓碇無日的難民船。有些散兵，年紀看來比我大不了多少。也許還在中學讀書就從了軍。

五六天後，一天中午，可能因耐不住饑寒，眼見開航無期，不少人上岸活動和找尋食物，船橋上卻突然傳出起錨開船的宣告。大哥來不及向艙中母親告辭，就匆匆向船尾擠去，我望了一會兒，他已在人群中消失，而船已啓碇。岸上的人潮往船上擠，送客者則往岸上擁，人們喧嚷有人隨跳板掉落水裡，舷下黃濤滾滾。一路上，我們的心就在水中沉落，夢中，恍惚見到大哥在濁流中載浮載沉。幸虧一個多月後，就接到大哥無恙的消息。

接著而來的四十多年隔絕，我不時地想像著他所開闢出來的人生，以及童年的一言一行。但兩岸開放後才得悉，我們到臺灣後的第四年，大哥便已離開人世，年僅二十七歲。而他，卻在我們心中活了將近半個世紀。

擁擠在船上的人群，也不時在我眼前浮現。從甲午戰爭，到蘇聯的大肆掠劫及內戰的狂瀾，感覺上，中國人彷彿一群荒原中的野馬，在風雨閃電中，無數來自四方的捕馬人，迫使他們無助地四處驚竄。

經過多年的艱苦奮鬥，在難得的數十年安定中，我逐漸在教育、藝術和文化方面，不但能發展自我，並對社會有所回饋。

我覺得，中國人的智慧與尊嚴，需要一個平靜的環境來培育成長，因而希望那搶攀浮木似的惶恐歲月，永遠不再重現。

◉趙雲

廣東南海人。國立台灣師範大學社會教育系畢業。現任教於國立台南師範學院。著有散文集「心靈之旅」、「寄情」；小說「把生命放在手中」；兒童文學「音樂的小精靈」等。



# 失去的故鄉

**當我看到松山機場國旗飄揚，人們用「說話」課那種國語交談，不禁熱淚盈眶，我終於可以如願地做一個真正的中國人。**

雖然生長在異域，小時候，對於自己是中國人這件事，始終深信不疑。

越南堤岸，這個被稱為華人城的城市，每逢雙十國慶，青天白日滿地紅的旗幟滿街飄揚。農曆新年，家家戶戶貼上了春聯；鑼鼓喧天聲中，醒獅表演爬竿採青的絕技。阿婆廟（天后宮）香煙繚繞，信徒們如潮水般湧進去，虔敬地祈求一年的平安。

在我童稚的心中，很少看見的越南人才是外國人。

很感謝父親，在那重男輕女的時代，六歲時，他就帶我去上學。我還記得踏進了「南菁小學」，第一件事是祭孔。孔夫子像端端正正地掛在中央，上香後，母親把一種像糲薯那樣的糕點上供，傳說這種供品，可以把小孩兒黏在椅子上，專心讀書。

幾間比較像樣的教室，是中高年級專用。隔著荒漠的校園，是一座空盪盪的廟宇，用木板間隔開來，低年級就在那兒上課。還有一點空間，提供作單身教師的宿舍。

平常我們用廣東話大聲唸課本，但有一門「說話」課，教的是注音符號和國語。大約三、四年級，校長的哥哥親自出馬，教我們古文。聽說他曾讀過私塾，平常在商店裡當掌櫃。老師搖頭晃腦，爲我們講解滕王閣序，阿房宮賦這類文情並茂的美文，我們似懂非懂地跟隨著背誦。

隨著年齡的增長，我逐漸了解到華僑前輩如何苦心孤詣地，爲生長在異鄉的孩子，播下中國文化的種子。他們學歷不高，對教育也沒有什麼概念，像南菁的校長那樣，只憑著一股熱誠，以個人微薄的力量，致力於這份文化傳承的艱巨工作。

當音樂老師，慷慨激昂地教我們唱：「四萬萬同胞起來，抵抗日寇，挽救國家危亡……」，「起來，不願做奴隸的人們……」僑社裡也醞釀著一股暗流，演話劇，唱抗戰歌曲，一些年輕人熱血沸騰地回國從軍。儘管我還不能了解這樣複雜的國際情勢；但我已感受到環境中動盪著的不安。這些絲絲縷縷的訊息，引導著我，讓我意識到在一個遙遠的地方，有一片和我們血脈相連的土地，正面臨著空前的劫難。

我渴望了解那遙遠的故鄉，然而，我得到的訊息很模糊，卻蘊含著幾許辛酸。南中國一些貧瘠的鄉村，年輕人帶著一個盛飯和喝水用的空罐，以及渺茫的希望，然後就把自己交給了命運。海洋中浪濤洶湧，小小的木船無助地在海中顛簸。擠在船上的人們，唯一的精神支柱，就是傳說中指引迷航的提燈女神——天后阿婆（也就是台灣的媽祖）。

在天后的庇蔭下，他們辛勤地拓墾所立足的異鄉。以青春和血汗，去換取落葉歸根的夢。活著時希望對貧瘠的故鄉有所奉獻，死後也要埋骨在祖墳中。

戰爭摧毀了一切。飄洋過海的華僑，頓然地失去了故鄉。

日本攫取了越南後，我的童年也隨著進入一個灰黯的時期。逃難、飢餓和死亡的陰影，侵蝕著我生命中的黃金歲月。而我生存的僑社，從此也陷進永無休止的噩夢裡。好不容易等待到日本投降，戰爭結束的驚喜還未消褪，另一場更混亂恐怖的夢魘又已來臨。

而最殘酷的噩夢，是越南獨立後的排華。這一記重擊，僑胞們才猛然醒悟到，他鄉畢竟不是故鄉。他們世世代代，胼手胝足地在這片異域所建立的富裕繁華，宛似海市蜃樓，最後竟落得兩手空空。細心維繫著的中華文化，也在禁令之下切斷了。越南政府並明令在當地出生的華僑，必須歸化為越南人。

在這個關鍵時刻，我和許多不願作越南人的青年回到了台灣，主要是爲了文化的認同和那份歸屬感。當我看到松山機場國旗飄揚，人們用「說話」課那種國語交談，不禁熱淚盈眶。認爲我終於可以如願地，做一個眞正的中國人。

可是，我卻面臨了前所未有的困惑。有人向我們質疑：「歸化作越南人有什麼不好？」也有人說：「我們恨不得找機會出去，你們竟傻傻地跑回來。」這些話，使我感到比異鄉更異鄉。

大學四年，我的身份是「僑生」，偶而會被誤認爲「越南人」。當時由於出國的限制，人們對來自異地的青年，有著某種程度的好奇。但多半都能善意地接納與關懷，使我感受到社會的溫馨。然而，少數人的眼中，僑生可能是素質和程度較差，卻不必參與競爭劇烈的大學聯考，便佔了本地學生的名額。聯考的壓力和名額的限制，形成了他們對僑生的排斥。

轉瞬間在台灣成家立業已經三十多年。在安定的歲月中，一方面發展自我；另一方面，也盡自己的能力，對社會作最誠摯的回饋和奉獻，事實上，我已認定這裡是我心靈的故鄉。但這些年本土意識高漲，受省籍情結的影響，我又被賦予另一種疏離的角色——外省人。

到底何處才是我的故鄉？我不由得迷惘。記得多年前到歐洲旅遊，飛機因兩伊戰爭而改變航道，經過中國大陸的上空。那時，我們興奮地擠在窗邊，俯瞰雲霧瀰漫下的莽莽神洲。及至兩岸開放交流後，我第一次踏上廣州的白雲機場，心情卻十分平靜。雖然廣東是我的原鄉，此刻我所扮演的是一個觀光客、台胞。童年所獲致的模糊訊息和世代的隔絕，我已無法從這片陌生的土地上辨認出我的故鄉。

使我認同和震撼的，就只有源遠流長的文化光輝了。我曾站在長城上，遠眺蒼茫的塞外；龍門石窟中，朝陽照耀著盧舍那大佛，那種莊嚴美麗，震懾著我的心弦……杜甫草堂修竹青翠，詩聖的名句不時閃現在腦中。重新修建的滕王閣，雕樑畫棟，看到從「滕王閣序」中摘取的楹聯和匾額，竟難掩心靈的激動。童年時似懂非懂背誦的名句，如此親切地呈現在眼前，我又一次體會到華僑前輩對文化傳承的苦心。

經過多年的尋尋覓覓，我仍堅信在本質上，我「是」中國人；但我也發現想「做」一個中國人，卻是如許艱辛！

◉王令嫻　江西南昌人。重慶淑德女中畢業。
著有散文集「九點多鐘的晚上」；小說「抓不住的雲」、「單車上的時光」；兒童文學「黑仔的一天」、「隱形手」等。

# 隱憂

**分別四十年後的相見，我竟沉默地沒什麼苦楚向母親傾訴，僅做個專注、冷靜的聽衆，聽這些令人髮指和不可思議的真實故事。**

那是個十一月的黃昏，我緊跟著穿了一身藍的弟弟往前走。腳步是沉重的，載著四十年來對家鄉親人的相思，想它快，它就是快不了。我感到額頭在淌汗，四周的街燈昏暗，景色朦朧，像在夢境，但我確實知道那不是夢。彎進了一棟住宅，在三十支光微弱的光度下，我只看到走在前面，爬樓梯晃動的兩節黑乎乎的褲管。弟弟扛著我廿五公斤的皮箱，大氣不喘，還不時回轉頭問：「看得見嗎？爬得動嗎？我們不像台灣有電梯，小心走，快到了。」我的確感覺到那是生平爬過最高最難爬的樓梯；母親等在頂樓。

和母親相擁的剎那，感覺是陌生的；她的身體那麼小！那麼輕！握著的手那麼粗糙，那麼骨感！童年時，塞在我兩耳的手指是柔軟的，有力的，使日本敵機投彈時震耳欲聾的響聲變成似有若無的輕啄，那怕在寒意攻心的防空洞裡，一旦鑽進母親酥軟、暖和的懷裡，就能安心的睡去。十六歲離家的前夕，當我踏進渡船，隨船滑行，漸漸遠去，母親站在嘉陵江畔的斜坡上，那隻不停的揮動，藕白般圓潤的手臂，如今已消失得無影無踪，我該向誰討回它來！我該怒吼，還是無奈的嘆息！

父親已化爲灰燼，冰冷的一盒抱在我懷裡。在打開盒蓋的瞬間，巴不得掀開的是阿拉丁神燈的蓋子，衝出一股濃煙後，會出現父親的原形，仍是記憶中一張微笑的臉，輕聲說著：「妹娃兒，你終於回來了，想得爹好苦！」一眨眼，卻是白卡卡的骨灰，掃淨了我心裡殘留的五光十色，把我淹沒在雪白的悽愴中。是母親在呢喃：回來眞好，你爹若活著，該多快活！臭老九的身分，鐵定是被鬥的對象，你爹那吃得消一連串的運動，他多愁善感的性格，把自己日日夜夜囚禁在家的一角。你的弟妹下鄉的下鄉，勞改的勞改，都是黑五類身分，沒有逼得跟父母劃清界線已算是幸運。災荒年，我們都挺著水腫的肚子，你爹拉著我說，活不下去了，我們去投嘉陵江吧！我咬緊牙對他說，不管怎樣我們都要活下去，我們還不知道妹娃兒是死是活，說不定她是我們的希望，我不見她一面，我是不會閉眼，不會走的。結果你爹憂鬱成病，還是先我走了，也少受了十幾年的折磨。

我默默無語，關上盒蓋，請弟弟立刻遵照母親的心願，找一塊土地將父親的骨灰埋了，入土為安，母親才能心安。母親以疑惑的眼神問我，在台灣是不是吃香蕉皮過日子？我照實說，三十八年從基隆上岸後，我是吃香蕉過日子，那剝了皮一隻隻滾圓乳白的香蕉，吃在嘴裡香甜潤滑好吃極了，在重慶長大的我，從來沒吃過這麼美味的香蕉，於是貪婪的吃著，一斤香蕉可飽肚皮，餐餐一斤一斤的吃，直到吃膩為止。我算計著，你們身陷災荒的年代，我過的日子最多是在月底前薪水用光了，不得不向同事借一佰兩佰救急，等月初發薪水再還，從來沒挨過一天餓，只會沒錢買電影票而已。你們處在文化大革命，時時被揪出門鬥得死去活來時，我在台僅僅心裡受了些驚恐，因為一位憨厚可親的男同事，出差到日本後，回到辦公室拿出在日本買的各式甜點，分給大家品嚐，我們吃在口中，羨慕在心頭。怎料沒幾天，他就被當成「匪諜」關進了監牢。我思前想後，把他和我所看過的電影中「諜」類人物比較，怎麼都不相信他也是！偷偷的跑到他家，去安慰他的老婆和孩子，也問不出他是諜非諜的正確答案。看他冷靜少話又不哭的妻子，也覺得是個「女匪諜」了，越坐心裡越發毛，只好拔腿快走。

深夜想想我的親人，已變成了一窩「匪」，我若再偷偷的從國外輾轉的和他們通音訊，遲早有人會把我當成「匪諜」。如此提心吊膽的過了許多年。再見那位男同事，已是十幾年後，談到他的往事，才知道那次出差，他在日本碰到他大學的同班同學，喜相逢的在一起飲酒敘舊，卻在暗中被人偷照相。原來他的老同學，已是資深「書記」。我笑他當年已演了場「諜對諜」，還笨笨的蒙在鼓裡不知道，冤枉判了五年徒刑。

然而，母親，女兒所受的這點恐懼，和你們所受的肉體和心靈殘酷的鞭笞，眞是相差得十萬八千里喲！你就不會怪我分別四十年後的相見，我竟沉默的沒什麼苦楚好向您傾訴，僅做個專注、冷靜的聽衆，聽這些遠超過比「水深火熱」更悲慘更令人髮指和不可思議的眞實故事！

時光匆匆，開放探親已整整七個年頭，總算我趕辦得快，見到了母親僅有的一面。第二年她老人家生病，居然不再求醫，說已滿足了心願，該走就走，絕不遲疑。這眞得感謝英明領袖的決策，那怕是除了鄉愁，又添新愁，畢竟是尊重了小老百姓應有的權利，和對人性的重視。

對岸的變化，可說是日新月異，朝氣蓬勃，像是在努力的迎頭趕上，在繁榮、富麗、走向奢侈的背後，不禁想到，他們是不是因此而貧富的差距越拉越遠？越陷越深？那該怎麼辦呢？而我在這兒，時時期盼民主誕生前的陣痛時間縮短些，看久了電視上立委、國代天天吵架、打架的嘴臉，漸漸會磨損我對他們職務的神聖感，和對菁英人物的尊敬和崇拜。

◉**樸月**

本名劉明儀，江蘇江寧人。民國三十六年生。私立大同商專畢業。著有散文集「綠苔庭院」，小說「玉玲瓏」、「來如春夢去似雲」等。

# 走過歷史的隧道

**和大陸的親友比較起來，我真的享有了不必恐懼，也沒有匱乏的自由，相形之下，我才知道，原來那就叫「幸福」。**

在上海機場的柵欄外，我看了了幾個人，手中高舉著寫著母親名字的牌子，眼巴巴的向著柵欄內張望。我認出了，其中一個是四舅。他的身材，和哥哥相似，臉，則是已過見過照片了，不會認錯。我拉著母親的衣袖：

「四舅來了。」

隔著柵欄，我高呼招手：

「四舅！我們在這兒！」

他擠了過來，激動的隔欄抓住母親的手；他和母親是從抗戰興軍，就沒有再見過，兩岸相隔四十年，他們分別卻達五十年。

「五姐！……五姐……」

他的聲音哽咽，母親也神色激動，這一種場面，多年來，不斷的在大陸各地上演；因政治因素，分隔兩地的親人，終於能光明正大的團聚了。

父母雙方，都是唯一到台灣來的，因此，在台灣，我們幾乎沒有親戚，只有父母偶然談起過去的時候，我們才對那遙遠的故鄉、陌生的親人，略有耳聞。但那眞是好遠好遠，在讀「日近長安遠」的故事時，我很容易就了解了那種所謂「遠近」之別；那時，盈盈一水的對岸，可眞是比那兒都遠；我們可以知道、看到世界上其他地方的一切，可是，對一水之隔的大陸，就是那麼疏遠陌生。「舉頭見日，不見長安」，那是眞的！

四十年來，我們只有羨慕別人有伯叔、姑姨，有堂、表兄弟姐妹的分，我們沒有，雖自父母口中，我們知道「老家」還有哪些人，但，既不知生死存亡，也不曾相見共處，有與沒有，對我們來說，又有什麼不同？自幼，對海峽那一方，我們有著複雜矛盾的心情，有親切，有疑懼；有思念，也有敵對，我們既愛，也怕，老一代，吟唱著失鄉的悲歌，我們，卻又不識故鄉明月，也分辨不出該用怎樣的心情和態度對待自己的根柢所在，和血脈之親。

這一切，在相見之中化爲烏有，談話中，對雙方各自被灌輸的種種「口號」，只覺可笑。我的表兄妹們，都經歷了四十年中所有的「運動」，如我表姐所說：

「從三反、五反、大躍進、文革，到現在一胎化，我們算是全趕上了。」

表妹則認眞的問我：

「你知不知道餓得哭的滋味？我小的時候，正遇到飢荒，眞是餓得哭。」

他們如今是那麼滿意，不再有令人頭落地的「運動」，不再下放、不再挨餓，居有屋、工有薪，人與人間，不再批鬥、不再疑懼……在他們的言談中，我才眞正慶幸：父母把我們帶到了台灣。我的表妹餓得哭的時候，我的父母正爲我不肯好好吃飯發愁，千方百計的，食補、藥補，只爲了讓我胃口開一點，長胖一點；他們因文革而「破四舊」，如火如荼的毀棄文物、破壞文化的時候，我正沉浸在古典文學中，廢寢忘食；他們由神氣風光的「紅衛兵」，一變而爲下放的知青，到邊荒、到農村勞改的時候，我正當學業完成，在學校教書，他們視爲「臭老九」的老師，在此間卻是備受尊重的。我們的社會，不是沒有現實、功利、複雜、險惡等負面成分，但我至少不必防範我的親人批我、鬥我，和我「畫淸界線」，人人自危。我可以確信，只要我自己努力，就可以肯定未來。我平平安安走過童年、少年、青年時代，當然，每一階段，也都有那一階段的順逆得失、喜怒哀樂，但大體來說，我必須感謝，我眞的是享有了不必恐懼，也沒有匱乏的自由，我擁有他們所不曾擁有的一切，相形之下，我才知道，原來那就叫「幸福」。

可是，當我們這一代成爲社會中堅之際，似乎隨著物質生活而豐足而奢靡，各種尺度由封閉而開放，整個國家、社會的風氣，卻開始有了逆轉的隱憂。傳統中美好的素質被棄如敝屣，輸入的，卻多是西方文明的糟粕。自我意識的膨脹、浮誇，待人接物的無禮、粗暴，新聞報導也好，流行趨勢也好，無不以勢、利爲導向，誤導著芸芸衆生，以爲世界就是這樣的，人生就是這樣的。以前足以自負的種種「台灣經驗」，如今再標榜，卻令人覺得像個笑話，在國際視聽中，台灣的形象是什麼？財是大了，氣是粗了，可是，文化在那裡？風骨在那裡？生活品質在那裡？人文素養在那裡？媒體上，充滿了不讀書卻敢於以不知爲知，信口開河的政客；社會上流滿了不肯腳踏實地，卻想不勞而穫的虛浮觀念，沒有人再甘心當傻子，而當「聰明人」充斥的時候，彼此間挨挨擠擠，磕磕碰碰，又有誰眞占得了「便宜」？「上下交征利」，結果呢？

過去四十年，我們像沒落世家，雖然沒落了，還有世家的風範，還有力圖重振家門的子弟，勤勤懇懇的努力，累積儲蓄，同心協力，創造了今日的局面。這原是可喜的事，豈知，衣食足，並未讓我們知禮義，反而如暴發戶一般，成了敗家子。只知炫富耀貴的揮霍，只以爲錢是萬靈丹，卻不知，錢能買到的，必也可因錢而失去；就以選舉買票來說，肯出賣選票的人，只要有人出更高的價碼，就能把票挖走。在這樣競相「比價」之下，選民的胃口是越養越大，候選人的鈔票花出去，那有不想撈本的？惡性循環之下，眞不知台灣的未來，會變成什麼樣子！

多年來，我寫作的主要路向是歷史小說，爲了寫作，大量的閱讀，省思興亡的種種因果及氣象，不願悲觀，實亦不敢樂觀，唯有祝願，「百年」，不僅是一個粉飾昇平的嘉年華會，是在回顧、重省之後的再出發。上一代，在歷史上交出了八年抗戰勝利的成績單，我們這一代呢？未來的歷史，將如何評斷，得看我們自己了！

◉王玉佩　山東陽信人。美國密蘇里州立大學碩士。
曾任報社記者、副刊主編。現任教高雄正修工專。
著有散文集「深情」、「明月天地心」；小說「枝頭上的烏鴉」、「美國仙丹」等。

# 無私

**雖然舅母沒有受過什麼高深的教育，然而對大陸舅母始終是一顆包容寬大的心，而對舅舅的體諒，更加叫人疼惜。**

昨夜，寒風蕭瑟，天涼如水。

而一爐期盼多年的大苗終於燃著了，這一爐火不只溫暖了如此的寒天凍夜，更融化了冰封的兩岸情。

四十年的相思懸念，四十年的魂牽夢縈，久別重逢的佳釀，飲下的卻是更多的辛酸與無奈。

昨夜有多少徹夜未眠的白髮漢子，排隊等待在境管局的大門口，爲的是迎來分離多年的妻兒，明知名額有限，然而在每個人內心，雀躍的希望是那樣無法自己。

「爲誰風露立中宵」？

那一年一場撲天蓋地的烽火，一場骨肉相殘的悲劇，「漂泊」遂成了許多中國人心頭的繭；歲月無憑白髮新，想不到揚子江頭一別，竟是數十寒暑；想不到絕望之後，竟又重逢；想不到……一千萬個想不到。

開放，多動人的字眼啊！六年來有百萬人次回去了，深沉的懷鄉愁緒固然得解，而物是人非，卻不免帶回些許惆悵。

四十年離散，天涯路斷，再聚首，兩岸諸多的差異困擾了許多白頭。

舅舅在開放第二年也回了家鄉，近七十的舅母自從那年分手，就一直守著外婆，二十年前送走了外婆，她仍獨自生活著，爲的祇是曾經許下的海誓山盟。

如今，兩人再相逢，卻匆匆，舅舅就這樣斷斷續續來往兩岸；言語、金錢，似乎是他能彌補的極限。

台灣的舅母嫻淑柔順，爲舅舅養育了三個俱有成就的子女，她主動提出接大陸舅母來台灣，並自甘爲小。

任我們如何分析利害，權衡得失，祇要一提大陸舅母苦守數十年的情景，台灣舅母竟淚潸潸的喟嘆著：「那是多麼不容易啊！不是每個人都能做到的。」聽著舅母的台灣國語，我們內心直替她和大陸舅母相處而擔心；兩岸的思想觀念、生活方式大相逕庭，二女一男這樣的三角關係湊在一起生活，是很艱難的，然而舅母的大度量，令我們無言以對。

舅母曾私下告訴我們，舅舅自從對岸回來，經常長夜不眠，整夜長吁短嘆，悶悶不樂，不像平常愛說笑，她知道他的心事。

「我和你們舅舅已快快樂樂過了幾十年，往後他是該好好補償她了。」舅母說著，話裡沒有半點委屈與不快。

我望著她笑意裡的皺紋，心想著，她也有六十了，這些年生活的操持，她比眞正年齡略顯蒼老，而由於她有一顆豁達的心，滿足的笑容始終掛在臉上。

兩岸接觸後，類似舅舅家中的問題，時有耳聞；婚姻的認定、遺產的繼承等諸多難題應運而生，而問題背後一些有關的人性面，就更令人唏噓了。隔海打官司的，由此岸吵到彼岸，由彼端鬧來此地的；爭來吵去、爲的是什麼？

名份？錢財？如果眞要爭，那麼四十年的「失落」又如何爭回呢？當初乍見面「今宵勝把銀釭照，猶恐相逢是夢中」的驚喜何去？

我很佩服舅母的肚大能容，雖然她沒有受過什麼高深的教育，然而對大陸舅母始終是一顆包容寬大的心，而對舅舅的體諒，更加叫人疼惜。

後來我又聽說，大陸舅母不來台灣了，原因是：「何必去打擾他們的生活！」舅舅眞幸運啊！這一生擁有兩位如此體貼的妻子，而兩位舅母將心比心的胸襟，是多麼値得寶貝啊！

人生的際遇常是千變萬化，無法逆料的，如果人人都有一顆如天地般寬闊無私的心靈，這個世界將不再充滿仇恨暴力，必定是和平、恬適、安樂的淨土。

◉吳淡如
台灣宜蘭人。台大法律系畢業，台大中文研究所碩士。
現任中央日報生活旅遊版主編。
著有小說集「人淡如菊」、「昨日精靈」、「青春飛行」等。

# 一個中國少年的愛情歷史

**北京三年，小虎從十三到十六歲，從兒童到少年，發誓不管世間女子有多少，不是表姐就不要。**

什麼樣的初戀可以綿延二十年？

我以前所有的初戀都只是剎那電光石火，待時間銷磨久，惟換得一個模糊的人生印記，說：這情關你初通過！曾經日思夜寐的人，終會變成記憶裡的一幅印象派畫作，清麗但朦朧……不是如此嗎？

原來我錯了。

初戀也可以是一顆種子。埋在深幽的土壤中，等待破土、躲過風雨、忍耐霜雪、靜靜萌芽……累月經年，長成一棵長青的大樹，只因根紮得實，土生得沃……

這是一個我看見的故事。

在北京剛下飛機，我在嘈嘈切切的人群中等待約好同行的王老師來接我，張望未久，就看見王老師笑盈的出現眼前。他的身邊還站著一個大男孩，客客氣氣的幫我接過沉重的行李。

「是我在日本的學生，他叫小虎，暑假剛剛回大陸。」

小虎長得很高，大約有一米八〇，骨骼粗壯得像幹粗活的莊稼漢，卻有一張孩子似的、秀氣的臉龐。不說話時總是笑，有點天眞的傻勁。

在偌大的北京中，大概找不到他那般愛笑的面孔。

我好奇的問小虎他有多大？他竟然說，三十四了。

「看不出來。」和他這麼緘默的人相對，如果不找出話題，只能陪他一齊傻笑。我隨口問：「現在大陸的人拚命找門道出去，你怎麼還回來？回國以後還適應嗎？」

小虎還是咧嘴一笑：「還好，還好。」

許多中國人口裡的「還好」，是不願多談，小虎的笑容裡卻沒有無奈的意思。當下我想，他倒是個隨遇而安的人，算稀有動物。

王老師遞給我一個眼神。待小虎離開，他說，有個北京城裡的最動人的故事要告訴我。他一到北京，小虎的哥哥便急急相訪，要他勸小虎別那麼固執，女孩子有的是，守他表姐一輩子會慘一生一世，什麼也得不到。

＊　＊　＊

小虎認識楊芸那年，只有十三歲。楊芸是遠房表姐，當時已然是二十歲婷婷娉娉的大姑娘了。

楊芸逃婚，到小虎家暫避。小虎的父親是個官階不小的軍人，同情這個命運坎坷的晚輩，收留了她。

動盪的時代，個人的悲劇是無可抗拒的宿命，楊芸的遭遇註定波濤洶湧。一切不是她的錯，打從她出生時，她的外祖父母就是國民黨，且老早到了台灣。

她的父母都唱戲。由於父親擔心被母親的出身成分牽連，找了藉口和母親離婚。母親就帶著她，東飄西蕩。

母親後來又有了男人。這個男人，楊芸喚做叔叔，叫了許多年。「叔叔」照料她們母女的生活，直到楊芸的母親忽而被抓走，以「國民黨特務」的罪名草草槍斃。

中國人做事向來沒效率，但在嗅出別人的異類成分上，動作特別靈敏。

楊芸慌了。她的身上也流著名之爲特務的血液啊，誰知哪一天，那頂大帽子不會扣到她頭上？

那一年她十六歲，念中學，是個正學講英文、會彈吉他，偶爾也能哼幾句京戲的活潑少女。突來的劇變，不但使她頓失所依，也叫她倉皇不知所措。

「叔叔」沒有在母親死後遺棄她。更壞的是，「叔叔」要她。無知也無力的少女，隨「叔叔」輾轉他鄉，「叔叔」說，如果你想活下去，就和我辦結婚，當我名義上的妻子吧！

就這樣，一夕之間，「叔叔」變成「丈夫」。

母親的情夫，成爲自己的夫婿，像楊芸這樣的少女，對人生還有許多憧憬，自然難以接受。掙扎了幾年，在打聽到遠房親戚的消息之後，她連夜出走，投奔北京。

北京三年，小虎從十三到十六歲，從兒童到少年，發誓不管世間女子有多少，不是表姐就不要。一朝許之，旦夕戀之。

楊芸的「丈夫」沒死過心。三年後，還是打聽到了楊芸的下落，趕來北京找公安，要告小虎父親偷藏他的妻子。

小虎父親官再大也敵不過這個罪名，悄悄把楊芸送到南方，到南京入了軍藉。

楊芸能唱能跳也能吃苦，當文藝兵很嶄露頭角，跟著大江南北繞呀繞，總比與不愛的人日日相對好。

這丈夫卻又追了來，散佈謠言道：這女孩是奸細，你們看，她娘就是被人家以特務罪名斃掉的，軍區怎能有這種成份的人臥底？

上級一查，所言屬實。楊芸硬是被強迎回去，淚盡成血也無益。成色不對，找不了工作，糊不了口，再也無處投奔，安安份份又咬牙切齒的做了從前「叔叔」的妻子。

母親的情人做丈夫，這樣的妻子如何心安穩。何況，這男人千方百計毀她前程！很多年以後，才有機會回到北京省親。小虎念完大學，已經是壯壯碩碩的青年。楊芸大小虎七歲，三個孩子的母親。孩子牽住了她這個妻子。

多年不見仍傾心。小虎的志願沒改變，楊芸怕不知道，從她逃婚到小虎家以後，傻呼呼的表弟就沒把任何女子看進心眼裡。

人家總問小虎：什麼姑娘合你意？忽爾三十，小虎還是愣愣的笑。

王老師說：「我原本以為這孩子奇怪，一個大男人，又沒有家室牽累，那麼多年輕漂亮的日本女學生倒追，他全部沒興趣！」

「小虎前天帶楊芸來。他說表姐不久前從淮陰來到北京教英語，租一個地下室住，沒有浴室，順便來借我賓館的浴室一用。我看他沉沉靜靜的對表姐說：妳跟王老師借一下浴室吧！那種無微不至的關心，叫人感動。」

* * *

就在華國鋒故居所改建的郝園賓館裡，青翠翠的葡萄架子下，我見到楊芸。

我學北京人乘涼臥倒石階假寐，忽聞腳步聲響，睜眼即見小虎和一位女子大步走來。女子笑聲朗朗：「唉，妳這樣會著涼的……」

她就是楊芸，穿著無袖白色絲上衣和黑色痲紗裙子，一臉素淨，神情好清爽。再細看，明眸皓齒，豐腴端正的北方佳麗，不見四十歲的滄桑。

生氣盎然，似乎青春仍依著她活靈活現。與小虎並排站著，像一對夫妻。

情人逃不過我的眼睛。我有這般自信。

開放政策至少使楊芸獲得一點自由。我想，她來北京是為了找尋失去已久的自由。

小虎的用心，我想她都知道，有情人的眼直指著心。

「看他們這樣我就放心了，」王老師說，「他在日本活得不好，六四時他說希望給坦克車輾成肉泥——」

初戀二十年，小虎才不負心意。人間有情痴。往機場的路上，我和楊芸在後座聊天，當司機的小虎見楊芸與我投緣，一路亦眉開眼笑，從後照鏡中可以窺見他自得的笑臉。

大時代給不了結果的，有眞心的人還是會自己找答案。

◉**楊明**

山東濟南人。東海大學中文系畢業。
曾任報社編輯。
著有散文集「我把憂傷藏在口袋裡」、「我以為有愛」；小說集「風箏上的日子」、「雁行千里」等。

# 仙人掌花

**血源真是個奇怪的東西，分隔兩地，四十年不曾謀面的親人，血源却依然會存在。**

秋天的時候，我回台中老家，母親高興的跟我說，院子裡的仙人掌花這幾天要開了，如果我多住幾天便能看到，一共有十朵呢！母親說，她估計全會在一個晚上綻放，也是相當壯觀。

仙人掌確實的名字我不知道，開的花和曇花十分相像，也是天黑了才開，天亮了便凋萎了。仙人掌種在院子的角落，當初是父親出去散步時看到別人丟棄在路邊的一截枝子，便帶了回來，種的時候只是抱持著種種看的心理，也不曉得能不能種活。沒想到不但種活了，如今已經攀上牆頭，橫跨了約莫兩公尺寬，開花的時候，花朵幾乎有湯碗般大，純白的花瓣在夜晚看來，瑩白似玉。

我從小就喜歡曇花，小時候家裡種了一棵，每逢開花，母親便摘下來養在水杯裡。我看著花，心裡總是想我要看著它，看一整個晚上，不捨得睡覺，可是每每心裡這樣想，到了時間，還是不知不覺的便睡著了。到了第二天早上醒來，花朵已經垂下了頭。

母親有時用冰糖和曇花一起燉，據說可以治咳嗽，那麼好看的花，吃起來卻並不好吃，我勉強自己多吃幾口，童話故事裡也有花朵養大的孩子呢！都是冰雪剔透的。長大了，讀「紅樓夢」，讀到曹雪芹形容尤二姐是花爲腸肚，雪做肌膚，我便想到曇花。

仙人掌花是在我回台北的前一個晚上開的，眞的如母親所說，十朵花全在一個晚上開了。晨起的時候母親還在擔心，要是那個晚上花不開，我便錯過了這一次的花期，父親到院子裡看了看，說：「會開，今天晚上就會開。」果然開了。

天黑後，我和母親在院子裡賞花，中秋剛過，銀白的月光照在花瓣上，也照在母親臉上，柔和的月光使得母親看起來比實際年齡年輕，我突然想起表妹，遠在青島的表妹。

四年前，我到大陸去旅行，行程中包括青島，母親給了我一個地址，要我去看看她的嬸嬸，我喊她姥姥，我先寄了信說會去，然後依著地址找到姥姥家。小小的樓房收拾的乾乾淨淨，我一直記得我們一起在燈下吃飯的情景，姥姥一邊爲我佈菜，一邊問我母親離家後的生活情形，父親又是個什麼樣的人。同桌吃飯的還有表舅、表舅媽和兩個表妹，大表妹靜些，小表妹活潑的很，我望著他們，我的親戚，突然說：「大表妹長的和我媽年輕的時候好像，比我還像。」

「我也這樣覺得。」姥姥高興的說：「那時候家裡幾個女孩兒，就是妳媽長的最好。」

血源眞是個奇怪的東西，分隔兩地，四十年不曾謀面的親人，甚至不是直接的遺傳，血源卻依然存在，我在表妹身上看到母親年輕時照片中的神采。

小時候，我常常羨慕別人有爺爺、奶奶、外公、外婆，還有表兄弟姐妹，我卻沒有，有時候抓著母親問，母親便說：「你也有呀！只是他們不住在台灣。」小時候不明白爲什麼他們不住在台灣，稍稍大一點，便明白了，明白後，我再也不問這樣的事，怕母親會傷心。

隔了這麼多年，我終於見到衆多表兄弟姐妹中的一個，而她又長的這麼像我媽。飯後，姥姥要大表妹陪我出去逛逛，她比我小了五、六歲，在幼稚園裡當老師，一副好脾氣的模樣，我們走在青島的街上，互相談論著彼此並不熟悉的生活，她對台灣的了解全來自於電視上播放的台灣電視劇。

離開青島前，我特別和她拍了一張較爲特寫的合照，帶回台灣給母親看。

後來，我不曾再去過大陸，也不曾再見過表妹，她應該已經結婚了，也許還生了小小孩。可是那天我們在青島街上散步時，她說話的神情、走路的姿態，我卻一直記得。

父親撿回這棵仙人掌時，只有一截長著刺的翠綠色莖片，如今已長成比人還高的植株，開著湯碗般大的美麗花朵，可是它是否依然保存著來自母株的記憶，和母株開著同樣美麗的花朵。那一夜，我看著盛開的仙人掌花，不禁這樣想。

◉楊平
本名楊濟平。河南新鄉人。民國四十六年生。淡江大學中文系畢業。現任「詩之華」出版社負責人、「新陸」詩社發行人兼主編。著有詩集「空山靈雨」、「年輕感覺」等。

# 走出歷史的陰影

**從早期的封建動盪到這幾十年的日趨安定，母親額上的每一道刻痕，都是歲月留下來的見證。**

一九八八年秋，當我伴同著年事已高的母親首度搭機返鄉，踏上這塊古老大地之際，仰天極目，心情如潮湧，眞是感慨萬千！

所謂的「故鄉」，畢竟從典籍、從螢光幕、從腦海的深處，走到了眼前！的確，開放探親（以及通商），就年輕一代的我們而言，可算是兩岸中國人四十年來的第一等大事——但就母親（她已七八十歲了）那一輩的人而言，又算得了什麼呢？又算得了什麼呢？

她祖籍是東北人，直到現在，話中還有很濃的東北味（雖然我聽不出來，但許多人都這麼說），單在中國便經歷過軍閥割據、護法運動、西安事變、僞滿、北伐、抗日，及勝利等等驚天動地的大事！

從早期的封建動盪，到這幾十年的日趨安定，她額上的每一道刻痕，都是歲月留下來的見證！無可磨滅的滄桑！

——當然，較諸其他絕大多數的同代人，她還算是幸運的；因爲，她來到了台灣。

「希望歷史不要再重演了，」我低聲的，衷心的說。

母親卻祇是沉默著。沉默著。沉默著。

歷史的陰影並不是那麼容易走出來的，我知道。

自甲午戰爭以來，如今，一百多年過去了，站在世紀與兩岸的分水嶺上，若說回顧這一段段的傷痕還有什麼意義，便是希望類似的悲劇別再加諸到這個古老、龐大、苦難的民族身上！

我相信，歷史的價値在此，眞諦亦在此！

就實際角度來說，亦是兩岸十餘億百姓的共同願望！

但是，「歷史」究竟是什麼呢？

眞理和正義，就像俗諺說的「成者爲王，敗者爲寇」這麼簡單嗎？

若從近世社會學的觀點視之，我們所謂的歷史每每經過了扭曲，是一時一地，幾經篩選下的集體記憶，且透過今日的角度來解讀過去——這也即意味著，我們所知曉的、紀錄的、想像的、甚至親身參與的種種，都有可能是片面的眞理。

——歷史本身多已證明這是既殘酷又荒謬的事實。

我的母親，和兩岸存活的老兵均可證明這一點！

故而，在很多、太多情況下，我們根本應法從中汲取什麼！證實什麼！

事實上，我們眞正關心的卻是未來。

未來。

是的！

不是一種制度如何壓榨人性；不是一位死者如何影響活人；不是一個民族如何自掘深淵；不是一片土地如何陷入貧瘠；不是一名巨人如何日益癱瘓——這些統統不重要，對年輕的我們而言，僅僅很單純的希望明天比今天活得更好！子女比自己更健壯、更有出息！社會比過去更富裕、更合理！時代比以前更文明、擁有更多的機會與希望；每天早上起來都能見到陽光，臉上有信心、家人有笑容，可以無顧慮的上下班，大聲的說出每一句話，發自內心的話！享受一切屬於「人」的基本自由——

就像百年前的孫中山，以他全部的熱情、理想、所盼望的那樣；或者說，就像我年邁的母親每日在飯前祈禱的那樣：這才是今日的我們，今日散佈在全世界各地的龍族後裔所關心的第一件大事！第一等大事！

——如果眞的實踐了這一點，歷史，即會是（套用海德格的一句名言）：「存在的被遺忘」，又有什麼關係？

揮去了陰影，再一次，我全心全意的期待這一幕早日降臨！

◉張堂錡　台灣新竹人，民國五十一年生。
師大國文系、國文研究所畢業。現任中央日報副刊編輯。
著有散文集「夢裡的木棉道」、「生命風景」；小說「青青校樹」等。

# 十元人民幣的悔憾

**我放在褲袋中的手不禁僵住，**
**那十元人民幣始終沒有掏出來，**
**它縐成一團，上面沾染我手心的熱汗。**

九一年夏天，我隨一香港書畫團赴大陸旅遊，行程包括了蘇州、杭州、黃山及千島湖。那是我第四次進大陸，因此不會感到陌生或不安，也正因爲不是第一次，對一些諸如黑市兌換、購物殺價的技巧頗能掌握，加上入境隨俗的機警，一路下來倒也獲得了不少愉快的經驗。

當然，不愉快的經驗不是沒有。例如每到一處風景名勝，總免不了會有一些孩子成群結隊地乞討要錢，就是很煞風景的事。我曾在深圳時，因給了一個小孩二塊錢，竟招來了一夥七、八個孩子，一路尾隨我們「逛街」二十多分鐘；在黃山西海賓館外，一群孩子在販售遊覽指南之類的畫冊，當我露出欲購的神色時，他們馬上一哄而上，從四、五歲到十來歲的孩子都有，在推擠間，那個四歲的小娃兒被硬是推倒在地，於是，我馬上不忍心地扶他起來，並斥責其他孩子的粗魯，最後，我當然向那個小娃兒買了一本畫冊。然而，就在我轉身離去之際，卻看到那個小娃兒欣喜地將錢交給其中最年長的孩子，而那人又交給他一本畫冊。

我頓時有一種受騙的感覺，不過，才十五元人民幣，畫冊也有用處，就算了。

當我把這段經歷告訴團員時，他們都饒富經驗地笑我被騙了，並且好意地勸我，類似的情形太多，心腸要硬，否則自己吃虧不說，還會助長這一「行業」的興盛。

接下來的行程中，果然每到一地，總有一些孩子湧來要錢，而我不得不「訓練有素」地視若無睹。即使是在杭州虎跑寺外，一個大男人扛著骨瘦如柴、衣衫襤褸的小孩，在烈日下敲著我的車窗，要我給他點錢，「救救可憐的孩子」，我也狠下心腸沒有搖下車窗。因爲，像這樣的「組合」，我在上車前已看到好幾對。

可是，不管怎麼說，孩子總是無辜的啊！「你給了他錢，保證錢不會用在孩子身上。」我的團員如此開導我。

從黃山下來的那一晚，我們投宿於花溪小鎮。行李安頓好，我隨同幾位團員一起去逛夜市。在一處即將打烊的市場前，幾位團員正在討價還價地買水果。我有些索然地立在遠處，看人潮的逐漸散去。

突然間，我覺得褲角被人用手牽拉著。低頭一看，又是一個小孩——五、六歲的小女孩。然而，不同的是，她與我一路上看到的衣衫破爛、舉止粗野的小孩完全不同，她身著一襲乾淨、典雅的淺色洋裝，長髮披肩，正以一雙清澈無邪的大眼望著我。我有些愕然，但隨即了解了她的用意。她羞赧地偷偷瞄向不遠處一名穿著粗陋白襯衫的中年男子，那名男子不斷以手示意她開口向我討錢。

她一直沒有開口。只是不斷望望我，又看看那名男子。團員的警告又在我腦海閃過。我的褲袋中正好有一張十元人民幣，我伸手握住，猶豫著該不該給，並且開始移動身子向別處走去。這麼清秀的小女孩，為何要如此在街頭乞討？那名男子如果是她父親，怎麼會捨得讓她拋頭露面，承受不安、屈辱與恐懼呢？我胡亂地想著，沒有停下腳步，而她與那名男子也跟著我走了五十公尺之遠，手始終輕輕地拉著我的褲角。

就在我決定拿出錢來給她的瞬間，那名男子突然疾步走了過來，手中抓著一把零散的紙鈔，塞進女孩手心，並且大聲地對她說：「好可憐，這些錢給妳！」說完立即掉頭而去，可是在不遠處，卻停了下來，回頭冷眼看著我。

我放在褲袋中的手不禁僵住，那十元人民幣，則始終沒有掏出。它綣成一團，上面沾染了我手心的熱汗。我掉頭離去前，瞥了一下跟前的女孩，依然是一雙大眼，無助、無奈地望著我。

三年來，我並沒有忘記那張雅秀、稚幼的臉，她眼中的企盼，與不安。九一年夏天在黃山腳下的小鎮上，至今仍有一張過早寫上生活滄桑的臉顏，在我心中清楚地烙印著。

偶爾想起來，那種心情是很複雜的。

後悔的時候居多。明知是一場騙局，我爲何要如此計較那區區十元，如果十元能讓那女孩得到一丁點的快樂，今天的我，絕對願意給她一百元。

可是，後悔之外，更多的是憤怒。不論是黃山上那個四歲小娃兒，還是黃山下那個男人與小女孩，爲了謀生，不得不在人前扮演一次次騙取同情的戲，這種小小的演出，我不覺得憤怒，反而有更深沉的理解。我感到不能原諒的，是造成這種人性扭曲的社會，以及政治環境。

儘管江山如此多嬌，然而，在中國的土地上，眞正最動人的風景是：人。只不過，平凡百姓的命運生死，常常是被操縱在少數玩弄政治、爭權奪位者的手中。中國近百年的歷史，我們常常可以看到更大、更醜陋的騙局在不斷上演。如果不是慈禧等人誤國，中國人何須在洋人面前奴顏卑膝？台灣又何須淪爲日本殖民地達半世紀之久？如果沒有國共內戰，老兵返鄉的人倫悲劇不會發生；如果不是十年文革浩劫，大陸百姓的素質水平肯定會更高；如果眞有民主，「六四」事件不會發生，柴玲、吾爾開希等人何須出走，離開自己的土地，飄泊異域？這些一齣齣以十億人民爲賭注的政治戲碼，最後承受苦難的仍是十億人民。

我想，只要黃山上那個四歲小娃兒還在，黃山的美景就必然失色不少；至於那張沒有掏出的十元人民幣，則已是我心中難言的一樁痛楚。

三年了，我不曾忘記那張小女孩的臉。

什麼時候，在中國的土地上，可以不再出現那樣的一張臉？

◉葉海煙
台灣嘉義人。民國四十年生。輔仁大學哲學研究所碩士、博士。
現任東吳大學哲學系副教授。
著有散文集「種子落地」、「意義的火把」、「向未來交卷」等。

# 中國印象

**走進故宮，我差點誤認一座座堂皇的宮殿竟是一座座香火繚繞的大廟。當有人拜神祈福時，不正有人啃樹根。**

九一年的早春，當我和一位北大教授同行走過偌大的天安門廣場，八九年的槍聲已遠，腳上也不見早被洗刷得乾乾淨淨的斑斑血跡，但我的心依然沉重，我的眼睛仍企圖在人群中尋覓某種熱情與正義的形象。

毛澤東紀念堂前大排長龍，年輕的教授問我：「想不想過去排隊？」我說：「不想，我祇想快點進入故宮看看。」他說：「我也不想，那些人都是鄉下人。」鄉下人似乎比較喜歡拜神，他們甚至於把活人當作神來拜。

可憐素來中國人幾乎都是鄉下人，他們難得走進京城。所謂「赴京趕考」，便幾乎是素來讀書人共同的目標，富貴榮華就在此一舉中的。最可嘆的是讀書人大多也是鄉下人，他們的出身大多卑微，因此十年寒窗不僅耽誤了青春，磨損了才情，有人還出賣了人格。

認眞追究起來，中國人拜神的歷史何止百年？中國人受苦的日子何止千年？走進故宮，我差點誤認一座座堂皇的宮殿竟是一座座香火繚繞的大廟。當有人拜神祈福的時候，不正有人啃著樹根？九二年的盛夏，在天津南開大學，和一群比我年輕的朋友暢談了一夜，他們禁不住回憶起啃樹根的童年，他們還問我曾否吃過香蕉皮。當年的傳聞，一被證實，一是作假。不過，如今拿「吃」這回事相較量，已沒有多大意義了。

南方的教授坐享改革開放的經濟利益，他們的收入竟是北方教授的三倍有餘。此刻，有人說：中國現代化了。我問廣州那位高所得的教授，他還是搖搖頭說：「中國要現代化，談何容易！」他關心的焦點在中國的政治能否民主，以及中央集權的體制能否徹底改變。他一腔熱血，憤憤地說：「如果中央還是那麼極權，那麼專制，不祇是你們台灣人想搞獨立，我們廣東人也很想搞獨立。」這話連我也感到震驚。

也難怪六四之後，上海的朋友要在他單位的大門口大書特書：

## 哭愛國學生血流遍地
## 恨專制暴君無法無天

這個朋友因此遭到懲罰，但他無怨無悔。他是一個讀書人，也是一個鄉下人。

九四年我在美國麻州劍橋，一個十分國際化的文化小城，到處可見東方面孔，其中日本人最多，其次便是華人，而華人並不一定是「中國人」。所謂「中國人」的定義確實十分寬鬆，卻也十分模糊。在哈佛燕京圖書館，幸會來自「中國」的竺小姐，她主動地跟我打招呼，態度十分友善。寒喧之餘，竺小姐便談到兩岸交流，因為她知道我另有一個身分——「台灣人」，又叫做「來自台灣的中國人」。也算是一次巧合，和一位東方青年在課堂外照面，先是用英語交談，接著是國語，再接著竟是台灣話。他的父親是嘉義人，母親是台中人，而他在美國出生。我們理應是同鄉，但國籍卻完全不同。臨走前，他很高興地告訴我他正在學「古文」——當然是中國的古文，又叫「文言文」。看他依然天眞的一臉笑容，我心中不禁泛起一絲暖意。

有人高歌：「四海之內，都有中國人。」似乎意氣昂揚，儼然當年大漢聲威依舊在。但以發揚中國文化為己任的哲學家唐君毅教授卻感歎「中國文化花果飄零」，他在四十多年前被迫離開大陸，寓居香港——一塊深烙著民族傷痕的殖民地，與同道創立「新亞書院」，盡一生之精粹於中國哲學之研究，成果纍纍，令人敬佩。三年前，我問過一位深霑新亞餘風的香港中文大學教授有關九七諸事，他預言：「我想到時候中大大部分人都會走，除了那些親中共的少數人。」不過，最近在波士頓的一項東方哲學會議上，我看到來自香港的一些學者都顯得十分自在，似乎心無罣礙，而全精神放在學術的研討。因此，我一直不敢和他們提到「九七」。

也許，政治不是一切；但是，政治卻可能干預一切。中國人集合成中國人的社會，中國人的社會便自然產生中國人的政治，其中彷彿暗藏漩渦，有人一掉進去便出不來，因此不少人寧可遊走暴風的邊緣，以策身家性命的安全。花果飄零是有不得不然的歷史緣由，這未始不是一樁悲劇。如今，有人從「中國」出走，是已經沒有什麼可以和政治牽連的因素在。當年孫中山「一盤散沙」的比喻，現在竟然還不怎麼離譜。不久之後，東方之珠會不會不幸蒙塵？「九七」是否是「災難」的同義字？這問題的答案可以交給未來，付諸歷史。但如果「中國人」的定義仍然歧義百出，中國人的政治仍然百病叢生，答案便大家心裡有數了。

大漢民族在大體確定自己的版圖之後，便在四面八方、東西南北之外，發現了一個不是方位的方位——「中」。

「中」是不動的動點，任四面八方如何拓展如何延伸，祇要「中」字穩穩站住，目光所及的一切便自然是個圓，「中」也就是「心」，於是，各種「中心主義」不斷滋生蔓延。其中，家族中心主義和民族中心主義聯手製造了一個國家一個社會，她擁有幾乎完全不同於西方的型態，難怪有西方學者說「中國」不是一個國家，而祇是一個社會——一個龐大卻又單一的社會。

有中心，便有邊陲。中心不動，邊陲便總在向心力與離心力交互運作之下和中心或親或疏地或遠或近，其間距離誰也拿不準，其間交流誰也測不定。而若中心一動，便極可能有無數的中心，「邊陲」便不存在了。在此，我們是不必像幾何學家去算計精準的定數，最值得我們關注的倒是現實面的一些變數，它們存在於一個社會的發展向度中，也掌握在一個有可能盲動的權力結構裡。當然，如果民心如流水一般，那麼，載舟覆舟之際，我們還是多少可以先看出一個端倪。

百年中國恰似一道洪流，黃沙滾滾，紅塵滾滾。百年來，中國曾經迅雷般拔地而起，卻又撲倒在地。「中國」是有嚴父的臉孔，也有慈母的神態，縱然在詩人筆下：「患了梅毒的母親依舊是母親。」如今，中國看來氣象萬千，生活水平一翻又一翻。最近在美國買到的生活用品，最多的是"Made in China"。可是，一想到在中國的土地上，仍然生活著不怎麼現代的一個民族，二點八億的文盲（佔世界文盲總數的百分之三十二）便是一個摔不掉的包袱，我們這些黃面孔的人總是感同身受，雖然我們彼此生活在不太相同的居住空間與生活情境。

其實，我們更關心的是台灣的未來，我們不曉得百年後的台灣會是如何的光景。在中國印象與台灣鄉土之間，兩千一百萬人應如何選擇自己的生活模式乃是兩千一百萬人無可推卸也無法剝奪的責任與權利。小小的台灣可以有大大的胸襟，因爲台灣四面是海，她是島不是大陸。更值得大家注意的是台灣沒有天安門，沒有故宮，沒有中南海，也沒有二點八億的文盲，雖然台灣還欠缺許多，還有許多事該去做，也還有許多東西該去學。無論如何；百年之中，應大有機會讓台灣琢磨成又一顆東方的明珠。

◉龔鵬程

江西吉安人。民國四十五年生。國立台灣師範大學國文研究所博士。曾任淡江大學中文系主任兼研究所所長、文學院院長，行政院大陸委員會文教處處長等職。現為中國古典文學研究會理事長、中正大學學歷史系教授，佛光大學籌備處主任。著有論述「歷史中的一盞燈」、「文學與美學」，散文集「少年遊」、「時代邊緣之聲」等。

# 一百年和兩千年

**在精神層次上與孔子冥合契會的我，處在時間之流中，面對變轉流逝的時間和冗然無所更易的現實，竟令我有錯愕驚慌之感。**

在去曲阜之前，我去了一趟紫禁城。赭色的宮牆。琉璃瓦上長著一蓬蓬雜草。襯著鐵灰色的天，有點沉重的憂鬱。

曲阜則仍是充滿光和熱的。但光與熱似乎每年也僅只一次。大部分時間，它都處在人們記憶和權力的邊緣。每年用盡氣力，跳舞歌唱衝刺一番，其餘的日子，都要用來喘息，或者回味。

祭孔大典，八佾舞、孔府、孔林、孔子墓、孔府家譜，以及一切可以與孔子扯上關係的東西，構成了這座城市。這是一座符號與象徵的城市。其存在，就是因爲它具有象徵的意義，城市中所有生活及其具體構造也都表現出這種符號功能。

在此符號與象徵的城市中，現實被符號浸潤穿透了，生活成了抽象的概念。把我們的心我們的靈魂，抽提起來進入一個幽眇深邃的時空場域中，參與孔子及其弟子們祭燕弦歌的世界，沐浴在聖哲慧命流布與傳承的德澤中，如飲芳醪，悠然忘機，沉沉然融入其中。亦不自覺地弦歌鼓瑟，浴乎沂，咏而歸。

我喜歡這種氣氛，也明白孔子墓就是我文化生命的歸骨之所。在墓前站立時，我深切感覺到我也正躺在裡面。但是，整個符號的城市仍然讓我不安，仍有生命歉虛的感覺。所以我僱了車，要再深入歷史與靈魂，再到孔子誕生的尼山去看看。

尼山書院孤獨地座落於城外小山頭上，長松落葉、闃寂無人。一切只能摩挲徘徊，無從叩問；聖賢遺徽，流連追思，而亦無法對話。爲此，我亦不免悵悵。從尼山書院下來，有鄉人云其間有孔子洞，乃孔子母徵在誕育孔子處，導我去看。這當然是無稽之談，但使我瞭解了傳說的意義與力量。坐在孔子洞前，長風拂草，四野荒寂，尼山靜立，宛如太古。時間一霎消失了，不覺漸漸入冥而去。彷彿我即孔子，少小亦坐此洞前，靜對太古以來就有的山巒。山前有農，正驅牛推犁操持於隴畝間。

墓地，我忽大生感傷。因爲，這位農人耕作的方式，兩牛犁地的景象，我在漢代石刻上見過，想孔子當年也見過。我今坐此所見，亦必爲孔子當年之所見。我與孔子，相隔二千年，而尼山如故，鄉人生活及耕稼方式也如故。

時間帶來的傷懷，一下子衝倒了我。符號的城市，抽象的人生，忽然被淚水滲透了。在精神層次上與孔子冥合契會的我，處在時間之流中，面對變轉流逝的時間和兀然無所更易的現實，竟令我有錯愕驚慌之感。

我又驅車往少昊陵，這是中國少見的三角形金字塔式陵寢。一路上經過的山丘，林木都斬代殆盡，牛山濯濯，生意蕭索。路邊農家鋪麥梗高粱桿於地，車行軋軋，一路作響。房舍皆土石。農民以樹枝分叉者爲耙，以溪溝爲井爲泉爲浣洗之地。塵沙飛揚，大地一片灰濛土暗。到達少昊陵時，只見墓門石階地上鋪滿了棉花，有鄉民正在曬棉花。伶俜稚弱，立在少昊陵三個大字底下。

少昊見此，必當大哭。此，我心靈之故鄉曲阜也。

而這也就是中國。文化上精微高深，顯現了人類最寬博深厚玄妙幽敻的一面，令人品啜玩味不已。文字傳達著聖賢的智慧，傳說渲染著聖哲的行迹，遺址故居，鋪陳出一幅聖哲優遊息處於其間的生活世界。讓我們對之當然悅然。可是，這並非眞正的生活世界，而是符號與象徵的世界。在此世界中，我們享受著精神的盛宴，靈魂得到暖慰，覺得歷史與我人存在的當下，是可以通貫爲一體的，融洽無間。但眞正的生活世界呢？窘迫、困頓、髒亂而且荒蕪的人生，卻伴隨在我們周遭。符號與現實脫離了，時間，則是凍結了。從孔子到現在，中國，精神上殊無進步，其生活狀態亦無太大進益。今人與古人，乃竟也可以並置共存。

這等荒謬處境，其實至今並未消失。我想到尼山腳下耕作的農夫，其生產方式回然仍停滯在孔子時代，台灣的民衆又有什麼不同呢？機械或許改變了，街市或許面貌不再古樸，生活或許逸豫優渥，然做事的方法仍是兩牛横犁式的。人生之窘迫困頓髒亂與荒蕪，亦未必不甚於曲阜的鄉農。

近百年來中國之失敗，正由此見之。大陸的社會主義實驗，是視此時間凍結之景況爲「停滯於封建社會」，認爲可藉由反傳統反封建的方法來改造中國，讓中國擺脫窘困。不料馬克斯主義之實驗近八十年，貧困蹇窘如故，雖因擁有核武，爲世側目，然文質彬龢的孔子，竟改造成了個西楚霸王。台灣，該稱宗法三民主義，而居然以資本主義之成就竊喜不已。認爲已替中國社會帶來了空前未有之繁榮。而人心憂苦，惶惶然如末世將屆，若孔子之困於陳蔡般。

故百年中國，似變而實未甚變之局也。人人都說這是個千古大變局的時代，人人都覺得百年來中國有許多進步。但從結構內裡看，變了什麼呢？窘困的格局並未打破，百年之中國，仍如二千年之中國。要打開新時代的架構，還有待努力哩。

# 第4輯

# 人間有愛

◉葉蟬貞

湖南醴陵人。曾任國大代表，主編「婦女共鳴」月刊。
著有散文集「燈下」、「青春」、「歐洲藝術之旅」等。

# 人間有愛

**想到故鄉，圓圓胖臉、渾身活力的李嫂子和眼波流轉，窈窕多姿的小白兔兩人的影像便出現在我眼前。**

這兒是江南一個不算小的農村，很美，小橋、流水、人家；綠波起伏，一望無涯的秧海、菜畦；鳥雀飛鳴其間的深山茂林；土地肥沃，村民多數務農。男耕女炊、大白天沒人家關門閉戶，本鄉也沒有乞丐。有，也是外地來的。不過，遇到老天爺不下雨，天乾地燥，或暴雨下個不停，江河猛漲，田地一片汪洋的大災年，情況就難說了；田無法耕、地無法下種；有力無處使、年輕人活不下去，便率性打小包從軍去了。做媳婦的要活，祇好去幫傭。

李嫂子十七歲那年，便因上述原因，來到本村一個小地主家。

老太爺是個老秀才，他和老太太的獨子是同盟會會員，那年國民黨政府在廣州發動護法運動，他兒子由粵返回故鄉，想策動地方武力響應。事洩，身殉了。他們的長孫考進黃埔軍校，北伐時陣亡了！家中沒有壯丁。李嫂子身體健壯，手腳靈活，性格朗爽單純，做事又勤勞，博得僱主全家老小喜愛，待她親如家人。有得吃、穿、住，李嫂子心中便滿足，每月工資全部拿回家分給婆婆和自家親娘用急，自己不需錢嘛。丈夫一去無訊息，也沒聽她出過怨言，發過牢騷；認命，是她的人生哲學。從不嘔氣，她活得和和順順的，倒也從不生病呢。

直到那一年夏天，她僱主家幾個老人已先後去世，幾個年輕女的都已逃到後方；想不到一去無音訊的丈夫，卻一拐一拐的，打鬼子受傷回來了！「凡事有得有失，」李嫂子想：「雖然時局亂，沒人家僱用，總算以爲死了的人活著回來了，雖然跛腳，自己也可成個家了。」她田裡、家裡兩頭忙，往後又生了個兒子，有時直忙得喘不過氣來，但，兒子是她的「開心果」，辛苦中也有快樂。想不到兒子剛會走路，鬼子兵竟衝到村子裡來了！好容易餵大的一頭母牛，生的小牛賣爲想吃蛋的兒子餵的，也一隻不留抓去吃了！和誰講理去？那家不遭劫難？李嫂子想，日子總得過，照舊除草種紅薯，「兒子好愛吃蕃薯飯。」想著，李嫂子心中好甜。天！那來槍聲？李嫂子抬起頭四處張望，長堤上塵土飛揚，可不是該殺千刀的鬼子兵！聽說好些女人吃了鬼子虧，這邊園子裡幾個黃花閨女還慢吞吞在摘辣椒，說白話呢！「鬼子兵來了！」她向她們大叫，「快跑呀！跟我來，我們往河邊跑，有船。」三個大姑娘拚命跟她跑到河邊，上了隻小漁船，她還幫她們用力將船一推離開岸，她們大聲叫，「你爲什麼不上船呀？」

「我家有孩子和跛腳，我得趕回家！」她回首看，船已到江心，鬆了一口氣，「幾個黃花閨女總算逃脫了。」還沒跑回家，半路上，她覺眼前一陣黑，頭暈暈，面前似有群魔亂舞，被鬼子魔掌一把扳倒地上！以後發生的事，有天地江河爲證，經過多少個鬼子蹂躪，李嫂子自己始終說不明白。她成了半死人，動彈不得，日落時分被村民發現，把她抬回家，跛足丈夫一看嚇昏了！她緊閉著眼睛，但仍有呼吸，不會說話，也不懂人事！聽到兒子的哭喊，才會睜開眼流淚，彷彿還會細細聲說「乖」。整整在床上躺了一個多月才恢復，向丈夫哭訴說：「如果不是丟不下兒子，我眞不想活了！」不久，夫婦逃到深山中的親戚家，直到日本投降才回到村子裡來。但是除了兒子，一無所有，怎樣活下去呢？由於李嫂子人緣好，她男人又因打鬼子才跛的，「就讓他夫婦照管本村最大的祠堂吧，祠堂有大批田產，辦有小學，他夫婦負責祠堂的清潔、安全，老師學生的茶水。祠堂給他們幾間側房雅屋，每年若干擔米糧，夠她一家生活了。」村裡人士終於作了決定。生活有了著落，李嫂子又開始忙了。不久，她原來幫傭那家的少奶奶也帶著孩子回來，幾個被她幫著逃過一劫的閨女也已結婚生子，都來看她、謝她。李嫂子的圓圓臉又開始有了笑容，幹起活來又勁道十足了。

也說不清過了多久歲月，村子裡又開始有謠言，漫漫謠言滿天飛，說是改朝換代了。漸漸來了一些外地人，很多人家被抄家，屋主掃地出門。李嫂子是無產階級，倒沒受什麼罪，組織村婦女會時，她還被選為副會長。婦女會理事之一的小白兔，則是村裡風頭人物。少奶奶一家被掃地出門，無處落腳，李嫂子過意不去，邀她們住祠堂。少奶奶怕連累她，還沒來得及逃到別處，被幾個外地來的人，將她綁在廣場涼亭柱子上，要審問處罰她。李嫂子嚇得找來小白兔，和另外幾個村民，一齊跪在地上，一再向大爺們叩頭碰地說：「大爺們，她也很可憐，卅二歲丈夫便去世了，獨子才三個月，過著好苦的日子，好容易熬到今天，大爺們，看到老天爺份上，放了她罷。」幾個人一再叩頭。少奶奶自己祇管哭，半句話也說不出。大爺們見跪在地上的一再叩頭，少奶奶又是那憔悴可憐樣，商量了一下，終於將她放了。

李嫂子機靈，摸黑就帶他們逃到四十里外，少奶奶家佃戶李南甲家。李家仍像接待貴賓般接待他們，將他們一家三口藏在穀樓上，三餐茶飯送上樓。少奶奶現在是無產階級，兒子本已考取縣城一所有名中學，為繳不起學費著急。李南甲拍胸說：「我挑穀賣了交學費，再說，這些糧原是你家的嘛。」悄悄送她兒子進城上學。可是學校知他是地主家兒子，不讓註冊，說是沒床位了。校長得知他是以第一名的成績考取的，看孩子可憐，就說：「在我房間搭個小床，給他註冊吧。」小子含淚笑了。少奶奶在佃戶家躲藏近一個月，才由佃戶送她盤纏，在一個月黑風高之夜，送她母女到縣城火車站，連夜搭車逃到外縣了。

替少奶奶求情的另一個婦女會理事小白兔，我也弄不清她的眞正姓名，她人長得漂亮，身材窈窕，皮膚白裡透紅，聰明透頂，能言善道，是「伴娘」中的頂尖人物。本縣舊習慣，有錢人家嫁女、娶媳婦，戚里來賓會一同上演「鬧新房」、「鬧新娘」的鬧劇，也可說是對付新婚稚嫩男女的種種胡鬧、惡作劇來取樂、逗趣。女家因疼自己女兒，怕她受窘、受困，又怕得罪親家、賓客，便想出一條妙計，僱一位年輕漂亮的少婦，陪伴女兒到婆家，因叫「伴娘」，伴在新娘旁，見招拆招，唱小曲、湘戲，妙語如珠、花招百出，替新婚夫婦，特別是嬌嬌的新娘解圍、脫困。一身絕技妙招的小白兔，雖然紅透半邊天，但從未聞她惹事生非，做出傷風敗俗之事，惹鄉民閒話。她也是無產階級，又是村中新聞人物，之被選爲婦女會理事，大家都認爲是理所當然的事。她經常在村裡走動，傳達這樣那樣的訊息。

村裡另一新聞人物是「科爺」，日本人在的時候，他搞游擊隊，帶著十幾個弟兄，深山野渡，出沒無常，把幾個作惡多端的鬼子兵硬是給活埋了。現在他還不改故態，整天持槍佩刀。山裡河裡，鑽進鑽出，終於有一天，被大爺們抓個正著，就地正法了！他的原配早已去世；養子瑞發，新娶鄰村一個受過高等教育，且有幾分姿色的女子爲媳。如此一來，小兩口嚇得東躲西藏，來到小白兔家。小白兔直皺眉，怎麼辦？心想科爺膽大氣粗，本就不怕死。瑞發可眞老實得可憐，新媳婦還是嫩花苞兒，立即端來兩大碗飯說：「先餵飽肚子吧。」拿定主意又說：「你們得趕緊逃到外地去呀，瑞發快改穿我老闆的破舊衣服，小新娘換穿我女兒的衣褲，快！臉上抹黑點，趁天黑瑞發游到對河岸去，上岸後如何、如何；我護送新娘和你在城裡車站會合，跳上車，你們愛到那，就到那兒活命去吧。」次日天還未亮，小白兔就回到家，來往一路未出錯，小白兔想，有天保佑。

一晃，又是多少年過去了。少奶奶母子逃出後，那個父親去世時才三個月大的兒子，如今已是高級工程師，不但早已結婚生子，他的長子，即少奶奶的長孫，幾年前去美，考取美國密西根大學全額獎學金，今年已獲土木工程博士學位，他的妻子也在同一學校獲化工博士學位，兩人仍留美繼續研究中。至於少奶奶，已是白髮滿頭，步履蹣跚的老婆婆了。和兒孫住在一處，不乏天倫樂趣。她常說：「沒有李嫂子，我們那有今天？」其實，小白兔心地也很好哪，小凰（她女兒）出差到漢口，還受到瑞發夫婦熱誠招待，據說他們生了三個女兒，個個會讀書，分別在北大、清華大學畢業，大的兩個，又考取公費留美，已在美國某大學得到博士、碩士學位，祇小女兒留在父母身邊。他們也存了一點錢，年前瑞發太太特地回老家掃墓，並答謝小白兔，不料小白兔卻在早一個月因心臟病去世了，眞令人嘆息。

想到故鄉，圓圓胖臉，渾身活力的李嫂子；和眼波流轉，窈窕多姿的小白兔便出現我眼前，兩人都出身寒微，未受過半天教育。小白兔一生好像都在爲別人製造歡樂，紓解困窘，整天笑瞇瞇。難道她自己內心不快樂，有壓力、痛苦，好端端怎會因心臟病去世呢?! 據家鄉來人說：總是忘記了自己的李嫂子還健在。住的祠堂早被外來人拆毀了。她的兒子和三個孫子用自己的雙手在原地上，建了一座兩層樓的簡單住宅，夠她一家住了。她兒子也做了祖父，她該做了曾祖母，兒孫繞膝，算算也該八十好幾了。

◉魏子雲
安徽宿縣人。民國七年生。
曾任台北師專副教授，「青溪月刊」、「文學思潮」創辦人。
著有散文集「戲談」；小說「紫陽世第」；論述「孔雀東南飛及其他」、「小說金瓶梅」等。



# 魯甸鎮的廟會

**土娃知道大煙又叫鴉片煙，他不但見到不少骨瘦如柴面色慘白的火煙鬼子。也見過犯了鴉片癮的那種痛苦樣子的人。**

英國人輸入我國的洋藥鴉片，從道光中葉開始（約一八三〇前後），不數年，中國人染上鴉片煙癮的人，遍地皆是。道光十八年（一八三八）派林則徐到廣州處理鴉片煙的進口。由於禁令嚴，處理方法貫徹，英美商人遂陸續交出鴉片土一九一二七箱，又二一一九蔴袋，約計二百三十七萬六千餘斤。於一八三九年六月三日在虎門海灘當衆焚燬。於是一個月後，英國便派軍進攻廣州，引起一場所謂的「鴉片戰爭」。清政府不敵，遂有了「南京條約」的訂立。中國開放口岸的不平等條約，左一張右一張的訂立。洋藥鴉片不但整船整船的運入，連鴉片煙草罌粟，也在中國土地上開花結果。中國鴉片煙上癮的大煙鬼子，更是無處不有。此一積弱不振的國家，引起了近鄰日本軍閥的覬覦，遂有了併朝鮮，呑台灣，裂東北、割內蒙，以至有鯨食我全國領土的野心。

一百多年了，我中國受到鴉片毒害的影響，直到民國十幾年間，在我中國樸實的農村，還在公開種植，公開售賣，公開食用。我在新作長篇小說「在這個時代裡」的第一部「土娃」第十五章，就寫到淮北的這一社會情景。

請看這一章：「魯甸鎭的廟會」。

魯甸鎭要逢會了。

四月十二日是魯甸鎭的曹時廟曹時爺的忌日。

今年的收成好，魯甸鎭的會頭們，爲了要把今年的會，鋪張得熱鬧些個，決定演三天梆子大戲。

衛輝縣的雙喜兒班，姐弟挑班，姐姐叫大喜，弟弟叫二喜，這班子遂命名爲「雙喜班」。

姐是唱紅臉的，弟是唱小旦的。孿生，今年還不到二十歲，跑過大地方的，洛陽、開封都唱過了。這次到魯甸來，是趙家海子趙團練的顏面，重金禮聘來的。

魯甸逢會，小學就停課。何況今年的會，戲台就搭在魯甸小學的右旁打麥場上。曹時廟已成廢墟，只搭蓆棚於戲台正前方，用紅紙寫了一個神位供在几案上。權作這戲是特爲他老人家演的。

（搭了戲台的這個打麥場，是其中一個會頭家的。）

說起來，魯甸鎭的這個會，每年只逢一次。日期是四月十二日，不改變的。別處的廟會，有一年兩次的，往往三月一次，四月又一次。每年，一過了二月初二，地上的廟會，就接二連三，今天這裡，明天那裡。有時還會重疊著，使趕會的人，趕不過來。

何以呢？佛家的廟宇、道家的庵觀，幾乎村村都有。連個小小的土地廟，都會掛個名義，訂個日子，來「逢會」。

這些會，如同集市一樣，有一定的「逢集」日期。所不同的是「逢集」一月有許多次，不是逢單日或逢雙日，就是逢一三五或逢二四六，大集中，則是天天有市。「逢會」則大多在春二、三月，最多到四月半，以後就農忙了。秋天「逢會」也有，少。因爲春天的農家，幾乎家家需要增添農具，所以「逢會」的日子，大多訂在春天。

會的市場，與集鎭的市場是一樣的，牲口市場，主要的是牛馬驢騾。雞鴨豬羊，大多不在會的市場上，都在集鎮的市場上。主要的原因，會是流動性的，今東而明西。今天沒有賣出的雞鴨豬羊，再趕回自己的「行」。還有糧食的買賣，也不在會場上，會場的大買賣就是牲口與農具兩種。農具包括鐵打的犁、耙、鏟、扒子、刀子（鐮刀）等等，還有藤的筐子、籃子、箕子、笆斗等等，其他，就是飲食攤子，最多的是油煎包子、胡辣湯、油炸糕、油炸鬼（檜），以及油茶、糝、粽子、饅頭、燒餅等等。還有就是扛著笆斗賣花生的，賣麻花的，擔著挑子，賣涼粉的，賣豆腐腦的。棣著草綑子，賣糖球的，賣麵人的，賣紙風車的。也有拎著小鳥兒籠子，手搖木鈴打卦的。

吃食攤子，都是布篷子。這些布篷子，都是中間一樑支起，釘上四個角兒。另外還有一種布篷，搭起來像一間小屋，掛著門帘，大多搭在會場的隱蔽角落裡，各角都有，有時並排，有時散開，順著各處的地勢搭蓋。

這種布篷，一是鴉片煙館，一是賭館。

那時代，這種「煙館」、「賭館」，在一般集市上，也是公開的。市集上，還有買賣大煙土的店面。田野間，有整塊田種植了罌粟，桃子大的罌粟果，一大早就有男男女女在手持割腳繭的小刀，在田中一刀一刀的在果上割一條裂縫，讓它流出奶汁，兩天後，再去一縫一條的刮下來。同時再割第二條縫第二條縫。直到這罌粟果流不出奶汁來爲止。

魯甸鎮的幾個大戶人家，都備有抽鴉片的工具。來了貴賓，最上的待賓之禮，便是招待客人臥到「煙榻」抽上「一口」，再起來喝茶說話。

財主人家，還僱有專工煮土、濾膏、作煙泡，伺候客人上床遞煙槍到口的人手。土娃曾親眼見他們魯家的一位叔叔，只有二十歲，就把大煙抽上了癮。訂了親的親家知道了，提議退婚。長輩知道後，把這孩子用鐵鍊鎖在一塊拉石上，拴在大門外的一棵棗樹上，祖父搬了一把椅子，坐在旁邊看著。癮來了的時候，躺在地上直滾，用牙咬腕上與腳脖子上的鐵鍊，四顆門牙都崩斷下來。他的親生爹娘不敢猥。

如有人走近前來看一眼，這位老祖父就說：

「你們看，把大煙抽上癮的人，就是他這個樣子。」

「癮上來了，八大金剛也擋不住他，他千方百計，非把大煙弄到口不可。」

「要他戒掉，就得這樣，禁止他再抽。爲了要禁止他再吃鴉片煙，就得鎖住他。」

「我把這不成器的孫子鎖在這裡，就是要你們大家夥看看。」

說話的時候，那被鎖鍊拴在棗樹上，腳脖子還鎖在拉石上的人，突然不滾動了。

「死嘍死嘍！」看的人有人在這樣說。

「死不了的。」那老人看了一眼後，向看的人說：「這時候，他的癮過去了。等一會兒，這癮還會發作的。」

過了一會兒，躺在地上的那個被鎖鍊拴起來的人，睜開了眼睛，坐了起來。滿臉都是淚水，兩根白銀銀的鼻涕，從兩個鼻孔上流掛下來。

他祖父起身走過去，擤去他的鼻涕，爲他擦擦臉。

「把我弄死吧！」他說。唏呼唏呼鼻子，又說了一句。

「再忍受三天，你就戒掉了。」他祖父說。

後來，這個孩子死了。那是由於他的祖母看到孩子犯了癮，難過的情形太不忍，遂偷偷兒給他買來五粒煙泡，這孩子不知好歹，竟一口氣呑下肚下，毒發而死。

這件事，魯甸人都知道。

還有傳說是他祖父毒死了孫子呢！

松三爺有三年沒有見到魯甸鎭的廟會了。

今年的廟會，有三天梆子大戲。今年的收成又好，廟會也就特別興盛。不但一條橫貫東西的大街，擺滿了攤位，連其他的打麥場有了空處，也有各種不同的篷篷攤攤。譬如「煙館」、「賭館」等篷屋，附近必有不少吃食攤子、挑子，以及半大小子們的牌九攤子、骰子碗、象棋攤，以及卦攤、看相的桌子，都圍著這些篷屋擺設。

會還沒有正式上人呢，「煙館」、「賭館」已在頭天晚上開了張，已經有煙鬼、賭鬼上門。靠煙賭弄金銀的人，那有閉門不納的。這幫人做買賣，還會看黃曆選吉日嗎？

魯甸小學停了課，夜課也停了。

松三爺吃了晚飯，出門到會場上蹓躂了一個圈子。沿街的篷帳，雖然沒有開張，已是燈光閃灼。走到那滿是煙館、賭館的打麥場上，已能聽到呼盧喝雉的呼叫聲，尤其，那一爐爐在篷外熬煎大煙土，別有芬芳的馨香味兒，更是從四面八方撲鼻而來。松三爺想到了林則徐禁煙的歷史，想到了八國聯軍的恥辱。忍不住鼻子一酸，流下淚來。

松三爺離開了那煙、賭之地，沒有回家，便到魯家去了。他想到這幾天不上課，他要單獨把土娃帶到身邊去看鴉片煙與賭博這兩件，得向土娃這孩子說說。他看中了土娃這孩子，倒是個唸書的材料。

到了魯家，說到這幾年他不在家，社會變化得太大。想不到大煙跟賭博，在鄉間，會氾濫到這種地步。幾已不可收拾。

「如今是大盜搶天下，小賊搶牛馬。孫中山先生又不幸大去，今後，不知會亂成怎麼個樣兒？」

「從明兒格起，咱這裡的會，要逢三天。又有大戲。」

「戲，是活的課本。戲碼我知道了，有轅門斬子、有斬黃袍，有包公鍘陳士美，還有小旦戲蓮花庵、陳杏元和番、穆桂英掛帥，都是好戲。我帶土娃去看，就便教教他。」

「會，也得逛逛，這些，都是書本子。我帶他去逛逛，一面看，一面給他講講。」

松三爺有這一分心意，魯家當然求之不得。

土娃更是高興得眉飛色舞。

農家人起身早，辰時就開市了。太陽剛爬上東廂屋脊的那個時候，只要走上圩　內的女，用不著爬上碉樓，就會看到村路上人，一大隊一小隊似的，牽著牲口，揹著土產，或扶老挈幼，紛紛攘攘，都往這會上來。有的是來買的，有的是來賣的，有來抽的，有來賭的，也有煙館兼作色情的。

總之，能賺錢的事，都有人在幹。

松三爺帶著土娃逛會場，牛馬的市場交易最大，不但有人收行規，連牛馬的糞便，一手提著糞箕子，一手搶著糞扒子，只要一看到牛馬拉了，就趕快跑去，用糞扒子將拉在地上的糞便，扒起放入糞箕，再傾倒在近處的糞堆上，隨時有糞車來，馬上清除推走。

土娃看了，就想到了他跟著父親去拾糞的事。

怪不得有人說：「一坯糞便一錠銀」。

隨處，可以見到不少的半大孩子，在擺牌九地攤。

地上鋪了一張白紙，紙上方方正正擺了三十二張牌九，有三十張背朝上，兩張天牌臉朝上。旁邊已經蹲了兩個，也是十六七、十七八的男孩子，在招徠另一個入夥。

「來來來，著一個。」看見人過就叫。

松三爺問土娃，知不知道他們在作何勾當？

「他們推牌九。」土娃只認識這是推牌九的賭博遊戲。過新年的那幾天，他已參加過。

「不是。」松三爺回答：「他們三人張開的是一個蜘蛛網。在捉那不張開眼睛看清楚，就橫衝亂撞的盲撞鬼。」

土娃聽懂了。遂連說帶問：「那他們三個都是一夥兒的？」

松三爺笑了。「人世之間，到處都是這樣的蜘蛛網在張著。」又說：「一不小心，就會撞上。一撞上那張網，後果可就很難想像了！」

土娃雖祇七歲，蜘蛛網的比方，尚能領悟。卻領悟不到人間的蜘蛛網是怎麼個樣子。不過，他卻領會了剛纔看到的那三個孩子的牌九攤子。他懂得了他如果去加入一個，湊成四個人去賭，他一定上當。人世間的其他事，他都領會不到。

所以，他只是疑惑的想，不能發問，也不知作答。

松三爺又帶土娃去看農具市場，那些鐵打的，錫鑄的，柳編的，木製的，應有盡有。土娃全認識。

「工欲善其事，必先利其器。」

松三爺看完了這農具市場，向土娃唸了「論語」（衛靈公篇）上這句話，又加以解說：「孔夫子這句話的意思，就是要求我們作人處事，必須先瞭解事實的眞象，方有判斷的根據。並不是一般人說的：『工匠要想把工作作好，必須先把刀斧磨鋒利來。』孔子說的這十個字，可不是這個意思。我問你，」說著又問土娃：「有了鋒利的刀子斧頭，若是沒有學好這一門工作上的精到技能，能把他的工作作好嗎？」

土娃聽了，還不能十分的領會，呆呆的不能作答。

「比方說，」松三爺又打比方教土娃，「你沒有好好用心唸書，又沒有好好學寫字。就是給你一枝最好的筆，最好的墨，最好的硯石，最好的紙，你能把字寫好嗎？」

土娃懂了。馬上回答：「不能」。

「照做莊稼活來說，」松三爺再打個比方，「種田的犁耙、鋤鏟，只是耕田的各種用具，如果那個人不懂得做莊稼活，那些耕種的用具，利於他嗎？」

這些話，土娃一聽就懂。又搖搖頭。

說著，松三爺領著土娃，坐在這家打麥場上的一個土堆上。

「背得出『必先利其器』這一章的全文嗎？」

土娃說：「我沒唸過。」又想了想，說：「沒有唸過。」

凡是土娃唸過的，沒有他背不出的。

「不是讀了『論語』嗎？」

「我只讀了『上論』，」土娃答。又說：「俺爹挑挑揀揀教我的。」

松三爺這纔知道土娃連「論語」也沒有讀完。

「噢！這是『下論』。」說著站了起來，像祖父一樣，牽著土娃的手，說：「走，到家唸去。」

一陣熬煎大煙土的芳芬味道，隨風吹來。

土娃突然嗤嗤哼鼻子。他聞過這種香味，也知道這是熬煎大煙土的氣味。

「你聞到了這種氣味吧？」松三爺說著向左方一指，說：「那些布篷就是大煙館，賣大煙，抽大煙的地方。」

土娃知道大煙又叫鴉片煙，他不但見到不少骨瘦如柴面色慘白的大煙鬼子，也見過犯了鴉片煙癮的那種痛苦樣子的人。

「鴉片煙是害人的，怎麼還有人去吃呢？」

「唉！上了癮，就戒不掉了。回家告訴你吧。」

帶土娃回到家，就講林則徐禁煙的那段歷史。

「鴉片煙不是咱們中國的，」松三爺像講古似的說：「鴉片是洋名字，從英文 OPIUM 音譯出來的。本是一種可以治病的藥，傳到咱們中國來，也是治病用的。是一種會開花的草。咱們這裡也有人種。說起來也不怪人家洋鬼子，怪咱們中國人無知，洋人拿它當藥用，咱們中國人竟拿來當飯吃。說什麼呢？吃上癮了，想不吃都不成。癮發了，痛苦得非吃它不能解除。凡是吃上了癮的人，不死也成了廢人。就拿咱們魯甸鎮來說，拿鴉片煙待客的人家，數起來就有幾十家。吃上癮的人，何止十幾廿？怎的會弄到這種地步？連大城大都，像咱這鄉村集鎮，遍地也都是煙館子了！怪誰？……」

松三爺沉痛地說到這裡，也尋不出誰是該怪的人？

「鴉片煙的禍害，到了今天，已形同洪水，比洪水還要厲害。七十年前，林則徐禁煙，到了廣州，第一步就是整頓海防，查鴉片的商人，全部繳出鴉片存貨。否則，一經查出，就地正法。經過林則徐的禁煙令，雷厲風行之後，查繳到鴉片煙的土膏，有兩百幾十萬斤。在虎門這地方挖了個大池子，引進海水，將查禁來的鴉片煙土膏，全部投入，加上石灰，焚化了一個多月。」

「林則徐這樣做的對不對？」松三爺說到這裡，歇口氣問。

「對。」土娃斬釘截鐵似的回答。

「對是對，英國人居然開來兵船攻打咱們。」松三爺哀痛的說：「洋人的船堅砲利。咱們中國人，打是打了，可是打不過。結果，清朝的道光皇帝被迫接受了英國的條件，訂立了南京條約，把香港割讓給英國，還賠償了英國人鴉片煙的損失，這一條那一項，共達二千多萬兩銀子，還得同意開放我國沿海岸廣州、福州、廈門、寧波、上海五大海口爲通商海岸。還得保護英國以及其他外人在中國經商的安全。各種稅捐，都得優惠。從此，鴉片進口，名之爲『洋藥』，變成了公開的進口商。所以……」松三爺說到這裡，聲音已有幾分哽咽。淚水也溢出了眼眶。

土娃也眼睛紅了，撇著嘴，沒有言語。

「所以鴉片煙在咱中國，氾濫成了災害，竟到如此地步。」

「都是洋鬼子害了咱們！」土娃擦擦眼淚。

「鴉片煙要是這樣下去，」松三爺很痛苦的說：「洋人滅中國，還要用大砲來轟嗎？全國都是大煙鬼子啦。」

「爺爺！我不吃鴉片煙。」土娃天眞的說。

松三爺笑了。說：「『工欲善其事，必先利其器』，還是用功唸書吧！」

於是，松三爺把「論語」取出攤開，爲土娃講書。

◉**墨人**

本名張萬熙，江西九江人。民國九年生。
曾任報社主筆、總編輯、總經理，東吳大學副教授。
著有評論集「全唐宋詞尋幽探微」；詩集「山之禮讚」；散文「小園昨夜又東風」；小說「紅塵」等。

# 百年小事

**由於九江是不平等條約五口通商的商埠，日本人和西方列强的壓迫至為明顯，他們的軍艦長驅直入，彷彿九江是他們的庭院。**

我出生於長江邊上的一個山明水秀的地方，用老北京人的口氣說是「小地方九江」。城內有甘棠湖、南門湖，面積雖沒有杭州西湖大，但湖水卻比西湖清澈漂亮得多，三國時周瑜曾在湖中操練水師。唐朝大詩人白居易曾在這裡作過司馬，那首傳誦千古的「琵琶行」就是在溢浦寫的。晉朝大詩人陶淵明是鄉先賢。萬里長江沿城滾滾而下。天下名山廬山，離市區不過十來公里。現在變成了中國第一大湖的鄱陽湖也在境內。這樣一個襟江帶湖坐擁名山的地方，交通又十分發達，又是不平等條約五口通商的商埠，所受時代的衝擊自然不小。日本人和西方列強的壓迫，我從小就感受到。他們的軍艦自上海沿江而上，長驅直入，長江彷彿是他們的內河，九江彷彿是他們的庭院。他們的水兵上岸時，那種趾高氣揚的樣子，更使中國人矮了三尺。我唸書的教會學校足球隊是相當有名的，凡是英、法、德、義等國的水兵一上岸就找我們校隊比賽足球，自然也是我們輸的多，贏的少，一方面是他們體型高大強壯，我們中學生自然不是對手，另一方面即使他們技遜一籌，我們的球員也不敢和他們硬拚硬撞，該贏的也變成輸球，因爲怕他們老羞成怒，我們吃不了兜著走。

廬山牯嶺是有名的避暑勝地，遠非菲律賓碧瑤可比，那時牯嶺已成夏都，每年端午節一過，南京政要，上海、武漢等地的富商巨賈，乃至歐美人士，尤其是英、美、法、德、義等國人士，都雲集牯嶺避暑，眞是冠蓋雲集，華洋雜處。外國人多攜家帶眷，山上的別墅多是他們的。因此「小洋鬼子」也很多。幼年我在山上住了三年，每年夏天更是和同學在牯嶺蘆林之間玩耍。有一天在吼虎嶺碰見了一個「小洋鬼子」，不知道是那一國人？這小子生得十分強壯，年齡大約十三、四歲，但比我們同年齡的同學高大強壯得多。那次我們有六、七位同學一道，他只是孤家寡人。我們這些同學也似乎有「義和團」心理，其中一位大同學向他搭訕，有點挑釁的意味，那「小洋鬼子」聽不懂中國話，我們也聽不懂他講什麼？其中一位年紀不大，個子也小的雲南同學卻好打架，他聽那「小洋鬼子」嘰哩呱啦，準備要打架的樣子，他更大叫一聲：「打！」隨即和兩三位大同學衝上去。那小子也不是省油的燈，隨即揮拳踢腿，東衝西突，打了就跑。先衝上去的同學，吃了眼前虧，有一位同學被那小子一拳打腫了下巴，又沒有纏住他，眼巴巴地看著他兔子下嶺似地跑掉，他雙手摀住下巴懊惱不已，大家也面面相覷。那時我們不知道義和團是怎麼吃敗仗的，但是這次我們就在「小洋鬼子」三拳兩腳之下吃了敗仗，實在不免羞愧交加，大家心裡似乎都在想：

「對付洋鬼子不能以力勝，要以智取。」

◉江應龍
筆名江萬里、江山、江漢等。湖北天門人。民國九年生。
重慶中央幹部學校畢業，曾任文化大學、師範大學教授。
著有散文集「當心集」；論述「說短論長」等。

# 大時代的小人物

**我這個小人物在這一百年中生活了七十五年，命運也與這個時代息息相關，因此如果沒有日本的侵華行動，個人的生命史也將有所改寫。**

今年是甲午戰爭一百周年，是日本侵華打響的第一砲。這一砲，使我們訂下了喪權辱國的「馬關條約」，使我們的臺澎列島被日本侵佔五十一年。而且，此後日本侵華行動源源不絕，甚至變本加厲，直到民國二十六年（一九三七）的七七事變。艱苦的八年抗戰雖然贏得了最後勝利，但是赤焰漫天、河山變色，中央政府偏安海隅已達四十五年之久，如果沒有日本侵華，這一切都不會發生，歷史就應改寫——包括中華歷史和世界歷史。

我這個小人物，在這一百年中生活了七十五年，自然和這個時代息息相關，受它極大的影響。換句話說，如果沒有日本的侵華行動，我個人的生命史也應該改寫。生長、生活在這個大時代的小人物的經歷，似乎也有記述的必要。

我生長在一個閉塞、落後的農村，教育落後，生活水準低，根本不知道小學、中學、大學是甚麼回事，小孩讀幾年私塾，會記記賬就成了。父親英年早逝，那時我才兩歲多。祖父祖母在我六歲、九歲的時候相繼見背。慈母茹苦含辛，立志守節，撫養我們姊弟兩人，所經歷的痛苦艱難，非一般人所能想像其萬一的。

她變賣田產，想盡方法，讓我到省城武昌讀中學。到抗戰發生，武漢常有敵機空襲，慈母愛兒心切，學期尚未結束便派人到武昌，強迫我休學回家。學校情形特殊，也發下了我那學期的成績。翌年我因跳級的關係，讀了在天門縣城的兩所學校，因時局關係，提早舉行畢業考試，束裝返里，那天正是民國二十七年的重陽節。

此後三年多的時間，我便在家鄉「待」看，二十八年農曆新春，敵人的鐵蹄第一次踏上家鄉的土地，以後也時常來。倒是抗日的國軍，常常在我們村子裡落腳，去去來來。

這三年多，我以授徒爲業，教的是四書、五經、歷史、地理，以及寫作文言文、傳統詩、語體文的方法。我大量閱讀國學書籍，對文言散文、駢文、傳統詩的創作方面也進步神速，打定我這一方面的基礎。（在赴武昌讀中學前，我上過幾年國粹學校。）

一方面組織了一個「廣陵文學社」，糾合當地及他處逃離流徙來的青年，從事抗日工作，集會地點是我家的西廂，年前曾寫過「西廂記」一文記其事。

後來局勢越來越緊張，形勢咄咄逼人。日本人、僞組織、共產黨都在注意我們了，不得不解散組織，自謀發展。三十一年新春，我學溫嶠絕裾，毅然決然辭別了偉大的慈母、親愛的姊姊繡雲，還有嬌妻稚子，一肩行李「匹馬單槍」（事實上無馬也無槍）步行到沔陽縣找駐防在那裡的抗日將領王勁哉。到沔陽後，才知道他剛愎自用，殺人如麻。我不敢接受他指派給我的職務，請求他讓我到他兼任校長的沔陽縣中做國文教師，我以一個二十二歲的青年，和那些從武漢省中下來的老師宿儒分庭抗禮，實在不需要一點膽量。

那年暑假，我想盡方法溜到了監利，投靠監利縣中校長，也是我中學時代的國文老師阮景星先生，卻因學校業已開學，沒有教師缺額，轉介我到一所小學任教。想不到舊曆年關，日寇發動「濱湖（洞庭湖）戰役」，湘北、鄂中十餘縣，短時間內陷入敵手，監利又成了淪陷區。我們和日本鬼子捉迷藏，卻有一次和他們正面相遇，一個日本兵舉著長鎗對著我，假如他扳機一扣，我就成了日本鬼子的鎗下亡魂。

因爲一位做特工的黃姓朋友的協助，我和一位姓王的同事在半夜偷渡長江，到達湖南省境，一連遇到許多次不明部隊、土匪的搶劫盤查，尤其是在湖南華容梅田湖的一次，我們兩人被兩個土匪綑綁，差一點死在他們的手槍下。

在澧縣津市，因爲好心人的資助，我們才得每人揹了一袋米，從湘北走回鄂中，再走回鄂西，到了長陽縣，同事王君留下來教書，借支一個月薪水，給我做盤纏。此後千里迢迢，便由我一個人孤軍奮鬥了。

聽說宜昌、三斗坪都被敵人佔領，我只好走小路。這些路渺無人煙，有時一整天才能爬到山上，一整天才會下得山來。天雨路滑，必須一手攀樹，一腳下移，左右交替運用，稍一不愼，便會「一失足成千古恨」了。

又有一次，企圖多走一點路，過了該打尖的地方（打尖的地方都是農家），一個人行走在一個長長的山谷中，山深林密，風雨越來越大，靠一點微弱的燈光前進，還聽到野獸的叫聲。不知是午夜幾點，才發現了一點燈光，猶如遠航的人，發現了燈塔一樣的興奮。靠這幢農舍，救了我一命。類此的驚險場面多得很，不及一一細述。

這年四月，我才到達湖北戰時省會恩施，我要找的人彭曠高先生卻又去了湖南。只好再到小學教書。第二年（民國三十二年），三民主義青年團湖北支團負責人劉先雲先生，派我到建始分團部第三股股長，不久我考的中央幹部學校發榜，我以十四分之一的比數被錄取了。秋天到重慶後頭關報到，我便正式投入了革命的洪流。大量吸收社會科學及西洋文學，我們的教授都是全國第一流的，我才眞正受到了正式的良好的教育。

三十五年夏畢業後，我被分發到浙江嘉興青年中學任國文教師。開學才兩個多月，蔣經國先生一通電報，調我到南京任他的機要秘書。翌年春，派我任國防部預備幹部局主辦的「曙光半月刊」主編，後又自行創辦「現實與理想」月刊，任機要工作，直到蔣先生離職時才停止。三十七年下半年，勦共戰爭失利，大陸局勢逆轉，我隨政府於三十八年一月到廣州，半年後政府決定遷渝，我請求遣散來臺。

來臺後先後任臺灣省立臺中第二中學、臺北建國中學高中國文教師。四十四年起任教於臺灣師範大學國文系（第一年兼任），到七十九年屆齡退休，改爲兼任教授至今。中間並曾在文化學院任兼任教授。

來臺四十五年的成就是學生萬餘人，藏書數萬冊，著作二十餘種。三十八年從大陸攜出的長女菊松，也做了大學教授，我也有外孫、孫女各一人。我於七十年教師節組織新家庭，先後生有小女克莊、克敬、克強三人，均曾當選模範生。克敬、克強均在資優班就讀，克莊頃已全班第一名成績，榮獲臺北市長獎，並獲得該校校長五育績優獎。下學年分發入金華國中就讀。

個人這點渺小的成就，實在微不足道。今年剛好也是中國國民黨建黨一百周年紀念，個人也有五十一年的黨齡，雖然對黨國沒有甚麼豐功偉績，值得稱道，但兢兢業業、夙夜匪懈，也算盡了一點棉薄。慚愧（成就太渺小）之餘，也有幾分自信。

◎重提

本名施卓人，浙江於潛人。民國十年生。東方神學院宗教教育研究所畢業。著有散文集「鄉情依舊」、「青草地上」；小說「塵露」、「長相憶」等。

# 點滴在心頭

**父親安慰我說：當那一年孫中山先生革命成功，全中國的男人都不再留辮子，而我是我們村子裡第一個剪掉長辮子的。**

有些事情，過去了就淡忘；但有些事情，雖然過去很久，甚至過去了一百年，兩百年……，它永遠令人難忘，只要打開記憶之窗，它就鮮活地呈現在眼前。

**長辮子**

小時，每當和父親單獨相處的時候，他總會一反他平常的沉默，打開話匣子，對我述說一些陳年往事。

「我十二歲就死了父親，家裡三餐不繼，我不能為家裡做什麼，更沒有辦法賺錢養家，我能做的，只有砍柴、挑水，或是到田裡去撿麥穗、稻穗，或剩在泥土裡的花生、小蕃薯等等。」我靜靜地聽著，但父親怕我不懂，趕快補充說：

「我的鄰居很好，在他們收完田產之後，總讓我去撿拾，我也很快樂，只要每天能撿到一籃，拎回去交給媽媽，那麼，這一天的晚餐，就可以讓弟弟妹妹吃個飽。」

「貧窮則父母不子，富貴則親戚畏懼」，這是父親每次「講古」之後的結束語。這兩句話我眞的不太懂，但我知道父親是有感而發的。因為我曾聽祖母說過這麼一件事：她曾叫他到鄰縣舅舅家去借米，結果空袋回來，他說：「舅舅家也沒有米了。」空著肚子、提著空袋，往返數十里，回到無米為炊的家，他依然面帶微笑。

父親就是這麼一個有修養的人，這是我很小的時候留下的印象。

「我最煩惱的是什麼，你知道嗎？」父親似乎知道我心裡在想些什麼，突如其來的問題，倒嚇了我一跳。「最惱的就是我的辮子。」父親伸手摸了摸他的後腦：「經常在田裡雨淋日曬，它就長滿了蝨子。唉，那種癢，眞叫人難以忍受。」聽他這麼一說，我也覺得髮根發癢，不知不覺也伸手去抓頭髮。

「我常常用這個方法去對付蝨子，」父親用他的大手，做一個用刀砍人的樣子：「你看，我就用鐮刀的刀背砍我的頭髮，直到刀背沾上了血絲，也分不清它是我的血，還是蝨子的血……」我聽得一楞一楞地，覺得父親好可憐。他爲什麼要留辮子？像現在這樣不是很好嗎？頭髮剃得頭皮發亮，就不會藏蝨子了。我內心有多少個疑問需要解答，卻說不出一句話來。

「好了，你不要爲我難過，」父親看我雙眉緊鎖的樣子，就安慰我說：「這都是過去的時代，當那一年，孫中山先生革命成功，全中國的男人都不再留辮子了，那一年，我是我們村子裡第一個剪掉長辮子的。」我伏在父親的膝頭，開心地笑了。

**纏小脚**

小時候，很喜歡端著一張小板凳，一跳一蹦地走到祖母跟前去，把手裡的一袋花生交給她，然後就坐下來，張嘴接受祖母爲我剝好的花生米。

祖母有一雙三寸金蓮，走路不大方便，她總是坐在大廳裡，看著孫子們曾孫們跑進跑出。我每逢要吃花生的時候就會去找她，求她替我剝花生。她把每一粒剝好的花生米都放進我的嘴裡，自己不吃一粒，因爲她已經沒有牙齒了。

祖母每逢我去找她，總會很高興的說：「你看你多幸福呀，蹦蹦跳跳的，像個小男孩。」

「奶奶，你小時候呢？」我也幾乎總是問同樣的話。

「我呀，像你這樣大，我已經纏腳了！」於是，她又再一次訴說纏腳之苦：

「那個時代呀，大腳丫的女孩嫁不出去，所以六、七歲就要開始纏小腳，講究的人家，五歲就得纏了。」

祖母說到這裡，我就不禁想到大腳的媽媽。我媽媽因爲是傳道人的女兒，從小就住在英國傳教師的學校裡，所以有當時令人側目的一雙天足。我想媽媽做新娘的時候，一定被人取笑了（我小時候總是這樣，聯想力很豐富）。

「纏小腳是最慘痛的事，」祖母回憶童年，似乎心有餘悸：「一雙嫩嫩的腳，用長條的布一層層的纏起來，不准它長大，那種疼痛是一天天增加的，白天是痛得寸步難行，晚上更是痛得呼天搶地。每當痛得不能忍受的時候，我媽媽就會端一盆冷水來，解開布條浸泡一會兒。等到疼痛減少一點，又把它再纏起來。」我聽著聽著，就會很氣憤的說：

「奶奶，你媽媽好狠心，她都不肯把你的腳解開。」

「每一個媽媽都是這樣，都要爲女兒纏小腳，因爲，大腳姑娘是嫁不出去的。所以，那時候的媽媽，總是陪著女兒流眼淚。」我似乎懂得了，懂得那個時代的媽媽們是何等的無奈。我在心裡這樣想，卻不會說什麼道理，只是伸手去摸摸那裹著布條的小腳：

「奶奶，你現在還在痛嗎？現在爲什麼不把它解掉呢？」我只有用這樣的話來表示我的同情。

「現在是不痛了，腳背折斷就不痛了，但它已經不大會走路了，就是解開也不能復原了，……」她無奈地，輕輕嘆息著，然後總用同樣的話作結束：

「你呀，好幸福喲，生在民國時代，像男孩子一樣，像男孩子一樣！」

是的，享受著國父孫中山先生艱苦奮鬥的成果，我是幸福的。但願這樣的幸福生活，世代繼續，直到永遠。

◉**姚宜瑛**　江蘇宜興人。上海法學院新聞系畢業。
曾任掃蕩報、經濟日報記者。現為大地出版社發行人。
著有散文集「春天」；小說集「煙」、「明天的陽光」等。

# 我的奶娘

**我的回答她是喜歡的，認真地放在心裡，不放心時拿出來重複問：「我老了，妳要養我哦！」**

我有時會想到她，溫暖厚實的胸懷，她是哺育我成長的乳娘。

假使她老人家還在世，今年是一百歲或九十七、八歲，她比母親大兩三歲。

一百年前的中國，是質樸、陳舊、安靜的古國，像舊刺繡上曾經金碧輝煌的彩色繡花，經過歲月、戰亂、連綿的天災人禍……早已黯然褪色而昏黃。歲月和滄桑是有顏色的。

母親有一架繡棚，臨著碧色的紗窗，那種碧綠如城外太湖水的顏色，綠得永生難忘。窗外有幾株高大的法國梧桐，和許多大小假山。有時在假山邊嬉戲，聽到母親在房裡低柔的歌聲或吟唱詩詞，心裡十分喜歡。

母親的繡棚大得像父親的大書桌，上面覆蓋著潔白柔細的棉紙，小孩子的手是萬萬碰不得。四、五歲了，還賴在奶娘懷裡，看母親刺繡。繡線是絨狀的細絲，光澤柔和典雅，拈這種繡線的手，是「十指不沾陽春水」的嬌貴。針上針下，安詳優雅。我認爲蘇繡的精美超越任何地區的刺繡，精緻華麗而脫俗。母親卧室裡的中堂和對聯，精美得已分不清是畫是繡，當然，是母親美麗的藝術品——蘇繡。

母親是傳統書香門第中的新女性，自承嚴格家教，至今我見長輩一定起立，不敢自顧自坐著對長輩說話，源自母親根深柢固的庭訓。母親在舊世界中自有她的主張，孩子是要有乳娘的，可是她從不讓我和奶娘離開她的視線。出門參加親友喜慶宴會，盛妝的母親身畔，永遠有乳娘抱著我。

奶娘是蘇北人，扁圓臉，塌鼻樑，自小勞動慣了，身體很健壯，臉上總笑瞇瞇的像蒙上一層陽光，還是寒冬的陽光。六歲送給人做童養媳，十一歲到大戶人家當丫頭。有一年，蘇北大飢荒，逃難到宜興，據說宜興城的城門到晚上一關，把洪水一樣湧到的災民都關在城門外，她家就在城外落腳。

她來我家時我已換過一個奶娘，她是大舅母要荐頭行介紹，先看了滿意才帶來見母親。奶娘的丈夫是苦力，女兒未滿月就沒了，婆婆不喜歡她，家中日子難過，她更不好過……母親接受她，把襁褓中的我託付給她，從此她成了我家裡的人，再也不願回城外婆家去。

弟弟五、六歲，她還在我家。她疼我，處處護著我，誰要說一句，她會翻臉吵架，這些母親是明白的，我是她生命裡最寶貴的。

兒時隨父母去聽戲，沉沉巨宅外的世界是熱鬧而流動的，至今我很了解孩子們喜歡出去玩的心情。宜興城裡有一家大戲院，在虹橋公園附近。我包裹著大紅織錦緞的披風，坐在乳娘溫軟厚實的懷裡。戲台上鑼鼓喧天，我在鬧忙歡樂的氣氛中沉沉睡去，夢是溫暖而安心的，緊貼著乳娘，父母親在身畔。

家裡人都叫她胖奶娘，愈來愈胖，眞像尊彌勒佛。她享有許多特權，早飯能吃兩籠小籠包子和一大盆大麥糊粥，她可以在廚房裡做她愛吃的麵食。我有好幾位文友是北方人，她們奇怪我這道地南方人會喜愛麵食、葱蒜？我就想起童年，隨奶娘在廚房裡做麵餅吃的快樂情景。她呵護我無微不至，也有點得意。她帶我，我從來沒有病過，母親心裡是感激她的。

我是左撇子，進小學後母親要我改，千方百計哄我、教我、罵我，寫字和用筷子才改到右手。父親看我哭泣，常說用左手有什麼不好？母親也覺得「改」得累，又捨不得我流淚，也就不了了之，因爲奶娘是左撇子，到現在我用剪刀或菜刀仍是左手。可是我一直不明白，奶娘的右手為什麼六指？小指上附上一小指，如一根樹枝上又傍生了枝椏！

水都威尼斯，沿河人家門前就是大運河，河水悠悠，望之使我神往。我家江南水鄉，後門也有一條玉帶河，河水清澈見魚蝦、潔淨如玉。家裡人稱後門叫小後門。由後園幾十級石階走向河畔，奶娘常帶著我坐在石階上看風景。對岸家家白牆黑瓦黑漆大門，柳蔭下有行人來往，河上有悠悠駛過的小船……至今我喜愛活潑的河水，童年是影響一生的。

我進城北小學，奶娘每天接送我上學。她婆家偶而託人帶信來要她回去，她不大樂意。母親總給她一大包衣物帶回家。有一次大舅媽抽著水煙筒，坐在太師椅上笑著逗我：妳奶娘家住金絲屋！

每次我都想跟她回去，哭、鬧都不准，只有這次記得臉上掛著眼淚和勝利的笑容，奶娘牽著我手出城回家。一排低矮的小房子蹲在青色的大片稻田邊，屋子裡黑促促的，泥土地，有幾個小孩子跑進跑出。屋頂都是稻草蓋的。這樣的金絲屋！

奶娘平日總是笑瞇瞇，有時也會想到她死去的女兒，對著母親流淚。母親總說：「小菊也是妳女兒，她會孝順妳，老了會養妳的！」

她不放心，常常背著人會傻傻地再三問我：「妳以後會養我吧！」我豪氣萬丈，說習慣了，熟極而流利：「我會養妳的，妳放心！」

我的回答她是喜歡的，認眞地放在心裡，不放心時拿出來重複問：我老了妳要養我哦！

母親常說「言出必行」，我當然要養她，我是吃她乳長大的。

一天放學回家，祿弟和七二表弟在大天井裡踢皮球，奶媽房變了樣，空了，床上棉被也沒了。我立刻放聲大哭，怎麼可以走了？那時父親遊宦遠方，父親也說過奶娘會一直留在我們家的。你們都瞞著我，說謊！弟弟他們還在外面高聲地呼叫嘻笑，只有我哭著、哭著……。

母親摟著我，百般勸說、安慰，奶娘公公過世，她是大媳婦應該回家的，早就安排好了。奶娘走的時候也一直流淚捨不得我！

她當然捨不得我，我是她心裡未滿月去世的女兒。母親說過她已不能生育了。

過了幾年，七七事變的秋天，父親已過世，奶娘忽然來看我們，帶了一大包芋頭。她和以前不一樣，蠟黃的臉，老瘦得變了樣，我呆呆地看著她。我已是高小生了，她還是緊緊地抱我，淚汪汪地盯著我，走進走出地跟著我。一天晚上，忽然有空襲警報，亮亢、尖銳、嗚嗚的警報聲眞是嚇人。我們躲在巨大厚實的城牆下，日本飛機在頭頂上轟轟轟地飛過來，炸彈要丟下來什麼都完了，母親抱著弟弟低聲唸佛，奶媽佝僂著用身體覆蓋著我。遠遠有強烈的手電筒光射向天際，一道道白光像利剪剪碎漆黑的夜空，那是漢奸，出賣自己同胞、國家的漢奸。飛機轟轟地掠過來，又轟轟地飛過去。秋夜夜寒露重，我緊貼在奶媽懷裡，一條紅色硬緞小棉被緊裹著我，被面上有碗大的纏枝牡丹花紋。奶媽還給我和弟弟抱了一筒金雞牌餅乾，長方形的罐子，紅底上兀立著一隻金色的大公雞。

奶娘很快就回去了，母親牽著弟和我站在大門口，看著她走走又不捨地回頭看我們。母親給她的油紙雨傘沒有撐起，一個大包袱放在左手臂，漸行漸遠，漸漸沒入江南淒迷的濛濛細雨中。從此，我再也沒有見到她。

戰爭無情，如巨風颳過樹林，葉落紛飛，各自飄零流離。戰爭使一切改變、毀滅、失去又新生。

我在抗戰中長大，勝利後回家想起奶娘，母親說沒有她一點音信。那時候，我年輕如展翱翔天空的鳥，繽紛遼闊的世界中，許多舊事舊情，在流逝的歲月中，漸漸失落、淡忘。

「她成份好，應該是紅五類，有好日子過吧！」十三年前母親歷經萬劫後，輾轉來台，幾次我問起奶娘的消息，年邁的母親茫然地搖頭，不記得了……有時母親像孩子，坐在窗前藤椅上低聲吟唱，常牽引起我兒時的記憶。那碧紗窗外，假山畔高大的法國梧桐，窗裡母親美麗的繡棚，溫柔的吟唱聲中，奶娘抱著我，我無憂地靠在她溫暖厚實的懷裡。

「我會養妳，妳老了我會養妳的……」如今她在那裡？快一百歲了，歲月流走如飛，我永遠無法實現童年時的諾言，想到她時，心裡充滿歉疚和惘然。永遠忘不了的是她厚實的胸懷，溫暖了我一生。

◉尹雪曼

本名尹光榮，河南汲縣人。民國七年生。國立西北大學畢業，美國密蘇里大學新聞學院碩士。歷任中華日報、台灣新聞報主筆。現任教文化大學，並為「中國作家藝術家聯盟」會長。著有散文集「海外夢迴錄」、「多少重樓舊事」；小說「彩虹」、「台北屋簷下」；論述「五四時代的小說作家和作品」、「從古典出發」等。

# 扭轉命運的一封信

**我站在洪水中瞭望遠處的火車站，盼望火車給我帶來「放榜」的消息，然而，今天、明天、後天、大後天，失望如是地持續著。**

民國二十六年「七七」事變後，我考完國立北平大學與國立北平師範大學的聯招，回到家鄉，靜等放榜。

平大、師大聯招，雖是兩所大學，考生卻祇有一個選擇。而我，選的是平大法商學院政治系；且祇考了這麼一所學校就回家了。

不是自己對考大學特別有把握，而是懵懂加迷糊。

民國二十六年夏天，家鄉大雨；連綿下了兩個多月，村莊、田禾全淹了。特別是鄉人們種的穀子（小米），全泡在水裡。大雨不停，洪水不退，已熟的穀子就要發芽。因此，我大哥有一天對我說：「你考的學校既然未放榜，一下子你也走不了，下田去剪穀穗吧！」

我當然遵命。

只是心裡並不甘願。不說剪穀穗單調、辛苦且無聊，整天把半個身子泡在水中，那滋味兒也夠人受的了。然而，學校一點兒消息也沒有，再加上我們整個村莊裡沒有一份報（村上小學原有一份天津大公報，暑假期間停了），對外面世界情形一概不瞭解，心情的苦悶與無奈自是可以想像。因此，每天下午三點，我總是站在洪水中，一邊剪穀穗，一邊張望故鄉南寨門外的火車站。

故鄉南寨門外有一條鐵路，名叫道清鐵路，從道口到清化，是早年英國人爲了把焦作的煤炭運往英國而修築的。後來，經過家父的奔走與努力，鐵路局才在我們的南寨門外修了一座火車站。從此，不僅我們鄉下外出方便不少，尤其重要的，乃是火車每天下午從外地把郵件送來。我們村上原有個郵政代辦所，當年也是我父親所創立。只是這時由我一位堂兄負責。而每天下午三點前到火車站領郵包的，則是堂兄的一個兒子。

我站在洪水中，所以瞭望遠處的火車站，實際上，就是盼望火車給我帶來「放榜」的消息。當然，天下沒有想什麼就有什麼那樣的如意事；因此，站在洪水中剪穀穗，今天如是、明天如是、後天、大後天、還是如是地一直持續著。我雖然無可奈何，卻也未告絕望，只是一天比一天難過。特別是與我同村莊的另一位同學郭繼武，因爲考了幾所大學，並已獲得河南大學的錄取通知，早早地束裝就道，到開封去了。而我，還在支吾其詞地說：「沒放榜，沒放榜。」忠厚、老實的鄉下人，聽我一再地這樣說，嘴裡不說什麼，心裡卻在笑。很明顯地，從他們不太信任的眼神中可以看出來，我不是沒考上，就是在撒謊。

於是，壓力愈來愈大；痛苦愈陷愈深。我不停地嘆氣，眉頭緊皺，面色凝重；因而最愛我的祖母（母親過世了）發現，就一再關懷地問我說：「小小年紀，怎麼天天嘆氣呀！」

我不說話，因爲，怕說不明白。

於是，我仍在洪水中泡著、泡著……。

我仍在洪水中站著、望著。

望著故鄉南寨門外的火車站——

火車來了又走了，噴著濃濃的黑煙，轟隆、轟隆的在北方原野上馳過……。

我那到火車站領郵包的本家侄兒子拖拖拉拉地回來了，回到他家那棵大槐樹後面的雜貨舖裡。我從洪水中回家，走到他家雜貨舖門口，希望他喊我，他卻沒喊。怕他沒看見，故意放慢腳步，但是，他看我一眼，卻又低下頭去了。我不死心，故意大聲咳嗽一下，希望引起他的注意。果然，他注意了，卻說：「光榮叔，你回來了呀！」

我向他笑笑，鼓足勇氣地問：「有我的信嗎？」

「沒有！」他回答得斬釘截鐵。

我整個的心都涼了！

此後，我幾乎不願再在大街上出現。每天一大早，我揹起一隻竹簍，拿著一把利剪，就悄悄地下田去了，下水去了。在田間站一天，在水中站一天。剪著穀穗，我想：也許我只是個農夫命吧？也許，我不該上大學。爲什麼我沒參加第二個大學的入學考試呢？是鬼迷心竅，還是命中註定？

想歸想，嘆氣歸嘆氣，每天，我仍在田裡、水裡站著，剪著……，直到有一天，我那本家侄兒子遞給我一封來自鄭州隴海鐵路局「袁緘」的一封信。

拆開一看，是半頁大公報。

一眼就看見「國立北平大學放榜通告」——

一眼就看見「尹光榮」三個字！

我沒有喜歡得昏過去，但，眼淚立刻流下了！

那個「袁緘」的「袁」，是我初中同班同學袁啓龍（現名袁劍屏）。他也是我安陽高中同學，只是，他沒唸完就考上北平鐵道學院。五十年後的今年初，我跟他取得聯絡，他退休了，現在湖北黃石。沒有他，也許沒有今天的我。

◉**段彩華**
江蘇宿遷人。民國二十二年生。
曾任「幼獅文藝」主編。
著有小說集「狂妄的大尉」、「上將的女兒」、「清明上河圖」等。

# 凍青桃

**十一月裡，在任何地方都吃不到桃子，**
**只有大姨父給你送一盒桃子來，**
**在當時，傳為地方上的奇蹟和美談。**

十一、二歲的時候，最喜歡去大姨父家裡玩。那要過一條河，向南走十多里路，在一個村莊上。春天裡去，能看見三百多棵桃樹，開著嬌艷的紅花。過了端午節去，能吃到五月鮮的桃子。再過一個月去，就能吃到六月紅的甜桃了。用指甲輕輕一撕，剝去薄薄的一層皮，咬在嘴裡，很快化成甜甜的汁水，又帶著淡淡的香味兒。七月裡去，可以吃到紅得發紫的紫桃，它熟到全身都是紅紅的顏色，濃得發黑，叫黑桃太難聽，不得已才叫紫桃了。滋味兒比六月紅更濃郁，果實又大，嚐在嘴裡，甜在心裡和記憶裡。

不管是五月鮮、六月紅還是紫桃，大姨父都允許我和姨姐姨弟們爬到樹上去摘，站在枝杈上吃。臨回家時，還可以帶上一口袋，提著它走十多里路，累累的。

只有一棵桃樹，叫作凍青桃，大姨父是不允許任何一個孩子去沾去碰的。有一次姨弟爬上去，被大姨父看見了，喝命他下來，用蒲鞋打了十幾鞋底，還叫他臉對著樹幹，罰跪半個小時。

那棵凍青桃，是大姨父的寶貝。用現在的物理學眼光來看，是他實驗種植的一棵桃樹。在整個桃園的東南方，能曬到中午的太陽，連早晨的旭日，黃昏時的夕陽，也都能不隔開任何樹影照射到。

別的桃樹，都是農曆三月裡開花，四月裡結果，五、六、七三個月內先後成熟，可以摘下來吃了。只有那棵凍青桃，是農曆八月間開花，九月裡花朵落光，枝子間結出小小的果實，也長滿嫩嫩的綠葉。到了十月裡，冬風已很寒冷，各種樹林的葉子都紛紛飄落，整個一座桃園，三百多棵桃樹，只剩下禿禿的枝椏，唯有那一棵凍青桃，仍剩下深綠色的葉子，果實也是綠綠的，漸漸的長大。

大姨和大姨哥架起梯子，在每一顆桃子上裹上一層厚厚的棉花，給果實保暖。葉子是綠的，漸漸往下落，越來越稀少。棉花是白的，護住了果實，倒像桃樹上結了許多大大的銀杏。

十一月來到，凍青桃的葉子掉光，連下面的粗樹幹上也裹上一層棉花，給它保暖。樹上的桃子，卻一顆也不掉，吸收陽光和冷風，越長越大。在十一月底，也就是下雪天以前，大姨父親自站在架起的梯子上，把那些桃子一個一個摘下來，放在大姨哥捧的簍子裡。

接下來的日子裡，他們父子兩個，把凍青桃剝去棉花，用盒子裝著，分送給河東河西的親戚和朋友們去品嚐。

說來奇怪，凍青桃在成熟後，整個的顏色是嫩綠的，放在嘴裡一咬，裡面卻是紅紅的，帶著甜味兒和桃子獨有的香氣。現在回想起來，它是不如六月紅和七月的紫桃香甜。但比起鮮度，要超過五月鮮六分也許是七分了。

最可貴的，是十一月裡，在任何地方都吃不到桃子，只有大姨父給你送一盒桃子來，在當時，傳爲地方上的奇蹟和美談。

大姨父怎樣培植凍青桃，沒有人知道。那個時候我還小，更不會關心這些事。凍青桃還沒有試驗成功，至少還沒有達到大姨父種它的理想，戰爭就把它摧毀了！國軍和共產黨的隊伍在蘇北魯南展開拉鋸戰，我在難民群中逃離家鄉，在外地流浪。民國三十七年，國軍收復了那個地區，我回到家鄉去看，所有的杏園、桃園、栗子園、桑樹林，和其他的果樹，統統被鋸斷了，只剩下短短的樹樁子，那棵凍青桃是和別的桃樹一起被鋸倒的，大姨父也在戰爭中死去，離桃園半里多路的地方，埋成一座墳。

知道有凍青桃這種果樹的人並不多，它永遠活在看過它開花，看過它結果，和嚐過它的人的記憶中了。

至於是誰鋸斷那麼多果樹的，從一件事中不難看出來。在我們家鄉，有一種西瓜，叫做三白西瓜，它是白皮，白瓤，白子的，是西瓜中的最上品。一個月以前，聽回鄉探親的人說，那種西瓜已經絕跡了，絕種了！在這個世界上，恐怕再也找不到了。聽到這些話的人，都忍不住嘆氣。三白西瓜是從古代就傳留下來的水果，結得又大，滋味又好，經過「大躍進」和「文化大革命」，尚且不能夠保存，還能留得住凍青桃嗎？

口口聲聲叫著爲農民，一個有試驗精神的小農民，竟然種不成一棵新品種的果樹。連三白西瓜也拿當仇敵，讓它絕種！凍青桃和三白西瓜，犯了什麼罪呢？它們只是植物啊！想到這裡，我的眼淚已流下來了。

◉**葉日松**

台灣花蓮人。民國二十五年生。省立花蓮師專畢業。現任教花蓮花崗國中。著有散文集「故鄉之歌」；詩集「天空是一冊詩集」、「關山重重情片片」；論述「童詩欣賞」等。

# 回首兩帖

**我們就在那一棵高大的龍眼樹下，捉迷藏、盪秋千、玩沙包、彈玻璃珠，以及聽祖父細訴一生奮鬥的故事。**

## 那一段讀私塾的日子

台灣光復那一年，正是學校教育的青黃不接時期，父執輩爲了不讓我們浪費大好時光，特別禮聘了一位具有漢學造詣的先生，來教故鄉的一群子弟讀「漢文」，地點就在我的老家。

學生的年齡，參差不齊，從八歲到十七、八歲的都有，卅多人混在一起上課，十分熱鬧。那年，我才九歲。

先生的教學，是採個別指導或分組的方式。不像一般正規教育有同樣的教材，同樣的進度。主要的原因是因爲年齡的不同，每一個人所選讀的課本內容也有所不同。有的人先讀「三字經」、「百家姓」，有的人一開始就讀「唐詩」和「四書」，甚至「幼學瓊林」等科目。記得我在那一年中（是指卅四年夏到卅五年夏）除了讀完「三字經」、「百家姓」、「四言雜記」、「增廣」（內容爲修身處世方面的）之外，也讀了一些「唐詩」和「四書」。雖然先生並沒有爲學生作詳盡的解說，而我們依然在老師的嚴格規定下，背得不亦樂乎，依然陶醉在那優美的聲韻之中。老師的教學，是使用客家語的（因爲老師還不會說國語，而且所有的學生都是客家人），爲人謙沖自牧、熱心教育，是一位誨人不倦的好老師。他除了講課之外，也傳授許多爲人處世的法寶。

五十年前的印刷業並不發達，特別是在鄉村，想要買一些印刷較好的書籍，是十分困難的。況且書店也不多，因此，我們學生所唸的書本，大多是老師親手抄寫的線裝書，可以說：字字都是老師的血汗，本本都是老師的愛心。

因爲每一個人所選讀的課程不一樣，所以進度也不可能一樣，就算是同樣的教材，也會因個人的因素有所差別。通常老師都會視學生的能力、程度，而授予課程內容之範圍、進度到那裡，朱筆的紅圈點便跟到那裡。而這些紅色的圓圈點，也鮮明地烙印在我記憶的畫板上，成為我童年中最珍貴的一幅風景。

至於考試，則分為「日考」和「半月考」，所謂「日考」，乃指當天所學的功課中，抽出一個「生字」或難一些的字詞，來考學生。時間在中午回家吃飯之前和黃昏放學之前，各考一字。考試時，學生依序排隊，並伸出左手，讓老師將「字」寫在掌背上，通過者，老師用紅筆畫上圓圈，便可回家。不會者，則站在一旁，作檢討、思考，思而弗得時，只好另作處罰了。

而初一和十五的半月考，是老師將考題，即生字或難詞寫在一張長形的紙條上，來測驗學生的學習成效。考試時，依然一個一個地在老師的面前，將考題上的生字，逐一唸出來，唸對的，畫上圈圈，如果錯的部分超過了三分之一，便會受到老師的責罰。不過通常的「半月考」，是不會超過三十個字的。雖然這種考試，只著重在「認字」，但對於一個剛剛重回祖國的大漢子孫而言，也只有這樣，才能奠定日後學習中文的基礎了。

事隔五十年，諸多的童年往事，早已隨風而逝了，唯獨這一段讀私塾的溫馨情景，一直在我腦海中迴旋不去。

## 老家的那一棵龍眼樹

老家的那一棵龍眼樹，已經有五、六十年的歷史了。高大的身軀，披垂繁盛的濃蔭，象徵著祖父的傲骨和奉獻的情操。雖然歲月未在它的軀幹上題寫祖父的名字，然而，祖父的慈祥容貌，依稀在我記憶的深處，永不褪色。

小學二年級時，祖父因病去世。他的離開，著實令我小小的心靈，難過了好一時日。記得在我進小學的前後那幾年，祖父是唯一陪我們度過美麗童年的長者。我們就在那一棵高大的龍眼樹下，捉迷藏、盪秋千、玩沙包、彈玻璃珠，聽祖父細訴一生奮鬥的故事，也聽夏蟬爲我們鳴奏的音符。

爬龍眼樹，我想起了祖父。

摘龍眼，吃龍眼，我更想到了祖父。

我見不到祖父，只好用一串串的龍眼，來祭拜他老人家。因爲一串串的龍眼，代表了我一串的思念，永無止境的思念。

父親和叔叔們，常常會帶著自己的竹椅，在那一棵龍眼樹下講古，有時也會邀來許多的鄰居，把酒話桑麻，交換一些生活的經驗。在炎炎的夏日裡，如果大夥兒都睏了，還可以在陰涼的樹下，作一次長長的午寐。而我，也在它的呵護和庇蔭下，度過了數十個冬去春來的悠悠歲月。龍眼樹！陪我K過書、陪我寫過詩、陪我朗讀過百家姓和千家詩。那一棵龍眼樹，分享過我金榜題名的喜悅，也分擔過我失意暗淡的憂傷。

父親過世前曾經一再交代我們兄弟，要護好那棵歷經苦難，奉獻過青春的龍眼樹，讓它永遠挺拔壯盛。

日前，我帶著妻兒子女，驅車南下，回到了東竹的老家，我發現那一棵曾經讓我留下童年腳印和夢境的龍眼樹，在雙親過世後，也顯得有些蒼老了。徙移其下，睹樹思人，悲從中來。而淚水也朦朧了我的雙眼，良久，良久。

那天中午，和二弟家人共進午餐後，我們便在那一棵龍眼樹下乘涼敘舊。而一陣沁涼的南風，不知不覺地將我帶進另一個夢的國度，我似乎聽到有人這樣對我說：「前人種樹，後人乘涼。」「乘涼不忘種樹人。」

◉大荒

本名伍鳴皋。安徽無為人，民國十九年生。
國立師範大學國文專修科畢業。
著有散文集「在誤點的小站」；小說集「無言的輓歌」；詩集「存愁」、「台北之楓」等。

# 五月的台南

**三十八年初春，我來到台灣，從基隆下船，一列運猪的火車一下子就把我載到台南。**

遠在初中時代學過的一首歌，歌名早忘了，歌詞僅記得前幾句，但往往我會無意間哼哼它的調子，一哼，整個人就彷彿飛到一個舊夢中，起一份沉迷，一份懷想，倒也不覺是校園景物、同窗好友，而是全部往事如煙！歌的頭幾句是這樣的——金黃色的夕陽，已是漸漸的沉西，蔚藍色的天上，升起了點點的寒星；激起我少年的遐想，青年時的狂熱。

總共這六句，其實也不全對，只是意思應該無訛。我有時想，這樣好的歌，爲什麼就沒人唱呢？難道是怕勾起回憶？我是經過狂熱燃燒過的，若說本質原是一塊生鐵，倒是被青年時的狂熱鍊成鋼了。當狂熱消退，只恨生命不再那樣赤紅，那樣光芒四射；若有媒觸重啓記憶門扉，重溫一下舊事，我便有一次再年輕的激盪。

五月末，我隨一文藝團體南下，穿過新營——三十五年前，每週看慰勞電影的地方，不禁有返回故鄉之感，所有的建築都變了，可以說是景物全非，但一顆心卻溫暖跳突，恨不得下車親吻一下泥土。我駐柳營是四十一年，該年發生大地震，也是我平生首次碰到過的地震，驚心動魄自然不必說了。那一年正是我對寫作發生狂熱的時候，雖窮得要死，但「野風」和「半月文藝」不能不買；而兩本雜誌對於我的「胃納」來言，僅夠塞牙縫。我首先發現新營糖廠有規模很大的圖書館，藏有豐富的文學著作，我千懇萬求的拜託一位台大畢業的青年替我假冒職員辦了一張借書證，一心以爲從此可以流覽三〇年代名著。不巧之至，借書證剛到手，三〇年代的著和譯，一下禁掉了！眼睜睜看著堆了大半房間的好書，不能借閱，眼睛幾乎要流出血來。

大約在大地震之後不久，我奉命到郊外看彈藥庫，脫離連隊的管束，除了守衛，輪值炊事之外，行動很自由。我盡量把份內的勤務換到夜晚，白天吃過早餐就揣一個饅頭，搭小火車（免費）到新營台南縣政府圖書館讀書。這兒書籍照例不外借，但管理員小姐經不起我死纏活賴，准許我到藏書室自由閱讀，這份格外開恩，至今仍叫我感激不已。這兒藏書不及台糖，但部分三〇年代作品仍存放在書架上。我野蠻地在那裡啃書，文學研究會的、晨光的、文化生活的，我全生吞活剝地讀了。不僅讀，甚至還偷了幾本（遲早也會禁掉、燒掉）。記得我找到一本康德「純粹理性批判」中譯本，完全看不懂，但我硬是從頭至尾，一字不漏看過。

在我寫作生命上，新營無疑是我的搖籃，由於獲得她的培養，我由純然無知的「文」盲一躍而為文學青年，她替我啓蒙，讓我窺見文學的殿堂。若無那段時光，那個機緣，不知道我摸索的過程更要艱苦和延長多少倍。

在此後日子中，凡是經過新營總會回溯一下這段經歷，總想下車，以朝山心情再去看看，可惜來去匆匆，不能如願。這次可是乘汽車過市，經過我曾逛過的街道，卻依然是團體行動，不因我個人願望而停車，只是感覺上我是重新親炙她了，前塵往事才更加猛烈襲上心頭。不過照我懷舊心情，也許恰是再見爭如不見，一切都改變了，難道圖書館不改？即使不改，圖書館的小姐們亦絕非昔年少女了。然則讓我祝福寬容過我賜惠於我的女士吧！

半月前聽說嘉南天旱，各水庫儲量劇減，再不下雨，大有現底之虞。我來珊瑚潭的前三天，梅雨終於從江南趕到，一舉將水潭注滿，眞是天假之便，讓我得以有盈盈一水遊目騁懷。

珊瑚潭曾是我舊遊之地，原名烏山頭，不涉足已二十餘年。在烏山頭時代，似乎還是天然的水脈，沒有攔水長堤，沒有旅館；更沒有收費關卡等旅遊設施，記憶中的唯一建築是一水上亭子，由窄窄的曲橋與陸地連繫。亭子柱上、壁上，滿是遊人的「題壁」，或詩、或詞、或聯，均為毛筆字，雖多屬假充斯文，卻也有雋永之作。同樣，字有不成體勢的塗鴉，也不乏骨肉勻稱的鐵畫銀鉤。記得當時也想附庸風雅一番，可惜事前毫無準備，沒帶筆墨，但暗暗許下心願：下次來時一定要題它一首，好替湖山「增色」。這願望落空了，因為沒有再去。即使實現，如今也是煙消雲散了，連亭都失去蹤跡，題壁還能存留嗎？就算亭在，亦必被層層石灰，斑斑油漆，以及重重疊疊的詩文掩蓋了。

亭亡橋杳，或許正是烏山頭變為珊瑚潭的原因吧？而舊時代最後的流風餘韻竟一掃而空，對二十餘年後重新登臨的訪客，總不免舊遊凋零之感的。好在名稱雖易，江山大致未改，風景依稀似昔，當遊艇載我離岸，一份往日情懷便隨著淺碧的白色漩渦拋諸腦後了。

珊瑚潭由連綿綜錯山谷形成，四周丘陵起伏，沒有一座突出，最高的斷崖不過兩丈。時值孟夏，山上佳木葱蘢，葱蘢中間雜火花般的鳳凰樹，彷彿是山靈不小心洩漏的心機，而點點紅頸灰羽的澤鳧又彷彿水精的密使，探看我們這些闖入者的行動。潭中有二嶼，遺世獨立，大的令人起海上仙山的遐想，小的宛如盆景，精緻得直叫人想伸手托起，攜回供諸案頭。不正是這片光景，啓發謝靈運的名句「孤嶼媚中川」嗎？

由於山重，所以水複，當重複得快要刻板的時候，一轉彎，橫波一道淺渚，直直的，綠綠的，一新耳目。大自然就是這樣苦心經營，讓風平浪靜中生波瀾，意料中出意外。它是替水族預備的灘頭，讓牠們偶爾爬上來曬曬太陽，看看風景，照照鏡子。

遊艇越過淺渚，我換乘小巧的快艇，小艇破浪急馳，恍如貼水而飛，狂風驟起，根根頭髮都被扯直。設坐在大舫上遊湖是凌波微步，小艇就是凌虛御風了。

珊瑚潭廣不及日月潭，遠不及石門水庫，廣可全覽，遠可縱目，但全覽則無餘韻，縱目則無餘味。它是曲折的，曲折故幽隱，一灣看了又是一灣，灣灣有不同的風貌。它是多層次的山水，沉靜而多情，秀麗而嫵媚，既富詩情，又多畫意，可惜我不是獨遊，不能縱情長嘯；不是獨釣，不能憺然忘歸。好在山水無私，容我用照相機攝取了它的山容水態，留待他日觀照，神遊。

不到台南足足二十七年了！二十七年來，每動旅思，必以台南為第一目標，因為在二十年戎馬生涯中，我曾三次駐在台南，對於我，它無疑是在台的原始之夢。因此，此番能在台南落腳，無異是替我圓夢。

我是卅八年初春到台灣的，從基隆下船，一列運豬的火車一下把我載到台南，首先駐車站倉庫，過幾天才進旭町營房受入伍生訓練，它的典雅的屋內留下我挨班長踢打的聲音，它的操場染過我匍匐前進中滴下的血。那時的台南工學院一片荒煙蔓草，闃無人跡。我立意要進去看看，但當我隔街就望見閃著「國立成功大學」牌子的高樓，終逡巡未進。景物全非，看它何用！

景物全非的何止旭町營房？整個台南市區（包括郊外）都認不得了。我認不得它，它認不得我，意識到這點，忍不住產生一抹孤寂。

我到那裡尋找舊日履痕呢？看「全台首學」孔廟？看赤崁樓？看億載金城？看五妃廟？不僅路遠，即使去了，夜暗中又能看些什麼？在衆多古蹟一一決定不去之後，我徒步去了公園。公園是我落腳台南時最初遊逛的地方，我住的倉庫同它一路之隔，在進旭町營房之前的一週前，很多時間就在公園內消磨。我記得一到夜晚，路上只有冷冷清清幾盞路燈，幾乎看不到車子，聽到的只是木屐啪達啪達的聲音。夜稍深，散步的人少了，代之以按摩女的笛音，嗚咽的，不成曲調的，雖是少年不識愁滋味，入耳也陡覺淒涼，不禁心爲之顫，神爲之慘然。

這些逗人懷念的聲音當然早已絕響，雖無復印證舊遊印象，然公園仍是公園，在蒼白而稀疏的路燈下看來，似乎並無多大變化。只是小徑鋪了瀝青，樹木比較茂密，高大，水池水量增多，面積闊大了，最大變化是添了一座水上石舫，是仿北海石舫而建的，舫上有亭台供人遊憩。可惜當夜卻錯過了，否則登臨其上，必更增懷古的情趣。

進得公園，我便想到「幽人獨往來」，雖然與我同來的還有碧果、尼沙、季方飛小姐等，但能捨熱鬧而取清冷，無疑都懷有一份幽情。而古城台南，似乎也只有這一片土地還略保存一點古都情調。對於我，也只剩這一小片都市中的「山水」是我的舊遊。然而想起時隔數十寒暑，昔年英氣勃勃的少年，忽忽竟華髮欺鬢，舊遊飄零，往事如煙，一份悽迷寂寞之感便湧上心頭；幸好季方飛及時架起一道彩虹橋（她是正聲電台彩虹橋節目主持人），用甜潤的嗓子唱起我們熟悉的老歌，我們彷彿有了伴唱機，有一句沒一句的和著，加上尼沙兄熱情爽朗的說笑，無形中，化解了我的悵惘，而渾然忘懷重來回首之類的感觸。只是當夜深，興盡，人倦，歌殘，緩步出園，到底又有些茫然了。此番離去，何日再來？再來必也是山河依舊，人事越非了。

◉馮菊枝　新竹人。省立新竹師專畢業。
著有散文集「情深幾許」；小說「流淚的雲」、「水色的季節」；兒童文學「風城童話」等。

# 燈的故事・燈的感情

**事隔多年，偶爾我會記起那夜祖父被抓到偷點一盞燈的情景，記起那種小心靈所難以忍受的羞辱、憤怒、恐懼和徬徨無助。**

她環顧客廳裡大大小小的電燈，心裡浮漾著各形各色複雜的感情，有一些敬畏，有一些欣喜，還有各式感嘆和其他說不清的情緒。

這是她的新房子，她和她的兒子合資購買的新房子，三層樓的透天厝。建築形式新穎美觀不說，單只客廳裡的水晶燈和壁燈，就夠她觀賞不盡，讚嘆不已。這新房子裡的燈飾，是她和兒子親自去挑選的。她不懂燈，但她對燈有一種特殊的感情。

她生在台灣鄉下一個貧窮的佃農家，有八個兄弟姐妹。從小，她就被送給別人家當養女。養父母家在荒僻的山裡，比親生父母家更窮。當親生父母家已使用電燈時，她還不知道電燈是什麼。跟養父母的兒子結婚後，第一次歸寧，她對電燈的明亮和潔淨的造形大爲驚奇，卻不知道怎麼開燈，更不知道怎麼關燈。對著電燈，她張口猛吹，像吹她平日用慣的煤油燈。她想把電燈吹熄。她的哥哥姐姐和弟弟都笑她沒有見識，她的親生父母卻疼在心底。

那年她十八歲，距她第一次買新房已四十五年。

四十五年間，政府在台灣農村實行各種農業政策，從三七五減租到耕者有其田，她的親生父母和養父母都從貧困的佃農變成了自耕農，從一無所有逐漸小康，從三餐不繼逐漸到日常生活幾乎能隨心所欲。兒子工專畢業後，找到一份理想的工作，於是她把她幫人採茶的錢幫兒子娶了一個賢慧的媳婦，又把她在工廠賺得的錢和兒子合資買了新房了。

她山裡的老房子是留著的。那泥磚砌成的老房子，留有她大半生太多的記憶。她永遠記得，在那些個漆黑的夜裡，縱使有煤油燈可用，也不許隨意點著，隨意浪費。

她是我的親阿姨。當然，她現在已不會傻得用嘴去吹熄電燈了。

小時候在外婆家，我看過那盞害阿姨留下笑柄的電燈。那盞電燈懸掛在外婆家的廚房和各房間通道的門框上。孤零零的一盞，只有五燭光。記憶中，外婆家只有那盞電燈。那年代，外婆家也窮，煤油燈也省著用。前些時夢見回外婆家，暗夜裡的房間還是一片漆黑，只窗外有天光朦朧。

在那剛有電燈的年代，台灣鄉下農家似乎都是這樣，煤油燈捨不得點，電燈也捨不得用，暗夜裡一切都是摸黑，燈只在傍晚以後、入睡以前那段時光使用。那段時光有燈的亮光驅走黑暗，就是很奢侈的了。

記憶中的童年，祖父家也是剛裝有電燈。祖父家那大大的三合院房子，剛開始時也只有一盞電燈。小小的五燭光電燈，用電線扯著，也是懸掛在廚房和房間通道的門框鐵釘上。通道也可以通往側門外的豬欄和廁所，但是昏暗的燈光卻照不到那裡，於是半夜尿急或鬧肚子常是我最可怕的夢魘。

在那年代，鄉下農家的廁所都是設在豬欄旁，髒臭不說，糞坑上只鋪兩片大青石板，暗夜摸黑，眞有說不出的可怕。不得已，祖父偷偷拉了一根電線，也懸了一支五燭光的電燈掛在那裡。那年代沒有電錶，抓偷電抓得兇。一天凌晨，抓偷電的人抓到了那盞燈，祖父只好乖乖的照燈盞付罰款。兩盞燈的錢，付得原本也是佃農的祖父好不心疼。

現在那豬欄和廁所的位置，叔父已改建成一座四層樓房，每個房間裡的燈飾都是金碧輝煌。各種電器設備應有盡有，大大方方的使用，再也不需偷偷摸摸的偷點一盞小燈了。

事隔多年，偶爾我會記起那夜祖父被抓到偷點一盞燈的情景，記起那種小心靈所難以忍受的羞辱、憤怒、恐懼和徬徨無助。從而我知道，很多事其實是很無奈的。而經過了這三四十年，住在台灣的人，從全家共用一盞小燈，到現在每個房間裡都至少有一兩盞大燈小燈，形色繁複，款式美觀大方，再也不是從前那種赤裸裸的懸掛式燈泡了。從日到夜，隨時可以大放光明，這種方便和進步，眞不是以前的人所能想像到的。

而數十年以後，未來的人也許不用電燈即可照明。很難想像未來會用什麼照明，但我像我阿姨一樣，對燈長有一份難言難捨的感情。

◉**廖輝英**

台灣台中人，民國三十七年生。
台灣大學中文系畢業。曾任職「婦女世界」雜誌、國華及國泰建設廣告公司、「高雄一周」發行人兼總編輯。
著有散文「與溫柔相約」；小說「油蔴菜籽」、「卸妝」、「輾轉紅蓮」等。

# 祖厝、故居與廈門街

**七十一巷一住快二十年，自家的，加上鄰居的林林總總，搬離時，腳步終於有了記憶的力量，輕快不起來。**

有一長段時間，我相信自己一定刻意隱藏了記憶中最重要的開門之鑰。每日生活，像過河卒子，奮勇向前泅泳，絲毫沒有回顧或猶疑的餘地。

直到幾年前，我構思甚久的民初日據時代小說開始積極從事多方面的田野調查，始在睽違數十年之後，以滄桑之心，一一去追尋昔日住過的故居。

豐原慈濟宮對面、土地公廟旁的祖厝，早已如家父所言，改建成一家醫院，一座中型旅館，數爿店面。土地公廟裡石碑，還刻著包括家祖在內的捐獻者芳名錄，以及身爲廟方主任委員的曾祖名諱。

來回逡巡該處十多趟，幼時回到祖厝，睡在冷硬木板通鋪上的記憶迅速不招自來。而庭前老榕樹盤踞外伸有如張牙舞爪的巨龍老根，歷歷如在眼前。家父口中所描述的那尾象徵榮華富貴、其穴就安在榕樹後面石洞中的大錦蛇，一次比一次粗大巨長。牠昂然出沒、悠然進食，又措手不及被捕求售，幾十年來聽而復聞，早已有如親眼目睹。

自然是沒有人認得我這裝扮不似當地女子卻不知因何徘徊不去的外地人了。

祖宅拆遷是在祖父與後祖母瞞著先祖母所出的父叔三人，將家產變賣移居他處後許多年的事。

在那之前，最後一次回到曠大幽深的祖宅，乃是八七水災堪堪發生之後。

普通列車緩緩由北開向中部，路線是水災過後的滿目瘡痍。父親帶著大哥、我和大弟三人，憂心忡忡的擠在座椅之中。

祖宅牢固，全是八仙山林場運下來的杉木與紅檜搭建而成，即令是猖狂如八七水災，也動不了它分毫。因此，藉口關心祖居是否無恙，倒非我們此行的眞正目的。

事實是父親工作的大型國產電器、馬達工廠，已經兩年發不出薪水，靠著不時借點有限的小部分薪資和到處賒帳，早已無法繼續支應一家八口的生活。

父親在無計可施之下，才出此下策，想向祖父借點父親從前按月如數交出的月俸，來度此難關。

父親生母早在他初婚不久即過世。祖母的雍容美麗，連一向自視甚高的母親都讚不絕口。然而就像舊時代的大部分女性，美麗賢德並不能保證她的幸福。祖母銜恨臨終，未幾，祖父即另娶了一名無論心性與外貌皆與祖母大相逕庭的北部女子。

後祖母生養之後，便攛掇祖父嚴令禁止前子女回祖宅去「干擾」他們。父親雖知如此，言已多年未回祖宅，但在生活窘迫下，猶寄望擁有上億資產的祖父能念在骨肉情份上，暫施援手。

我們抵達祖厝已過吃飯時間，自然不會有人張羅吃食，父親才開口道出來意，便被祖父痛斥拒絕。

夜裡，我們父子四人，被安置在閒置已久的空房。木板通鋪空無一物，既無枕頭棉被，連一件小小的，足資覆蓋肚腹的小被單都沒有。

我們和衣睡下，半夜冷醒，發現父親坐在身側，身上的西裝、長褲，分別脫下蓋在弟弟和我身上。

父親見我醒來，悽然說道：

「妳祖父無情。爸爸對你們，絕對不會如此。」

當時猶在盛年的父親，如今已年逾古稀。昔時連青澀少年都稱不上的我，而今亦將行近半百。祖厝的「最後一夜」，深烙我心，人生種種，自此成爲我必須馱負的糾纏。

至於我童年住過的烏日紡織廠宿舍，回首細看，充滿「情節」。促使我們搬家的遠因，是泉州籍出身，血液裡充滿冒險犯難的母親，深以「大都市充滿機會，鄉下沒有出脫」爲由，長期不斷對父親「洗腦」的結果。近因則是因一場颱風，吹塌了我們位在邊間的「風頭壁」。

那一晚，父親去台中遲遲未歸。風雨交加，越來越強，終於吹倒了用竹枝爛泥的土牆，剎時間風猛灌、雨狂倒，榻榻米即刻泡在水中。

只記得當時緊急向鄰居求援，鄰居派來他們就讀高中的長子，冒著狂風暴雨前來，暫時解決了我們的危難。當時大哥才就讀四年級而已，仍是個需要被覆翼的孩子，婦孺在那種場合的「無用」，令人感觸良深。

初上台北，我們分租三重一位遠親的樓下，哥哥插班太平國小五年級，我則就讀永樂國小三年級。每天擠那以國小中低年級體力根本擠不上車的二十四路公車，不是擠掉掛在書包外面的、晨間檢查需要的塑膠杯；便是站在站牌邊眼淚汪汪的看著勉力擠上車門內的哥哥，無限同情的和我道別。

「哪，妳坐下一班子。我，我先去學校。」

當時才只五年級的哥哥，每當公車靠站時，他總是將我推到他前面，想用自己的力量將我推上公車。但是，比他大的成人與青少年太多太多了，在奮力擁擠時，個頭小的孩子往往被推擠下來，這那裡是他那麼一點大的孩子能幫得上忙的？

所以，我們兄妹幾乎每天都上演著這幕車上車下皆傷心的畫面。

雄心勃勃的母親，從不認爲台北市郊的三重是她心目中的理想居所；尤其是租住遠親之家，更非她那出身醫生富家的么女高傲心性所能容忍。

不數月，我們又以稍高的租金遷居廈門街一百四十四巷。

房子很小，只有一個房間，廚房搭在後面一樓大樹旁，六、七戶人家共用一間臭氣熏天、無法「充足」的公廁。

我還記得民國四十四、五年的當時，那種房子，月租高達三百五十元。六、七戶人家，房東全是同一個人，那就是在廈門街上開接生房的產婆。

一百四十四巷，地勢特別低矮，正位於廈門街和水源路的三角地帶，要上水源路搭十三路公車到永樂國小上學，還得爬大約兩層樓高的石階上去。

偌大一塊地，除了我們這六、七戶之外，還有幾戶有大院子的國語日報宿舍，其餘則是一大片的荒煙蔓草，以及沒在長草堆裡廢棄的古井。

不知是怎麼以訛傳訛，有人就說那是日據時代的馬場町刑場。後來雖知不是，但仍有人信誓旦旦的表示：那塊地的確是塊不乾淨的行刑地，有人甚至還看到過鬼呢。

爲了這個緣故，搬離這個家，自己買一戶不必再搬遷的住宅，便成爲母親念茲在茲的心願。

也許是母親的願力奏功，父親恰在那時因設計，同時也協助推銷成功某種機器，賺進一筆爲數可觀的金錢。

媽媽很快在市場相熱的菜販介紹下，看中市場那條巷子——那時通稱一條通的廈門街七十一巷內一幢日式瓦房。

房價四萬元，再給介紹的菜販佣金兩千元。

記得下訂後的那個星期天下午，媽媽喜孜孜的帶著哥哥和我去看那幢房子的「外觀」，非常得意的告訴我們：

「一廳兩房，後面那個飯廳很大，將來能再留下一點錢，可以另隔平出一個房間，你們漸漸長大了，要有自己的家，在自己的屋簷下長大。」

母親的雙瞳閃著希望的光輝，對於北上一兩年便自己買下自用住宅，頗爲自得。

「但是，這不也是風頭壁？」多嘴的我居然冷不防冒出了這句話。

母親也許心情好，居然和顏悅色的解釋：

「傻瓜，邊間房子才好，光線充足。從前台灣人慣住的房子是光廳暗房，所以才會有那麼多人得癆病。」

宿舍也罷，租屋也罷，都是暫棲之所，第一次有了自己購買的房子，的確令全家大小雀躍萬分。

哥哥和我，就在七十一巷自宅裡考上初中聯考的省中。我不僅六年綠制服，甚至大學畢業時，都仍住在這屋子裡。

葛樂禮颱風來襲的時候，我們再次嚐到「風頭壁」的驚險。

風狂雨驟，整夜不歇，客廳那面牆開始傾斜龜裂。以那種風勢和雨勢，牆面一旦有一角坍落，整座屋子勢必不保。

爸爸當機立斷，在方桌之上，再將祖母留下來的那張紅木四角桌嫁粧打橫，以桌面擋住受風最大的牆。

我站在地面上看著父親扶住桌面，和風雨搏鬥，時傾時正，險象環生。

身量長得幾乎和爸爸相當的哥哥，亦拿來另一大片木板，在父親旁邊，用身子擋了大半夜。

風雨過境，屋子裡面幸喜人口平安，無甚損失，不過那面牆卻已搖搖欲墜，勢必不保。

既然牆要重砌，乾脆忍痛一口氣將媽媽念叨很久的計畫一齊付諸實現。

父親請了兩名師傅，就在原來屋子的規模下隔出閣樓，弄了兩個房間。從此哥哥有了自己單獨的房間，媽媽將另一間大一點的「雅房」出租，每個月多出四百元收入。「景氣」好轉之後，那間出租過的雅房就成了我和兩個妹妹共有的房間。

在陸橋市場未建成之前，「一條通」與隔壁的二條通，一直是廈門街主婦買菜的地方。一條通上還有家豆腐店，通宵作業。物質匱乏時代，夜裡過了十二點，拿把大茶壺去，一塊錢就買得到整整一壺的原汁豆漿，回家再自己加糖，配上白饅頭，吃得人人口齒留香。清晨，豆腐剛剛做好，買來猶熱熱的；油豆腐方炸好，包在舊報紙摺成的三角紙袋中，回家醮醬油配稀飯，堪稱美味一種。

逢年過節，豆腐店更不曾閒著，師傅幫巷子裡的主婦磨米做年糕。一袋袋鼓得飽滿的白麵粉袋，壓在扁擔下瀝水，讓人好生期待。

七十一巷一住快二十年。自家的，加上鄰居的林林總總，搬離時，腳步終於有了記憶的力量，輕快不起來。

搬離後又是快二十年的今年年初，偶然和妹妹行經廈門街，特地彎進七十一巷緬懷一番。

房子都已重建，熟人泰半搬離。正像所有的故居一般，人不識我，我不識人。

我並不想說，悲歡離合總無常。因爲，無常的，又豈僅是悲歡離合而已？

◉康芸薇　河南博愛人。民國二十五年生。
著有小說「這樣好的星期天」、「良夜星光」、「粉墨登場」等。

# 天下為公

**中山陵上「天下為公」四個大字**
**在陽光下閃閃發光，看了令人熱淚盈眶，**
**面對故國大好河山，這理念何時才能實現！**

我滿二十歲有了投票權之後，剛好碰上第一屆市議員選舉。我們眷區推出一個陳姓候選人，軍事機關一個命令，一個動作，上面說若不選他，就要宿舍。

我對那個陳姓候選人沒有絲毫認識，也不清楚他的政見。我開始對我初次享有的投票權感到痛苦，我不敢不選他。但是，常常做噩夢，夢見我變成一個小孩，問家中的大人：

「我不去投票行不行？」

大人詫異的說：「你不是希望趕快長大嗎？現在你長大了，有了投票權，爲什麼要放棄？」

「我要選我最敬佩的人，你們要我選的人，我不知道他是誰。」

大人突然寒下臉來，「你要不選他，上面要我們搬家，你負責。」

我從噩夢中驚醒之後，對自己說：「我怎麼能負這麼大責任！」我不僅把我的第一票投給了陳××，後來他又連任了幾次，我也投了他的票。

我不知道他當選之後，有沒有替我們眷區做點事，我只知道他的西裝越穿越挺，走路的樣子也越來越神氣。我在路上碰到他，他不會同我打一個招呼，他完全不知道他的當選有我一票之功，以及我爲他做過的噩夢。

我結婚以後，住在丈夫的公家宿舍，婚後第一次選民意代表，我問丈夫：

「如果沒有我敬佩的候選人，我不去投票，你們公司會不會叫我們搬家？」

丈夫說：「笑話！現在又不是軍閥時代。」

丈夫的話使我興奮，有了眞正自主的投票權，再聽到宣傳車播送那首：「大道之行也，天下爲公，選賢與能……」才不會臉紅。

最令我感動的一次選舉，是少棒之父謝國城先生選立法委員。我一向不喜歡運動，但是我喜歡謝國城先生領導的中華少棒隊奪得世界冠軍。除了新聞報導，我很少看電視，然而我同家人一起三更半夜起來看中華少棒隊爭霸賽的實況轉播。我近視、眼睛不好，搬個小凳子坐在離電視只有兩尺之處，完全忘記了平時對小孩的教誨——看電視不能離太近。

丈夫說：「你這麼一坐，後面的人還要不要看？」

我聽而不聞，女兒替我講話：「媽媽難得看一次電視。」

看到僑胞每個人手上揮舞著青天白日滿地紅的國旗，高喊：「中華隊加油！」我熱淚盈眶。此時孩子們如果發出一點聲音，我會大聲的叫他們：「不要講話！」孩子們的小臉露出訝異，不喜歡運動的媽媽，看少棒賽竟然如此專注、用心。

謝先生讓中國人在世界上揚眉吐氣，他選立法委員，每個中國人都應該投他一票。我自動替他拉票宣傳，告訴鄰居太太們，在缺乏經費的情況下，謝先生如何賣了自己的房子來訓練少棒隊。

後來謝先生高票當選立法委員，我心中感到說不出的安慰，一個爲國家民族默默耕耘的人，會得到社會大衆默默的回報。

那年先總統　蔣公逝世，我和幾位鄰居去國父紀念館瞻仰遺容，然後到地下室去看　蔣公生前的紀念照。有許多　蔣公年輕時候的相片，經國和緯國先生還很小。我們隨著人群邊走邊看，一位沒有讀過什麼書，從南部來的王太太突然問我：

「這是經國，這是緯國？」

她的聲音輕柔，毫無惡意，但那是六〇年代初期，國父紀念館五步一崗，大家都抬起頭看她，讓我十分不安，小聲回答：「對。」希望她不要再繼續說下去。她一點也沒有覺察，一路不但「經國」、「緯國」喊得十分親切，而且還下評論：

「經國的相貌沒有緯國好！」

一出國父紀念館，大家紛紛責備她：「經國、緯國也是讓你喊的！」她一臉茫然，不知她那樣親切的喊「經國」、「緯國」有什麼不對。

後來我們把這件事當笑話常常提起，說多了我不再感覺好笑，反而變得極為感動，我覺得像我們這樣安分守己，沒有野心的家庭婦女，才是混亂社會裡的中流砥柱。這些平凡的女子中有許多碩士、博士之母，她們教導子女除了犧牲奉獻，沒有什麼義舉。我不禁想，王太太親切的呼喊「經國」、「緯國」是否也是我們的心聲！平凡的婦女們對她們掌權的執政者說：

「好好替我們當家呀！我們今生能否過太平日子，全看你們對我們盡多少心。」

六四天安門事件發生那年我在南京，由父親和友人陪同去中山陵，車到梅山，友人告訴我們司馬懿葬在這裡。往前走看到許多石人石馬，我知道明孝陵到了。我們下車拍照，友人說當年朱元璋看中這個地方，要葬身於此，左右告訴他司馬懿的墓就在下面。他聽了哈哈大笑說：

「很好，有司馬懿在下面給我守墓，不錯。」

我們沿著有石人、石馬的石板路向前走，在翠綠的樹蔭下，聽到達達的馬蹄聲，讓人想到「翠堤春曉」中的維也納森林。不知是否因爲這裡是我們中國人的土地，我小時候去過的關係，我告訴友人我覺得中山陵是世界上最漂亮的地方。

友人說中山陵向陽，風水好，那裡的樹木長的有氣派，抗戰的時候，連日本人佔領南京都不忍破壞。

中山陵兩旁種著許多塔型針葉孔雀松，墨綠的松葉向左右一層層展開，彷彿孔雀開屏一般好看。我們一階階往上爬，看到國父寫的「天下爲公」四個大字在陽光下閃閃發光，不禁熱淚盈眶。這四個字我在台灣常看，然而，如今面對故國大好河山，想到在天安門絕食抗議的學生，心中的吶喊是：

「中國啊！中國！天下爲公到什麼時候才能實現呢！」

◉**林少雯**
廣東蕉嶺人。世界新專畢業。
曾任編劇、教師。
著有散文集「拓荒者」;小說「畫荷」;劇本「阿火的故事」(電影);兒童文學「森林夏令營」等。

# 鳳凰花和光腳丫

**村子裡有許多鳳凰樹,大人們穿著木屐在樹下走來走去,為生活而忙碌著;小孩子光著脚丫跑來跑去,為玩耍忙碌著。**

今年夏天的最後一朵鳳凰花,從枝頭上飄落了。

對滿地的落花而言,今夏這最後一點紅豔,既不增它的壯麗,也不減它的淒美。

撿起那朵落花,放在掌心裡欣賞,它雖離枝,但依然鮮美,依然撩起我內心深處的許許多多懷念。

跟鳳凰花有關的回憶，是成長的年歲中點點滴滴所累積的。鳳凰樹那羽狀的綠葉和紅豔似火的蝶形花兒，是織進我的青春裡去的。

只是年年換上新裝，化上新妝的鳳凰花，至今仍年輕如昔，而我的青春歲月，已隨著每年的花開花落而逐漸遠去，再也喚不回。

在年年的落葉和落花飄然中，其實逝去的不只是我的童年和青春，也使印滿我成長足跡的地方，改頭換面了。

生命中有記憶以來的第一棵樹，就是鳳凰樹。

那時候，家住花蓮縣的瑞穗鄉，家的四周都是樹，有榕樹、柚子樹、柿子樹、蓮霧樹和鳳凰樹。最能吸引我目光的是鳳凰樹，因爲它的葉最翠綠，花最鮮豔，對年幼的我，它彎曲光滑的枝幹，是光腳丫最好爬的一種樹。

村子裡有很多鳳凰樹，這裡一棵，那裡一棵，大人們穿著木屐在鳳凰樹下走來走去，他們爲生活忙碌著；小孩子光著腳丫在鳳凰樹下跑來跑去，他們爲玩耍忙碌著。

生長在公務員家庭的我，有木屐也有鞋子，但我喜歡打赤腳。我的光腳丫踏遍了村子裡的每個角落。

活潑愛玩的我，最愛的遊戲是爬樹。村子裡大大小小的樹，我幾乎全爬過。光腳丫緊貼樹幹的感覺，帶給我很大的樂趣。在樹上時，我常以爲自己是樹的一部分。

我最常爬的鳳凰樹，是鄉公所右側廣場的那棵。樹很大很高，在那上面，我可以看到許多人進進出出鄉公所；還可以從窗口看見爸爸在辦公。爸爸是鄉長的秘書，他的辦公室外面就有整排鳳凰樹，他並不知道我在其中的一棵樹上看他。

從樹上往街心看去，瑞穗村的街道，從火車站那兒起一直到街尾，呈現了一個「十」字，十字路口有警察派出所、米廠、百貨行；而從火車站往尾的方向去，有照相館、旅館、冰廠、理髮店、文具店、香芳油批發行、中藥行、五金行、麵店，街的最末端是戲院和農會。

小時候，我在街上走，從來沒有好好用走的，總是一邊跑一邊蹦，遇到水溝都是用飛躍的。我在樹上看到別的小孩也是這樣走法，感覺眞會心。

那時候街上大都是平房，街是泥土路，村人的交通工具大半是自己的雙腳，也有腳踏車和鐵輪千車。每次爸爸帶我到附近的瑞美、瑞北、舞鶴、鶴岡等村去作客，我們都是用步行的，有時爸爸也用腳踏車載我。

我喜歡走路，覺得那是一種遊戲。夏天走在曬得發燙的泥土路上，不禁愈走愈快，接著變成又跑又跳，最後腳底實在燙得受不了了，只好跳到路邊的青草上，讓腳丫熄熄火；光腳在地上跑，常會踩到尖細的石子刺破腳底，也會不小心踢到石子，把趾頭踢破，偶而會踩到釘子而受傷。可是打赤腳是那個時代很普遍的現象，很多人買不起鞋子，市面上也少有鞋子賣，鞋店和百貨行只有很少的皮鞋，和比較多些的布鞋、膠鞋，最多的是木屐。

不爬樹，也不在外面野的時候，爸爸也會說故事給我聽。他說些他們那一代的中國人的故事，我聽了似懂非懂。記憶最深刻的是，爸爸說民國十幾年，他還是軍校學生，在廣州參加國軍誓師北伐的行列，台上慷慨激昂在講話的是他的校長蔣中正先生。在那個到處可見「反共抗俄，殺朱拔毛」標語的年代，人人對蔣總統崇敬有加，而爸爸是蔣總統的學生，我的小心靈裡很爲爸爸驕傲，也覺得神氣得很。可是當爸爸說叔叔在戰役中陣亡時，小小的我，竟也黯然神傷。不過當爸爸又說，廣州之役犧牲的七十二烈士中的林修明，是我們的親人時，我又感到驕傲無比。

鳳凰樹上和樹下的許多故事，在我逐漸長大中，也漸漸豐富了起來。隨著我進了小學，人際關係忽然擴展了，同學中有住在村外的農家孩子，教室裡全是打赤腳的小孩。放學後或假日，我常走很遠的路，去山腳下找同學到野地裡摘芭樂和百合花，我們吃很多野果，把一張嘴吃得又紅又黑又紫的。最重要的是到處都可以看到鳳凰樹，使我覺得很安心。

當我十三歲小學畢業那年，上縣城去讀中學，離開了這個滿是鳳凰樹的山城之後，再回來已是二十五年後。村中的街道鋪上了柏油，房子全翻修成樓房，鄉公所也早搬走了，街上再沒有人打赤腳，人人都穿著時髦亮麗的服裝；村人騎著摩托車、駕著轎車來來往往。

我心愛的鳳凰樹少了許多，兒時的玩伴也都到大城市去謀生了。

一切都變了，繁華和繁忙取代了往昔的寧靜。時代的巨輪把小山城的腳步帶著往前滾動。熟悉的故鄉變成了陌生的城市，但童年的記憶卻永不褪色，永遠鮮明地印在內心深處，一如鳳凰花般鮮麗。

◉周培瑛　山東人，民國四十年生。高雄女師專畢業。
曾任青年日報記者。
著有散文集「愛我們所有的」、「念那地方」；小說「姻緣」等。

# 喝一口椰子水

**三棵椰子樹在民國五十年到六十年間，發揮了無比的神蹟，經濟效益不只顯現在我們家，也普及到附近的達官顯要和尋常百姓。**

家裡種了三棵椰子樹。

兒時，它們是與我的身高等長進入家門。

之所以歡迎它們進門，有迫切急需的理由。

民國四十六年，活活潑潑，又蹦又跳的女兒忽然病了。高燒、愛睡、嘔吐不止，送到醫院急診，宣佈是急性肝炎。除了吃藥、打針，親朋好友七嘴八舌建議，要喝椰子水，要吃蛤蜊湯。

那時，家中男女主人的薪水，加起來不過一百五十塊左右，而一個椰子的價錢是六十塊。

鄰居們合夥送了一個椰子，裡面的椰子水捨不得一口氣喝光，分了好幾份，每份之中對上冷開水，總算也向肝炎做了個交代，表示並沒有不餵「肝炎」喝椰子水。

也不知道是椰子水的功效，還是小孩抵抗力強，一星期之後，女兒病情完全受到控制，假如給不知情的人來評斷，看不出這女孩是從急病邊緣回來的病號。

母親默默的立下心願，將來有能力，自己種椰子，起碼它能救急，也能救窮。

於是，搬到大房子，擁有近百坪的大院子後的第一件事，便是在院子裡種椰子。

工人們把樹苗等距離埋種在前院，臨走前對母親說：椰子樹的經濟價值極高，等它開始結果子，收益可以把一個小孩從小學扶養到大學畢業。

這個家庭中，正巧是三個孩子，母親就把三棵椰子樹，派給一人一棵。

「你們的學費，就靠這三棵椰子樹。」

椰子樹很好培育，不需要修剪、施肥。偶爾，我們按照小常識上提供的妙方，撒把鹽在樹根，據說，鹽分多，可以助長椰子樹早日結果。

後來，眞的結椰子了，一粒粒由小變大，看在眼裡，甜在心裡，卻苦在眉宇，因爲果子結得高又紮實，我們沒有搆的本事。

哥哥、弟弟兩人仗著是男生，膽子大、勇氣夠，爬梯子上樹去割椰子。割下來好幾串，我們根本吃不完，遠近友朋、鄰居、小販，都分到了我們家的椰子。時歲已入六〇年代，椰子一個是八十塊，以當時的經濟條件，沒幾個人會花錢去買個椰子來吃。我們家的椰子，成爲稀罕的禮品，尤其母親送椰子的誠懇態度，一再告訴人家，喝椰子水去火，椰子肉炒菜下飯，更受到收禮人的私下好評。

行走在街上，時常傳來「他們家有椰子」的耳語。我們家，是許多鄰人口中的椰子樹人家，哪家男女老少得了肝臟方面的疾病，會自動上門來要椰子。

三棵椰子樹，在民國五十年到六十年間，發揮無比的神蹟，經濟效益不單單顯現在我們家，還普及到附近的達官顯要和尋常百姓。

再過十年，椰子樹竄長到爬梯子也搆不到的程度，不得已，只好請工人來幫忙搆椰子。工人們先聲明，他們出力可以，但是椰子要歸他們所有，我們只能分到總量的十分之一。

他們搆椰子的方式，讓我們土豹子開了眼界。我們一直以爲椰子是得靠人力去割才能與樹脫離關係。實際上，人是主角沒錯，猴子才是出力的執行任務者。一隻猴子風快的速度上樹，沒兩、三分鐘，一個個椰子全被牠的利爪扭下。

扭下來的椰子，猴子訓練有素的往竹簍裡丟；奇怪，破碎、失手的記錄幾乎是零。採椰子是猴子的看家本領和拿手好戲，我們看了不僅稱奇，也才恍然有所頓悟，天生萬物，各有所長。

有一回到菲律賓旅行，口渴，看見路邊有攤販賣椰子，就下來買椰子水喝。小販說，一個椰子是十塊，折合成台幣，不到十塊。

又有一回，在印尼街上，也是口渴，下車買椰子，一個折合台幣五塊錢。

我們一面喝，一面感嘆家中那三棵椰子樹，它們沒替我們三個孩子完成繳學費的使命，反而增加了家庭的壓力及負擔。因爲椰子樹長大了，枝幹粗硬了，別說椰子吃不到，刮風、下雨時，椰子的落葉影響走路及安全，非得四下去拜託工人來協助不可。工人現在也不要椰子了，他們說喝椰子沒精神，傷體力，不如吃檳榔來勁。

好在母親是樂觀的個性，曉得廢物利用及凡事變通，她說，椰子樹的葉子，做扇子是最好的材料。母親在葉柄和葉片上寫字、畫水墨。當我們回家時，經常從不同的角落裡，找出有詩畫並俱的椰子扇。也是理所當然的現象，左右鄰居手中，不時看得見母親的創作。

颱風一個個侵襲台灣，電力一次次受到波及，停電時刻，我們拿出椰子扇搖曳，不禁想到，這也算是意外的收穫，對種椰子樹的人來說，它讓我們無法忘情喝椰子水是極其珍貴的年月。

◉李冰
本名李志權。山東招遠人，民國十一年生。
曾任教師、編輯、記者等。
著有散文集「島之臉」；詩集「聖門集」；小說「苤濃溪上」、「陋巷春暖」等。

# 三代

**仲傑的死，像砍掉我一隻胳膊，**
**後來我才發現殺他的，**
**竟是我自己。**

望著姑媽寄來國威身著戎裝的結婚照，欣慰中又把我拉回當年砲戰慘烈的戰地——金門。

砲彈的飛嘯爆炸聲不分晝夜的狂吼，揚起的硝煙沙塵瀰漫長空，陽光也失去顏色。我在碉堡中以電話指揮，不斷收到各排的傷亡報告。突然通信斷絕，查線的通信兵被炸死在碉堡外，我一急跳出去，親自巡視各排情況，鑽著砲火的夾縫，從第一排到第二排，猛看到張排附正在指揮。

「魯排長呢？」我近乎吼著：「躲到那裡去了？」

「排長他……他他……他負重傷！」張排附哽咽著說：「剛剛後送到救護站去了！」

頭額突然腫脹起來，我冒著砲火趕到救護站，一向吃冤枉的衛生兵這時也忙碌起來，抬的抬、揹的揹：王醫官忙得團團轉，他淌著汗、流著血，遍地是撼人的呻吟與慘嚎！

「仲傑，仲傑……」猛發現魯排長仰卧在擔架上，左腿不見了，臉上胸口如砸爛的一罐蕃茄醬，慘烈得不敢面對：「王醫官，王醫官……」我狠命地把他拉過來：「救他！趕快救他……」

王醫官瞪我一眼蹲下身，看看他大腿上的血碴子，然後把血濕的衣襟扯開，一個碗大的血口子，一截裂開的肚腸正翻泚在肚皮外：「給他些水喝吧！」王醫官站起身，搖搖頭，匆匆趕到另一個傷者身旁。我紅著眼睛追上去，一伸手抓住他衣領，吼著：

「你這個沒有醫德的傢伙，喝水能救命嗎？你見死不救……可惡！」

「不不……」王醫官擺擺手：「他他……」

「他怎的？他是我表弟！是模範排長！你有義務救他……」我一舉拳頭要打下去，卻就在此時，身後「哇！」一聲慘叫，回過頭，仲傑正口咬鮮血不再動了！

「李連長，如果你是我，應該救活的還是去救死的？」

「滾開！見死不救！你就是殺他的兇手！」

魯仲傑是我的表弟，我升連長時恰好調到他連上，查看人事資料時，發現他是官校優秀畢業生，排長任內表現優異，連任兩年的戰鬥英雄。我為自己高興，能有這樣一位排長來輔佐我，也為守寡的姑母驕傲，有這樣一位能繼承父老的兒子。那是在砲戰的前幾天，接到仲傑被上級遴荐去美國深造的公文，連上官兵除恭喜他，還擇日聚餐為他餞行。那天大家都依依不捨的向他敬酒，滴酒不沾的他那天也開了戒。大家正在觥籌交錯的歡樂聲中，突然一陣急驟的爆炸聲傳來，一時天旋地轉的震撼起來，那就是名震中外的「八二三」砲戰日，當時我即命令大家即刻返回崗位。

「仲傑，你已辦妥離職手續，我指定張排附代理你。」

「不！我還沒離開金門，馬上回去指揮。」

仲傑的死，像砍掉我一隻胳膊，我責罵王醫官見死不救，後來發現殺他的竟是我自己，他已離職，為何還要派他任務？我不知應該怎樣向養我育我的姑媽交代。

姑丈戰死在抗戰的台兒莊戰役中，那年仲傑才剛讀小學，他立志要做個勇敢的軍人，以繼承父志。來台後他真的步我之後考進軍校。如今壯志未酬，竟也成為異鄉的流落鬼，一肩挑起上下兩代的血債，但不敢把噩耗告訴姑媽。

當年十月，我隨部隊回到台灣，當踏上姑媽的門檻，看到姑媽正抱著剛滿月的孫子國威。

「學剛，聽說仲傑在你連上當過排長呀？」

「哦！是是……」我搓著兩手，嘴巴有些打結：「不過他現在很忙，最近還不能回家。」

「呃？他還能回來？」姑媽噙著淚說：「仲傑不是已經回來了嘛!?」她指著供案上說。

望著姑丈靈牌旁那新立的小靈牌，我痙攣得有些癱瘓。

「他死去一週後，上面就派人來家慰問，那剛好是媳婦生產的翌日，不想噩耗又奪去她的一條命！」

我兩眼盯著案上的靈位，倏然感到它們晃動起來，活現出三個飄忽的影子……我雙手抱著頭、用力閉上眼，天搖地擺中突然聽到嬰兒的哭啼，感謝老天，給魯家留下這第三代。

「姑媽，您……」

「你放心！我還扛得起來，只要他們死得其所！」她拍拍懷中的國威：「什麼風浪我都嚐過，記得吧？在逃難的路上，我帶著你們從砲火中走出來，從死人堆裡爬過來。唉！我沒打過仗，感情卻被砲火烤乾了，什麼風暴都擊不倒我。」

當年，父母在一場戰火中同時犧牲，我投奔到姑媽翼護下，得獲重生，她供我讀書，教我做人，我瞭解她堅韌的性格，她眞像一棵蒼勁的樹，什麼傷痛能比喪夫殤子亡媳更揪心！她卻能把哀傷一口嚥下，把魯家的第三代扶養長大，再鼓勵他穿上這套不朽的軍裝，繼承上二代未竟的志業。

望著國威的戎裝照，英武煥發的雄姿，就像看到中國的革命史，俎豆千秋，代代相傳，是一盞永不熄滅的燈。

◉戚宜君
河南宜陽人。民國十九年生。政治作戰學校新聞系畢業。
曾任「陸軍出版社」副社長、「軍中廣播電台」副總台長。
著有評論集「生命的光輝」；散文「古典的情趣」；小說「湖上春痕」等。

# 腰繫手槍的新聞編輯

**在新聞工作上，我們是在戰地工作的尖兵，夜晚編輯同仁上班時，頭戴鋼盔、腰繫手槍，以防突如其來的狀況。**

對於大眾傳播媒體稍有瞭解的人，大約都知道新聞編輯不可或缺三項必備工具是剪刀、紅筆和漿糊；民國四十七年間，筆者在「馬祖日報」擔任編輯，除了上述編輯工具以外，還要腰繫手槍，頭戴鋼盔呢！

當時正值「八二三」台海戰役爆發的前夕，中共空軍紛紛進駐大陸沿海一帶基地，大批船艦更在福州及廈門港口集結，我金馬前線早已完成了充份準備，熾烈的戰鬥大有一觸即發之勢；馬祖上空連續發生了兩次空戰，我空軍健兒先後創造了零比三與零比五的光榮戰績。

時值溽暑炙人的炎夏，入夜後實施燈火管制，到處漆黑一片，寂靜無聲，唯有一波波的海浪衝擊在礁石上，在月光下泛出的光影與聲響，益增戰地的肅殺氣氛。

「馬祖日報」是一份四開的鉛印報紙，麻雀雖小，五臟俱全，國內外的新聞與戰地的狀況，經由電訊的傳播，濃縮成鉛字版面，呈現在戰地軍民眼前，在交通十分不便的狀況下，便成了唯一的精神食糧。

在軍民尚且使用馬燈及蠟燭作爲照明工具時，「馬祖日報」便得天獨厚的獲得了發電機的設備，入夜之後，燈火通明，雖然遮上了帷簾，仍難免一絲絲的燈光透出隙縫，在夜空下顯得格外惹眼。

特別是在月黑風高的夜晚，我方的蛙人健兒每每出動偵察對岸敵情，經由沿海居民的掩護，甚至可以換上便裝，到福州市區逛上一圈或看場電影；對岸的「水鬼」也會經常摸上岸來，哨兵被偷襲的情形時有所聞，戰士王喜田等人曾活捉到「水鬼」，而燈火輝煌的「馬祖日報」，遂成爲「水鬼」上岸後最具吸引力的目標矣！

儘管四週多有衛哨配置，深恐百密一疏，馬祖指揮部（後改爲馬祖防衛部）遂配發每人左輪手槍一支、鋼盔一頂，其他像是防毒面具及水壺等武裝配備均一應俱全。夜晚編輯同仁上班時，頭戴鋼盔，腰繫手槍，以防突如其來的狀況發生。那時我們都還年輕，生命充滿了蓬勃的鬥志與絢麗的華彩，在新聞工作上我們是在戰地工作的尖兵，在戰鬥序列裡我們更是防衛體系中不折不扣的戰士。

馬祖列島雄峙閩江口外，包括南竿、北竿、西犬（後改名西莒）、東犬（後改名東莒）、高登、大坵等大小島嶼在內，總面積僅祇二十七平方公里而已；地屬荒僻海隅，昔為城外之地，明、清以來猶為化外之民，民國肇造，國事蜩螗，鞭長莫及，亦未加以重視。政府播遷來台，國軍進駐馬祖列島以後，頓時成為屏障台海安全前哨堡壘，經之營之，氣象為之一新。

初到馬祖時，第一個印象是童山濯濯、白浪滔滔、砂礫處處、樹木不生。春天來臨時綠草遍覆山野中，間或還能看到幾株野杜鵑迎風綻放呢！秋風起時，遍地都是黃橙橙的野菊花，呈現出一片盎然的詩情畫意！冬季酷寒，間或飄落幾許雪花；夏天燠熱，加以用水奇缺，夕陽西下時端著面盆前往山谷中尋覓水源沐浴，就成了每天重要的日課與享受。

「驃慢豪邁」是馬祖駐軍標榜的共同精神，士氣如虹，戰志高昂，碩大的標語牌上寫著「有金馬即有大陸，無金馬即無台澎」。官兵們共同的信念是：「革命成敗在馬祖一戰，國家興亡在馬祖一戰，軍人榮辱在馬祖一戰，世界安危在馬祖一戰，人類禍福在馬祖一戰。」

「馬祖日報」設在馬祖澳口的一座方形石砌兩層樓中，民國四十六年「九三」軍人節創刊，社長是徐搏九（後在金門砲戰中殉難），總編輯是趙鴻舉，軍聞社特派員謝雄玄兼任採訪主任，周嘯虹、徐醒民、雲冠群、李世琇、李莎及筆者分任記者及編輯；中央社、軍聞社、軍聞台等單位派駐馬祖人員均集中於此，戰地軍民咸以「新聞大樓」稱之。這是一個文化的大本營，更是一個堅強的戰鬥體。

星移物換，時序流轉，年前有機會再到馬祖地區參觀訪問，從福澳碼頭下船後，乘車直趨「晟陽樓」，沿途經過高聳巍峨的「福山照壁」，穿越波平如鏡的「勝利水庫」，車子在平整光潔的水泥路面上飛馳，一眼望去盡是鬱鬱蒼蒼的茂密林木，風過樹梢，瑟瑟作響，和以枝頭鳥語，譜出了醉人的樂章。

林木涵養了水源，改變了土質，緩和了氣候的變化，使得馬祖列島氣象爲之一新。多座水庫的次第興建完成，清澈甘冽的自來水源源不斷；現代化的市衢，係由駐軍工兵統一規畫施工；四通八達的道路，全天候不虞匱乏的電力，各種休閒及娛樂設施，更提供了軍民充分的活動空間；特別是一塵不染的環境，以及夜不閉戶的安全狀況，構成了一座理想中的海上樂園與人間仙境。

前人種樹，後人乘涼，建設馬祖與綠化馬祖的工作，已經獲得了輝煌的成就；一批批爲馬祖流過血汗的人，重臨舊地，遍地野花笑臉相迎，蒼翠林木也都在隨風搖曳，鞠躬如也的表示著由衷的感激呢！

「馬祖日報」早已遷離了那座石砌的樓房，如今是在鐵板村上方的青山翠谷中，美侖美奐的大小洋房就有好幾幢呢！竚立在雲台山頂的雲台閣前，眺望四週群巒疊翠，林木參天，憑欄迎風，雲霧拂過耳畔髮梢；回憶昔日情景，遙見山腳下昔時「馬祖日報」的石砌樓房仍在落寞的矗立著，無言的訴說著歲月的滄桑！

◉**顏崑陽**
台灣嘉義人。民國三十七年生。國立台灣師範大學國文研究所博士。曾任教於花蓮女中、淡江大學。現為中央大學中文系教授。
著有論述「古典詩文論叢」、「李商隱詩箋釋方法論」，散文集「傳燈者」、「手拿奶瓶的男人」；小說「龍欣之死」等。

# 小飯桶與小飯囚

**當年「小飯桶」們很嚮往能過著像「小飯囚」要什麼有什麼的生活，而如今的「小飯囚」却似乎並沒有過得比「小飯桶」快樂。**

那日午後，我們一家人走過市場的角落；一個臉皮黝黑的婦人蹲坐在地上，面前擺著兩只籮筐。妻突然眼睛發亮，叫著說：「呀！田螺。」她俯頭看看跟在身旁的一對兒女，毫不討價還價地就買了二斤。

「我要煮給默默和圈圈吃，很有趣哦！讓他們用牙籤一顆一顆挑肉出來，有趣極了。」妻開始愉悅地訴說著，小時候沒有許多零嘴好吃，經常盼望的是，祖母煮鍋田螺，孩子們人手一盤，排坐在屋簷下，用牙籤挑出螺肉，一顆一口，「你知道那有多美嗎？」她彷彿歷經三十年還餘味猶存地舔舔嘴巴。

然而，一九九四年夏天，那日的傍晚，女兒默默與兒子圈圈併坐在飯桌邊，十多分鐘過去了，一盤田螺卻只被吃掉了幾個。「好玩，捨不得吃嗎？」妻等待著他們回答：「對呀！」但是，孩子卻苦著臉，說：「媽，我們可以不吃了嗎？」

我看到妻的眼神，先是驚訝，繼而失望，最後則是一片惘然。「假如是漢堡、薯條，你們可就吃得高興了吧！」妻有些無奈地嗔責，孩子卻嘻皮笑臉地說：「對呀！」

我們對看一眼，搖搖頭，沉默地把一大盤田螺吃完，的確猶有童年的餘味。「時代眞變得離譜了。」，妻恍然從懷舊夢中醒來。

其實，我早就從飯桌上的「罵聲」中，驚覺到時代變了。自孩子懂得拿筷子吃飯開始，便時常聽到或出自於妻或出自於我的「罵聲」：

「這樣也不吃，那樣也不吃，你們究竟要吃什麼！」

孩子們對著滿桌飯菜，卻皺著眉頭，哀求說：「再吃一口就好，可以嗎？」我忽然覺得他們眞像一對小囚徒，被監禁在用飯菜砌成的牢獄中，不知該如何脫困。「罷了，小飯囚，去玩吧！」他們如逢大赦地逃離飯桌。

瞪著這對「小飯囚」的背影，我的瞳孔突然閃過另一幅雖已陳舊卻猶然清晰的圖像：讓時間倒回一九五〇年代吧！場景也全然與現在不同，沒有漂亮潔淨的餐廳，沒有古雅的柚木飯桌，當然也沒有色香撩人的菜餚。九〇年代的「小飯囚」們根本無法想像那時候飯桌上的情景——瓜棚下擺著一條長板凳，凳面擺著一鍋彷彿蚯蚓　結的蕃藷籤撈飯，鍋旁擺著一碗公的醬燒魚，凳旁列坐著一家七口人。穿短褲，裸露上身的父親，背脊很像炭烤的魷魚，他正嚴肅地瞪著蠢蠢欲動的孩子們。母親比較和藹，滿是汗漬的臉龐，剛走出廚房，還黏著斑駁的草灰；她微笑著說：「眞像一群餓鬼」。五個小傢伙，四顆光頭，一顆西瓜皮頭，臉上共同的特色是，汗珠和著泥粉渲染出一幅「平林漠漠煙如織」的水墨畫。其間兩泓秋水，天光反照，正烱烱然射向凳上的那碗醬燒魚。

「眼珠別瞪了，吃吧！」父親終於開口。

二弟起筷如飛，搶到兩尾最肥大的鯽魚。大哥、四弟身手也不錯，各有收穫。三妹在母親的幫助下，還不致空碗。但弱小的么弟筷子只伸了一半，碗裡便只剩醬湯以及一些零碎的魚肉了。他兩眼一紅，哇地哭出來。公正的父親猛瞪二弟，他只好乖乖地讓出一條魚。

「連死人骨頭都啃下去，唉！這群小飯桶。」父親總是這樣喟然地罵著。

從一九五〇到一九九〇，當年「筷法如神」的「小飯桶」們都已做了父親。吃飯的地方，從瓜棚移到裝潢得很漂亮的餐廳，長板凳換成匠心設計的柚木桌子，桌上擺的是當年不容易吃到的白米飯，以及好幾道烹調精緻的菜餚。然而，罵聲卻由「小飯桶」變爲「小飯囚」哩！

我知道，那個年代，母親最大的快樂是，看著「小飯桶」們筷影交錯，碗盤如洗。而最大的煩惱則是，要如何弄到更多的米菜，才能塡滿這一口一口彷彿無底的飯桶！這個年代，我知道，妻最大的煩惱卻是，究竟要變出什麼花樣，才能讓這對「小飯囚」高興地伸出筷子。而她最大的快樂，也就是小傢伙們不再把餐廳當做牢獄！

我曾經是「小飯桶」中的佼佼者，當然明白，在匱乏裡，只有好好地運用自己的腦筋和手腳，才能爭到快樂。而快樂卻往往被藏在一座鎖著許多道鐵門的城堡中，我們總是興趣盎然地找尋開門的鑰匙。而今，「小飯囚」們還沒動腦筋，伸手腳，就已經有人把「快樂」盛在盤中，端到面前來。但是，他們卻搖搖頭說：「夠膩了！」然則，再問他們：「你究竟想要什麼？」他們還是搖搖頭說：「我也不知道呀！」

其實，當年「小飯桶」們很嚮往能過著像「小飯囚」那樣的生活，要什麼就有什麼。但是，他們卻無法一步跨越幾十年的歲月。如今，他們所嚮往的生活，已經眞的擺在「小飯囚」們面前了，而「小飯囚」們卻似乎並沒有過得比「小飯桶」快樂。這不禁讓人迷惘起來，「快樂」究竟是個什麼滑溜溜的東西，要如何才能抓住呢？

時代的演變，其實就是人們捕捉「快樂」而向前奔馳的足跡。「快樂」是在「匱乏」中追求到「豐足」的那種感覺。當人們盲目地向前狂奔，闖入一片豐足之地，卻遺忘了曾經匱乏的滋味；那麼，豐足所帶來的便只是饜膩之後的反胃罷了。

假如可能，我應該讓「小飯囚」們飢餓三日；然後再煮一盤田螺，看他們是否也「筷法如神」。時代再這樣地變下去，這種情形或許會成爲眞實，而不僅是「假如可能」。問題是：「小飯囚」們會這樣覺得嗎？

◉劉小梅　山東諸城人。民國四十三年生。輔仁大學教育心理系畢業，美國聖約翰大學亞洲研究所碩士。現任中廣公司編審、製作，並於銘傳管理學院任教。
著有散文集「螢光夜語」、「給我最深愛的溫柔」、「我夢我思我行」等。

# 上香

**走在往萬華的路上，許多市街洋房林立，**
**早已不見那些舊日的景致，**
**一些記憶中的老舊路線變得更加陌生。**

一個週日清晨，梳洗沐浴，放下萬般塵緣，前往龍山寺進香。

萬華，多麼熟悉的名字！如今又要回到那曾經「生於斯，長於斯」的童年舊地，一路上心裡有著說不盡的憧憬與雀躍。經過數次搬遷，闊別多年，萬華，是否仍是當年的音容笑貌？車子行行停停，捷運施工，使得一些記憶中的老舊路線變得更加陌生。許多市街洋房林立，早已不見那些穿著碎花褲衫提著餿水桶一拐一拐的阿婆背影……

啊！萬華車站！又是一個令人心跳的名字！我們都是聽著嗚嗚火車聲長大的孩子，小時候住的公家宿舍，就在車站附近，每當火車經過，大老遠就可清晰聽見火車的呼嘯聲。小朋友們經常呼朋引伴到車站附近玩石子，看人、看車、看那位永遠在柵欄旁邊揮旗的伯伯。曾幾何時那位伯伯不見了，想必退休了吧！他盡忠職守了一輩子，也該回家享享含飴弄孫之樂了。如今的車站，已不僅是個車站，它的周邊已經成了萬華一帶最大最熱鬧的成衣批發商場，生意鼎沸，人潮似水，想要找個停車處，足足得繞上好幾圈，據說連桃、竹、苗一帶的零售商都跑來這兒進貨。啊！這是「萬華車站」嗎？是嗎？太陽已逐漸高升，耀得人瞇著眼，看不清眼前方向……

三、四十年前住公家宿舍，雖然僅有十七坪，卻被全班師生視為異類，在那些經常穿拖鞋打赤腳上學的孩子眼中，我被認為是「富裕」階級，一雙「生生皮鞋」成為全校特權標記，天知道，那是父親將近半個月的薪水買的呀！小時候最不心甘情願的就是被規定和哥哥輪流洗廁所，但當幾次到同學家玩，發現他們根本沒有廁所，夜裡內急得跑到巷口去上那黑漆漆髒兮兮臭不可聞的公廁時，我才發現自己有多幸福！學校裡大家講的全是閩南語，置身其中我也很快和他們打成一片，回家不吃麵食，光愛吃乾飯，父母常打趣說我是道地的「台灣孩子」，也正因為我是「台灣孩子」，往往成了父母和鄰居溝通的橋樑。記得某次有位阿婆送來一碗她親手做的鹹豆滷和二塊蘿蔔，請我們品嚐，好說歹說母親都不收，我看阿婆有些不悅，便代爲收下，並用台語向她道謝，才化解了一場尷尬。阿婆走後，媽要將那些東西倒掉，因爲不知是否「安全」？我說：「不會啦！那位阿婆看起來滿善良，她是一番好意，絕不會有問題！」我率先吃了起來，沒有任何狀況發生，媽才放心。如今母親買了水果經常主動送給同樓的一位省籍鄰居，媽說：「那位太太常幫我們代繳水電費，不好意思，我們不能欠著人家！」每次到她府上，她總操著不甚標準的國語和我們寒暄，還回上一包禮物，我這個翻譯已沒多大用處。媽常說：「這都是政府多年來努力推行國語的德政。」使她可以毫無障礙地與鄰居交談，也不會像從前一樣，向人問路沒人搭理。

小時候經常報到的萬華商場，已經拆得片瓦不存，佇觀良久，心裡有說不出的留戀，但想著它即將有一番新的面貌，又釋懷不少。凡事總要世代交替，沒有破壞又怎能革新？或許將來它會成爲豪華大都會裡最令人嚮往的觀光勝地呢！只是那些當年最愛吃的八寶冰、四物湯、蚵仔煎……再會了！台灣綠地太少，人們缺乏休閒空間，能夠規畫一座大型公園，受惠的還是民衆啊！

繞過層層包圍叫賣，依然選擇龍山寺旁那位盲叟的小攤，數十年來一直是阿公的忠實主顧，不爲別的，只因他行動不便，無法像其他攤販一樣四處兜拉生意。「阿公！別來無恙！」阿公的聽覺也十分吃力。他的一生就在香紙堆裡度過，似乎不曾年輕，也不曾老去。

對他而言，不管是日據時代、民國時代甚或未來一切的不可知數，彷彿都沒太大差別，他唯一摸清楚的大概就是幣值的更換吧！

別過阿公，逕往廟裡燒香。

龍山寺，三百年來一直都是艋舺文化中心，從小在這兒磕頭磕大。廟裡的樑柱石刻，多年來始終未改，只有稍許斑駁。不管外面的歲月如何滄桑，座上的神佛永遠風采依舊。這些年來寺具已多所修葺，煥然一新。當年最爲人詬病的廁所，如今已改建得合乎國際水準，清潔維護工作也被評定爲全省第一，這是我最最欣慰的一件事，因爲從此再也不必在面對川流不息的日本觀光客時，弄得抬不起頭來。甲午戰後，日本將中國人看得一文不值，又髒又弱又不長進，連侵略都認爲是理直氣壯。一百年後的今天，他們再來進香，攝影機裡留下的，不再是一片髒亂與鞠躬哈腰的鏡頭，而是菩薩面前謙恭禮讓的衆生平等。中國人不是沒有記憶，只是他們已經學會了寬恕與包容……

◉林仙龍

台灣台南人。民國三十八年生。政治作戰學校政治系畢業。曾任海軍忠義報主編。現任職海軍總部。著有散文集「心境」、「背後的腳印」;詩集「眾山沉默」、「夢的刻度」;童詩「小雨點」等。

# 走過的路

**我走過來了，這一路努力的付出，我為自己作了驗證，隱隱還有昔日的一份激情，有一些苦一些痛，但都已堅毅成為身上的留痕。**

童年依稀記得，村裡的年輕人入伍當兵，他們身上配戴「精忠報國」紅色披帶的情景，親朋好友都來送行，很熱烈很光彩，卻也有一份生死離別的傷感。這是民國四、五十年間的事，以後知道，原來當時台海風雲密佈，遠方前線有戰爭的消息。五十六年高中畢業，拎著簡單行李隻身前往北投復興崗，乍然間成為一個軍校學生。說不清當年的憧憬和徬徨，只是保送軍校的情景仍歷歷如在眼前。很神勇很豪邁，前教育部次長施金池先生當時任中學校長，還在畢業典禮特別頒給我一個「愛國獎」，很受同學的矚目。

軍校的生活極其刻板嚴肅，也頗爲嚴格，既要求生活作息，又要求軍容禮儀，同時講求紀律服從，那與日俱增不同的磨練和操演，也是一種洗禮和考驗，更叫人印象深刻；而除了一般大學課程又有如天書般衆多的軍事課程，的確難以面面俱到，必須飽受一番身心煎熬。在那樣的年代，總覺得一般青年渾渾噩噩，太過冷漠，太過消沉，對社會和國家少一份熱情和關愛。我慶幸與他們不同，畢竟還有一分寬大的心胸和血性，這樣意氣風發儼然投入一個時代的大熔爐，努力以赴做個頂天立地的人。有了這份期許，有了這份信心和定力，每每站在氣勢磅礴的大屯山前，心中有無限的寬廣也常常塞滿著無限的感動。對於我，這是一個青春煥發的年代，也是一個抬頭挺胸自己感動自己的年代。

這樣的想法，其實頗有爭議，當然有違事實也不盡客觀，但至少說明在那樣艱苦的日子裡，我如何保有一顆赤子之心，以至於如何讓自己保有一份堅持和豪氣，那麼甘於認命全心投入，甘於承受更多更多的磨練和考驗。復興崗的校園寬廣美麗，種滿了杜鵑花，我曾有一篇文字「插上中國第一朵鮮花」，把當時年輕的激情和澎湃寫盡，這篇文章得到台南縣救國團文藝競賽的第一名，以至於後來得以學生身份獲得延攬主編「南縣青年」三年，並持續三年獲得全國青年期刊賽前三名，在人生歷程中，倒也是一椿盛事。誠然，當時內心有許多的激盪，我能感受一股深刻感人的偉大力量，如果說，我的一點軍人胸懷和氣度是來自於苦心的塑建和培育，這一段心路歷程倒有它長遠的影響。

學校常常會有各地不同的團體來訪問，同學們在引導參觀的同時，也會談談自己的心志和抱負，也把自己的體驗和改變說與人聽；這一些也許平凡，但很眞實，同學們只記得要把成長的一份喜悅，告訴一個關心的人。而每年暑假，菲律賓僑界都會有一支青年訪問團回國訪問，復興崗是他們必經的行程之一，對同學而言，這是每年的一件大事，也頗爲珍惜，要安排種種聯誼、歡迎活動，做到情感交融賓主盡歡。從校門口列隊歡迎，各類球賽活動、校區參觀以及共同演出的聯歡晚會，處處都能表現同學們精心的巧思以及歡迎的心意，尤其臨別的一刻，同學們一路伴行，也把手中的火把一一點燃，在火光中一路伴行一直送到北投大街上，這是格外溫熱感動的一刻，大家淚眼盈眶依依不捨，也眞切的感受到炎黃子孫心血相連的眞情濃意。當年菲律賓仍是國人心目中富庶的南洋，華僑頗有一席之地，更能心向祖國，而每年這短短的相聚，總讓我想起許多許多：中國人要爭氣，中國要快快的強大起來，對於華僑，對於所有的中國人，我們都要奮發都要努力。這一個不變的心願，便深深的植在我內心深處。

六十年學校畢業，配戴中尉分發陸戰隊擔任基層的排長。新的天地，新的任務和使命，都會有不同的考驗，要我不斷迎接更多更多的考驗。面對年歲相仿以及經驗老道資深的老班長們，所有的酸、甜、苦、辣都必須要我一一承受，也要一路引領，腳踏實地的踩踏出一個一個印痕。我們在冬天凍寒的河岸邊作渡河攻擊，我們也在夏日野地的日頭下嘶聲吶喊，面對風沙走石，走遍險坡惡道；攻擊防禦、叢林作戰、夜間行軍，我們通過層層的考驗也熟練各種戰技戰法。而戰士們一顆年輕跳躍、捉摸不定的心，以及老班長們在經歷戰事走遍大江南北的堅忍沉毅和寂寞淒苦，我們要像一家人一樣的包容和尊重，隱然讓它形成一股慰藉的暖流，也變成一股安定的力量。這樣的日子苦不苦，有時候我會迷惑的問自己，特別在被問題困住，不能把壓力和情緒轉發的時候，我也會有灰心和無奈，但是，我記得所有的同學都在不同的角落，不同的單位作不同的努力和付出，每一個人都會有面對問題的方法以及解決問題的步驟和能力，我的內心釋懷了，因著這種堅持和認識，我願意無怨無尤的把內心更燃的發亮。作為一個陸戰隊員，我們不敢自詡有多大的奉獻和動人的事蹟，我們只不過盡其心力，讓它傳承既有的驃悍和榮譽而已。

以後調到艦隊，一忽兒海上一忽兒陸地，一忽兒本島一忽兒外島，當中也歷練包含驅逐艦等各類型艦艇，同時也擔任高司和中層單位參謀。做為一個海軍，海上的飄泊、浪濤的翻騰以及變換不定的風向，都是一個生命力和意志力堅忍的考驗，我必須經常提醒自己，不能退下陣來，在日夜遞嬗漫漫的航行中，特別在海象惡劣，船身搖晃，精神極其疲憊的時候，我們必須格外打起精神，一點不能輕忽怠慢，像老水手一般，終而瞭解船上弟兄為什麼要牢牢守著同舟共濟這份情誼和約定。海上的日子，我們巡弋台灣海峽，我們也巡弋東沙南沙遙遠的國土，不論是捍衛海疆或者維護國土安全，我們默默的謹守著一份任務，也爲著這份執著，繼續不斷的航行和守護。

海軍官兵要能不畏風浪，也要擁有旺盛的企圖心和戰鬥力量，才能把工作和任務帶進人生的顛峰，也才能成爲勇往直前戰力堅強的勁旅。有一年，在兩棲艦隊服務，曾有幾次參與特遣艦隊登陸演習，海上的船團以及拂曉攻擊和搶灘登陸的情景，頗爲壯烈浩大，那種慷慨赴戰的氣魄，令人驚心動魄。我常記起這一些，也更能瞭解自己在海上到底在堅持什麼，終能一心一意把持不變的方向把最美好的奉獻。

海軍官兵都瞭解，軍艦是國土的延伸，而每年的出國遠航之旅，有極其正面的意義，除了展示軍容壯盛宣揚國威，更叫官兵衷心的期盼和雀躍。中韓尚未斷交前，我曾有兩度隨著敦睦支隊前往韓國，也讓我親睹華僑對祖國的嚮往。相逢自是有緣，他們興緻勃勃三番兩次登臨祖國的艦艇，只爲著踏入祖國的門檻以及踏上自己國土的那份紮實與快感。我們一起在碼頭上升旗、唱國歌，大家手上一面揮舞著國旗，嘴裡唱著吼著，唱得激情澎湃熱淚盈眶，把每一顆心每一顆心都緊緊繫在一起。

畢業以後悠悠忽忽三十年，同學星散各地。八十一年，我有幸獲得國軍莒光楷模，並蒙總統接見表揚；這是一個軍人重要的榮譽，也是一項工作的肯定，中學的同學們有心，特地爲我辦一個慶賀的餐會；也因爲這個餐會，讓我瞭解許多同學已經在社會嶄露頭角，有的主持某項事業，有的擔任中、小學校長，有的是警察局長，有的是檢察長，有的是中央及地方民意代表，各行各業都有他們一席之地。的確，路是人走出來的，我想及自己以及軍校的同學們，在經歷這麼一段長遠的日子，也都卓然有成，有的晉任將官，有的修得博士，或者獨當一面成爲單位的主管，在推動國軍現代化以及戰備整備工作，都扮有重要的角色。我在歷經海軍報社社長，以及艦隊和軍區重要職務之後，也在總部主管眷管工作，在眷村重建以及眷村服務管理工作上，盡自己一份心力。

這是一個奮起的年代，我期待每一個人都是社會的中堅，都能在社會中盡一己之力。未來也是國家發展的關鍵時刻，我也同樣期待有更多的人源源不斷參與投入軍中，無怨無悔把青春的歲月獻出，也重新塑造自己，也把抱負實現。我走過來了，這一路努力的付出，我爲自己作了驗證，隱隱還有昔日的一份激情；有一些苦有一些痛，但都已堅毅的成爲身上的留痕，偶而也在陽光下閃爍跳動。

◉徐蕙藍
本名徐恩楣，浙江杭州人。
中興大學合作經濟系畢業。
著有散文集「綠窗小語」、「今天心情真好」；小說「金色時光」、「都是為了潮」等。

# 生命的新頁

**回首曾經擁有的日子，那些使生活充實而又獲得許多快樂的往事，永遠在記憶深處閃著光亮。**

人生每一個階段都是嶄新的。

在歲月流轉中，不同的經歷豐富了平凡的生命。

若干年後，回首曾經擁有的日子，那些使生活充實而又獲得許多快樂的往事，永遠在記憶深處閃著光亮。

不曾虛度的年華，彷彿是一朵永遠微笑的花，常在腦海中展現瑰麗的色澤。

爲人師表一直是我從小的志願，但商學院畢業的我，進入社會做了幾年無趣的會計，便因生兒育女而成爲全職家庭主婦，卻不料偶然機會中夢想成眞。

民國五十七年，我國教育邁入新的里程碑，九年國民教育實施，小學畢業不再經過考試，便可進入國中就讀。

全台灣所有的公立初中都改爲國民中學，那時我因先生職位調動，全家已自台北遷居古城台南已一年多。

在台南出生的兒子剛滿一歲，我得到居處附近忠孝國中的聘任。在和年輕的陳校長交談時，我把教國文可以「教學相長」的意願告訴他，我的幾本散文小說著作，得到了他的信任和賞識，未堅持要我以相關科目教學。這使我非常感激，而任教以後更是全力以赴。

學生和我都是全新的開始。

我教三班一年級女生國文，擔任其中一班導師，從此，和那些十二、三歲的女孩，有了最密切的接觸。

「實施九年國民教育，我的孩子有福了，不再受補習的折磨。」一位學生家長和我笑談往事：「四年級起放學以後留校補習，每天下課回來天都黑了，我和她爸爸不放心，總輪流到巷口去等，老遠聽到飯盒裡湯匙『啷　啷』的聲音，就知道她跑過來了。」

辛苦的孩子，心疼的父母，一切都在新的教育制度下有了改善。

「回想忽然得知國民義務教育延長，小學生不經入學考試就可以直升初中的消息，從此沒有了惡補，可眞是歡欣鼓舞。小孩子變得比以前活潑，放了學可以隨便玩，才是正常的童年嘛！」這是家長們共同的心聲。

的確，我班上的學生都很活潑健康，經常運動和看電視、課外書，增加了體能和智能。未曾承受壓力的孩子，身心發展比較正常。由於全校採能力分班制，國中畢業後，不論升學或就業，依性向加強輔導學科或才藝，學生們也大都能抱持著書是爲自己而讀的觀念，肯自動自發去學習。

我教的是升學班，教務處在月考後公佈各班級主要學科平均成績，榮譽感促使學生們用功，爲了爭排名，大家都很拚，學生成績好，老師們也與有榮焉。

當時，我覺得全校充滿一片朝氣，三十八歲的校長，領導平均年齡三十歲左右的老師，因爲改制增班，新進老師幾乎都剛自大學畢業，十分年輕。每天清晨，迎著朝陽馳向校門的師生自行車隊，那就是國家未來的希望。而校長到得更早，進入校門向他鞠躬道早安的學生，很難忘記那一臉慈和笑顏。

因爲讀的不是中文系，教國文得深入研究，我在上課前的準備功夫十分可觀，博覽群書，以增進對課文的徹底了解。上課時講得頭頭是道，見學生聽得聚精會神，很是快樂。常有獎勵，是以成語故事調劑沉悶的古文，小孩子沒有有不喜歡聽故事的，上課秩序良好，令我欣慰。

擔任導師，我感覺是學生們在學校的褓姆，除了無私的愛心，耐心不可少，當她們願意向老師吐露心聲時，作心理輔導的同時，也成爲了她們的良師益友。

記得有一天，放學後我剛回到家中，有一個學生突然出現我家門前，哭哭啼啼向我告狀，說同學欺侮她，罵她很難聽的話。原來是口舌之爭，我勸慰一番，她止哭離去。第二天，我利用自修課十分鐘，告誡她們有緣相聚要相親相愛，學校裡的同學是每個人一生中最可貴的朋友，要懂得珍惜。下了課，去跟生自己氣的朋友道個歉，恢復友誼吧！後來得知班上有七、八對不講話的，也先後和好。那曾哭泣的女孩笑著向我說她也有不對時，我眞的好快樂。

在二十多年前的那個年代，學生比較乖，比較純，肯聽老師的話，肯定老師善意的出發具有權威性。而教師工作對當時的我們來說，不僅是盡一份責任，對學生有視作家人的濃厚感情。

我們幾個初爲人師的，有一天在一起交換做級任導師的心得，都盡力去做到無微不至的關愛，雖然付出很多辛勞，也都無怨無尤。我一直記得其中一位同事說：「沒有做過導師，不是眞正的老師。」除了站在講台上傳道授業，也要同時付出愛和關心。

是的，因爲我愛她們，成績好我就高興，作文寫得通達、比賽得名，我也有成就感。因爲我關心她們，她們的不如意就成了我心上的負擔，比自己的事更掛懷。

從一年級把她們教到畢業，師生建立了深厚的感情，在她們離校多年以後，每逢教師節我還接到問候卡片。

民國六十一年，我們遷回台北，我任教另一所高中，學生年齡較大，感覺完全不同，古城數載歲月是生命中最美的片斷。

◉王岫

本名王錫璋。民國三十九年生，台中市人。
國立台灣師範大學社會教育系畢業。現任國立中央圖書館編輯。
著有散文集「鐘聲」、「酒叙」；論述「圖書與圖書館論述集」等。

# 一個圖書館從業人員的見證

**我無怨無悔地當了二十多年的圖書館從業人員，同時也見證了國內二十多年來文化建設的發展和在後面默默推動圖書館事業的一雙手。**

民國五十八年，我進入師大社會教育系唸書，到二年級時，系裡分成三組——新聞學組、圖書館學組和社會工作組。每個同學都面臨了未來前程的抉擇，因爲這三組是截然不同的路線。

原本是爲了能一邊享有公費，一邊又能唸新聞的我，在讀了一年之後，卻在這時選讀圖書館組了。

對社會教育是什麼本已不太了解的家人和親友，聽到我要選讀圖書館學，更加訝異了——圖書館有什麼好讀的呢？只是幫人借書、還書的，爲什麼要上大學唸個三、四年？

的確，三十幾年前我們國內的圖書館給人的印象就是這樣的情景——破舊低矮灰暗的房舍、少又殘缺的藏書雜誌，以及大部份由喝茶看報的退休公務員或打著毛線球的官員太太充任的管理人員——當時經濟尚未起飛，政府建設的眼光尚未及於各種社教措施。我記得我中學唸的台中一中，因爲歷史較久，藏書還有兩、三萬冊，算是很多了，但當時連一套卡片目錄也沒有，目錄是寫在串串的細竹片上，現在想起來還眞是古董呢！我也曾到過當時還在自由路的省立台中圖書館，要借書，塡上借書單，還被管理圖書的奧巴桑瞪了白眼，因爲我打擾了她跟朋友的聊天。

想想這樣的情況，唸圖書館學除了到美國留學外，在國內會有什麼發展嗎？但由於自己讀了一年的社教系後，發覺新聞之路畢竟是不容易走的，我喜歡當能「一睹爲快好文章」的編輯，而不喜歡當「奔波忙碌加競爭」的記者，聽系上老師說在報社要先幹記者，待熬到編輯恐怕都要超過四十歲了——於是我臨時改選了圖書館組——這一唸，我終於無怨無悔地當了二十多年的圖書館從業人員，而最重要的，我也見證了我們國內二十多年來，文化建設的發展和在後面默默推動我們圖書館事業的一雙手。

師大社教系是國內最早有圖書館科組的學系，在它設立之前，我們國內的圖書館幾乎就是沒有專業人員的時代。從民國五十年初起，社教系圖書館組就開始由王振鵠老師掌舵；王老師剛由美國唸了圖書館學碩士回來，是當時國內少有的圖書館學者之一，他自然引進了許多美國圖書館學的新穎觀念，加以他在完成學業之後，又巡迴美國各地參觀了數十所大學和公共圖書館的運作，因此圖書館的實務經驗也很豐富。我讀了圖書館組，在王老師學養俱佳又條理分明的授課之下，不僅如沐春風，也才知道原來圖書館學的天地也是那麼寬廣。

如此，王老師在社教系所教過的學生，猶如他撒播出去的種子，逐漸在各地圖書館開始萌芽，使得我們的圖書館開始有所謂的管理和運作了。而王老師的學養，不僅在授課，也常為文呼籲圖書館的重要性，而欲使圖書館運作，首在培養專業人員，因此，不久，除了較早成立的台大之外，輔大、淡江、世新也都逐漸成立圖書館系科了——到今天，我們看到不僅從國外留學回來的圖書館學碩士、博士很多，國內也已都成立圖書資訊學的碩士班、博士班了，回首二、三十多年前，圖書館專業人員的缺乏，現在想來實有恍然一世之感。

在我民國六十二年畢業後，經王老師的介紹，分發到省立台中圖書館實習。那時，省立台中圖書館在台中公園附近蓋了九層的新大樓，我報到第一天時，還被那新穎的中央空調凍得直發抖，同事告訴我雖然在夏季，也不要忘了帶件夾克來上班。省立台中圖書館除了大樓之外，旁邊還加蓋了專門表演節目的中興堂，舞台聲光設備俱佳，在當時也是首屈一指的演藝場所。而我到圖書館上班後，才知道館內員工編制竟然有九十多人——這在那時候是很龐大的組織了，想想過去破舊的館舍和老弱殘兵的人力，我開始嗅得出經過六〇年代的經濟發展，政府開始有餘力從事文化的建設了。

在台中圖書館實習一年，接著服完兩年兵役後，我回到台北母校師大圖書館。時王老師除擔任社教系主任外，還兼掌師大圖書館，因此，我又從他的學生變成他的部屬。自然，我從實務的工作經驗中，體會到過去他授予我們的理論，讓我了解到圖書館學不僅只有學理，也有滿多瑣碎而又煩雜的行政工作。同時，回台北後，我也才知道圖書館學事實上也是一門「動」的學科；兩年繁忙的預官役，使我較少看書，回來後，許多圖書館同道所談的一些新的名詞和趨勢，我幾乎都不知道了，原來「圖書館」承載著資訊泛濫的浪潮，「圖書館學」本身又如何能不跟著波逐浪湧呢！

而王老師和中國圖書館學會的幾位教授、館長們，也開始爲全國圖書館的發展擬訂方針——如圖書館技術規範的擬訂、圖書館館際合作的研商、圖書館工作人員的調訓研習……等等，這段時期，在政府遷台後的圖書館史上稱之爲發展時期，尤其是學術性的大學圖書館一所一所的增建、改建新館，而王老師在這片欣欣向榮的園地裡，仍然繼續一鋤一鈀地繼續耕耘。

但他豐富的學養和投入圖書館事業的恆心毅力，使他終究不得不在部長的懇求之下，在民國六十六年扛下全國圖書館事業的核心——國立中央圖書館館長的重擔。當然，國家圖書館館長的名銜，不會使他貫有的清廉公正和謙抑應世、協和容衆的待人處事有所改變，只有加重自己肩膀上的那付擔子，從此，他要應付的不只是一系、一校的學生或讀者而已，而是全國的讀者和全國的圖書館事業了。

在民國六十七年，我也進入中央圖書館，直到民國七十八年王老師退休離開時，我又榮幸地在其麾下十一年。跟隨著他，猶如居高堂而能覽天下，我們館員都能見證到他把圖書館事業繼續推向另一個發展。

王老師在中央圖書館最著名的三大建設，一般人常說的是遷建國立中央圖書館、推展圖書館自動化及成立漢學研究中心。中央圖書館的新館是圖書館建築中的典範是毋庸置疑的，最重要的是它的預算原本是十億元，竟能在四年多的工期中不延誤它工時日且按照施工品質下，節省了一億多的經費繳回國庫，據說這和董萍領導的鐵路地下化成爲工程界的兩大奇蹟和模範。其實，這背後是隱藏著王老師多少的心力和腳力的。在那建館的四年多裡，我們雖不是工程人員，但只要一開館務會議，王老師（應該說是王館長了）就會爲我們介紹新館的建築進度，甚至於什麼壁磚、地毯材料已從國外運到了都會告訴我們，——如此了解情況，掌握進度的首長，不會讓他的工程拖延當然也就無足爲奇了。

至於圖書館自動化，更是由他開始奠定基礎的。中央圖書館在民國七十一年開始推行圖書館自動化後，觀望許久的許多大學圖書館也終於紛紛投入了。今天我們看到了台灣學術網路乃至於現在政府在推展的「國家資訊基礎建設」（或稱「資訊高速公路」），圖書資訊系統都佔了很重要的角色，而圖書資訊系統的發展，不能不感懷王館長在民國七十年初篳路藍縷地為圖書館自動化所投入的規畫心血。

我到中央圖書館的前八年是在採訪組服務，做的是外文圖書的採購工作。由採購圖書的經費，我也看到國家經濟力量的無形成長——六十七年初到央館的第一年，館裡撥給購買外文書的經費只有八十萬元，爾後逐年增加，到民國七十一年，漢學中心成立，竟然單獨為了訂購海外漢學圖書，就一口氣撥了一千六百萬元，雖然令我工作起來大為吃力，但這顯見我們也開始重視圖書館的藏書了。王館長更是注意館藏的發展，時常撙減其他開支，增加買書經費，畢竟藏書才是圖書館的生命所在啊！想到前兩三年，館裡編製國家建設六年計畫時，更能有上億元的購書經費，雖然在財政又稍走下坡的最近，能否落實還有待觀察，但值得欣慰的是政府終究把文化設施當作是一種國家重要建設了。

王老師在央館期間，也協助教育部規畫了各縣市文化中心和鄉鎮圖書館的成立，從民國六十七年到七十八年間，各縣市美侖美奐的文化中心（含圖書館、博物館、音樂廳）陸續落成使用，三百餘所鄉鎮圖書館也逐漸完工，使書香更能普及於基層。這幾年我也參觀過多所文化中心和鄉鎮圖書館，想想這片原本荒蕪的地方文化沙漠，也在政府和許多像王老師這樣的文化鬥士的共同灌溉之下，終於也開始展現成果了。不僅圖書館如此，在我偶而回鄉時，看到台中老家附近原是阡陌縱橫的稻田，在近年間聳立著壯觀的自然科學博物館；再沿著林木夾徑的經國大道下去，又連接著寬闊的美術館，這些建築物都令人感佩到像我的老師——王振鵠教授等的一批文教界人士，在我們文化建設路程上的努力，他和他們的耕耘，不僅爲後面的人樹立了典範，也將使我們的文化建設在歷史上留下一頁。

◉陶曉清
江蘇吳縣人。世界新專廣播電視科畢業。
現任中廣公司節目主持人，「民風樂府」負責人。
著有散文集「小草的叮嚀」。

# 我愛廣播

**廣播的生態環境並非一成不變的，隨著科技發展，更隨人的生活觀而改變，也因為解嚴與社會的多元化，變得更加活潑生動。**

從事廣播多年來最常被人問到的問題，是「會不會受電視的影響？」事實上以電子媒體來說，電視開播之初，是吸引了許多的廣播聽衆去看電視，但是後來，那怕是近來第四台及衛星電視充斥的情形下，廣播依然有它自己的天空，只因爲每一個媒體有它自己獨到的特色。我做廣播，但我在家的時候，也看報，也看電視，當然也聽廣播。主持人的聲音從一個小盒子裡傳出來，可以隨時告知最新的各地消息，各種新知識，還有好聽的音樂……。

剛進廣播界，見到當時一些個名人，連跟他們說話都會很緊張，很不知所措。還記得以一個新人，得到當時廣播劇導演崔小萍老師派給的劇本時，是多麼的興奮，雖然只是一個小角色。第一次擔任小說選播的主講的時候，那種開心。除了音樂節目，我也曾與其他幾位前輩輪流主持一個叫做「夜之夜」的節目，六位主持人，每人一天，十分感性的具個人特色的節目。這個節目似乎替我今天正在從事的午夜談話性節目點燃了「聖火」。記得那時我深深感覺到自己還太年輕，做這節目十分的「害怕」，好在總策畫的樂林先生一直鼓勵我，多用我在音樂上的知識，把每一週的生活感想，用音樂來傳達。那時的我還沒結婚，正在戀愛。生活歷練十分欠缺，在短短三個月的每週一次節目中，談的無非是甜蜜的愛情，感人的親情友情，不曾受過苦，也從來沒嚐過失敗滋味的年輕人，做那樣的節目是感到沉重了些。節目整個停掉之後，一心只想著：「再過幾年，一定可以做的更好！」

廣播的生態環境也不是一成不變的，隨著科技的發展，更隨著「人」的生活觀的改變，在硬體的部份，由於高傳眞度的性能，ＦＭ在音樂的播出上，早已取代了ＡＭ成爲廣播的主流，節目播出的型態，也因爲解嚴與社會的多元化，變得更加活潑生動。過去必須說一口字正腔圓的國語的主持人，現在也不必成爲廣播工作者的「必備條件」了，只要聲音動聽，口齒還清晰，就能成爲廣播主持人。

在我的廣播生涯中，「青春網」是很重要的一個時期，雖然短短的四年之後，我堅持離開行政工作，回復成一個單純的廣播人身份，也在一年之後體驗到，只有「退休」，才能永遠只做個單純的「節目主持人」，留在公司，恐怕沒辦法避免要成爲所謂的「幹部」。因此毅然決然的申辦了退休。現在回頭看看，那段極辛苦但極充實的青春網時期，仍然覺得自己沒有白過而很欣慰。

從來都喜歡跟人接觸，一向也習慣於群體合作的我，好喜歡跟各類不同的人從無到有的，天馬行空的去構想一些個活動或案子，然後大家分工合作，分層負責的使它實現，眞是美妙的經驗。青春網的短暫生命，不知道會不會留在我們的廣播史上，不過，相信在共事過的大小朋友心中，這個屬於我們共同的記憶，都會在我們的生命史上留下深刻的痕跡。

就在這個時期，我一直在找尋一個可以每天晚上在青春網做現場談話諮商節目的主持人，但是，幾乎沒有一位專業人員可以做到。他們平日都太忙了，難得來做個特別來賓，是有可能的，但是每天晚上，那白天的工作又要怎麼辦？我在跟我的主管討論這個問題時，他突然冒出一句：「妳幹嘛不自己做？」我說，我的個性太溫和了，不太適合做這樣的節目，他說：「溫和也是另外一種特質。」自那時候起，我去上了更多的課程與成長團體。在機會還沒有到來之前，先努力充實自己；除了台北可能上的各種課，我還去加拿大參加了自我成長的課程。

終於，有時段空出來了，每天晚上十二點到一點，我從早睡早起的上班族，漸漸修改自己的作息時間，九個月之後節目時間提早到每天晚上十一點到凌晨兩點，這個叫做「心情氣象台」的節目，成爲目前我工作的重心。在許多心理學界及諮商界的專業人員輪流的參與中，這個節目也慢慢的有了它的特定風格。第一、我們不提供答案，只提供討論的空間。人生任何事沒有標準答案，每個人要自己去面對自己的生命，做決定之後的責任也要自己負起。第二、每一個人都是獨一無二的，所以我們不指望別人跟我們一樣。第三、每一個人都不是完美的，所以我們要接受有些缺點的自己，也接受他人。第四、我們不批判任何人。

像這樣的一個每天接受電話 Call in，隨著各種主題在探討自我成長的廣播節目，是我目前十分享受的工作。從聽衆打進來的電話，也使我們收穫良多。每一個人都是良師，每一個人都是益友。

能把興趣與工作做一個結合，這是我深覺幸運的地方。從前是音樂，現在是諮商，透過廣播這個橋樑，我願意一直工作下去。

◉徐瑜

江蘇無錫人。民國三十四年生。
曾任「青年日報」副刊主編、主筆，現任教於政戰學校、淡江大學。
著有論述「中共文藝政策析論」；散文集「梁溪隨筆」。

# 梁溪談藝

**中國有五千年歷史**
**應該是戲劇的寶庫，無數的史實**
**可以上戲演出，**
**無數的歷史劇可以成為戲劇的經典。**

民國的七十年代，我在報端寫專欄，所談皆時事，耳聞目見之際有不得不言者也，間或談文論藝，今就「梁溪隨筆」中擇其數則，雖不成篇，亦時代社會之現象也。

**樂教式微**

古代「樂教」爲六藝之一，是士子教育重點，現代教育也同樣有音樂一科，小學六年、中學六年都列爲必修，但在升學壓力之下，音樂課調整時間，成爲墊底，或是虛應故事，借來做考試測驗，再有的私立學校，則根本只在課表上排出時間，實際卻用來上英數理化，「樂教」在學校中全無踪跡，更見不到效果，許多學生在讀完小學中學十二年的音樂課程，尙不知五線譜爲何物。相反的，俚俗的靡靡之音反大行其道，透過各種商業行爲，宣傳打歌，一曲風行之時，三尺小童也能引吭高歌，相形之下，「樂教」更是式微之極，這幾年要不是樂器商人在大作廣告，使學鋼琴成爲時髦，則音樂教育恐怕要更糟糕，不過要是爲了趕時髦而去督責子弟學音樂，那也算不得什麼，「樂教」的本意並非如此，爲了下一代的健全人格發展，重視「樂教」當爲刻不容緩的事。

**跳中國舞**

自先秦以迄漢唐，舞蹈仍爲生活中重要部份，每逢大典節慶，金吾不禁，笙歌徹旦，士民聚衆舞於里巷，景象想來當十分壯觀。自宋以後，舞蹈慢慢成爲士大夫恥不爲的行爲，只欣賞而少參與，明淸以還，歌舞僅爲娛人賞玩之流，連擊節合聲，都覺得有失身分，古代那種群起而舞，無分貴賤的場面再也看不到了。到現代西洋交際舞風氣傳入，中國傳統舞蹈更形式微；變成一種點綴，時下流行跳的團體舞、土風舞，多採用歐美曲調，幾千年的中國舞蹈就這樣消失於無形，想起來實在令人扼腕而嘆。

林懷民創設的「雲門」，十餘年來素以振興中國人的舞蹈爲職志，對啓發這一代對中國舞蹈的認識貢獻良多，不過，在團體舞蹈方面，特別是簡單易學，多數人可以聞樂起舞的舞曲，卻殊少推動，固然那不是精緻的藝術，對發揚高度藝術化舞蹈工作者而言，失之於淺陋俚俗，不過一切精緻的文化都需先有一些俚俗東西墊底，舞蹈也是如此，許多青年人樂於「狄斯可」就是這個道理。如果我們能設計出一些中國人都能跳的舞，不需要什麼芭蕾訓練，就能聚三五人即興起舞，相信必有助於舞蹈文化的普及。

**戲劇精神**

戲劇工作者慦有一肚子苦水，偏偏歷史劇有一個歷史的標準在，不像武俠劇或時裝劇的不受限制，可以海闊天空無拘束，所以編劇製作往往儘可能的不去碰歷史劇，因爲只要演出就有批評，還是不碰的好。但是，正因爲中國有五千年歷史，應該是戲劇的寶庫，無數的史實可以上戲演出，無數的歷史劇可以成爲戲劇的經典，但是找不出幾齣歷史劇可以夠得上是經典作品。像「清宮祕史」、「大漢天聲」、「吳越春秋」之類，曾以話劇、電影、電視方式演出，人物造型、語言動作、佈景規格等，大體上已經固定，連情節也變化不多了，但演來演去，總不像是一齣經典鉅作，戲劇的效果固然有，戲劇的精神總還欠缺一點點，何以如此?值得戲劇工作者深思!

**國片的喜劇路線**

在戲劇裡面，丑角的地位並不高，國劇戲碼裡找不出幾齣丑角挑大樑的戲，西洋戲劇也差不多，大體都把丑角當做一個搭配，穿針引線，插科打諢的來一段。不過現代戲劇裡面，整齣均以反諷爲主者，則又當別論，但也不是主流，丑角似乎天生注定了要擔任從屬的角色。

說起插科打諢，製造笑料，聯想到近些年來國片的喜劇路線，許多國片標榜「爆笑」，銀幕上出現的永遠是那幾張老面孔；而內容則千篇一律，把丑角整得死去活來，以博觀衆一笑，看一部片子與看十部片子，相差無幾，實在令人乏味，勉強製造出來的笑料，也實在教人不敢恭維，靠一、二丑角的造型動作賣錢，而沒有在戲劇本身創新，徒然蹧蹋了演員。

喜劇其實很可以寓諷喻於歡樂，意在言外，在哈哈一笑裡回味一些道理，滑稽者流能在在史記上佔一席之地，也正因爲如此。如果說戲劇是反映人生的話，那麼喜劇也應該朝這個方向發展，讓丑角賣弄粗俗的動作，說一些夾葷的笑話，徒然見高低了格調，國片走喜劇路線者該好好反省。

**人間處處有眞情**

我們的國片，其癥結之處大概就在「失眞」、「無情」；所謂「社會寫實」，往往最不眞實，如果我們的社會像電影上的那樣，玩刀玩槍，打得天昏地暗，那可眞要人人自危，朝夕難保了；而所謂「愛情文藝」，卻往往讓人不知「情」字爲何，常在反常的狀態下，異常的環境中愛得你死我活，恨得莫名其妙，使人不知到底這是個有情世界，還是無情天地。固然，國片不可一概而論；但偶然出現佳作，不足以帶動全體國片境界的昇華，放眼一望，儘是拳頭枕頭，爾憐我愛的場面，把人間的眞情都埋葬掉了，能不爲之一嘆乎！

他山之石可以攻錯，國片技巧不如西片，這是無可否認的事，所以取人之長也是應該的，然而「取法乎上得其中，取法乎中得其下」，如果只學皮毛，再怎樣也不能弄出個名堂。眞正該好好下工夫的是如何在影片中表現人間眞情，光弄出些「大卡司」、「大場面」，無助於國片升段，徒然虛耗成本而已。而且，人間處處有眞情，不必外求，俯拾可得，引車賣漿，斗升小民都有充滿人情的生活，國片向來少在這方面下手，其實這裡面多的是「典型人物」，能創造出個把來，一樣可以引起觀衆激賞。

## 藝術與色情

人的身體線條有其美感，所以人體藝術是一種藝術，毋庸置疑；不過如何去表現其美感，而成人人可以賞鑑的藝術，則見仁見智，各有不同，其間除藝術觀點之外，還涉及法律、道德、社會習慣和風俗等等，不是單純的藝術尺度所能涵蓋，從來沒有結論。自多年前的林絲緞出版她的攝影集，到最近喧騰一時的「封面女郎」事件，爭論的重心依舊環繞在藝術和色情之間，所不同的是，林絲緞的人體攝影爲大多數藝術家所接受，其觀點也受到支持；而迄今爲止，「封面女郎」這本雜誌尚未看到藝術家們公開的支持，承認其藝術表現，這似乎可以說明藝術究竟不同於暴露，兩者不能混爲一談。

非藝術性的裸體攝影充斥，最大的傷害是對於人體美感認知標準的破壞。本來人體的美，通過藝術的手法塑造，可以有助美感的提昇，但裸照滿街，舉目皆是，藝術變成色情的「擋箭牌」，則一般人無法從正常角度欣賞藝術，造成藝術與色情雌雄莫辨的現象，常令藝術工作者扼腕而長嘆。

◉白慈飄　本名白忞票，台灣南投人。
曾任台灣日報、自由時報編輯。
著有散文集「乘著樂聲的翅膀」、「騎過韶光」；小說「過站」、「我的愛，只有你懂」等。



# 喚醒沉睡的鄉情

**就埔里這個小鎮來說，**
**「埔里鄉情」是清寂長夜的第一個號聲，**
**把人們長久沉睡的鄉情喚醒了。**

我的書櫥珍藏著一套「埔里鄉情」雜誌，多少年來，我如都市遊牧民族，從一個房子搬到另一個房子，很多東西遺失了、損壞了，這一疊雜誌卻都安然完好，且為我安定之後，常常取來溫習的雜誌。

翻閱舊雜誌，如同與老朋友面對面交談，「埔里鄉情」創辦人黃炳松，就是我們的老朋友啊。

在中台灣埔里山城，黃炳松是一位知名的紳士，早年他經營雜貨生意，後來兼建築業，當時台灣經濟正全面發展，加上黃炳松精準的經營眼光，他的生意做得非常順利，早期的黃炳松在埔里是一位成功的商人。

民國六十七年，黃炳松號召埔里一批紳士及學校老師，由他出資，創辦「埔里鄉情」雜誌。「埔里鄉情」是黃炳松個人生命一個轉捩點，由一位成功的商人轉變爲熱心的文化人，而就埔里這個小鎭來說，「埔里鄉情」是清寂長夜的第一個號聲，把人們長久沉睡的鄉情喚醒了，因著「埔里鄉情」的催發，埔里由一個封閉的農業小鎭，蛻變成爲台灣文化自覺的小鎭。

每期二千本發行量的「埔里鄉情」，廣贈鄉親閱讀，受贈對象包括鎭內每一家戶，以及旅居台灣北南各地的鄉親。內容包括埔里籍學人的關於埔里鄉土歷史研究、地理志，還有地方人士執筆的人文活動報導。最初幾期薄薄不及百頁，後來頁數不斷增加，許多鄉親紛紛投稿，以他們的所知充實篇幅，雖然有些文章稍嫌生澀，卻一定有足夠的東西傳達，豐富多元的題材，充滿了溫潤的智慧和甘美的鄉愛，這一本小小區域性雜誌，立時成了埔里最具影響力的出版物。

「埔里鄉情」即時充分掌握住它的影響力，舉辦多種活動，如烏牛欄平埔族遺風尋蹟、埔里鎮花鎮樹選拔、廣羅埔里籍學者、政界人士及藝文工作者與會的埔里建設座談等等，所有活動都以「文化的埔里」爲目的。

令人感佩的，每一個活動都由黃炳松親自策畫籌備，事前事間忙得不可開交，他的夫人也跟在他的身邊助力。實在很少看見這樣熱衷文化的人，多數像他那樣掙得地位財富的人，爭相到異國去爲自己或家族埋下安全的窟，以爲隨時長安之處，黃炳松卻不興此圖，在他一生重要的時光中，投入個人的金錢和精神，重建鄉園文化。這樣的領悟，無疑來自他擔任二屆縣議員的自省，社會在政治掛帥、經濟掛帥下，文化竟淪爲末流，尤其民族傳統文化，更在人們追逐財富的潮流中，被踐踏、被拋棄了。黃炳松的憂慮，在議會只是一個孤單的聲音，索性從政壇上退下來，以鄉園文化的保存和發揚做爲他全部的事業。

十多年耕耘，埔里小鎮文化風氣已經形成，就一個八萬人口小鎮，它擁有藝文雅好者比例冠於台灣其他各鄉鎮，然而更重要的，埔里人以他們的鄉園爲榮，珍惜並且願以他們的智慧澆灌鄉土。

這中間，「埔里鄉情」歷經數次改組，仍持續在出版之中，昨日的埔里，需要「埔里鄉情」來喚起民族的自覺，今日的埔里，需要「埔里鄉情」來勃發鄉園的生意。「埔里鄉情」雖然有它地域局限性，但在整個台灣來說，仍有它的共通性，足以使人們去檢視屬於自己的生活的土地。

而我，不時想起十六年前自掏腰包創辦雜誌的黃炳松，有時不覺將他和日據時期出力出錢創辦漢文「台灣青年」雜誌的清水士紳蔡惠如相比，時代不同，雜誌性質也不同，「台灣青年」鼓吹台灣人民反日化，「埔里鄉情」在喚起鄉園之愛，文化人的熱忱卻是相同，高度物化社會裡，黃炳松選擇了心靈的文化事業，毋寧是更難得的。一個時代之令人還抱持希望，無疑是有黃炳松這樣執著而又可愛的文化人吧。

◉應平書
浙江慈谿人。台大中文系畢業。
現任中華日報副刊主編。
著有散文集「激情手記」、「笑看日出」,兒童文學「小黑板」、「苦女凱歌」等。



# 烤肉風波

**做為一個現代人,要不知烤肉的樂趣,可是很難了,而自從女兒升上國中後,便經常要求要去烤肉。**

古人說,「有事弟子服其勞」,大部份教書的人,總會不知不覺差遣學生做事,但是如果有一天,你碰上了……。

對烤肉有印象,大概是上了初中以後的事了。三十年前,從僻處一隅的三重,遷居到台北,又從小學進入初中,眞正有如鄉下人進城,開始經驗了許多從未接觸過的事,而烤肉活動正是其中的一項。

大概是初二那年吧，校外郊遊選定了碧潭。當全校人馬浩浩蕩蕩到了目的地，分組生火一陣手忙腳亂之際，抬頭只見帶著我們來玩的老師們大半氣定神閒的在樹蔭下閒聊。等我們很笨拙又不容易的烤好肉之後，第一個反應多半是，趕快送給老師。

脫離學生時代之後，由於個性不好動，好像從來不曾想過要外出烤肉什麼的。辦公室有位年輕的朋友，可是此中高手而且樂此不疲，每到假日就呼朋引伴，足跡踏遍全台山巔水畔，眞是令我自歎弗如。

做爲一名現代人，要不知烤肉的樂趣，可是很難了。儘管我沒帶孩子去烤過肉，但偶爾外出旅遊，總會看到一群群的烤肉族。自從女兒升上國中之後，也許是在友儕之間聽多了烤肉的樂趣，經常也會央求說，媽媽我們去烤肉好嗎？我總是面有難色的百般推拖。一方面是疏懶成性，一方面想到家中成員不過三人，而烤肉的樂趣就在人多，人少了又怎能令人提起興致呢！

那天，女兒一回家就興奮異常的叫嚷：「老師說，這個禮拜考完試，要帶考得好的去烤肉。」我也如釋重擔的附和，那太好了。

從那天起，她就想著要準備些什麼去烤肉。偶爾，又會憂心忡忡的問，老師會不會讓她去。到了週五晚一到家，她就迫不及待的問：「老師有沒有打電話來？」一看我的表情，她沮喪的低了頭又自言自語：「難道我考壞了……」

週六，從中午回家後，就豎直了耳朵等電話，一次又一次的失望。我忍不住提醒她，你要不要問問別人有沒有接到電話——。可是，好面子的她卻死也不肯打。

「夏老師生病啦！」週一，才一進門，她就興奮的喊了出來，連日陰霾一掃而空。看她開朗的笑臉，我也忍不住開心了起來。

一連幾週，老師卻又是一點表示也沒有，我正在暗想，老師也許只是說說吧！沒想到，有天晚上都快就寢了，她突然大驚失色的說：「媽媽，我們家有沒有牛肉？」

「沒有啊！什麼事。」

「完了，完了，老師說明天要烤肉，我要買六包牛肉片。」

「烤肉？明天不是要上課嗎？而且幹嘛要六包牛肉？」

「不是啦！因為老師週日都沒空嘛！所以他說明天下了課要讓我們在操場上烤肉，我分配了買牛肉的。」

「那也不必買六包，你們難道光烤牛肉嗎？」

「欸！你不知道啦！人家規定我要買這麼多的嘛！完了，完了。」

看她一臉正經又急得快哭出來的認真相，我也不好說什麼，只好幫她想點子。那王××她家不是在頂好超市樓上嗎？你試著打電話請她趕緊為你買一些吧！

聽了我的話，她這才破涕爲笑，連忙去打電話了。

第二天回家，我連忙問她：「肉都吃完了嗎？」

「才沒有呢！剩了一大堆。」

「那你們沒請老師吃嗎？」

「當然有啦！」她突然神秘兮兮的說：

「媽，你知道嗎，我們都把掉在地上的肉給老師吃！好噁心。」

「怎麼回事？」我大吃一驚。

「不是啦！本來是有一些雞腿和香腸在烤的時候掉在地上了。就有男生說，多塗點烤肉醬，再烤焦點給老師吃。」

「老師吃了嗎？」

「吃了啊！而且還說很好吃呢！」

「你們這些孩子怎麼可以這樣？」

「誰叫他們都不動手，還一直過來問我們烤好沒有。反正肉又烤過了，你放心啦！不會有事的。」

沒想到，才十三歲的孩子說起話來還理直氣壯，振振有辭。突然，她像是想到了一個很重要的事：「媽，你跟爸爸說，以後不要隨便吃學生給他吃的烤肉哦！」

虧她還想到自己爸爸也是教書匠，我不禁啞然失笑。

「才不會呢！爸爸的學生都已是大學生了，不會像你們這麼幼稚。」

「哼！大學生壞點子更多。媽，你不知道我們班上的男生花樣最多了，等他們上了大學那還得了。」

看她一本正經的樣子，我眞是自嘆弗如，想想自己像她這麼大的時候，可是視老師如聖明，把老師的話捧爲聖旨。尤其在那物質不甚豐裕的年代，外出烤肉可是不得了的大事，可大家也還畢恭畢敬把上好的第一塊肉送給老師，那會想到惡作劇。

可是，換個角度看，孩子那舉一反三，活潑又靈活的反應，足證她是一個有定見，有思考力的青少年，時代、社會在變，孩子一點小小惡作劇也不算離譜吧！

不過，如果我是老師，可眞要好好反省一下，不能再把「有事弟子服其勞」，當作是理所當然的名言了，不是嗎？

◉李若男
河南汲縣人。中國市政專科學校畢業。
著有小說集「脫軌」、「叮噹貓的夢」。

# 牆裡牆外

**抬眼望著那堵圍牆，高聳、深鎖，隔開了傳統與現代，中國歷史上世世代代兩性生活的模式就在這堵牆內。**

公公在上個月以八十四歲的高齡辭世了。

經過了一個月的籌備，昨天，完成了老人家的葬禮。葬禮的一切費用，估計要花到一百二十萬元。棺木是採木質最好的「上海一號」，據說保屍百年不朽、價值三十七萬，老人家走時，口中銜玉，身著純絲長袍，另帶走英國上等毛料西裝一套，法國內衣兩套，八千元一雙的鞋。舉凡所穿所戴，無一不貴，無一不是上等貨。弟媳是虔誠的佛教徒，眼見這一切鋪排，壯了膽子向婆婆建議：節省一些喪葬費用，捐給慈濟功德會，作些善事，也算是爲公公積德。婆婆板了臉孔，一口回拒，理由是：公公生前一切所用，無一不是最好最貴的，現在爲他所作的最後一件身後事，當然也得是最好的。

公公生前時，生活瑣細全仰賴婆婆，絕不假他人手，過於的依賴與專制，造成婆婆寸步難出家門，鎖在家中一輩子，每日應付挑嘴的公公，難免有微辭，但總是敢怒不敢言。現在公公過世了，她仍然忙著煮供品，疊紙錢，毫不敢懈怠。那種一切以公公爲主、爲中心的作法，把丈夫尊爲天的思想，我看在眼中，心裡有說不出的感慨。

我自幼失怙，在母親的教養下長大。生活裡的每一個細節，每一種困難，都得自己解決，自己克服。颱風來襲，得上屋頂修瓦片；電鍋壞了，得修保險絲，家裡從沒聽過一句：沒男人不能過。母親給予我充份的自主權，成長時，從不覺男女角色有什麼凸顯處。雖然成長是出於母系家庭，而結婚時，卻萬萬沒想到嫁入了全然的父系家庭。

我雖未與公婆同住，但每次踏進婆家，便覺時光悄然倒轉，回復到民初年代，除了身上的衣裳仍著八〇年代的款式，婆家仍沿襲著傳統，守舊的觀念：男人當家，女人沒地位。男人外出工作，不作任何家事，女人不論是否是職業婦女，都得持家，亦即包攬所有大小粗重家事。男人遠庖廚，女人生了病都得張羅三餐，男女角色劃分極爲淸楚。公公吃飯，注重碗筷的精緻，三色菜配一色湯，端端正正擺在盤裡，婆婆端進書房，用完再給端出來。公公嚐一口，不合胃，眉一蹙，手一推，不吃了。婆婆人就緊張起來，想法子再弄點別的。除了三餐，還得為公公弄點心，泡杯牛奶，也要親自捧在手中，噓起嘴吹涼了，送進去。每逢婆婆生病，公公仍秉持原則：「我是個男人呀！男人那有下廚的。」這種大男人主義的思想觀念一直落實到外子與小叔身上。每每弟媳與我在廚房忙得天旋地轉，而幼小的孩子們大小便時，就見他們兄弟倆把孩子抱過來，扔給滿手油膩的弟媳和我，丟一句：「尿了，給他換換，這是妳們女人的事。」用餐時，男人先吃，女人墊後，事事由男人作主、發落。

我初嫁至婆家時，相當不習慣，但總天眞自信地以為可以改變這種不合時宜的觀念。漸漸地，在傳統與現代的縫隙間掙扎徘徊，為了顧全大局，多年下來，心態總在大起大落間起伏，我終於知道若非絕對地妥協，就得絕對的革命，在這兩者間是取不到平衡點的。

首先我想談談我的婆婆。她自幼裹纏小腳，直到年代開放了些，念私塾時才放開。那時已無法恢復原型，雖不頂小，但照現代一般女性的尺寸，仍小了很多。她常拎起褲管，驕傲地展示給我與弟媳看，訴說公公是多麼欣賞她的小腳。她一天天在黯舊的老宅子裡，熟悉地走動著，這間摸索到那間，廚房一站站許久，就像牆面上刻著的一道浮雕，在刀子與鏟子間活動著，盼望著公公誇一句：「今天的菜不錯。」那是她的生命，她的榮譽與活著的原動力。她六十多歲時，曾婆婆仍健在，她因此當了一輩子的媳婦。連生了五個女兒，受盡曾婆婆精神與肉體的虐待，直到生了外子與小叔，在家中才稍稍有了地位。男生的名字按家譜排，字義非凡，而女孩的名字，全交給婆婆取，信手拈來，不具意義。婆婆雖受傳統束縛與限定，一生怨怨嘆嘆，但由她身上反射出來的，卻也是矛盾與扭曲。

五個女兒的婚事，全堅持由她一手作主，挑選沒有婆婆的家庭，避免女兒們受氣。奮力要求女婿們讓女兒外出工作，取得經濟獨立，提升家中地位。家中大小事得由女兒作主，女婿得幫忙女兒們作家事；但對兒子，卻要求媳婦走她當年的路：侍候丈夫、單挑家事、事事以男人爲尊，極力爲兒子造勢，建立權威感。這兩種截然不同的作法，讓我深深體會到，爲什麼百年來中國的家庭仍有這種傳統不合時宜的家庭存在，除了大男人主義思想根植得太深外，就是女人——也就是婆婆對兒子自私的想法，造成這種思想上的毒瘤，在兩性間蔓延，滋生而擴大。女人，有時仍是女人最大的敵人。

再談談我的公公，他嘴上常對婆婆掛著一句：「妳該感謝我，是我養了妳一輩子。」每每，我總會笑道：「不，爸，是媽照顧了你一輩子。」聯合報小說獎得獎時，公公問我：「『女作家』的獎金會不會打折扣？」公公生前最愛看的電視節目，居然是倡導兩性平等的「女人、女人」，尤對節目中女性的精闢言論拍案叫絕。但矛盾的是，這些教導兩性平等的言論，只是紙上談兵，公公骨子裡仍緊緊穿著大男人主義的衣裳，對中國幾千年以來給予男性特別優渥的權利，絲毫不放棄。

也說說我的先生，也許在婆家，性別被壓抑過度，回到自己的家，我則反彈成爲「大女人」，事事好過問，件件好作主。外子倒也體諒這一點，回到家，事事「學著」尊重、通融。唯一原則：「絕不進廚房」。有次，我生病發燒，躺在床上起不來，他終於破例煮了稀飯，煎了荷包蛋。稀飯濃稠適度，蛋兩面焦黃，蛋黃裹在中間汁不流出，我不禁由衷讚美：「你作得眞好吃。」他立刻急道：「別以爲妳這樣誇我，我就會上當，下不爲例。」我氣道：「將來如果我先走一步，沒人煮飯給你吃呢？難道你還是不下廚？」他主意堅定地道：「我進養老院，有人會煮飯給我吃。」

我有兩個兒子，大的五歲，小的則剛滿月，我常常望著他倆，幻想他們長大成人的模樣……我想到，如果我在他們成長的過程，不教他們自己處理自己最起碼的飲食起居與尊重女性，將來他們結婚時，會有另兩個小女人備受煎熬。潛意識裡，一個作母親自私的想法：總希望媳婦能照料兒子的一切，但若我不堅持改變，時間會倒轉，二〇年代、三〇年代的事又會重演，又是一個心理不平衡的女人，在淸冷的廚房裡度過她的大半生，我彷佛又看到了我可憐的婆婆……。眞正的男人，只有透過家庭尊重女性，才能看到人生所有的問題。

每每由婆家出來，我總會深深吸一口八〇年代的空氣，驅走那晦暗的、腐舊的氣息。抬眼望著那堵圍牆，高聳、深鎖，隔開了傳統與現代，裡面人沿襲著古代，一心一意挽留歷史，自顧自活著。立在牆外，我有時黯然，有時慶幸。黯然的是：中國歷史上世世代代兩性生活的模式就在這堵牆內，慶幸的是：我至少是住在牆外的。

◉謝鵬雄
筆名南有洲，台南市人。民國二十二年生。台大外文系畢業。曾任電視公司編審、企畫。著有散文集「花非花」、「未完成的女人」；小說「螢幕下的喜劇」；論述「漫談世紀的媒體文化」等。



# 百年沒有白過

**在近一百年中，許多人站起來了，他們無論做的事對不對、有無結果，至少知道自己可以在動亂中，扮演改造國家、抵禦外敵的角色。**

計程車司機操一口很重的山東腔，問我：

「到哪去啊？」

「仁愛路復興南路口，空軍新生社。」

「先生敢是空軍軍官？」

「慚愧，我是老百姓，不是軍人。到新生社參加個酒會。」

「老百姓好啊，做生意，當議員，賺錢多。」

「很不巧，我既不做生意，也不當議員，是那種沒錢的老百姓。您老兄大概是軍中退下來的？」

「哈……可不是嗎？十五歲就投軍中，今年七十五了。」

「這麼說，打過抗戰，鬥過老共？」

「打過是打過，現在不興說這些了。朋友勸我好漢不言當年勇哩。」

「好漢雖不言，歷史學家會紀錄下來。」

「當眞？」

我看著他一臉茫然，鬢髮皆白的表情，心想，這個人也是中國現代史的一部份吧。幾十年歷史的風霜都在他臉上。

近一百年的中國，不是最光采，最露臉的中國。無漢唐的氣勢，連宋明的偏安都做不到。可能是五千年來最艱苦，最蒙羞的一段歷史。

但這一百年卻是中國的轉捩點，大部份中國國民自覺地，或不自覺地，積極投身於時代的劇變中，擔任了改造中國的某種角色，如眼前的這位老兵。他可能目擊今日台灣政治的亂象，回憶自己當年投軍時的熱情與理念有些茫然，覺得難以爲自己的一生定位。但他做了當時不得不做的事情，參與了大中國劇變中，國家興亡匹夫有責的行動。我很想勸他，大丈夫為所當為，無需後悔。但想想，其一生滄桑，豈是一言兩語，所能安慰？

在漫長的中國歷史中，每次朝代更迭、戰火頻仍，大部份的人民，只知逃難、匿藏。在受害心態下，一味逃避。只希望能避過劫難，苟活下來。但在近一百年中，許多人站起來了。他們不論做的事對不對，有無結果，至少知道自己可以在動亂中，扮演改造國家、抵禦外敵的角色。大約在一個五千年文明的國家裡，國民也要花個一百年才會在政治意識中蘇醒吧。

百年的現代史，若有任何收穫的話，人民的積極參與，應當是最重要的。在這參與中，人民也認識了自己的身份。

試看今日政客橫行，奇怪的言論到處散播，但有一大群人民，終堅持自己的意見與見解，便知這一百年，不是白過的。

◉陳艾妮
本名陳蓮涓，另有筆名老艾。上海市人。台大社會系畢業。曾任電視節目主持人，「家庭與婦女」雜誌發行人。著有散文集「四季女人」、「女子兵法」、「演說經驗談」等。

# 假如我生在一百年前

**「假如你我生在一百年前……」無數次的，在演講現場提醒叮嚀，今日之女性要比男性更感謝時代之賜，「使中國更好」是我們責無旁貸的責任與權利。**

「假如我生在一百年前……」

這一句話，是我的口頭禪。

假如我生在一百年前，就得和每個女人一樣纏小腳……只留下大腳趾，把其他四隻腳趾的骨骼生生彎折，用千年傳承下來的浸毒裹腳布把滲血臭汗連同女性的奴屬命運一起包成畸形金蓮，而這一切苦楚，只爲了產生取悅男人的病態美感。

啊！想到這裡，看到自己的一雙自然大腳板，可以五湖四海的遊走，眞是慶幸，自己生長在一百年後的今天……。

假如我生在一百年前，就得活在男尊女卑、富貴貧賤的階段裡，要在皇族賤民的涇渭分明，禮教外患的國恥羞辱，三妻四妾的爭奇鬥豔之中求生存，哎，無法想像，如何能忍受那種毫無自主性的生命凌辱？

啊！想到這種，就不得不感恩，讓我們能結交三教九流，在婚姻裡和丈夫說話一樣大聲，攀高或安貧皆由自己主控的權利，皆是拜時代之賜！

假如我生在一百年前，在黑暗骯髒的分娩床上，一腳踏在鬼門關的門檻上，誰敢說那產婆就能保證兩個生命的生機？

多年前，當我因坐胎難產而在手術裡奮鬥時，刻骨銘心的在劇痛、淚水與血水之中，深深的慶幸，在現代科技器材，醫生護士的醫術協助之下，自然分娩產下健康的孩子。啊！能夠母子平安，也是拜時代之賜！

假如我生在一百年前，怎麼可能和男生一起上學，接受一樣的教材教育，然後，在社會上與男人一樣爲，自己的事業負責，決定自己的生活方式？

「假如我生在一百年前……」在演講時常以這句口頭禪爲開場白，因爲，若不是拜時代之賜，一個女子如何能在大庭廣衆之中口沫橫飛的闡揚主張？

「假如我生在一百年前的某個小村莊裡，以我這樣的性格表現及好發言論的行爲，搞不好被當作妖孽、瘋子或巫婆也不一定，當然，也許因爲沒有機會受教育，只好幽怨的忙著去纏小腳了！而這兩種下場，都是悲劇！都是多麼恐怖的事？」我說。

現代女性的一生，可以是喜劇，這全拜時代之賜——只怕妳沒出息的自我耽誤或自我放棄。

現代女性的展現才華，並不是因爲我們的腦漿比古代女性多了好多兩，更不是古代女性沒有追求自主的渴望與能力。只不過是因爲，拜時代之賜，現代女性有了選擇的空間。只不過是因爲，百年以前，中國這條千年巨龍，遭逢鉅變，以慘痛的代價尋求突破，在脫胎換骨之後，我們生逢其時而已。

生逢其時，使我們成爲五千年以來第一批男女平等，接受民主教育及自由機會的幸運兒！

脫胎換骨之後，需要復建，需要強身，需要產生新智慧、新力量，而幸運兒所能回報的，除了感恩外，更要有具體的參與行動——使中國更好！

慶幸自己生在一百年後的今天，這就是自己長年以來投入寫作修行、推動中國人生活美學及書印文化，甚至以演講來做理念佈施的最基本動力——時代賜與我的能力，就要使其成爲「使中國更好」的有用之物。

「假如你我生在一百年前……」無數次的，在演講現場提醒叮嚀，今日之女性要比男性更感謝時代之賜，「使中國更好」，是我們責無旁貸的責任與權利。

沒有生在百年前的今之女子，要感恩，要喜樂，要參與，要奉獻！

「假如你我生在百年前……」願以此句口頭禪與今之女性提示共勉。

眞的，好希望中國更好！

# 編後記

◉封德屏

小學四年級時，我得到第一本屬於自己的課外讀物——「國父傳」，那是全年級作文比賽優勝的獎品。因爲是第一次完完整整的屬於自己，不再是姊姊租來的小說、哥哥借來的漫畫。我花了兩個晚上仔仔細細地把它讀完了，閒暇時並不時拿出來溫習。從此，孫中山先生在我的腦海裡鮮活起來，他不只是週會時掛在禮堂的一張肖像，他是我心目中的偉人，他的眞實感要遠遠超過華盛頓、林肯和愛迪生。

我崇拜孫中山先生，一直到現在，我還認爲中國古代所謂「望之儼然，即之也溫」的謙謙君子，或是爲正道而生、爲正義而死的俠客烈士，都該像中山先生一樣溫文儒雅，眼裡閃爍著智慧的光芒。

●

一百年前，也就是清光緒二十年（一八九四年），孫中山先生在檀香山創立「興中會」，同年，中日甲午戰爭爆發，次年台灣割讓給日本。一九〇五年，孫先生在日本創立同盟會。一九〇〇年至一九一一年，孫中山先生策動了十次革命，許多烈士的血染紅了中國荒蕪的大地。一九一二年民國成立，同盟會改爲國民黨，民國三年改爲中華革命黨，民國八年才改爲中國國民黨。

這一頁一頁歷史，至今不過百年，然而這百年間的巨變卻是前所未有，近代中國走了一段極其艱辛坎坷的路程。今年正逢孫中山先生建黨一百周年、甲午戰爭百年紀念，我們希望凝聚文藝界的力量，以文學感性來見證百年中國的奮鬥歷程、社會環境的變遷，以及個人在時代中的處境。於是在今年五月底開始向全國百餘位作家發出邀稿函，六月底，我們與每位作家電話聯繫、整理來稿，再發出第二批邀稿函。爲了慶祝一百周年，我們擬以百篇來象徵「百歲」。因此在邀稿過程中，我們不斷與作家聯繫並仔細計算來稿，希望能達到最初的編輯理想。

許多作家接到邀請函時，第一個反應是，這樣的主題及背景，我該如何寫?尤其是以抒情感性見長的作家，更是覺得難以下筆，但經過溝通、解釋，一篇篇精彩動人的作品紛紛飛進我們編輯室。

有些文章不僅發抒感懷，也力陳時弊，無論婉轉或激昂，都可感受到一個文學人對國家民族的關懷與熱愛。也有許多作品回憶自己或親人的經歷，其中的辛酸與痛苦，輾轉時日，都化作刻骨銘心的記憶，成爲生命中永恆的烙印。有一些雖只是描繪社會的現象，或某人某事，仔細讀來，也都能體會出文字背後的深一層含意。

爲了讓這一百篇文章，有淸楚的脈絡可尋，我們將所有的文章，依性質及所涉年代分爲四輯，每輯定一輯名，概分如下：

**第一輯〈笑迎陽光〉：**

本輯收思果等十五篇文章。以思果「假如沒有孫中山先生」爲首，是巧合也是用心。這些文章讓人不得不深思、反省——一百年前那個風起雲湧的年代，那個拋頭顱灑熱血的年代，那個爲追尋理想可以捨身取義的年代。同時，我們還可以看到貢敏由運動比賽的國旗談起，朱秀娟由一個黨員的角度思考，李瑞騰、羅任玲，由景物產生令人深思的喟嘆與感懷。

**第二輯〈烽火歲月〉：**

本輯所佔篇幅最多，計收寒爵、朱白水等三十六篇作品。無論是童年的記憶也好，成長的經歷也好，凡是經過抗日、剿匪，或日據時代台灣的人，他們的生命很少與戰火烽煙絕緣，許多因戰爭而起的生離死別，在他們的記憶中永難磨滅。更重要的是，他們深深體會到自己的生命與國家的興衰息息相關，甚至與整個世界的命運緊緊相連。

**第三輯〈憂患人生〉：**

本輯收向明、張默等二十篇作品。因歷史、因政治、因戰爭造成的海峽兩岸四十幾年的疏離與相隔。當年離家的青春少年，如今已鬢白如霜，而更多不識故鄉明月的人，不知道該用什麼心情和態度，去面對自己的根之所在？故鄉？他鄉？充滿了屬於這個時代的憂憤與愁思。

**第四輯〈人間有愛〉：**

本輯收葉蟬貞、魏子雲等二十九篇作品。這些作品多是自身經驗的描述與舖陳，乍看之下，也許是一己的悲喜，但竟讀全篇，也強烈感受到個人生命與時代環境的相依相存。

●

細讀這百篇散文，像是走過長長的歷史隧道，情緒也隨之起伏。有激動、有反省、有辛酸、有感念，而這些文字終將留存下來，做為時代的見證。

江山得來不易，我們該如何努力，才能在一百年、兩百年，或者若干個世紀之後，在每個清晨，讓每個中國人，都能笑迎陽光之上那一面美麗的旗幟？

文訊叢刊㉕

# 假如没有孫中山先生

## ——100位作家的一百篇散文

企　　畫／李瑞騰
主　　編／封德屏
編　　輯／高惠琳、湯芝萱
校　　對／孫小燕、楊素芬、林積萍、鄒桂苑

---

發 行 人／穆閩珠
社　　長／許福明
出 版 者／文訊雜誌社
社　　址／臺北市林森北路七號
編 輯 部／臺北市復興南路一段127號三樓
電　　話／（02）7711171·7412364
傳　　眞／（02）7529186

---

總 經 銷／聯經出版事業公司
地　　址／臺北縣汐止鎭大同路一段367號三樓
電　　話／（02）6422629代表線
印　　刷／裕臺公司中華印刷廠
臺北縣新店市大坪林寶強路六號

---

定價350元（如有缺頁、破損請寄回本社調換）
郵撥帳號第12106756號文訊雜誌社

中華民國八十三年十一月二十四日初版
中華民國八十四年五月一日再版
行政院新聞局局版台誌第6584號

國立中央圖書館出版品預行編目資料

假如沒有孫中山先生 ： 一〇〇位作家的一百篇散文 / 封德屏主編. -- 初版. -- 臺北市 ： 文訊雜誌出版 ； 臺北縣汐止鎮 ： 聯經總經銷, 民83
面 ；  公分. -- (文訊叢刊 ； 25)
ISBN 957-99944-2-0(平裝)

855　　83011055

思果◎張錯◎渡也◎宋瑞◎尼洛◎鄧文來◎陳漢平
郭明福◎貢敏◎楊乃藩◎韓秀◎周伯乃◎朱秀娟
李瑞騰◎羅任玲◎寒爵◎朱白水◎姜穆◎黃文範
鄧綏甯◎小民◎丹扉◎畢璞◎鍾雷◎崔百城◎莊原
邱七七◎王志健◎唐潤鈿◎俞允平◎趙淑敏
匡若霞◎鮑曉暉◎王書川◎楊錦郁◎郭嗣汾
應未遲◎張行知◎鍾麗珠◎俞金鳳◎林鍾隆◎杜萱
曾寬◎丘秀芷◎周玉山◎保眞◎蕭蕭◎楊小雲
林佩芬◎吳晶晶◎白靈◎向明◎張默◎林韻梅

亮軒◎古蒙仁◎朱婉清◎王璞◎張漱菡◎張放
王家誠◎趙雲◎王令嫻◎樸月◎王玉佩◎吳淡如
楊明◎楊平◎張堂錡◎葉海煙◎龔鵬程◎葉蟬貞
魏子雲◎墨人◎江應龍◎重提◎姚宜瑛◎尹雪曼
段彩華◎葉日松◎大荒◎馮菊枝◎廖輝英◎康芸薇
林少雯◎周培瑛◎李冰◎戚宜君◎顏崑陽◎劉小梅
林仙龍◎徐薏藍◎王岫◎陶曉清◎徐瑜◎白慈飄
應平書◎李若男◎謝鵬雄◎陳艾妮